JN212498

ガザの光

炎の中から届く声

リファアト・アルアライール Refaat Alareer ほか＝著
ジハード・アブーサリーム／ジェニファー・ビング／マイケル・メリーマン＝ロッツェ＝監修
斎藤ラミスまや＝訳　早尾貴紀＝解説

明石書店

LIGHT IN GAZA: Writings Born of Fire
edited by Jehad Abusalim, Jennifer Bing, and Mike Merryman-Lotze

Japanese translation published by arrangement with Haymarket Books
through The English Agency (Japan) Ltd.
Cover artwork by Malak Mattar.

ガザの光——炎の中から届く声

目次

凡例

- 脚註および本文中の〔 〕は、訳者による補足である。
- 巻末註および本文中の[ ]は、原著者による補足である。

はじめに

ジハード・アブーサリーム
ジェニファー・ビング
マイケル・メリーマン＝ロッツェ

ガザのパレスチナ人が声を届ける機会を与えられたり、発言を求められたりすることはめったにない。ガザは、破壊や貧しさの場として描かれることがあまりにも多すぎる。だが、ガザはそれだけの場所ではないことを、この本が明らかにしてくれるだろう。そして読者は、ガザのパレスチナ人たちが描き出す現実を通して、彼らの夢、恐れ、願望、そして変化をもたらすために何が必要かを知ることができるだろう。

この本に寄稿した著者たちは、個人的な物語や詩、経済的・文化的問題の分析を通して、それぞれの考察を展開している。そうすることで彼らは、パレスチナ人を制約する境界線を越えていく未来への決意を示すだけでなく、そのような未来を実現するために何が必要なのかについても教えてくれる。

私たちは、この本が学術的および個人的な理解に根ざした確かな分析を紹介することで、ガザ地区とそこに暮らす人々について新たな理解と言説を生み出すことを願っている。イスラエルが、とくに一九九三年のオスロ合意以降パレスチナ人に課してきた破壊的な分断と移動制限は、パレスチナ社会を分裂させ、ガザを孤立させた。そしてガザに対する軍事的封鎖と包囲網の強化は、ガザの状況をさらに悪化させた。変化をもたらすには、ガザが歴史的パレスチナ[i]の重要な一部であることを理解する必要がある。パレスチナとイスラエルの問題にとって意味のある、あるいは持続可能な解決は、ガザ抜きではあり得ない。本書は独自の方法で、その理由を説明している。

この本は私たちにとっても、個人的に深い意味を持っている。ここには私たちの、ガザに今も暮らしていたり、ガザ出身であったりする友人、家族、同僚、パートナーに対する愛情が込められているからだ。イスラエルの占領と包囲による残酷な現実があまりにも長く続いている。それを終わらせるために、この本が少しでも貢献できることを願っている。

この本を作った経験から、私たちは編集者として著者たちから学ばせていただいたし、読者のみなさんにもこの素晴らしさが届くことを願っている。

二〇二一年五月、新型コロナウイルス大流行の最中、そしてイスラエルの攻撃がエスカレートする中、著者たちとともに各章の執筆に取り組んだ編集委員（タレック・バコーニ、アン・レッシュ、サラ・ロイ、スティーブ・タマーリ）に感謝する。彼らの専門知識とパレスチナ人のために正義をもたらそうという熱意が、本書により一層深みを加えてくれた。

i 「歴史的パレスチナ」とは現在のイスラエル、ヨルダン川西岸地区、ガザ地区を含む地域を指す。

ガザ地区北部の分離フェンス付近、ナクバ記念日のデモに参加してパレスチナ国旗を振るパレスチナの少年たち。2011 年 5 月 6 日。写真：サーメフ・ラフミ

地図提供：リンダ・キキヴィクス

序章

ジハード・アブーサリーム

　ガザ地区のことを、好ましくない話の文脈で聞いたことのある人は多いだろう。野外刑務所、包囲された居留地、世界有数の人口密集地などなど、ガザについては多くの文章があり、専門家や作家たちは、ガザ地区をさまざまな言い方で表現してきた。専門家たちのこのような言い回しに共通しているのは、読者にガザを理解してもらおうとする思いである。しかし、ガザの状況が特殊であるため、ガザという場所、そこに住む人々、そして彼らの物語は、部外者にとってどうしても抽象的なものになってしまう。行ったことも、住んだこともない人に、ガザを説明するのは難しい。そしてそのために、ガザと外部世界との間に壁が生まれ、理解と想像力が及ぶのを阻んでいる。ガザを囲む物理的な壁が、この見えない壁の形成にもつながってしまっているのだ。その結果、ガザは理解を超えた遠い存在になってしまった。

　だからこそ、良心ある人々にとって、パレスチナ人および世界中の抑圧された人々の歴史や経験をうやむやにしようとする試みに抵抗することが不可欠なのである。そのための重要な手段のひとつは、歴史的背景の隠蔽を意識することだ。抑圧する側の体制は、抑圧されている人々の歴史的背景を無意味で曖昧なものにしようと、つねに試みている。彼らの最終的な目標は、抑圧された人々や権利を取り戻そうとする彼らの闘いを非合理的なものとして描き出すことだ。そして最悪の場合、自分たちが他者を犠牲にして特権を築いているにもかかわらず、抑圧された側が脅威であるということにしてしまう。ガザの物語はまさにこれであり、これこそパレスチナ人が経験していることのすべてである。だからこそ、パレスチナの大義、とりわけ今日のガザで起きている現実を理解するためには、歴史的背景が重要なのである。

　ガザ地区の歴史的背景と現状を理解するうえで最も重要な事件は、一九四八年のナクバ（大惨事）である。パレスチナ人にとってのナクバとは、一九四八年、シオニスト運動に基づいてイスラエルが建国されたことにより、七五万人以上のパレスチナ人が自分たちの町や村から追放された出来事を意味する。ナクバの結果、パレスチナ人は前例のない深刻な「空間的・領土的断絶」を強いられ、それは現在も続いている。ナクバの壊滅的な影響は、さまざまな形をとって現れた。第一に、ナクバは「パレスチナ人が遺産と文化を築いてきた土地において、領土独立と主権を享受することを妨げた[1]」。ガザ地区はそのような状況の中で、一九四八年に新たな区域として誕生したのである。一九四八年以前、ガザ市は、ガザ、マジュダル、ハーン・ユーニスなど五三以上の市町村を含むガザ地区の首都だった。シオニズム[i]を信奉する勢力によってパレスチナの土地が征服された結果、ガザの面積は減少し、今日私たちがよく知るガザ地区にまで縮小された。一九四八年のナクバの後、ガザ地区が新たな区域として出現したとき、そこには約一〇万人の住民が住んでいた。そこへ、シオニスト武装勢力（後のイスラエル軍）によってガザ近郊の土地から追放された二〇万人の難民が加わった。[2]

本書の著者たちの願いは、ガザに対する知識の包囲網を打ち破ることだ。本書は、ガザ内外に住むガザ出身のパレスチナ人作家たちによる本である。そしてこれは、ガザについて対話を始めようという試みである。それは、イスラエルとその同盟国がガザに何十年も押しつけてきた疎外と非人間化に対する知的な挑戦である。インターネットでつねにつながっている現代世界において、世界の良識ある人々の任務は、ある集団全体を包囲し孤立させて集団的懲罰にさらすような事態に、異議を唱えることだ。

この序文は二〇二一年五月までに書く予定だった。その月、イスラエルは歴史的パレスチナのほぼ全域に及ぶ大規模な軍事作戦の一環として、ガザ地区を攻撃した。そしてその同じ月に、エルサレム、ヨルダン川西岸地区、ガザ地区、イスラエル国内、そして亡命先のパレスチナ人たちが、統一インティファーダとして知られる蜂起に立ち上がった。これはエルサレムにおけるイス

---

i　シオニズムはヨーロッパから排斥されたユダヤ人が、ヨーロッパ外にユダヤ人国家建設を目指した運動。パレスチナでの建国を正当化する際にヘブライ語聖書が利用された。その信奉者をシオニストと呼ぶ。オーストリア出身のジャーナリスト、テオドール・ヘルツル（一八六〇～一九〇四年）が、イスラエル建国につながるシオニズムの政治的展開に大きく貢献した。細かい歴史的経緯は、ラシード・ハーリディー『パレスチナ戦争――入植者植民地主義と抵抗の百年史』（鈴木啓之・山本健介・金城美幸訳、法政大学出版局、二〇二三年）に詳しい。

ラエルの所業に反対した蜂起だった。パレスチナ人はそれを、彼らの集団としての尊厳と存在自体に対する攻撃とみなしていた。ナクバ七三周年の前夜、パレスチナ人たちは、苦痛とともにテレビとＳＮＳのライブ中継を見つめていた。そこには、イスラエルによる全面的バックアップのもと、シオニスト入植者たちがシェイフ・ジャッラーフをはじめとするエルサレム周辺地域のパレスチナ人を追い出そうとしている様子が映し出されていた。彼らは、イスラエル警察が聖なるアル＝アクサー・モスクを蹂躙する光景を、恐怖におののきながら見ていた。非武装のデモ隊に対するイスラエルによるこの残忍な弾圧は、エルサレムだけでなくガザ地区にまで拡大し、ガザ地区は二週間にわたって犯罪的な爆撃と破壊にさらされた。

イスラエルによるパレスチナの人々に対する攻撃が激しさを増すにつれ、私は書きかけだったこの序章を含め、この出版プロジェクトに関するすべての作業を中断した。そして、侵略の終結を訴え、パレスチナで起きている事態に関心を集めることに専念した。アメリカ・フレンズ奉仕団（ＡＦＳＣ）の私の同僚たちやこの本の編集委員会は、締切や作品提出よりも、そのほとんどがガザ地区を拠点とする執筆者たちの実際の身の安全を心配していた。イスラエルによるガザ攻撃の最中、私は二人の著者、アスマア・アブー・メジェドとリフアト・アルアライールをフェイスブック・ライブに招き、爆弾が撃ち込まれている現地から状況を語ってもらった。私の同僚と私は、パレスチナ、とくにガザにいるＡＦＳＣのチーム、そして他の執筆者たちと、長い攻撃の日々を通じてつねに連絡を取り合い、無事を確かめていた。つまりこの本は、最もガザ的な状況の最中で書かれたのである。

しかし、二〇二一年五月を経ても、この序文の内容にあまり変更は加えなかった。むしろ、このような本が時宜を得ており、必要であるという確信が強まった。ガザ、そしてパレスチナ問題全体についての、既存の決まり文句やステレオタイプ、スローガン、馬鹿げた政治手続きや枠組みを超えた、真剣で、有意義で、事実に基づいた対話の必要性が、より明確になった。二〇二一年五月とそれに続く数ヵ月で、米国世論にも著しい変化が見られ、パレスチナ人との連帯が世界的に大きく広まったものの、パレスチナ全般、とくにガザは、依然としていつもどおりの問題に悩まされていた。全体としてガザをめぐる議論は、安全保障というイスラエルとその同盟国が広めている視点から語られる。これは、ガザの現実を、イスラエルの安全保障にどう影響するかということだけに矮小化する言説であり、ガザが現在直面している苦境の背景にある政治的・歴史的な原因を無視するものだ。さらに、人道的な視点から、ガザを単に哀れな犠牲者のいる場所として捉える人々もいれば、ガザのパレスチナ人を解放闘争の最前線に立つ英雄および殉教者として見る人々もいる。欠けているのは、パレスチナ人の声が主導する、ガザについての有意義な対話である。それは、夢や願望を抱き、正義と帰還、そして権利の回復を求めながら、二〇〇万人の人々が、いまだ解消されない苦境にあえぎながら暮らすガザという場所に関する、過去、現在、そして未来についての対話となるだろう。

私は二〇一八年の春にＡＦＳＣで働き始めた。最初の出勤日は、ガザ地区のパレスチナ人による非武装のデモ「帰還の大行進」の始まりと重なった。パレスチナの作家で知識人のガッサーン・カナファーニーの言葉を借りれば、この行進は「タンクの壁を叩く」ことを目的としていた。[ii] これはパレスチナの歴史上、最も長く徹底的な抗議運動のひとつで、二年以上にわたって続けられた。行進のテーマは「帰還の権利」で、これが名前の由来である。ＡＦＳＣで働き始めた初日から、私は「帰還の大行進」にスポットライトを当てることに、自分の時間、集中力とエネルギーを注いだ。幸運なことに、私はガザについて政治的また学問的に適切に理解するための情報源を見つけることができた。そのおかげで、私たちのチームは、ガザ地区で起きている出来事について、アメリカ国民およびそれ以外の人々にも啓蒙する活動に集中的に取り組むことができた。しかし、ＡＦＳＣの取り組みのユニークな点は、ガザやそこで展開されるいかなる動きについても、パレスチナ史という文脈、とりわけナクバの継続的な影響、そしてパレスチナ・イスラエルとより広い地域における平和と正義をもたらすためのナクバ終結の必要性を踏まえて考えるという揺るぎない意志を持っていることであった。一九四八年のナクバ直後にガザ地区で現地活動を行った経験から、ＡＦＳＣは早くから「帰還の大行進」の意義に注目し、つねにガザに焦点を当ててきた。一九四九年、ＡＦＳＣは国連からの要請に応じ、ガザ地区のパレスチナ難民の支援に乗り出した。このようにＡＦＳＣは初期からパレスチナ人の避難民問題に取り組み、その後も数十年にわたって現地で政治的・人道的活動を実践してきた。その結果、ＡＦＳＣはガザにおけるパレスチナ人の経験を理解する必要性、とくに帰還の問題や、ガザの危機とその根底にある歴史的原因に取り組む必要性についての啓蒙活動を主導するようになった。

本書の構想は、パレスチナ問題の一環として、ガザ地区の過去、現在、未来にかかわる問題に長年取り組んできた成果として生まれたものである。二〇一五年、ＡＦＳＣは「ガザを開く（Gaza

Unlocked)」キャンペーンを開始した。これは、ガザに住むパレスチナ人の生の声を届けて、二〇〇七年から強化されたイスラエルによる包囲の終結を訴えるための取り組みだった。このキャンペーンでは、アメリカ国民にガザを知ってもらうために、イベントやセミナーを開催したり、映像や文書による教材を作成したりと、さまざまな手段を駆使して啓蒙活動を行った。

パレスチナとガザに関する活動を通して、AFSCチームは、パレスチナに関心を持つ活動家、支援者などの人々が、ガザについて学び、ガザの人々と話し、ガザというレンズを通してパレスチナの経験を理解したいと強く望んでいることに気づいた。二〇一八年、AFSCは「ガザを開く」キャンペーンの一環として、『包囲された生活――エッセイ集（*Life Under Blockade: A Collection of Essays*）』と題した小冊子を出版した。この小冊子には、ガザを拠点とする一二人の若手作家が、イ

ii　下記は著者による原註であるが、重要な記述であるのでこちらに示しておく。

一九六二年の小説『太陽の男たち』（ガッサーン・カナファーニー作）からの比喩。これはパレスチナ難民の一団が湾岸諸国で仕事を得て暮らそうと、砂漠を越えて旅をする物語である。彼らは金属製のタンクにかくれて国境を通過しようとして、その途中で暑さと酸素不足のために死んでしまう。乗客の死を知った運転手は、「なぜおまえたちはタンクの壁を叩かなかったんだ」と嘆く。この一文は、現代のパレスチナに関する言説において、とくに集団としての主体性を取り戻す必要性に関連してよく使われる比喩となっている。パレスチナ人の存在、すなわち生命は、レジスタンスと蜂起を通じて不公正な現状を打破すること、すなわち「タンクの壁を叩くこと」ができるかどうかにかかっているのだ。Ghassan Kanafani, *Men in the Sun and Other Palestinian Stories* (Boulder, CO: Lynne Rienner, 1999).〔ガッサーン・カナファーニー『ハイファに戻って／太陽の男たち』黒田寿郎・奴田原睦明訳、河出文庫、二〇一七年〕

スラエルの包囲、封鎖、軍事侵略の下で育った経験を英語で綴っている。二〇一九年、ＡＦＳＣはラファ在住のアフマド・アブー・アルテマを招いた。彼は作家、知識人、活動家、そして帰還を夢見る難民であり、帰還の大行進のきっかけとなる言葉を発した人物だった。アフマドはアメリカの一三都市を回り、ガザと帰還の権利について、そしてナクバを終わらせる必要性について講演した。近年、ＡＦＳＣは「ガザを開く」キャンペーンの一環として、活動家、学生、一般市民を対象としたパネル、イベント、セミナー、ワークショップを数多く開催し、ガザについての議論を進めてきた。さらに私たちは、ガザにいるパレスチナ人と、アメリカにいるパレスチナ人およびその支援者たちとのオンラインのつながりも調整した。このような対話の場を作れば作るほど、参加者も増えていき、より多くの人々が、ガザとかかわり、包囲とナクバを終わらせるために闘うことへの情熱を表明するようになった。人々のこのような情熱と熱意によって、私たちはますますこのプロジェクトにのめり込んでいった。

この活動を通して、ＡＦＳＣのチームは、一般市民であれ、パレスチナ連帯運動の中であれ、ガザとそれに対する人々のかかわり方について、いくつかのパターンと問題点も発見した。第一に、ガザ地区が物理的に孤立していた年月が長かったため、ほとんどの人はガザ地区を抽象的かつ単純化して捉えている。第二に、歴史的パレスチナの他の地域とは異なり、多くのパレスチナ人、活動家や観光客は、ガザ地区を訪問できない。ガザの孤立がもたらしたもうひとつの影響は、そこに住むパレスチナ人が、ガザ地区の外に旅行して人に会ったりできる機会が減ってしまったことだ。その結果、ガザは遠い存在になってしまった。そしてそれは物理的な距離の問題だけでなく、私たちがガザとそこに住む人々の経験をどのように理解するか、ガザについてどのような議論や会話をするかということにも影響した。第三に、国際社会、イスラエル、特定のアラブ政権、パレスチナ自治政府がガザに科した一連の制裁により、ガザ地区は政治的にも疎外されてきた。これらの制裁措置が最初に発動されたのは、二〇〇六年のパレスチナ立法評議会選挙の後である。上記の各関係者は他の仕方でもパレスチナに介入して内紛と暴力を煽り、それが二〇〇七年のハマースによるガザ支配につながった。その結果、制裁が強化され、ハマースの屈服を目的として、ガザに住む二〇〇万人のパレスチナ人に対する集団的懲罰が行われた。このような経過から一五年近く経った今日でも、ガザ地区では依然としてハマースが政権を握っており、包囲と集団的懲罰の措置はハマース支配の転覆に成功していない。代わりに、この措置は、社会的、経済的、保健的、心理的に深刻な被害をもたらし、包囲されたガザ地区の生活に伴うただでさえ果てしない困難をさらに増やしている。

人々がガザについて語るとき、意図的であれ無意識であれ、ガザとはハマースのことであると単純化してしまう傾向も存在する。そのような見方は、ガザのパレスチナ人に対する理解を曇らせ、そこに暮らす人々の、多様で複雑な経験を見落としてしまう。ガザの政治的孤立を正当化するために使われるこうした虚偽のストーリーは、イスラエルとその同盟国にとっては都合が良い。彼らは、ガザを緊急の問題ではなく、後で対処すべき「課題」として扱えるような状況を作り出したのだ。こうしてガザは「和平」に関する議論から除外される。そしてパレスチナに政治的統一がないのも、そのためイスラエルが和平協定について交渉できる相手がいないのも、すべてハマースのせいにできる。このことは、ガザが抱える数々の危機的状況を引き起こしている核心的な真の問題、すなわち難民問題の完全な無視を正当化する。そして、国際法と、パレスチナ人の祖国に住む歴史的かつ不可侵の権利に基づいた公正な解決こそが、この地域で永続的な平和を実現するための要であるという認識が否定されてしまう。

現在のパレスチナ全般、とりわけガザに関する言論の問題点は、パレスチナ人自身が自分たちの未来について語る場を与えられていないことだ。国際社会が維持する形式的な政治的枠組みは、パレスチナの現場で起きていることと同じくらい暴力的である。この暴力が姿を現すのは、国際社会がイスラエルの利益を追求する現在および将来のビジョンを打ち出すときだ。このような「解決策」は、短期的にも長期的にもパレスチナ人の権利と幸福を犠牲にする。それは、イスラエルとその同盟国が押しつける物語や計画に屈しない、誠実で勇敢なパレスチナの声を無視するという暴力である。それは、ガザを何年にもわたって閉鎖し、孤立させて、封鎖したまま放っておき、二〇〇万人のパレスチナ人に対する集団的懲罰を常態化させ、そしてパレスチナ人の人間性や痛みへの配慮をまったく見せずに、そのような仕打ちを政策のひとつとして語るという暴力である。それは、二国家解決の支持者が提示するシナリオの下で自分たちの権利を放棄して分断に屈することを拒否するパレスチナ人の正直な声を、犯罪化して沈黙させるという暴力である。[3]

ナクバほど、パレスチナ人側の苦悩が明確に排除されている例はない。パレスチナ人にとって、ナクバは過去に起こった出来事というだけでなく、パレスチナ全般、とりわけガザの生活を今も支配し続けている現在進行形の問題である。パレスチナ人にとってナクバとは、単なる過去の悲劇的な記念日ではない。それは、ヨルダン川と地中海の間で不正と差別が生み出され、そしてそれが今日まで続いている現状のことである。

ナクバの継続は、辛いが単純な方程式で表現できる。すなわち、イスラエルという、シオニズムに基づくユダヤ人多数派国家が存在するには、パレスチナ人の存在を犠牲にしなければならないのだ。このことは、土地の喪失や権利の欠如など、難民およびその他のパレスチナ人がさらされている継続的な苦しみを見れば明らかである。イスラエルのユダヤ人が自らの可能性を実現し、自決権と主権を享受し、土地や財産および安全に暮らす権利を手に入れるために、パレスチナ人は同様の権利や特権を奪われたのであり、その収奪は程度の差こそあれ現在も続いている。

ナクバを終わらせる必要性は、二〇一八年の「帰還の大行進」、二〇二一年の「統一インティファーダ」に至るまで、一九四八年以降のパレスチナ人による解放闘争全体を貫くテーマである。このような人々によるデモやレジスタンスの行動はいずれも、パレスチナ人の「故郷に帰りたい」という核心的な要求を繰り返し表明するものであった。何十年もの間、イスラエル、アメリカ、そして国際社会の一部は、この要求の重要性を否定し、冷笑的に扱ってきた。そして、パレスチナ難民を軽視し、歴史的パレスチナおよびそれ以外の地域に暮らすパレスチナ人の生活全体に影響するナクバの継続という問題を無視した解決策を促進している。

世界の権力者が認める唯一の解決策は、国際社会が平和にたどり着く唯一の道であると宣言した「二国家解決」という選択肢である。しかし現時点で、二国家解決実現の可能性は、二国家解決策は死んだ、あるいは実現不可能だとする専門家や識者による数えきれない文章の存在が示しているとおりだ。だが、何十年にもわたるこうした警告にもかかわらず、二国家という幻想を唱える声は絶えない。

この解決策の終焉や破綻をめぐる議論では、当然のことながら、入植地の建設と拡大が、二国家解決策にとっていかに大きな障害であるか、あるいはほとんどトドメを刺しているという点が中心になっている。しかしこのような「専門家」たちが、イスラエルによる入植者植民地主義（セトラー・コロニアリズム）[iii]下で暮らすパレスチナ人の経験にもっと注意を払っていれば、より早い段階でこのような洞察や気づきを得られたはずだ。

パレスチナ人は、道徳的、政治的、歴史的、法的な理由から二国家構想に反対している。しかし、これまで進められてきた二国家解決策を、多くのパレスチナ人にとって受け入れがたいものにしているより現実的な要因もある。ガザ地区は、歴史的パレスチナの総面積の一%にすぎない。現在、二〇〇万人のパレスチナ人がそこに暮らしており、その七〇%は一九四八年に難民となった人々とその子孫である。今日、ガザ地区は地球上で最も人口密度が高い場所のひとつであり、一平方マイルあたりの平均人口密度は一万三〇六九人である。国連人口基金の報告書『パレスチナ二〇三〇　人口動態の変化――開発の機会』によると、ガザの人口は「二〇五〇年には一九〇万人から四八〇万人に（……）倍増する」[4]。つまり、人口密度も一平方マイルあたり一万三〇〇〇人から約三万四〇〇〇人に増え、現在の二倍以上になる。ガザ地区のような開発を妨げられた地域では、このような人口増加は深刻な問題につながる。

ガザ地区という地理的な単位はナクバから生まれたものである。そして同地区は、形成の初期段階から、原住民や難民に尊厳ある生活を保障するための資源が不足していた。ヨルダン川西岸地区での入植地拡大を正当化する際、イスラエルは自国の人口の自然増を主要な理由として挙げている。しかし、ガザであれ、ヨルダン川西岸地区、イスラエル国内の都市や町、あるいはアラブ諸国の難民キャンプであれ、そういった場所でパレスチナ人の自然増がもたらす影響については、ほとんど誰も触れない。二国家案の支持者たちは、パレスチナ人の人口増加といった差し迫った問題や課題をどのように解決するのか、またパレスチナ人が持続可能で健康的、かつ繁栄した生活を送れるような新国家をどこにどのように築けるのかについて、ほとんど何の答えも示さない。これは、現在の言説が、パレスチナ人の未来という問題に対して、人々に進むべき道を示し希望を与えるような、真剣な考察や取り組みを欠いていることの一例にすぎない。それは広範で抽象的なものであれ、環境、経済、社会的懸念に焦点を当てた具体的で課題志向的なものであれ、すべてに共通した問題だ。

二〇二〇年九月、ＡＦＳＣは、「ガザ――可能性の限界を再考する（Gaza: Reimagining the Boundaries of Possibility）」と題した論文を募集した。それは、パレスチナ人作家たちを、故郷への帰還、権利の回復、正義の実現とナクバの終焉という広い展望の一部として、ガザのより良い未来を思い描

iii　入植者植民地主義（settler colonialism）は、すでに人が住んでいる地域に外国から入植者が移住し、永続的な居住地を築くことを目的とした植民地主義の一形態。この過程で、先住民が虐殺されたり、追放されたり、周縁化されたりすることがしばしば見られる。従来の植民地主義のように本国から支配する形ではなく、入植者植民地主義は、既存の人口を置き換えることを目指す。

くことは可能だろうかという核心的な問いの探求に招待するものであった。このプロジェクトの目的は、パレスチナ人のアイデンティティ、良心、歴史において、ガザがどのような位置を占めているのかを再確認することだ。私たちは、ガザ地区をパレスチナの他の地域から切り離し、孤立させようとする企てに対抗できるような文章を探した。もうひとつの目的は、ガザに関する現在の言説を変革することだ。そしてそれを通して、パレスチナの支援者や専門家たちに、既存の決まり文句や時代遅れの言説を超えて、新たな方法でガザに取り組むよう促すことである。この本は、ガザが現在抱えている問題の根源を明らかにすることで、その向こうにある未来を描き出そうとするものである。そのためには、パレスチナ全体の物語の一部として、ガザの過去、現在、未来を学問的かつ個人的に理解したうえでの本格的な分析が必要だ。私たちは、パレスチナの苦難を扱うときの語り口に対して、とくに人々がそれを問題の根源やそこに至ったプロセスから切り離すことに、異議を唱えたかった。この本に収められた文章は、パレスチナ人の主体性、力と無力感、苦悩、そして現在の現実が再生産する甚大な困難を克服するための絶え間ない努力について論じている。

本書は、ガザが抱える多くの危機を解決するためのマニュアルやロードマップを提供するものではないし、水不足や電力不足、移動の自由といった問題に対して、具体的で実践的な解決策を提示するわけでもない。本書は、ガザやその他の場所にいるパレスチナ人が、ガザでパレスチナ人が経験していることについて、より深く考察したものである。これは、ガザとその周辺でパレスチナ人が経験してきたことについて、これまで無視され、過小評価され、否定されてきた部分を言葉にする試みである。本書の編集者と著者は、ガザのパレスチナ人は多様であり、その声をすべて代弁するのは困難であることを承知している。とはいえ、まだ英語の出版物に掲載されたことのない作家を含め、できるだけ多様な声や経験を盛り込むように努めた。本書は、ガザであれ他の場所であれ、パレスチナ人の経験のすべてを描いているわけではないし、歴史的パレスチナの他の地域や亡命先のパレスチナ人の経験については触れていない。本書は、ガザ内外のパレスチナ人によって書かれた複数の文章を集めたものだ。その著者たちがガザについて、個人的かつ直接の体験から、専門家として、そしてパレスチナの物語への参加者として語っている。

本書は、パレスチナ人の声に対する包囲網と政治的排除を打ち破る試みである。その目的は、「物語るための許可」を要求することにとどまらない。本書は、パレスチナ人作家がガザについて執筆する場を提供することと同時に、絶望と政治的閉塞感の中で、行動を喚起し、希望を見出すことも目指している。また、とくにガザのパレスチナ人がめったに使える状況にない想像力を、彼らに駆使してもらう機会を提供している。パレスチナの人々は、イスラエルの占領と抑圧のもとで、日常的にさまざまな苦労に追われて生活しているのだから、パレスチナ解放を目指す支援者たち、とりわけ欧米の連帯運動には、このような場を積極的に作る義務がある。ガザに対する包囲は物理的なものだが、解放のためのアイデアやビジョンは、イスラエルの建てた柵や障壁によって制限されるものではない。過去、現在、未来に関する議論や会話からパレスチナの声を排除することは、物理的な包囲そのものと同じくらい破壊的である。

『ガザの光』には、ガザ地区内外のパレスチナ人によるエッセイや詩が収められている。著者たちの言葉は、読者をガザにおけるパレスチナ人の経験について考察し、学び、理解する旅へと誘う。各章は多様なテーマを扱っており、現地での生活についてそれぞれいくつかの側面を取り上げている。それらはすべて、本書に通底する次の中心的な問いをテーマとしている。継続するナクバの影響下で、私たちはガザをどのように理解すればよいだろうか。そしてどうすればより良い未来を想像できるだろうか。このテーマは、リファアト・アルアライールの「ガザは問う――いつになったら過ぎ去るのか」に力強く表現されている。この最初の章で、ガザを拠点とする教育者であり、英文学の教授でもあるアルアライールは、個人として、また息子、夫、兄弟、そしてコミュニティの一員として、ガザで過ごした人生のさまざまな段階を通じて経験してきた暴力を描いている。アスマア・アブー・メジェドは二つの文章を寄稿している。一つめは、二〇二一年五月のイスラエルによるガザ攻撃に対する力強いエッセイ「なぜ私たちは今もスマホを握りしめて録画し続けるのか」だ。そして二つめは「失われたアイデンティティ――農民と自然の物語」である。これは、パレスチナ人にとって土地が持つ意味について理解を深めるための時宜を得た考察である。その中で彼女は、土地に帰るということが、単に財産を取り戻すということだけではなく、そこには尊厳や自然との調和、人間と土とのつながりを取り戻すという、現代の限定的理解を超越した部分があることを示している。

「永遠に続く一時性という悪循環を打ち砕くこと」という章で、シャハド・アブーサラーマは、力、主体性、そして計り知れない困難に直面してなお持続する抵抗について書いている。彼女の問いは、世界中のパレスチナ人を悩ませる問題である。すなわち、「どうすれば私たちは、自分たちと家族を永遠に続く一時性に閉じ込めるこの悪循環から解放できるのだろうか」、そして「未来の世代に同じ経験をさせないためにはどうすればいいのか」。ガザを拠点に活動する詩人バスマン・アッディラウィーは、「ぼくの足をもう踏まないで」と「どうしてあなたたちはまだここにいるの？」という二編の力強い詩と、「二〇五〇年のガザ——三つのシナリオ」というガザの政治的未来についての分析と考察を寄稿している。「パレスチナ人の権利を取り戻し、生活の質を向上させるツールとしての人工知能（ＡＩ）」では、ヌール・ナイームが読者をバーチャルな世界へと誘う。同章で彼女は、人工知能（ＡＩ）に関連する機会と課題を探り、その世界観をパレスチナ解放の議論に組み込んでいく。

サーレム・アル＝クドゥワは、「ガザ地区の戦争被害を受けたコミュニティにとって実験的なデザインが持つ倫理的意義」という章の中で、パレスチナの建造物について書いている。アル＝クドゥワは、人口が密集し、定期的に大規模な攻撃を受ける場所での都市生活、住宅、シェルター建設について語る。アル＝クドゥワの章は、とくに復興がかつてないほど重要になっている今、時宜にかなったものだ。ガザを拠点に活動する詩人モスアブ・アブー・トーハは、読者をガザの文化シーンへと誘う。そしてガザの文化、芸術を担う人々や、知識人コミュニティの仲間たちが、計り知れない困難に直面しながらも、ガザ地区を文化的に繁栄させ続けようと奮闘する姿を紹介する。ドルガム・アブーサリームは、進学のために数年間ガザを離れたあと、二〇一四年にガザに戻ったときの奇妙な旅について書いている。それは、イスラエルによる五一日間にわたるガザ地区への攻撃のほとんどを目撃した彼の詳細な滞在記録である。そしてガザでの日常生活の困難さ、またその異常な現実に直面した人間が、政治的、社会的、そして人間関係の問題など、幾重にも重なる試練をどう生き抜くかについての個人的な証言となっている。

移動制限の問題については、ユーセフ・M・アルジャマールが「移動制限というナクバ――ガザ、過去を振りかえることこそが未来への道」で、移動の自由と家族の再会を妨げる物理的な障壁について、個人的な体験を綴っている。イスラア・ムハンマド・ジャマールは、「夢を見させて」という章の中で、ほとんどの人にとっては当たり前のことである自由な旅行について、とくに歴史的パレスチナ国内のそれについて書いている。そして、イスラエルが建設し維持する壁やフェンスに閉じ込められたパレスチナ人が、その向こう側に望むものを描き出している。ラーマッラーを拠点に活動するスハイル・ターハーは、イスラエルのフェンスや壁の外側から、彼や何百万人もの人々が訪れることを許されていない故郷の一部であるガザについて書いている。ターハーは、ガザに住むパレスチナ人たちが経験する、包囲による最も悪名高い問題のひとつである停電について深く掘り下げている。

この本はモスアブ・アブー・トーハの詩「瓦礫（がれき）を押しのけて咲くバラ」をもって締めくくられている。これ以上に真実を捉えた結論は誰にも書けないだろう。この本が私たちみなを、ガザおよびパレスチナ全土で、そしていまだ不正義にさらされる不幸な人々がいる世界のあらゆる場所で、生存と自由のために闘う人々の中にバラと光を見つけ、それを育むよう、勇気づけてくれますように。

2014年7月26日、ガザ市東部のシュジャイヤ地区で、イスラエル軍の爆撃によって破壊された建物の瓦礫。写真：サーメフ・ラフミ

ガザは問う——いつになったら過ぎ去るのか

リファアト・アルアライール

一九八五年、小学校一年生の頃、私は階下から聞こえる騒がしい物音で目を覚ました。あたりは真っ暗だった。母が泣きじゃくっている声、そして彼女を慰めている女性たちの声が聞こえた。母が泣いているのを聞いたのはそれが初めてだった。そのときのことは、今でもずっと頭から離れない。

何が起きているのか確かめようとそっと階下に降りると、父の旧式のプジョー404のフロントガラスとリアウィンドウが粉々に割れ、助手席のドアが大きく開き、そこらじゅう血だらけになっているのが見えた（私が今でも車の助手席に乗ることに恐怖を感じるのはこのためだろうか？）。

これはその夜、父が仕事から帰る途中に起きたことだった。その日は仕事の同僚が車を運転する番だった。イスラエルからガザ地区へ入るためにナハル・オズの検問所を通過したとき、突然、銃弾があられのように父の乗った車に降り注いだのだ。私はそのときの会話で初めて、「軍」「イスラエル」「ユダヤ人」「銃撃」という言葉を聞いた。子どもの頃、私はおもちゃの銃さえほとんど持っていたことがなかった。

眠気に襲われた兵士が指を滑らせて引き金を引いてしまったのだろうか？　ふざけ半分で車を撃ったのだろうか？　答えはわからなかった。捜査は行われず、誰も責任を問われなかった。

父は跳ね返って肩に当たった銃弾の破片で負傷し、後遺症が残った。そしてその後数十年、とくに寒い季節になると、ある種の幻肢痛のようなものに悩まされ続けた。家族の大黒柱である父親を一瞬で殺されてしまいそうになったことは家族全体のトラウマとなり、それは今もなお私たちの生活に暗い影を落としている。私はいまだに、外で銃弾の音が聞こえると必ず家族の様子を確かめに行く。そしてこの記憶が蘇るたびに、あのとき母を慰めていた女性たちの言葉を思い出す。「きっといつか過ぎ去るわ」。

焼け焦げた子ども時代。心の傷となった記憶。痛み。喪失。しかもそれだけではない。

チェシャ猫の笑み

四年後、私が校庭で普通に（同級生には少しちょっかいを出しながらも）過ごしていると、かなりの大きさの石が飛んできて、私の頭を直撃した。確かしばらくそのまま気を失っていたと記憶している。私は大量の出血を止めようと、左手で頭を押さえた。周りに幼い子どもたちが集まってきて、

---

i　護衛がショットガンを持って助手席に乗ることがあったことから、助手席に乗ることを英語で“ride shotgun”と言うため、原文では銃で撃たれることの恐怖とかけて、この表現を使っている。

隣接する四階建ての家の屋上をみんなで指差した。そこはイスラエル兵たちの駐屯地になっていた。石を投げたイスラエル兵は、『不思議の国のアリス』のチェシャ猫を思わせるような満面の笑みを浮かべていた。「たいしたことはない。これもいつか過ぎ去るさ」。傷の手当てをしてくれた医師は、そう言って私を慰め続けた。

それからちょうど二年後、私は同じような満面の笑みを浮かべる兵士に出会った。その兵士は、〔ガザ市の〕シュジャイヤ地区に侵攻する軍のジープに向けて石を投げる私の胸や腕に向かって、ゴムで覆われた鉄の弾丸を何発も撃ってきた。

祖母は私の腕と胸に冷たい水をかけながら、撃たれたことは決して父に言わないと約束し、インティファーダに参加して石を投げたことを咎(とが)めなかった。「きっと過ぎ去りますよ」と祖母は言った。

人生の早い段階で、イスラエルの占領体制についてひとつ学んだことがある。それは私たちが石を投げていようが投げていまいが、とにかく兵士を見たら走って逃げること。なぜなら彼らは、たいてい気まぐれに標的を選ぶから。私たちが平和的に生活して普通に過ごしていても、兵士に捕まったら、殴られたり、ひどいときは逮捕されたりする。これが、イスラエルが自由の戦士たちよりもずっと多くの民間人を殺害している理由だ。

私は捕まったことは一度もないが、ゴムで覆われた鉄の弾丸で撃たれたことは三回ある。殴られたことも一度だけある。それは兵士たちが我が家に踏み込んできたときのことだった。彼らは私や私の兄弟、いとこたちを何十回もひっぱたいた。彼らの言い分は、私たちの心拍を確かめたところ鼓動が速かったから、きっとそれまで走っていて、おそらく石を投げていたに違いないというものだった。当時私たちは八歳から一一歳くらいの子どもだったから、いつだって鼓動は速かった。

一二歳になって、誇りを持って石を投げるようになっていた私が最も恐れていたのは、父に怒られることだった。労働者としてイスラエルで働いていた父は、私が石を投げているのを見つけたらきっと叱っただろう。父は冷酷だったわけでも、暴力的だったわけでもない。ただ、もしイスラエル軍が私を捕らえたら、彼は労働許可証を失うことになるのだ。私は、イスラエルが一六〇〇人以上のパレスチナ人を殺害し、数千人を負傷させた第一次インティファーダ（一九八七〜九三年）を生き延びた。幸運なことに私は、イスラエルの弾丸にも撃たれず、ラビン首相の「骨を折れ」政策[ii]の犠牲にもならなかった。

しかし、当時一三歳だった私の友人レワー・バクルーンはそうはいかなかった。彼はイスラエル人入植者に追いかけられ、同級生たちの目の前で至近距離で射殺された。そのイスラエル人入植者は、石を投げたからレワーを罰したかったのではない。なぜならレワーは、石を投げていなかったから。その入植者は、子どもを殺すことで、石を投げている子たちへの見せしめにしたかったのだ。それは下校途中の、恐怖に怯えるたくさんの小さな子どもたちの目の前で起きたこ

ii　第一次インティファーダのとき、イスラエルのイツハク・ラビン国防大臣（当時）は抵抗運動に参加するパレスチナ人について「石を投げる者の骨を折れ」と指示を出して国際的な非難を浴びた。

とだった。レワーの家から、ほんの数メートル離れた場所で。彼の母親の悲鳴は、今でも私の耳にこだましている。

この文章を書いている最中、レワーが殺された日付を確認するために、レワーの親友でいとこであり、私の幼なじみでもあるファディに電話した。ファディはシファ病院にいた。彼は、レワーの母親ハニーヤが癌を患っていること、そしてイスラエルによるガザ包囲のせいで治療のための転院ができないでいることを教えてくれた。

「きっと過ぎ去るさ」と私はファディを慰めた。

「きっと過ぎ去るね」と彼は、感情のない声で繰り返した。

第二次インティファーダ

一九九七年、私は学部生として、大学で英文学を専攻した。英語を使ってより多くの人々に伝えたい、たくさんの物語があったのだ。二度目のインティファーダが始まって、イスラエルがパレスチナ人の虐殺を再開する中、私はパレスチナと軍事占領について詳しく学び始めた。イスラエルの占領体制のもとで生まれ育った経験と、自分の英語力を、もっと活かしたかった。「あとどれだけのパレスチナ人が虐殺されたら、世界は私たちの命を大切にしてくれるのだろうか」という質問を初めて見たとき、ナイーブにも私は、この質問を何度も繰り返せばきっと人々を変えられると考えた。それを聞いた人々は考え直して、立場を変えてくれるはずだと。そこで当時参加していたすべての掲示板に投稿するなどした。しかしイスラエルは私たちを殺すのをやめなかった。イスラエルは私たちの生活を破壊し続けた。そして、世界の反応についての私の予想はまったく間違っていた。

二〇〇一年、イスラエル占領軍はガザ市シュジャイヤ地区でパレスチナ人農民に向けて発砲し、農作業をしていた遠戚のタイシール・アルアライールを殺害した。タイシールがイスラエル軍に撃たれたのは、軍用監視塔も設置されているナハル・オズというキブツだ[iii]。ここは、約二五年前に父が撃たれたのとまったく同じ駐屯地だ。

タイシールは農民だった。彼は戦闘員ではなかった。彼は石を投げてもいなかった。彼はなんの変哲もない農民で、ただ自分の仕事をしていただけだった。だがそのことは、彼をイスラエルの砲火から守ってはくれなかった。皮肉なことに、イスラエル兵たちは時にタイシールの農園に立ち寄って、ひよこ豆やとうもろこしを要求した。タイシールを殺害した兵士は、時折ひよこ豆やとうもろこしを無料で要求して食べていたのと同じ人だろうか。答えはわからないままだ。なぜならタイシールの命は重要ではなく、したがって、その銃撃事件について何の捜査もされなかったのだから。

タイシールは三人の幼い子ども、悲嘆に暮れる妻と、農夫のいない農場を後に残した。葬式の席で、人々は何もわからない子どもたちを慰めた。誰もが口々にこう言った。いつかは過ぎ去る、

iii キブツは社会主義的理想を掲げるユダヤ人移民による農業共同体。シオニズム運動の一環としてパレスチナにユダヤ人入植地を増やす役割も果たした。

きっと過ぎ去ると。

第二次インティファーダが激化するにつれ、イスラエルはますます多くのパレスチナ人を殺害した。そこには私たちの親戚、友人や隣人も含まれていた。

ガザの物語

二三日間で一四〇〇人以上のパレスチナ人の命を奪ったイスラエルのキャスト・レッド作戦（二〇〇八年から〇九年）の後、ガザの生活は耐え難いほど悪化した。イスラエルはガザの首をますますきつく締め上げた。イスラエルは文字どおり、ガザに入るカロリーの量を計算し始めた。彼らの計画は、死なない程度にパレスチナ人を飢えさせておくことだった。郵便物、書籍、木材、チョコレート、そしてほとんどの原材料が禁止された。この戦争で、何万人もの人々が家を失った。

当時、私はユニバーシティ・カレッジ・ロンドンで比較文学の修士号を取得したばかりの若い学者として、ガザのイスラーム大学（IUG）で、世界文学とクリエイティブ・ライティングを教えていた。この二三日間の猛攻撃の間、私は自分の幼い子どもたち、シャイマ、オマール、アフマドの気を紛らすために、たくさんの物語を聞かせていたのを覚えている。その中には、母が子どもの頃に聞かせてくれたお話や、それを元にした別の話に、自分の子どもたちを主人公や救世主として登場させたものもあった。爆弾やミサイルの音が背景に聞こえているにもかかわらず、子どもたちは過去にないほど夢中になって、私の話に耳を傾けた。話を聞かせるときは、できるだけイスラエルのミサイルが飛んでくる可能性の低い部屋を選ぶように気をつけた。パレスチナ人として、私は物語とともに育った。物語を語らずにおくのは、利己的でもあり、裏切りでもある。物語というものは、語られるために、何度も語られるためにあるのだから。もし語らずにいたら、それは私の母、祖母、私が彼女たちから引き継いだ遺産、ひいては祖国に対する裏切りになる。

私の物語は、目的であると同時に、手段でもあった。子どもたちの気を紛らわせ、落ち着かせ、そして教育するために話を聞かせてあげながら、私は母と祖父母をとても身近に感じることができた。それらの物語は、母と私の過去への窓であった。私はそれを語ることで、母と家族が数十年も前に自家製の避難部屋で過ごした一分一秒を追体験できた。それは、イスラエルが最初にガザを侵略する前に、母の祖父が準備した部屋だった。母と彼女の家族が何度も経験しなければならなかった死に瀕する場面の話を聞くたびに、いつも心臓が止まるような気がしたのを思い出す。母が、ただそこにいたという以外に理由もないのに死にかけたということを考えるだけで、今でも私は心を揺さぶられる。

ある日、母が学校に行く途中、数メートルほど離れたところで砲弾が爆発したという。彼女はそのまま歩き続け、学校に行った。母は次の日、目を覚ますと、何事もなかったかのように学校へ行った。砲弾による支配を拒絶しているかのように（思えば、私が人生でほとんど授業を休んだことがないのはこれが理由かもしれない）。こうして母と彼女の物語は、イスラエルによる残忍な侵略を生き延びた。二〇〇八年から〇九年にかけてのガザ攻撃の間、イスラエルが爆弾を落とせば落とすほど、私はよりたくさんの物語を語った。爆弾の音で物語を中断せざるを得なくなると、私は子どもたちを落ち着かせるために「きっと過ぎ去るから」と嘘をついた。

物語を語ることが、私の抵抗の手段だった。私にできることはそれだけだったのだ。そのときに私は、もし生き延びることができたら、パレスチナの物語を語ること、パレスチナのナラティブを力づけること、そして若い人々の声を育てることに人生の大部分を捧げようと決心したのだった。

人々が、イスラエルによる「キャスト・レッド」作戦がもたらした即時的な痛みと苦しみを振り払う中、ガザに日常が戻ってきた。今回もまた、新たな遺体の山、瓦礫の山となった家、孤児たちと廃墟(はいきょ)、そして語るべき物語が残されていた。私はイスラーム大学の英文学部に戻った。同学部にあった最新の、高度な設備を備えた研究所の建物は、イスラエルに爆撃されていた。至るところに傷跡があった。ガザのすべての人が、愛する人の死を悼んでいた。私は友人や学生たちに、イスラエルがもたらした苦しみの証人として、彼らが経験したことを文章にするよう呼びかけ始めた。

「書くことは証言することであり、一人の人間の記憶よりも永く残る。自分自身と対話し、世界にも伝えることが、私たちの義務だ。私たちが生き残ったことには理由がある。それは喪失の物語、生き抜く強さの物語、そして希望の物語を語るためだ」と私は学生たちに話した。このようにして『ガザからの便り(*Gaza Writes Back*)』[iv]という本が生まれた。私は学生たちに本人と家族や友人の経験に基づいた短編小説を書く宿題を出し、書き方を教え始めた。『ガザからの便り』は、ガザ出身の若いパレスチナ人たちが書いた短編小説集として、二〇一四年にアメリカで出版された。そこには、二〇〇八年から〇九年の期間にイスラエルがもたらした恐怖の二三日間にちなみ、二三話の物語が語られている。この本は現在七ヵ国語で出版されている。アメリカと世界を回って、数多くのイベントに参加してこの本を紹介したときには、連帯と支持、そして運動の盛り上がりが確かに感じられた。私たちにとって、人々が話を聞き、共感し、支持を表明してくれるのは、本当にうれしいことだった。

そして私は、『ガザからの便り』がきっと変化をもたらすと信じていた。この本は世論を動かす一助になるかもしれない。ガザ、ヨルダン川西岸地区、エルサレムおよびあらゆる場所でパレスチナ人が生活の一部として経験している痛みや苦しみを軽減する助けになるかもしれない。しかし、物語や詩が占領者の心を変えることができるだろうか。一冊の本が変化をもたらすことはできるのだろうか。この悲劇、この占領とアパルトヘイトが過ぎ去ることはあるのだろうか。そうはならなさそうだった。その数ヵ月後、二〇一四年七月に、イスラエルは数十年来で最も野蛮なテロと破壊の作戦を展開し、五一日間で二四〇〇人以上のパレスチナ人を殺害し、二万軒以上の住宅を破壊した。

iv　原題 *Gaza Writes Back* には、"fight back"（反撃する）という言い方とかけて、ペンで反撃するのだという思いが込められていると考えられる。本章の著者はイスラエルの攻撃で殺される前の最後のインタビューで、もしイスラエル兵が踏み込んできたら、僕が持っている一番強い武器であるマジックペンでも投げつけるよと話していた。Refaat Alareer, eds., *Gaza Writes Back: Short Stories from Young Writers in Gaza, Palestine* (Just World, 2014).〔リファアト・アルアライール編『物語ることの反撃――21世紀パレスチナ短篇集』藤井光訳、河出書房新社、二〇二四年（予定）〕

二〇一四年、ガザ侵攻

二〇一四年のガザ侵攻時、イスラエルはイスラーム大学の管理棟を爆撃した。ミサイルは英文学部の研究室の入った建物に落ち、私の研究室が破壊された。そこに私は、いずれ本にしようと思っていた数多くの物語、提出物と試験の書類を保管していた。

イスラーム大学で教え始めて出会った若い学生たちは、ほとんどがガザから出たこともなく、イスラエル占領下で大きな苦しみを味わっていた。二〇〇六年にイスラエルが包囲を強化すると、この苦しみはますます悪化した。彼らの多くが、家族に会いに西岸地区へ行くことも、宗教的儀式のためにエルサレムへ行くことも、研究や旅行のためにアメリカやイギリスへ行くこともできなかった。本は、他の数多くの日用品と同様、ガザへ運び込むことが制限された。この若い世代がこのように知識を制限されたことは、私たちが予想するより遥(はる)かに悪い影響を今後及ぼすであろうことを、世界は知っておくべきである。

当初、学生たちはイェフダ・アミハイ[v]（だってイスラエルのユダヤ人じゃないか！）を勉強することや、シェイクスピアのシャイロックや、ディケンズのフェイギン[vi]に関する私の「進歩的な」見方を受け入れるのに困難を感じていた。多くの人々がフェイギンを究極の悪人と見ている。彼は子どもたちを盗人や殺人犯に仕立てることで彼ら自身と社会の未来を少なくとも比喩的に殺している、諸悪の根源じゃないかと。

時間が経って初めて、学生たちはフェイギンが、自分と異質な人、肌の色が黒かったり、人種が違ったり、自分とは違う物語を持っていたりする人々を憎む社会の産物にすぎないことを理解できるようになってきた。彼らはフェイギンが、教会そのものより善良であるとさえ理解するようになった。フェイギンはホームレスに住む場所を提供し、オリバーのような子がほんの少しでも幸せに希望を持って暮らせるようにしているのだ。それが学生たちにもわかってきた。ユダヤ人のフェイギンは、もはやユダヤ人というだけではなかった。彼は私たちと同じ人間だった。フェイギンは、ある人の家に押し入るときに、あえてオリバーを起こさなかった。そのときに彼が言ったセリフ「今じゃない。明日だ。明日だ」も、皮肉としてでなく、心ある男であった証拠と読みとれるようになった。私が学生たちに投げかけた最も難しい質問は、「もし君がフェイギンだったら、どうしたと思う？」だった。この質問は学生たちに人種と宗教の問題を再考し、それを超えたところにある人間性とその共通の目標を受け入れるよう促すものだった。

しかしシェイクスピアの『ヴェニスの商人』を教えるのはより困難だった。多くの学生たちにとって、シャイロックは救いようのない人物と映った。彼は自分の娘にさえ嫌われていたのだから！　しかしながら、イスラーム大学には、開かれた心、対話へのコミットメントとあらゆる文化

v　イェフダ・アミハイは現代イスラエルを代表する詩人の一人。一九二四年にドイツのヴュルツブルクで生まれ、一九三六年にエルサレムに移住。たびたび、中東戦争に従軍。戦後、ホロコーストを生み出した世界を理解しようとしてドイツを訪れた。

vi　チャールズ・ディケンズの小説『オリバー・ツイスト』に登場するフェイギンは子どもたちに犯罪を教え込む老人で、孤児のオリバー・ツイストは彼のもとで試練に耐えながら成長していくことになる。

と宗教に対して敬意を払うべしとする理念がある。私はそれに基づき、他者に対するすべての偏見、あるいは少なくとも文学を分析するうえでそれを乗り越えることを、学生たちとともに目指した。

したがってシャイロックも、野蛮で人喰い人種的な復讐への欲望を満足させるために一ポンドの肉を要求したユダヤ人という単純化された観念から、まったく別の人間へと変化を遂げた。シャイロックはイスラエルによる攻撃と破壊と人種差別だけでなく、その軍国主義的な政権の繰り出す偽情報と中傷につねにさらされる私たちパレスチナ人と、まったく同じような目に遭ってきたのだ。シャイロックも、アパルトヘイト的な社会が打ち立てた多くの宗教的、精神的な壁に囲まれて生きてきたのだ。シャイロックは、次の二つの選択肢から選ばなければならない立場にあった。完全に服従し屈辱を受けながら人間以下の存在として生きるのか、あるいは彼に手の届く範囲の手段を利用して抑圧に抵抗するのか。彼は現代のパレスチナ人と同様、抵抗することを選んだのだ。

シャイロックの「ユダヤ人は目なしだとでも言うのですかい?」から始まる演説は、もはや殺人を正当化するための哀れな言い訳ではなく、長年さらされてきた苦痛と不正義に対する訴えとして響き始めた。私たちとシャイロックの共通点があまりに大きいことに気づいた学生の一人が、この独白を次のように編集したときにも、私はまったく驚かなかった。

パレスチナ人は目なしだとでも言うのですかい? パレスチナ人には手がないとでも? 臓腑(ぞうふ)なし、五体なし、感覚、感情、情熱なし、なんにもないとでも言うのですかい? 同じものを食ってはいないと言うのかね、同じ刃物では傷がつかない、同じ病気にはかからない、同じ薬では癒らない、同じ寒さ暑さを感じない、何もかもクリスト教徒とは違うとでも言うのかな？　針でさしてみるかい、われわれの体からは血が出ませんかな？　くすぐられても笑わない、毒を飲まされても死なない、だから、ひどいめに会わされても仕かえしはするな、そうおっしゃるんですかい？（シェイクスピア『ヴェニスの商人』福田恆存訳、新潮文庫をもとに一部変更）

イスラーム大学の英文学部で六年間教えてきて私が最も感激したのは、学生たちに、アラブ系のオセロとユダヤ人のシャイロック、どちらの登場人物により共感するか聞いたときだったかもしれない。ほとんどの学生が、オセロよりシャイロックに親しみと共感を感じると答えた。そのとき初めて私は、学生たちが成長し、占領と包囲の中で育つことで身につけてしまった偏見を打ち砕くのに自分が役立ったと思えた。悲しいことに、研究室にあったその試験の書類は、シャイロックが金と財産を没収されたことと呼応するかのように、燃やされてしまった。その答案をまとめて本にしたいと私はずっと思っていたのだが。

ほんの一興、戯れごとのつもり

大学の管理棟を破壊したすぐ後に、イスラエル軍の報道官はツイッターで、イスラーム大学の「武器開発センター」を破壊したと宣言した。しかしながら数時間後には、イスラエルの防衛大臣が別の理由を記載したプレスリリースを発表した。いわく、「イスラーム大学は我々に対して使用するための化学物質を開発していた」と。もちろん、この主張を裏づける証拠はどこにもなかった。イスラエルは絶対に嘘をつかないし、大学の罪状が、武器開発センターから、「化学物質」開発センターに格上げされたことの支離滅裂ささえも、無視すべしというわけである。

寛容と理解、BDS[vii]と非暴力抵抗運動、詩、物語と文学についての講義も、死と破壊から私たちを守ることに役立たなかった。私のモットーである「これもいつか過ぎ去るだろう」という言葉は、ほとんどの人に冗談としてしか受け取られなくなった。そして私がいつも繰り返してきた言葉「詩は銃よりも強し」も、嘲笑されるようになった。学生たちは、イスラエルの残酷な攻撃によって研究室をなくした私のことを、「大量破壊ポエム」や「大量破壊学説」を開発しているなどと言ってからかった。学生たちは、寓話詩や物語詩とともに、化学物質詩も習いたいと冗談を言った。短編や長編小説という普通の言い方の代わりに、短距離小説とか、長距離小説と言ったりした。そしてしまいには、化学弾頭を搭載した問題も試験に出ますかとまで聞いてきた。

しかしイスラエルはなぜ大学を爆撃するのだろうか。イスラエルがイスラーム大学を攻撃したのは、ただその二万人の学生を罰するためだとか、パレスチナ人を絶望に追い込むためだと言う人もいる。それも確かに事実だろう。だが、私はこう見ている。イスラーム大学がイスラエル占領体制とそのアパルトヘイト政権に呈する唯一の危険性、それはそこが、学生たちの心を不屈の武器として開発するガザで最も重要な場所だったことだろう。知識こそ、イスラエルの最大の敵である。啓蒙こそ、イスラエルが最も憎み、最も恐れる脅威である。だからこそイスラエルは、大学を爆撃するのだ。彼らが殺したいのは、開かれた心と、不正義と人種差別の下で生きることを拒否する決意自体なのだ。だが改めて、なぜイスラエルは学校を爆撃するのだろうか？　なぜ病院を？　なぜモスクを？　なぜ二二階建ての建物を？　もしかしてそれはシャイロックが言ったように、「ほんの一興、戯れごとのつもり」なのか？

近しい人々の喪失

二〇二一年三月一三日発行のニューヨーク・タイムズ紙に寄稿した記事「我が子の質問――停電してもイスラエルは私たちのいる建物を破壊するの？」の中で、私はこう書いた。妻のヌサイバと私は、過去二〇年の内に三〇名以上の親戚を亡くしているという意味で、ごく普通のパレスチナ人夫婦であると。

二〇一四年に起きたイスラエルのガザに対する最も凶悪な攻撃のひとつは、シュジャイヤの虐殺だった。シュジャイヤ地区は、イスラエルとの国境に隣接するガザ市の東側にある。そこは世界でも最も人口密度の高い場所のひとつで、ひじょうに狭い土地に、一〇万人以上の人々（そのほとんどが子どもたち）が住んでいる。イスラエルはこの虐殺の間、その地区を一〇時間休みなく爆撃し続けた。明け方に砲撃が止む時間を狙って人々は命からがら逃げたが、その後再び爆撃が始まるのだった。道端や、安全なはずの家の中で死んでいた老人、女性、子どもや若者たちを写し

vii　ＢＤＳ（Boycott, Divestment, and Sanctions）はイスラエルのアパルトヘイト政策を終わらせるためにパレスチナの市民から呼びかけられた、イスラエルに対するボイコット、資本の引き揚げ、制裁を行うよう求める国際キャンペーン。

た写真の記憶は、今も私たちの心を苦しめる。

私の兄弟、ムハンマドも、二〇一四年に殺害された人々のうちの一人だった。イスラエルは彼の妻から夫を奪い、彼の二人の子どもたちラニームとハムザを孤児にした。イスラエルはまた、私の親戚の家族四人も殺害した。私たちの実家は破壊され、叔父と親族の家も破壊された。私の妻のヌサイバは兄弟、祖父といとこを失った。しかし最も恐ろしい虐殺は、妻の姉が住む家をイスラエルが攻撃したときに起きた。イスラエルはヌサイバの姉、その三人の子ども、姉の夫を殺害し、残った子のアンマールとアブードは負傷し、孤児となった。残りの家族も負傷し、瓦礫の下から掘り出されなければならなかった。ヌサイバの父の家と兄弟の家も破壊された。

イスラエルがパレスチナ人の心に負わせた傷は、修復不可能なものではない。私たちは回復し、もう一度立ち上がり、闘い続ける以外の選択肢を持たない。占領に屈服することは、人類への、そして世界中のすべての闘いへの裏切りである。

結局のところ、パレスチナ人やパレスチナ人支持者が何をしても、イスラエルとシオニスト圧力団体の気に入ることはないだろう。そしてイスラエルの攻撃が衰えることもない。ＢＤＳ。武力闘争。和平交渉。抗議行動。ツイート。ソーシャルメディア。詩。イスラエルによれば、これらすべてがテロなのである。デズモンド・ツツ大主教は、南アフリカのアパルトヘイトだけでなく、あらゆる場所の、そしてとくにパレスチナでの人種差別に反対する正義の味方として世界中から尊敬を集める人物だ。だが彼でさえ、偏見のある反ユダヤ主義者と中傷された。有名な俳優のエマ・ワトソンも、インスタグラムにパレスチナ連帯の投稿をしたことで攻撃され、反ユダヤ主義と非難された。だから、リファアト・アルアライール、アリ・アブニマー、スティーブン・サライタ、スーザン・アブルハワ、ムハンマド、ムナ・エル＝クルドやレミ・カナズィがつねにシオニストの荒らしによる攻撃を受け、反ユダヤ主義という間違った中傷を受けるのは当然のことだ。シオニスト圧力団体は、イスラエルの犯罪に対してどれほど穏やかに批判しようが、パレスチナ人の権利に対する支持がどれほど軽微であろうが、それを阻止するために猛攻撃を仕掛けてくる。これはイスラエルがパレスチナの武装レジスタンス勢力だけでなく、パレスチナ人の存在自体を標的としていることのさらなる証拠である。

多くのパレスチナ人が、もっとできることはないのか、世界の自由な人々が私たちに対する恐ろしい犯罪を防止するためにもっと努力すればいいのではないかと尋ねる。反対運動、武力闘争、BDS、あるいは「平和のためのユダヤ人の声」のような親パレスチナ団体、BLM[viii]活動家、先住民活動家たちがもっと圧力をかけることで、イスラエルのさらなる侵略を阻止し、戦争犯罪人たちに裁きを与えることができるだろうか。いつになったら過ぎ去るのだろうか？　どうすればもうたくさんだとなるのだろうか？　パレスチナ人が何人死ねば足りるのだろうか？　何度の虐殺があればもう十分なのだろうか？

viii　BLM（Black Lives Matter）は二〇一三年に米国でアフリカ系の少年トレイボン・マーティンが元警官の白人自警団に射殺されたときにSNSで始まったスローガン。二〇二〇年の警察によるジョージ・フロイド殺害事件により、世界的な盛り上がりを見せた。

これを書く私は身震いし、恐怖にすくんでいる。自分が剝き出しの裸のように、無防備であると感じる。イスラエルが私たちにもたらした恐怖を追体験することと、自分の生活の中でも最も私的な、心のうちを曝け出すような、恐怖に襲われた瞬間を公開することは、また別である。時には夜遅く、眠れなくなって、この努力には意味があるのか、本当に何かが変わるのだろうかと考える。

この本のための文章を依頼されたときは、これによって変化がもたらされ、とくにアメリカの政策が改善されるだろうという話だった。でも本当のところ、何が変わるだろうか？　パレスチナ人の命に意味はあるのか？　本当に？

読者のみなさん、この本を読み進めるあなたは、その行動によって人の命を救い、歴史を変える可能性を持っている。あなたには何ができますか？　何をしますか？　この本に意味を持たせてくれますか？

ガザはイスラエルがパレスチナ人を大量に虐殺しているときだけ大事なわけではない。そのときだけ注目されるべきなのでもない。ナクバの縮図であるガザは、私たちの目の前で、そして多くの場合、テレビやソーシャルメディアで生中継されながら、窒息させられ、切り刻まれている。いつか過ぎ去ることを、私は望み続ける。きっと過ぎ去ると、私は言い続ける。本気で言っているときもあれば、そうでないときもある。そしてガザが生きようと喘ぐ中、私たちはこの状況を過ぎ去らせるために闘い、パレスチナのために物語を語ることで反撃する以外に、選択肢を持たない。

地中海の岸辺で
人間性が塩にまみれ頭を垂れて
死んでいるのを見た。
目はくり抜かれ
手を空へ伸ばして祈っていた。
あるいは恐怖に震えていたのか。わからない。
アラビア人の心よりも厳しい海が血に染まって
踊っている。
泣いているのは小石だけ。小石だけ。
「アラビア中の香水を振りかけても」[ix] 隠せはしない
イスラエルが生む腐敗の香りを。

ix シェイクスピアの『マクベス』第五幕第一場、マクベス夫人が、王を暗殺した自分の罪を洗い流そうと手を洗いながら言うセリフ。

ガザ市にあるジョージ・フロイドの壁画を撮影するパレスチナ人男性。2020年6月16日。写真：サーメフ・ラフミ

なぜ私たちは今もスマホを握りしめて録画し続けるのか

アスマア・アブー・メジェド

空から落ちてくるイスラエルのミサイルから逃げる人、お隣さんの破壊された家の瓦礫のそばで砲撃に囲まれている人。そんな状況にいる人々がなぜスマホを持って、身の回りの恐ろしい光景を録画するのだろうか（これはソーシャルメディアでよく見かける質問だが、このような質問をする人はパレスチナ人の苦しみをまったく理解していない）。

私はこの文章を、そのような質問をする人たちではなく、私たちのために書いている。私たちが必死でスマホを握っているのは、物語を自分たちのものとして生かし続けるためだ。そしてそのためには、私たちの経験を記録することがひじょうに重要であることを身をもって学んだからだ。私たちの物語、その闘いと苦しみ、七〇年以上も続けられてきた私たちに対する残虐行為が、消し去られている。イスラエル人ジャーナリストのハガール・シェザフは、イスラエル国防省が歴史的文書を公の記録から組織的に削除していることを明らかにした。それらの文書は、パレスチナ人の殺害、村の破壊、ある地域に暮らすパレスチナ人をすべて追放した複数の事例などについて書かれたものだ。[1]これはイスラエルの、つねに自分たちに都合よく歴史を書き換えようとする試みの一部である。だからこそ私たちはスマホをしっかり握って記録するのだ。

私たちは記録する。「客観性」とやらを持っているとされる西洋メディアが、パレスチナ人を無価値あるいは人間以下のものとして描くことに抵抗するために。私たちの名前もまともに言えない彼らが、私たちの物語をまともに語ることはできない。私たちはつねに、テロリストや暴力的な人間、あるいは抽象的で実態のない数字として描かれる。私たちはつねに自分たちの人間性を証明するよう求められる。そうすることで初めて、メディアが数秒の放送時間を割いてくれるというわけだ。

だから、私たちは彼らのためではなく、自分たちのために録画し、記録を残す。私たちは、正義を求めるためにはまず謝らなければならないと、メディアによって組織的に洗脳されてきた。自由と平等を求める声を上げるために、後ろめたさを感じる必要などあるはずはないのに。

私たちは携帯をしっかり握って録画を続ける。私たちの涙を。父を亡くし、母を亡くし、姉妹を亡くし、兄弟を亡くし、子どもを亡くした私たちの、その叫びを。私たちの苦しみ、命がけの逃走と身を切られるような恐怖を。そしてアメリカ政府が愛を込めて送り込むF‐35のミサイルが、耳をつんざくような死の音とともに家を揺らす中、子どもたちを落ち着かせようとする私たちの無力感を。

私たちは携帯をしっかり握って録画を続ける。破壊された家の瓦礫の下敷きになりながらなお生き延びようとする母親との悲痛な会話を。愛する人の墓の前で、泣きながら別れを告げる自分たちの声を。強くあろうとしながら、耐えきれず声を震わせ、目に涙を滲ませる自分たちを。

私たちは記録しなければならないのだ。どうか生き延びることができますようにという祈りを。そして爆撃の後に子どもたちが、おもちゃが無事だったことや、ペットがまだ生きていたと喜ぶ様子を。自分たちの強さと弱さ、指導者への不満、沈黙する世界への怒りを。煙と血、失った家、標的となったオリーブの木、そして盗まれた生活を。私たちがどれだけ年老いたか、そして与えた分の愛情が返ってこなくても、それでもなお人生を愛し続けていることを。

私たちは記録する。未来の世代に、本当に起きたことを伝えるために。私たちはここに立ち、自分たちの権利を要求し、そのために闘い、そして殲滅（せんめつ）されたのだと知らせるために。他の誰かに対して自分たちの人間性を主張するためではなく、未来の世代に、私たちは誰だったのか、そして何をしたのかを覚えておいてもらうために。私たちの存在を消し去ろうとするすべての試みに気をつけなさいと、伝えるために。

私たちは記録する。この恐ろしい悲劇を終わらせてほしいという人類への懇願を。私たちのカメラには収まりきらないその願いを。

ガザ地区とイスラエルを隔てる分離フェンス近くのハーン・ユーニス東部で、抗議行動中にパレスチナ国旗を振るパレスチナ人女性。2018年5月14日。写真：サーメフ・ラフミ

永遠に続く一時性という悪循環を打ち砕くこと

シャハド・アブーサラーマ

　一九四八年以前にも、パレスチナは何度も植民地化されてきた。それでも一九四八年以前までなら、ずっとその土地に暮らしてきたパレスチナ人たちは、エルサレムの旧市街やヤーファーの市場、あるいはガザのビーチで簡単に落ち合うことができた。だが一九四七年から四九年に展開されたイスラエルによる民族浄化作戦、すなわちナクバ（大惨事）は、パレスチナの風景と人口構成を根本的に変えてしまった。そのときに、五三一のパレスチナの村や町が完全に住民を絶やされて破壊された。そして破壊されなかった村や町も、電気柵と軍事検問所によって互いに隔離されてしまったので、落ち合うことはほとんど不可能になってしまったのだ[1]。実際それ以降ずっと、パレスチナ人は絶え間ないナクバにさらされ続けてきた。そこで起きた悲劇につぐ悲劇は、イスラエル国家設立以前から始まった長い帝国主義的な伝統の続きであり、パレスチナの地理的、社会的・政治的な分断をますます深めた。

「永遠に続く一時性」という概念は、難民の流浪の生活を一般的に表し、パレスチナ難民にとくに当てはまるものだ。[2] 難民キャンプに暮らすパレスチナ難民は、どっちつかずな状態のまま、空間的にも時間的にも宙ぶらりんのままだ。彼らが手放そうとしない帰還の権利を、イスラエルは断固として否定し続ける。第二次世界大戦後、世界のほとんどが植民地主義以降（ポスト・コロニアル）の構造に移行したにもかかわらず、パレスチナ難民は、一九四八年以降果てしない入植者植民地主義（セトラー・コロニアリズム）による暴力にさらされている。そこには正義もなく、実行者の責任も問われない。その暴力はただ悪循環を強化し、難民キャンプに、再生の場としての政治的立場や社会的意義を与えようとしない。

一九四八年以降のガザの抑圧と抵抗のユニークな歴史は、現在進行中のナクバとその壊滅的な影響を示す小宇宙となっている。そこで別の村や町に暮らすパレスチナ人同士が会うことは、刑務所に入れられたり、あるいは他の理由で本来の場所から追放されたりした例外的な状態でしか可能ではないのだ。新型コロナが世界的に大流行して、ヨーロッパの人々が前例のない不確実性と、彼らが長らく当然のこととして享受してきた権利を制限される事態に見舞われている。だがこのような制限は、イスラエルの入植者植民地主義とアパルトヘイト・システムの下で生きる私たちの生活を長らく定義してきた抑圧に比べれば、ただの影のようなものにすぎない。

私の親友、ルーアイ・オデフの物語は、イスラエルがパレスチナ人に対して行うさまざまな種類の集団投獄の良い例だ。[3] ルーアイは、一九七八年九月にエルサレムで生まれたが、二〇一一年一〇月一八日が、彼の「二度目の誕生日」になった。その日、彼は想像を絶するような経験をした。一夜のうちに、気がつくと彼は包囲されたガザにいたのだ。ガザは彼にとって思い出もなく、家族もいない場所だ。ガザに対して、祖国の一部だから訪れてみたいという「正常な」願望からくる深いつながりの感覚は持っていた。ほとんどのパレスチナ人にとって、それは叶わぬことだ。彼はイスラエルの牢獄で一〇年間、囚われの身となっていた。そして囚人交換の一環として待望の釈放が与えられたとき、彼はガザ地区に送られた。ガザを治める有力政党ハマースが、二〇〇六年に捕らえたイスラエル兵ギルアド・シャリートの解放と引き換えに、イスラエルは一〇二七名のパレスチナ人政治犯を釈放するという合意に達したのだ。シャリートが拉致され囚われの身となっていた五年の間、イスラエルは包囲と頻繁な爆撃により私たちの生活を生ける地獄にしていたので、この囚人と捕虜の交換合意は、トンネルの先に見える光のように思われた。

それは住みづらい社会・経済状況の中で訪れた矛盾に満ちた勝利の瞬間だった。その例外的な喜びの中、私も三〇〇人以上の解放された囚人を出迎える群衆に加わった。イスラエルはそのうち一六四人を、ガザ出身でないにもかかわらず、ガザに追放することを決めていた。ルーアイもその一人だった。これはジュネーブ第四条約に違反している。同規定は、「被保護者を占領地域から占領国の領域に又は占領されていると占領されていないとを問わず他の国の領域に、個人的若しくは集団的に強制移送し、又は追放することは、その理由のいかんを問わず、禁止する」（第四九条［追放］）と定めている[4]。

その後、数週間にわたってガザ地区のそこかしこで自由の祭典が開催され、その中でルーアイと私の道は、幸か不幸か交差することになった。私たちは、ルーアイの解放と追放生活が始まって数日後に行われたある催しで、私たちの家族の人生が、ルーアイの解放をめぐるそれと同様に想像し難い状況の中で交差していた事実を知ることになる。ジャバリア難民キャンプで一九七二年に拘束された私の父イスマーイールと、エルサレムで一九六九年に拘束されたルーアイの叔父ヤアクーブ・オデフは、一九七四年にベエルシェバ刑務所で会っていたのだ。[5] そして一九八〇年、二人はナフハ刑務所に移送された。そこは、イスラエル人権団体ベツェレムの共同創始者アムノン・カペリウクが「囚人の精神を打ち砕くことをとくに意図して作られた、特別な場所」と表現した刑務所だ。[6] カペリウクは、ナフハ刑務所にはイスラエルが「パレスチナ人の囚人の中でもより抜き」とみなした囚人たちが収容され、そこで彼らは、ベエルシェバ刑務所よりももっと「耐え難い条件」を経験すると書いている。[7] パレスチナ人の囚人たちは、一九八五年の交換取引で終身刑が執行猶予になるまで、ナフハで抵抗を続けた。そのときパレスチナのレジスタンス勢力がイスラエルと結んだ合意により、第一次レバノン戦争で捕虜となった三人のイスラエル兵と引き換えに、一一五〇人の政治犯がイスラエルの刑務所から釈放された。この取引で、パレスチナ人はようやく束の間の勝利を味わった。これは一九八二年のイスラエルによるレバノン侵攻でパレスチナ解放機構（PLO）が敗北し追放されてから三年後のことだった。

父とヤアクーブは、それから二六年後の二〇一一年一〇月、再びガザで、ルーアイの自由を祝うイベントで会うことになるとは思ってもみなかったであろう。イスラエル軍の検問所、隔離、壁、移動制限がなければ、エルサレムとガザの間は車で一時間程度のはずだ。しかし実際は、ヤアクーブがルーアイに会うためには、まずルーアイの両親と一緒にエルサレムから二日間かけてバスでエイラートへ行き、そこからエジプトのタバに入り、そしてラファの国境検問所を通ってガザへ入らなければならなかった。そのような特殊な状況は、お祭り気分を一層引き立てた。私たちは、二度と来ないであろうその時間、その「あり得ない」一時を最高の喜びを感じながら過ごした。

私の両親は、ルーアイや他の追放されていた元囚人たちが、ガザでまったく新しい世界を経験していることを強く意識していた。一方で、ガザ以外の世界を見たことがない受け入れ側の多くの人々は、彼らの目を通して同じように別の世界を経験していた。たとえば私は、一九九三年にアメリカが仲介しイスラエルとPLO間で交わされたオスロ合意の余波の中で育ったガザの若い世代の一員だ。湾岸戦争によって、帰還、土地、主権の問題が片隅に追いやられ、パレスチナ解放のための戦いが国家を樹立するための戦いへと変化する中、エドワード・サイードはオスロ合意を「パレスチナを降伏させるための道具、パレスチナ版のヴェルサイユ条約」だと非難した。[8]イスラエルが占領を維持するかたわら、被占領者に対する責任を放棄する中で、サイードは、PLOが「結局（今の）世界を守ることになる」と結論づけた。[9]私がこのガザという牢獄の中で生まれたのは、オスロ合意によって火が消されてしまった第一次インティファーダ（一九八七～一九九三年）の最中だった。この合意にあった自治の約束は、政治的にもその他の面でも夢物語であり、分断を生むものであることが、まもなく証明された。このオスロ合意の影響下で育った私たちの多くにとって、ルーアイのような囚人の解放（追放）は、エルサレム、ベツレヘム、ヘブロン、ジェニンやパレスチナのその他の地域の人々に初めて会う機会となった。

ルーアイと私たち家族の会話は、しばしば政治犯の生活とガザに暮らすパレスチナ人の生活との比較になった。その二つは規模は違えど似た世界であり、双方とも、経験したものの行動に明確な心理的影響を与える。パレスチナの囚人たちにとっては、一日一日がサバイバルだ。ガザのパレスチナ人たちと同じように、不確実性だけが唯一の確かなことである。ナフハで朝を迎えても、その夜、眠るのはベエルシェバになるかもしれない。家族の面会は、いつ中止になるかもわからない。今日手に入った物が、明日も手に入るとは限らない。そこで双方の行動も、この状況に適応したものになってくる。たとえば、物を書かないのに、いつか書くときのためにと、ペンを備蓄したりする。同様に、ガザのパレスチナ人は、今は必要ではない商品や物品を備蓄する。後になって手に入らなくなる可能性があることを知っているからだ。何も建設していないのに大量のセメントを備蓄したり、ガソリンスタンドがたくさんあるのに、大量の燃料を備蓄したり。双方とも基本的な権利を否定され、監禁状態にある。彼らはこれが、自分たちの意志と自由を求める心を打ち砕くためであることを知っている。そしてこの状況は安定せず、いつ変わってもおかしくないものであり、そしてそれが良い方向への変化になるとは限らないことも知っている。刑務所では、基本的権利を求めて命がけのハンガーストライキが行われる。同様に、ガザ地区のパレスチナ人は、イスラエルの弾圧によって命を落としかねないことを知りながら、ガザ地区とイスラエルを隔てるフェンスまで行って抗議の声を上げる。双方とも、自分たちの屈辱的な人生以外に、失う物は何もない。囚人たちとガザの中の世界は、自分たちのコントロールを超えた外部の力によって支配されており、法則は存在せず、起こるのは未知で予期せぬことばかりである。

ルーアイと私の歴史は、抑圧と抵抗というパレスチナの人々の経験の中で、交差しながらもそれぞれ独自に異なっている。そして二人とも今は、パレスチナの家族から遠く離れた場所にいる。一〇年前に出会ったときには、それぞれが別の闘いに取り組むことになるとは二人とも思っていなかった。これについてこの章ではすべて書ききれない。だがそれは、ガザの厳しい現実、そしてそのためにルーアイを含め、兄弟、いとこ、幼なじみなど親しい人々の多くがヨーロッパ中に散らばってしまったことと深く絡み合っている。しかしヨーロッパにいたおかげで、パレスチナにいた頃に想像していた以上に多くのパレスチナのかけらを見つけることができた。私たちは皆パレスチナの大義に身を捧げ、バラバラになった自己を統合し、無力感に打ち克つために全力を尽くしている。何も悪くないのに、世界の見ている目の前で集団的懲罰を受ける同胞たちを遠くに見据えながら。ガザやその他の場所で直面する、どう生き延びるのかという日々の問題から距離を置くことで、ガザ内外の当事者たちへの理解が深まる。そしてそのことが、私たちを今いる地点まで導いたのだ。

オスロ合意以来、分散した亡命先から長年抵抗の最前線に立ってきたパレスチナ難民たちは、政治的な混沌（こんとん）状態に囚われている。その一方で、イスラエルの入植地はますます速いペースで拡大し、革新的な抑圧と統制戦略のもと、縮小し続けるバントゥースタン[10]にパレスチナ人を監禁している[11]。こうした和平交渉の根底にある偽善は、イスラエルがガザ地区を「パレスチナ人との和平準備の一環として、一九九四年にすでに電気柵で包囲していた」ことからも明らかだ[12]。二〇〇〇年に勃発し、ルーアイの拘束につながった第二次インティファーダには、和平プロセスの完全な失敗が最もわかりやすく表れている。イスラエルの占領当局は、このインティファーダを口実に、他のパレスチナ地域からのガザ地区の隔離をさらに強化した。

しかし、パレスチナ・イスラエルをめぐる主流派の言説は、依然として現地の永遠に続く不正義を否定している。そしてそれは、二〇二〇年にイスラエル主導で提案され「世紀の取引」と一部で宣伝された和平案にもはっきりと表れている。これはアラブの独裁政権からの支援と、トランプ政権の後援を受けた案だった。トランプの「和平工作」は、国際法に対する複数の明白な違反を伴っていた。その違反とは、イスラエルが不法に併合したエルサレムをイスラエルの首都として一方的に承認したこと、難民を再定義しようとしたこと、ほとんどの難民が生活を依存している国連パレスチナ難民救済事業機関（UNRWA）の資金援助を打ち切ったことなどである。[13] この案では、パレスチナの闘いに関する本質的要素が、イスラエルに都合のいい形で無視された。だがそれでもこれを後援する者たちは、イスラエルが与えるパンくずと、約束された数十億ドルの金に対して、パレスチナ人が感謝することを期待していた。パレスチナの大義に対するこのような弾圧は、一九四八年に起きたパレスチナに対する民族浄化の背後にあった帝国主義文化が、今もなお息づいていることを示している。

私たちと私たちの家族を「永遠に続く一時性」に閉じ込める悪循環から、私たちはどうすれば抜け出せるのだろうか。未来の世代を私たちと同じ目に遭わせないためには、どうすればいいのか。これらはパレスチナ人がどこにいようとつきまとい、私たちが解放を求める闘いの炎を灯し続ける理由ともなる問いである。この深刻な状況はガザに最も目立った形で表れているが、すべての亡命パレスチナ人を悩ませ続ける問題でもある。これまでの一〇年間で、何万人もの若者たちがヨーロッパに亡命している。そして亡命したパレスチナ人たちは、受け入れ国を襲う動乱によって、さらなる追放の波に直面している。

私たちの現状は、一九五〇年代から六〇年代のそれと似ている。その当時、押しつけられた境界線や制限から遠く離れた場所に亡命しディアスポラとなったパレスチナ人たちは、ともに解放のためのビジョンを形成しようと集結した。共通する苦難と追放の経験から生まれたこのビジョンが、世代を超えて改めてはっきりさせたのは次のことである。国際的に認められている権利である帰還の実現を通してパレスチナにおける正義を達成するという以外の未来は、考えられないのだ。したがって、必要なのは、利害を優先する現実政治（レアル・ポリティーク）のために疎外されてきた核心的な問題に再び焦点を当てる脱植民地戦略である。私たちの現実を理解し、パレスチナ人のために公正な未来を描くには、パレスチナの生活とパレスチナの闘いに関する歴史的な物語の批判的な検証が必要だ。そしてガザはその問題について、啓発的な事例研究の場となる。

パレスチナ人が欧米の帝国主義および人道主義と出合うとき

イスラエルという国家は、民族浄化されたパレスチナに存在している。そしてそれが可能になっているのは、サイードが「オリエンタリズム」と呼ぶ何世紀も前から始まった帝国主義的言説が合理化した、幅広く多面的な権力構造のおかげである[14]。ほぼ一世紀にわたるヨーロッパのパレスチナへの「平和的な十字軍遠征」の後に設立されたこの国家は、「聖なる土地」を「救済」するために「ユダヤ人の復帰」を提唱するキリスト教シオニズムとオリエンタリズムに基づく文化を基盤としている。[15]一九世紀のヨーロッパでは、民族的ナショナリズムが高まり、非ヨーロッパ圏に植民地が拡大していた。そのような背景の中、聖書の教義的な理解に組み込まれた宗教的関連づけと、アラブ人に対する人種差別的な文化的・政治的態度とが相まって、パレスチナはキリストの時代からずっと変わらぬ場所であり、パレスチナ先住民は「汚染の源」であるとみなされた。[16]彼らは他の植民地化された民族のように「原始人」であるだけでなく、根を下すことのない砂漠の「放浪者」だとされた。こうした描写は、そこは先祖伝来の自分たちの土地であるとするパレスチナ人の主張を弱らせ、歴史的な「約束の地」に「帰還」したとされる新しく来た人々との入れ替わりを促進する効果があった。[17]この歴史は、近代シオニズムの父と言われるオーストリア＝ハンガリー系ユダヤ人テオドール・ヘルツルが後に構想した、シオニズムに基づくユダヤ人国家の基礎となった。一八九五年にヘルツルは日記の中で「（土地の）収用と貧しい人々（パレスチナの原住民）を排除するプロセスは、慎重かつ用心深く実行されなければならない」と記している。[18]この構想は、一九一七年のバルフォア宣言に明記された。同宣言は、多数派の先住民であるパレスチナ人を完全に無視したうえで、「ユダヤ人のための民族的郷土」の建設を英国が支援すると約束したものだ。その後、パレスチナ独立の約束が破られ続ける中、同地の人口統計や風景に衝撃的な変化がもたらされた。[19]

イスラエル建国により、ガザは完全に様変わりした。パレスチナ難民総数の四分の一に当たる約二〇万人が故郷を追われ、一九四八年以前のガザの人口八万人とともに、狭い帯状の土地に押し込められたのである。[20]一九四九年にイスラエルとエジプトの間で結ばれた休戦協定により、現代のガザ地区の「暫定的な」境界線が定められたが、これはオスマン帝国や大英帝国時代のガザ地区よりもはるかに小さな領土であった。パレスチナ国家が存在しないため、この新たなガザ地区は、エジプトの管理下に置かれた[21]。この休戦協定は、ガザ地区に壊滅的な結果をもたらした。さらに、ガザとイスラエルの間に築かれたフェンスはガザ地区内に設置され、その面積を著しく縮小した。そして自分たちの土地や自分たちの家に戻るためにフェンスを越えようとする何千人ものガザ難民を殺すための口実を提供した。彼らは単に帰還の権利を行使しているだけなのに、「敵対的な侵入者」ということにされてしまうのだ。歴史家のベニー・モリスによれば、「一九四九年から五六年にかけて、イスラエル国防軍（ＩＤＦ）、警察、民間人によってイスラエル国境沿いで（……）五〇〇〇人もの」帰郷しようとするパレスチナ人が殺害されたという[22]。

　パレスチナ難民に救援物資を提供した英米系の人道支援機関は、根深いオリエンタリズムのイデオロギーに染まった状態でガザに到着した。そして彼らは、新たに建国されたイスラエルの正当性を（それが倫理にもとるものであるにもかかわらず）容認する権力構造の中で機能した[23]。国連総会決議一九四によって設立され、パレスチナ人の帰還と賠償の権利を保障した国連パレスチナ調停委員会（ＵＮＣＣＰ）とその支部である経済調査団（「クラップ・ミッション」とも呼ばれる）およびＵＮＲＷＡも、帰還は非現実的であるという前提で活動していた[24]。しかし、パレスチナ人にとって最も非現実的なのは、難民が故郷に帰る希望を捨てることや、帰還の権利の実現なしに恒久的な和平の達成を期待することだ。ガザでは、このことはさまざまな形で表現されてきた。その多くを、一九四八年一二月にガザにおける救援システムの管理を国連に依頼されたアメリカ・フレンズ奉仕団（AFSC、ガザではしばしば「クエーカー教徒」と呼ばれる）の記録からたどることができる。国連は、新たなパレスチナ難民の数に圧倒されていた。世界教会協議会の難民専門家によると、その状況はヨーロッパの難民危機よりも明らかに「もっと悲惨」だった。そこで国連は第二次世界大戦中のヨーロッパにおける難民支援で評判の高かったアメリカ・フレンズ奉仕団の助けを借りたのだ。[25]

ヨーロッパの難民危機は、一九四八年のナクバ直後、とくにガザにおいて大きな役割を果たした。このことは、第二次世界大戦後のこの重要な時期に、国際的な難民対策が形を取りつつあったことに関連している。ダニエル・コーエンは、ユダヤ人と非ユダヤ人の東欧難民からなるヨーロッパの避難民と、パレスチナ人避難民との間の深い「道徳的な」つながりを強調している。しかしこのつながりは、「アラブ人とユダヤ人それぞれの主張に対する中立性」の名の下に無視された。[26]このように人道主義の体制は、中立の名の下に、政治と援助を切り離した。これは今日のパレスチナ人に対する扱いにも引き継がれているが、その分離自体が実際、政治的なものである。このような「中立性」の宣言は、パレスチナ人に加えられた不正行為に対する国際的な反応を無効化し、深刻な結果を伴った。

ここでは、アメリカ・フレンズ奉仕団の記録を独自に調査した結果と、関連する学術研究の包括的な検証に基づき、当時形作られつつあった言説に照らして、パレスチナ難民に対する同クエーカー教徒指導者たちのアプローチを検証する。これはパレスチナ人にとっても、クエーカー教徒にとっても、そして人道主義者にとっても、失望する可能性があり、指導者と草の根運動との間に通常存在するギャップを映し出すものだ。だが、この議論は重要である。なぜなら自己反省と修正のプロセスのみが、社会正義が支配する未来へと私たちを導くことができるからである。

前述の「中立性」は、当時AFSCの事務局長であったクラレンス・ピケット氏の書いた論説にさかのぼることができる。一九四九年三月二〇日に『フィラデルフィア・インクワイアラー』紙に掲載されたピケットの文章は、一方で、パレスチナ難民の帰還について真剣に議論するための必要条件として、「政治的交渉のために」パレスチナ難民を利用することへの警告を発している。そして、支援の「一時的な」性質と、「故郷に戻り自分たちの生活をする」のがパレスチナ難民の最大の願いであることを強調している[27]。他方で彼は、最優先事項として、「難民自身が彼らの状況を現実的に把握できるように手助けする」必要性を強調した。ここでピケットの言う「現実的に」というのは、難民たちは「故郷は今やユダヤ人国家イスラエルである」ということを受け入れなければならない、という意味である。「難民のほとんどは農民で、その多くがイエスの時代に農業を営んでいたのと同じようにして、自分たちの小さな畑で農業を営んでいる」と彼は指摘した。しかし、ピケットの理解では、彼らの祖国は「今はもう違う国……近代国家であり、ますます工業化が進み、自国の物質的な存続のために、すべての土地を活用した最大限の生産を追求する国家」なのである。ピケットは、パレスチナ難民が「産業革命に直面していることを認識し、それに適応する意志をもたなければならない」と結論づけた。意識的であれ無意識的であれ、ピケットの分析は、「先進的」なシオニストの植民地を「後進的」なパレスチナの農民よりも優遇する帝国主義的態度を暗示していた。パレスチナ農民が生き残れるかどうかは、新生イスラエルの二の次なのである。さらに、このように近代的なユダヤ人と原始的なアラブ人の共同体に分けることで、後者を従属的なもの、あるいは議論に値しないものとして位置づけている。これは、何世紀にもわたるパレスチナの文明と土地開拓の歴史を弱体化させ、ユダヤ人の植民地拡大がパレスチナの風土に及ぼした破壊的な影響を過小評価することにつながる。

一九四九年五月、難民を含むガザ地区の住民を吸収するというイスラエルの提案を、アメリカ・フレンズ奉仕団指導部は、「かなり良い考え」だが、イスラエルの安全保障に関連した領土拡張という正当化の仕方よりもっと「魅力的」な理由が必要だとした。この背景にも、おそらく前述のピケットと同じような考え方があったのだろう[28]。これらの例は、戦後、人道主義が世俗主義や親ユダヤ主義に転じたこと、および過去数十年にわたるキリスト教シオニズムによる影響の表れである。そしてそれは「パレスチナ問題を人道的悲劇であり宗教に基づく支援に値するものとみなすことで矛盾する共感」を和解させ、ユダヤ国家の責任を免除するのである[29]。しかし、自分の家や郷土で安全に暮らすという基本的な権利は普遍的なもので、権力者や富裕層だけのものではないはずだ。これが難民たちの思いであり、彼らは、アメリカ・フレンズ奉仕団の記録からも明らかなように、部分返還や再定住を拒否する意思を繰り返し伝えていた。クエーカー教徒が帰還は不可能かもしれないと指摘すると、難民たちは願いを込めてこう答えた。「すべての人の権利である真の民主主義はそんなことを許さない[30]」。

だがパレスチナ難民は失望させられることになる。西側諸国が採用した民主主義には、彼らの権利は考慮されていなかった。このような思いは、一九四九年一〇月一二日付のアメリカ・フレンズ奉仕団ガザ支部からの書簡にも反映されている。この書簡は、外部との意思疎通ができないガザのパレスチナ難民に代わって送られたもので、そこには「現時点での彼らの意見と考え方」が次のように記されている。

彼ら（ガザ難民）は、国連が自分たちの窮状に責任を負っており、それゆえ、食事、住居、衣服、帰還について全責任を負っていると強く感じている（傍点筆者）……国連がこの地域を離れれば、この問題は戦争でかたが付くかもしれないという見方もある。「だから出ていってくれないか」という考え方だ。だが、彼らの望みは何よりも故郷に帰ること……多くの場合ごく近くにある、自分たちの土地や村に帰ることだ。どうやら彼らは、イスラエルによって文化が大きく様変わりしていることは気にならないようだ。帰還の願いは当然ながら、依然として彼らの最も強い要求である。一六ヵ月に及ぶ亡命生活でも、その思いが弱まることはなかった。それなしでは、彼らは生きていく意味を失ってしまう。それは日々、さまざまな形で表現される。「なぜ私たちを生かしておくのか」というのが、そのひとつの表現方法だ。彼らのその願いは、どんな人間が持つ故郷への思いにも負けないほど純粋で深いものである。難民たちは、再定住など考えもしないのだ[31]。

アメリカ・フレンズ奉仕団は、ＵＮＲＷＡが支援活動を引き継いだ一九五〇年五月一日に、ガザ地区での直接的な支援活動から撤退した。同奉仕団は、一九四九年三月に国連へ提出した報告書で次のように強調した。「直接的な支援の長期化が、難民の道徳的な堕落を助長することは明らかだ。そしてその一時的な緩和効果によって、問題の速やかな政治的解決を妨げる可能性もある」[32]。クエーカー教徒たちの立場は称賛に値する。しかし、ＵＮＲＷＡはまさに彼らが恐れていたことを実行した。彼らは、難民を帰還させるよりも「パレスチナ国外に定住させるという考えにずっと密接に」かかわり、パレスチナ人を生き残りと依存のサイクルに、そして永遠に続く一時性の中に閉じ込めたのである[33]。

ナクバ直後の国際的な難民制度を形作った帝国主義と植民地主義の遺産は、人権に関する言説からパレスチナ人を排除することに寄与した。今日の世界は、世界人権宣言を肯定し、自由と民主主義を擁護していて、一見「ポスト・コロニアル」であるように見える。だが、上述の遺産は、今でも多くの人種的・経済的不平等を形成し続けている。とくに、植民地化されたままのパレスチナでは、その矛盾が可視化されているにもかかわらず、その窮状はますます不穏な形で常態化している。そしてイスラエルに前例のない不処罰を保証する人権の上下関係が強化されている。たとえば、ユダヤ民族基金（ＪＮＦ）は、二〇世紀初頭以来、イスラエルの拡張主義的な入植者植民地戦略の主要な担い手である。だがこの団体は国際的に認められ、慈善団体としての地位や、「環境」や「人道的」取り組みに関連する賞も受け取っている。ヨーロッパのユダヤ人たちは、何世紀にもわたって、反ユダヤ主義にさらされてきた。それにもかかわらず、パレスチナでは立場が逆転し、西洋のユダヤ人が、神と聖書の名の下に、先住民であるパレスチナ人に対する差別主義的態度を再現している。ユダヤ民族基金はユダヤ人専用地としてパレスチナの土地を収奪し続けた。そして、世界中から「帰還する」ユダヤ人のために「バースライト・トリップ」[i]を企画した。その一方、人種差別的なイスラエルの法律と軍事行動によって、パレスチナ難民の帰還は組織的に阻止され続けており、彼らは今日まで国家を持てないままである。

パレスチナ革命――いまだ叶わぬビジョン

一九一九年にベツレヘムで生まれ、一九四八年以降、イラクで一九九四年に亡くなるまで何度も流浪を経験した知識人、ジャブラ・I・ジャブラは、ナクバの記憶を振りかえりながら、こう予見していた。「追放された人々は意図的に難民と呼ばれたのだ。（そうすれば）恐ろしい政治的・人間的問題を大いに捻じ曲げることができる。それにより、当時の疲弊した世界から反応があったとしても、せいぜい慈善活動くらいになる[34]」。イスラエルにとっては最悪の場合でもパレスチナ人人口増加の脅威、そして「国連にとってはもうひとつの人口問題」というわけだ。一方、西欧の言説はイデオロギーに基づいた方向で進化し続け、これにより、普遍的な共感の気持ちは曇り、イスラエルに有利な方向にすでに傾いていた。加えて、ホロコーストに対するヨーロッパの罪悪感を利用することで、イスラエルはパレスチナの組織的な破壊と民族浄化から一貫して人々の目をそらし続け、それは「まもなくアメリカやヨーロッパの雇われ作家やプロパガンダ屋によって英雄的な帰還として歓迎される」ようになる。そして、やってもいない犯罪のために壊滅的な代償を払った被害者たちは、こう告げられる。

難民なんだから迷惑をかけるな、なんとかするから。数ヵ月後には難民支援物資がぽつぽつ入ってくるだろう。番号をつけられ、ぼろぼろのテントやトタン小屋に収容されるだろう。お願いだから忘れてくれ。どこにいても大事なことだけに集中して、そしてとにかく忘れてくれ。[35]

しかし忘れるということは、ジャブラの言葉を借りれば、「考えられない」ことであった。そしてパレスチナ人は世界中に散らばっても、追放と喪失に伴う感情と、民族解放への「揺るぎない」願いの下に団結していた。ジャブラは亡命し、一九四八年に耐え忍んだことを一九五〇年代初頭から作品の中で表現し始めた知識人や作家、芸術家たちの一人となった。彼らは「嘆きではなく怒りの」声を上げた。そしてその声は、「帰還」という最終目標に向けた機知に富んだ多彩な行動に裏打ちされていた。[36]

一九四八年のナクバは、パレスチナ文化を根絶はしなかったが、確かに変容させた。入植者植民地主義下にある人々の文化、芸術、音楽、文学など、彼ら固有の表現は、日常的な暴力や生き残りという差し迫った問題のために、しばしば脇に追いやられてしまう。だがそれは、その欠如を意味するわけではない。個人的、集団的、政治的なことの境界が曖昧（あいまい）になる厳しい現実の中

i 「バースライト・トリップ」は親イスラエルの慈善団体、Birthright Israel（イスラエル、生まれながらの権利）により、アメリカ等に住むユダヤ系の若者に提供される無料のイスラエル旅行。

で、パレスチナ人は文化芸術作品の中でも、審美的なものと政治的なものを切り離すことができなかった。これは、サミーラ・アッザームやガッサーン・カナファーニーの文学作品、イスマーイール・シャムートやイブラヒム・ガンナムの絵画、ナージー・アル＝アリーの漫画、イブラーヒーム・トゥーカーンとファドゥワ・トゥーカーン、マフムード・ダルウィーシュ、サミーフ・アル＝カースィムの詩、そしてパレスチナの歌、民話、映画などの中にも表現されている。実際、カナファーニーが論じているように、これらの表現は、イギリスとシオニストの植民地主義に対するパレスチナ人の闘いの歴史の中で一度も途切れることがなかったのである[37]。

ナクバ世代は、文化が主体的、主観的、集団的アイデンティティを形成する可能性を固く信じ、パレスチナ人の生活体験と民族としての願いに適合する新しい表現方法を積極的に形成しようとした。彼らの作品は、論理および言語表現上でも存在していた彼らに対する誤解や誤った捉え方に疑問を投げかけ、パレスチナ人、アラブ人、そして世界中の国際的な市民の政治的な意識を高めることに成功した。その後のパレスチナ人世代は、その革命的な文化遺産とともに育った。そして一九六八年から八二年にかけてＰＬＯが主導したパレスチナの世界革命の表現と構想づくりに積極的に参加した。彼らは、一九四八年と一九六七年のパレスチナ人に対する民族浄化作戦によってもたらされた絶望感を、希望に変換した。二〇年間、土地を奪われ、貶められ、悪者にされ、無視されてきたパレスチナ解放運動は、政治的・経済的な不安定要素のために、ヨルダンからレバノン、チュニジアまで、さまざまな亡命先に追いやられた。だがそれにもかかわらず、その担い手たちはあらゆる手段（文学、教育、武装闘争、映画、芸術など）を使って、パレスチナ人の権利と承認を求めて闘ったのだ。人々のこの共通の闘いは、階級、宗教、政治的所属、性別に関係なく、運動を発展させ、国際的に共鳴させるのに役立った。そしてそれは、アルジェリアからキューバ、アメリカからベトナムまで、そのすべての前線で帝国主義に立ち向かう革命から力を得た。この世代は、豊富な解放の思想と実践方法を提供してくれた。そこから私たちは今、入植者植民地主義を打ち負かし、パレスチナを解放することにつながる可能性を学び、想像することができる。

サイードが述べているように、一九六〇年代から七〇年代にかけてのパレスチナ人の思考の中心にあったのは「（政治的）有効性に対する鋭い感覚、自分とは何か、自分はどこに立っているのか、過去の産物であると同時に新しい未来の創り手として存在する現在において、自分はどのように闘うのかという意識」であった[38]。パレスチナ解放の美学はこのような意識によって根本的に形作られ、それはガザがより実際的な方法で示したものだった。長らく隔離された飛び地の中で、そのほとんどが難民である人々に蓄積され続けてきた苦しみにもかかわらず、ガザはパレスチナの境界を越えてパレスチナ人に希望を与えてきた。

関連する例としては、パレスチナ小説の中でガザに捧げられた最も初期の作品のひとつである「ガザからの手紙」がある。これは、カナファーニーが二〇歳になる一九五五年に書いたものだ[39]。このカナファーニーの物語の主人公は、クウェートで数年間働いた後、ガザの破壊されたシュジャイヤ地区に戻ってきたパレスチナ難民だ。彼は、アメリカに住む幼なじみのムスタファの誘いに応じず、逃げて個人で生き残るという選択肢を選ばない。彼がガザに残る決意をすることで、この物語は、集団としての生き残りについて説得力のある事例を提示する。彼はムスタファに、ガザは何も変わっておらず、「七年間の敗北」（一九四八～五五年）の後も「屠殺場近くの粘っぽい砂浜に打ち上げられている、内側に不透明な覆いをかけた、錆びついたカタツムリのように自身を包み隠していた。恐ろしい悪夢にうなされた人の心よりも千々に乱れ、バルコニーが迫り出す狭い路地だらけの……このガザよ！」[ii]と言う。彼は、「僕らをガザに縛りつけ、逃げ出したいという切なる願いをも抑えつけてきた、この漠たるもの」や、「人をその家族に、その家に、その思い出に引きつける、この捉えどころのない漠たるもの」について、答えがはっきりわからないまま思い悩む。彼のこの疑問に答えてくれたのは、一三歳の姪っ子ナディヤだった。ナディヤは、爆弾の直撃から身を挺して幼い兄弟たちを守ろうとしたために、足を失っていた。彼は病床のナディヤとの出会いを回想する。その出会いから彼はガザを、血の色に染まり、石の山に覆われた、革命を象徴する場所として経験するようになった。そしてムスタファに、「ガザは、そのとき何もかも真新しかった」と言う。それは彼にとって、集団としてのパレスチナ人の生活における新たなステージの始まりを約束するような経験だった。

家に向かいながら、ぼくはいま、自分が歩いている大通りが、サファドに至る長い長い道のりの、小さな出発点以外の何ものでもないように思われた。ガザにあるすべてが、大腿部から切断されたナディヤの脚の悲しみに震えていた。しかしその悲しみは、ただ涙するだけのものとは違っていた。それは、挑戦だった。いや、それ以上に、それは失われた脚を取り戻すにも似た何かだった。[40]

手紙の最後で主人公は、ここに留まると宣言する。彼はムスタファに、「醜い敗北の瓦礫」に戻り、「大腿部から切断されたナディヤの脚から、生とは何かを、ここに在ることの意味とは何かを学ぶ」よう促す。

「ガザからの手紙」は古びておらず、今日もなお重要な意味を持っている。そしてパレスチナのリアリズムとフィクションの境界線の曖昧さ、とくに、今も続いているガザ内のパレスチナたるものすべてに対する一貫した未曽有の抹殺を扱うときのそれを示している。同様に、マフムード・ダルウィーシュの散文詩「ガザのために沈黙を（*Silence for Gaza*）」（一九七三年）は、「被占領者にとって唯一価値があるもの」、つまり、占領に対するガザの不滅のレジスタンスこそ、「敵がガザを死ぬほど憎み、犯罪性を帯びるほど恐れ、海に、砂漠に、血の海に沈めようとする」理由なのだとしている。両著者とも、ガザ特有の抑圧と抵抗の歴史に基づいて、行動を呼びかけている。カナファーニーはガザを「ここに在ることの意味とは何か」を学ぶための事例として用い、ダルウィーシュはガザを美化しすぎることによる裏切りに警鐘を鳴らす。

---

ii　ガッサーン・カナファーニー「ガザからの手紙」岡真理訳、『前夜』創刊号、二〇〇四年より。前後とのつながりの関係上、若干の修正を加えている。以下同。

ガザを神話化するのは不当だ。なぜならそれが、抵抗する小さな貧しい街にすぎないと知ったとき、ガザを憎んでしまうだろうから……もし私たちに尊厳があるなら、持てるすべての鏡を割って泣くだろう。ガザを美化するのは不当だ。あるいは、反乱の相手が自分であることを拒絶して、ガザを罵ることだろう。その魅力にとりつかれてしまったら、ガザは私たちをまちぼうけのふちに連れていき、決して向こうから訪ねてはこない。ガザは私たちを解放しない。ガザには馬も、飛行機も、魔法の杖も、大都会のオフィスもない。ガザは、私たちに備わるものから、そして私たちの言語と侵略者から、自らをいっぺんに解放するのだ。[41]

ダルウィーシュの言葉も、とくにここ数十年で激化しているガザに対する暴力を考えれば、同じぐらい不朽である。学者のダリル・リーとジャンピエール・フィリユがそれぞれ論じたように、イスラエルによる占領はガザをゲットーにしただけではない。そこは彼らにとって、「誰が、何を、いつガザに出入りさせるかの権限を維持し、直接支配の軍事的、人的、財政的コストを節約しながら」パレスチナのすべてを消滅させるさまざまな方法を試すための「実験室」でもあった。[42] オスロ合意と、イスラエルが一方的に軍隊と入植者を引き揚げた二〇〇五年のイスラエルによるガザからの「撤退」により、三八年間にわたるガザへの直接的な入植と軍事支配が終了した。このことから、イスラエルの締めつけが弱まっているような印象を受けるかもしれないが、実際は逆である。「撤退」は、イスラエルのジレンマの表れである。つまり、パレスチナ人に平等を認めるつもりはないが、集団で排除したり絶滅させたりはできない。そこで「被害者を非難する」

という長年の戦略にしたがって、イスラエルの国家安全保障のために必要な措置をとったと宣伝するのだ[43]。

ガザは依然として、パレスチナ南部の地中海沿岸にある、四肢を切断された貧しい街だ。そこは陸海空から包囲され、何千人もの死者、負傷者、避難民を出す頻繁な砲撃を受けている。イスラエルでは「芝刈り」と冷たく表現されるこの残忍な行為は、ガザの人々の時間と生活を形作り、彼らを絶えず「爆発」へと駆り立てる。「その爆発は死でもなければ、自殺でもない。それはガザが、我々は生きるに値すると宣言する方法なのだ[44]」。ナディヤの切断された足は、イスラエルがパレスチナ人の体と彼らの土地に残す傷跡の強烈なメタファーとなっている。一方で、ガザでは、「再生」と生命の肯定を求める声が繰り返し盛り上がり続ける。

その好例が、ガザ住民の七三％以上を占める難民が二〇一八年三月三〇日に開始した「帰還の大行進」である。三月三〇日はパレスチナの「土地の日」と呼ばれ、一九七六年にイスラエルがガリラヤ、ナカブ（ネゲブ）、ワディ・アラの土地を収用したことに抗議したパレスチナ市民六人が殺害された日である。この大規模な抗議行動のために、さまざまな世代、性別、職業、政治的信条を持つ何万人ものガザのパレスチナ人が集まった。イスラエルによる非武装の市民に対する残忍な弾圧にもかかわらず、彼らは毎週金曜日に分離フェンスのところで抗議を続けた。人々は一九四八年に追放されるまで住んでいた村や町の名前を記したテントを掲げ、自分たちの自由と帰還の権利を訴えた。この特別な日に沸き上がった、創造的な抵抗を通して正義を求める人々の叫びは、ガザの人々がフェンスの向こう側にいる他のパレスチナ人と切り離せない存在であることを確認する出来事であった。そしてそれは、歴史的パレスチナ全土に分散するパレスチナ人社会を標的にした、イスラエルによる継続的な民族浄化作戦のさらなる暴露にもつながった。

しかしイスラエルにとっては、「ガザに民間人はいない」のである。これは、イスラエルがパレスチナの武装組織との停戦に合意した後に「テロに屈した」と言って辞任したイスラエルのアヴィグドール・リーベルマン国防相（二〇一六～一八年）の言葉である。ガザに民間人はいないとすることは、子ども、女性、ジャーナリスト、救急隊員を無差別に殺害するなど、「帰還の大行進」に対する残忍な弾圧を正当化した。リーベルマンの後任、ベニー・ガンツの発言も同等に恐ろしい。彼は、自身が指揮したイスラエル軍はガザの一部を「石器時代に逆戻り」させたとして、それを二〇一九年のイスラエル首相選挙キャンペーンの中心に据えた[45]。同様のことが、イスラエルがガザ地区住民の食料、医療、清潔な水、燃料、電気へのアクセスを管理し、ルーアイのような政治犯をガザ地区に追放していることにも当てはまる。このような現実が、人々を、パレスチナ人がレジスタンスの戦術を表現してよく言うように、「裸の胸を張って」看守たちに立ち向かわせるのである。この言い方は、占領者と被占領者の間の軍事力の格差を表現したものだ。衝撃的な数の死傷者が出ているにもかかわらず、彼らは毎週のデモに参加し続けた。彼らには、屈辱的な人生以外に失うものは何もないのだ。

過去から現在にわたって、英米の人道主義的言説、パレスチナの革命的作家たち、そして一般のパレスチナ人による一貫した行動は、互いに影響を与え合ってきた。その土壌の中から、現地の現実と同時に、パレスチナの闘いに対する国際的な反応に見られる矛盾も考慮に入れた、説得力のあるオルタナティブなビジョンが見えてくる。このようなビジョンは想像上のものではなく、私たち自身の歴史を形作るものだ。多くのパレスチナ人は今も、生き残りと希望を表すこのようなビジョンを拠り所として生きている。一九五五年当時、カナファーニーが小説で描いた姪は、ガザで足を切断されるだけですんだ。それから一七年後の一九七二年、イスラエルの工作員がベイルートで彼の車に爆弾を仕掛け、彼と、彼の隣に座っていたお気に入りの姪、ラミース・ナジェムを殺害した。三六歳でその短い生涯を絶たれたにもかかわらず、彼は数多くの短編小説、小説、戯曲、エッセイ、批判的研究を残し、その多くが国際的に反響を呼んだ。カナファーニーは、一九五〇年代にUNRWAの学校で教えた経験の中で、UNRWAのカリキュラムがパレスチナ人の生きた経験にそぐわないことに気づいた[46]。一九六〇年代初頭、学生たちを前に講演したカナファーニーは、「歴史の歩みを正す」ことの重要性を強調した。そのためには、歴史の弁証法を研究して理解し、「被抑圧者が、彼らを虜にした矛盾から革命的暴力によって解放されたあと生還する、という新しい歴史的時代を築く」必要があるのだと[47]。

亡命パレスチナ人の革命映画運動（一九六八〜八二年）を導いたのも同様のビジョンだった。この運動は、パレスチナ人をテロリストか無力な犠牲者のどちらかに貶める植民地主義的・人道主義的イメージに挑戦するような表現の場を展開するものであった。「人々のための映画」というビジョンと国際主義的な原則を武器に、この戦闘的な映画の先駆者たちは、パレスチナ解放人民戦線と日本赤軍によるドキュメンタリー『赤軍-PFLP　世界戦争宣言』（一九七一年）に見られるように、脱植民地化されたパレスチナだけでなく、反帝国的、反資本主義的な世界を描いた。このジャンルの映画は、ほとんどの場合、ひじょうに原始的なモデルの重い一六ミリカメラを使用してモノクロで撮影され、進行中の革命に伴うあらゆる政治的・経済的不安定と、自由と資源の不足にもかかわらず、豊富な作品群を生み出した。[48] たとえば、『瞳の中のパレスチナ』(一九七七年)という映画は、パレスチナ・フィルム・ユニットの創設メンバーであり、レバノン内戦の中、撮影中に殺されたハーニー・ジャウハリーヤの生涯を称えている。[49] このムーブメントの革命的ビジョンはその時点では実現されなかったが、参加したアーティストたちはサード・シネマ運動に足跡を残し、現地および世界における政治的意識の形成と行動の喚起に貢献した。また、後の世代のパレスチナ人映像作家や、イスラエル占領下の文化的抵抗運動家たちにインスピレーションを与え続けた。

その政治的有効性は、パレスチナ人の解放の美学と、歴史および現実が表現されているだけでなく、アーティストたちが自分たちをシオニズムの歴史的影響と切り離せない存在として理解している点にも明らかである。[50] このムーブメントは、パレスチナ側が単一国家構想という政治的解決策を打ち出したことに深く影響し、それを形作ったとさえ言えるだろう。この案は、一九三〇年代にパレスチナ共産党が提唱し、その後一九六〇年代にパレスチナ人活動家たちが打ち出したものである。それは、パレスチナ人を否定するシオニストの民族中心主義や宗教および人種的な差別主義に基づく国家とは対照的に、ユダヤ人とアラブ人のための世俗的な民主国家をパレスチナに建設することを提唱した。[51] オスロ合意はこのビジョンに背を向け、二国家案に固執した。しかし、「紛争」と言われていたものが実は、国際社会の軍事的、経済的、政治的支援によって可能となった、歴史的パレスチナを支配するアパルトヘイトと入植者植民地主義の複雑なシステムであったことへの理解が深まる中、単一国家を求める動きが再び高まっている。

挫折と躍進

私たちの歴史および現在を形作る経験、議論、闘いは、研究し、そこから学び、パレスチナの正義を求める闘いの必要に応じて使うべき、力の源となる道具である。それは、イスラエルとその帝国主義的な感覚に都合の良い「現実的」な枠組みを持った主流の政治とはかけ離れたものだ。欧米のアカデミズムがパレスチナ難民の民族浄化に関する生々しい証言の真実を認識し始めたのは、一九八〇年代初頭に公開されたイギリスとイスラエル政府の公文書の研究を前提として奨学金をもらっていたイスラエルのニューヒストリアンズ[iii]のおかげだった。この事実は、オリエンタリズムの根の深さを痛感させる。学びの第一歩は、その遺産から自らを解き放つことであるべきだ。イスラエルの犯罪性を示す証拠が次々と出てきているにもかかわらず、パレスチナ人はいまだ正当な裁きを得られていない。上述したように、西洋の主張する「現実主義」や「中立性」

iii　ニューヒストリアンズはイスラエルの建国神話（「土地なき民に、民なき土地を」など）に基づく旧来のシオニスト史観を批判し、建国時にあったユダヤ人によるパレスチナ人に対する土地収奪や追放などの暴力（「ナクバ」）の実態について、実証的な観点から、新たに開示された公文書や難民の証言などを駆使して描き直す、新しい世代の歴史家たちのこと。一九九〇年頃から見られる動きで、代表的な歴史家は本書でも触れられているイラン・パペやベニー・モリスなど。

は、しばしば被占領者と占領者の間の根本的な違いや、両者の間に存在する構造的な非対称性を見えづらくした。そのためそれはイスラエルの不処罰を事実上さらに強化し、私たちの解放への探求を制限する植民地主義の道具となった。[52]

パレスチナ人のイニシアティブの中には、闘いを縮小させるようなこの認識を覆し、洞察に満ちた具体的な解決策さえ提示するものもある。たとえばそのひとつは、サルマーン・アブー・スィッタ作の『アトラス・オブ・パレスチナ』に詳しく書かれている。彼の住むビイルッ・サブア（ベエルシェバ）近郊の村は、イスラエル建国以前にシオニストの民兵組織に攻撃された。そしてまだ子どもだった彼は、気づけば難民としてガザにいた。イスラエルによる民族浄化がさまざまな形で継続し、この状況が持続不可能であることを認識したうえで、彼は「いまだ訪れない平和の中心的な要素は、民族浄化を覆し、すべての人間が故郷に戻る権利を実行に移すことである」と主張する。[53] 難民となって以来、アブー・スィッタは「難民の帰還に関する法的、地理的、農業的、人口統計的、経済的側面」を歴史的事実と現状に照らして理解し、自分と他のすべての難民の帰還を描いた地図の作製に人生を捧げてきた。[54]『アトラス・オブ・パレスチナ』の中で彼は、彼の帰還計画は侵すべからざるものであり、国際社会の合意のもと包括的な法的枠組みに刻み込まれているだけでなく、実現可能だと主張する。

第二次世界大戦後の国際的な救援と復興活動の成功と、パレスチナ難民の苦しみの大きさを考えれば、国際社会の毅然（きぜん）とした態度が不可欠である。パレスチナ問題には、最も包括的な法的根拠と、国際的にも一致した見解があるのだから、これは現実的に可能なはずだ。国連が発足以来取り組んでいる問題だ。国連は今こそ、西側大国が長い間拒否してきた支持の有無にかかわらず、国際法を実践し、中東に恒久的な平和をもたらすために行動できるはずだ。[55]

パレスチナでは、タラート（草の根のパレスチナ・フェミニスト運動）、パレスチナ青年運動、イスラエル軍への強制服役に抵抗するドゥルーズ派[iv]のパレスチナ人の若者たちなど、数多くの草の根運動が、体制や社会政治的規範に対して勇気ある行動をとっている。これらの運動はすべて、土地と意識の脱植民地化こそを進むべき道と見ている。さらに、パレスチナ人主導のBDS運動は国際的に拡大しており、アパルトヘイト国家や、その植民地的インフラを支援し、そこから利益を得ている他の政府や企業に財政的損失や信用の低下をもたらしている。しかしBDSは、主流派の政治勢力によってしばしば妨害されている。彼らはイスラエルの抑圧に対する批判をそらすために、アパルトヘイト国家に対する合法的な行動を、反ユダヤ主義と同一視させようとする。BDS運動はまた、一部のパレスチナ人自身によってもさらに脅かされている。これらの人々はイスラエルによる抑圧を可能にする自分たちの敗北主義と加担を覆い隠すために、BDSに反対

iv　ドゥルーズ派はアラブ人のなかのイスラーム少数派でガリラヤ地方に多いが、イスラエルはアラブ人社会を分断するために、ドゥルーズ派の男性を徴兵対象に入れている（その他のアラブ人、イスラーム多数派のスンナ派やキリスト教徒らは兵役が免除されている）。ドゥルーズ派の大半は徴兵に応じているが、分断政策に抵抗し徴兵拒否をする若者が増えている。徴兵拒否者は、数週間～数ヶ月の懲役刑が科される。

するイスラエルと一緒になってその有効性を疑問視するのだ。

問題はもはや、イスラエルがでっち上げる作り話や大々的な広報活動に対する反証の欠如でもなければ、パレスチナそして世界中で行われている草の根活動の不十分さでもない。それは、イスラエルのアパルトヘイトを維持するために非道徳的な投資を続ける国際社会に、正義を求めるパレスチナ人の叫びを真剣に聴こうとする姿勢が見られないことだ。国際社会は、自分たちの権力を利用して、アラブ諸国がイスラエルによる占領の永続化に加担するよう仕向けた。その後、オスロ合意によってパレスチナ人民解放機構（PLO）もこれに加担することになる。これは、私たちの耐え難い現実にもかかわらず起きており、その影響は歴史的パレスチナの枠を超えて、中東の他の地域やカシミール地方、そしてアメリカにさえ波及している。イスラエルは、他の独裁者や抑圧的な体制に、自国の革新的な抑圧モデルを輸出しており、彼らはその「実証済み」の手法を、自分たちにとって都合の悪い他者に対して利用している。これは世界中の市民にとって憂慮すべき事態である。

その著書『多すぎる敵――レバノンにおけるパレスチナ人の物語（*Too Many Enemies: The Palestinian Experience in Lebanon*）』の中で、ローズマリー・サーイグは「パレスチナの民族闘争において最も際立った特徴のひとつ」は、蜂起が自然発生的であること、そして、その蜂起する人々と国家指導部との関係性に問題があることだと強調している。[56] この問題の中心となっているのは、パレスチナの指導者たちに対する不信感の高まりである。指導者たちの多くは、オスロ合意によってパレスチナ自治政府（PA）が設立された後、その中で権威ある役職や地位を手に入れた人々だ。準植民地的な構造のもとで働く彼らは占領国の手先と化している。このことは、イスラエルとパレスチナ自治政府間の治安維持に関する、パレスチナ側の分断につながるような危険な協力関係にも見られる。私たちをイスラエルの抑圧的な構造からますます抜け出せなくしているこのような基本的問題を無視するわけにはいかない。

こうした長年の分断や暴力の中から、ある運動が起こり始めている。ひとつの共通する目標のもとに人々を結集させる明確な革命的ビジョンを持った統一戦線が、これほど熱望されたことはかつてなかった。その目標とは、パレスチナの脱植民地化である。現在は力がほとんど分散していて、多くのパレスチナ人やその支援者たちが、パレスチナのある問題についての認識を広めるためにそこかしこで記事を書いたり、絵画や小説を制作したりと、個人的に行動している。パレスチナ人の囚人たちでさえ、イスラエルの刑務所施設を解体するという目標を達成するために、個人的あるいは集団的なハンストのどちらが有効かについて議論している。個々に行動しているとしても、すべての人々が累積的な闘いの一部であることは間違いない。しかし、とくに世界中に強大な後ろ盾を持つ強力な体制と闘う場合、協調的な集団による闘いのほうがより大きな力を発揮する。

現在のパレスチナの政治状況は、オスロ合意の機能不全な仕組みを維持している。それはパレスチナ人をガザとヨルダン川西岸地区に住む人々だけに矮小化（わいしょう）し、アパルトヘイト下のパレスチナ人による自治という幻想を助長する。できるのはせいぜい、占領の条件を緩和するくらいのことだ。ガザにとってこれが何を意味するかと言うと、電力供給時間を一日六時間から一二時間に増やすとか、漁業権区域を三海里から六海里に広げるといったことになる。パレスチナの政治エリートたちは、何も教訓を得なかったようだ。学び、変化し、前進できるかどうかは、私たちの肩にかかっている。

前向きな話をしよう。右翼政治、利己主義、人種差別の台頭にもかかわらず、希望の兆しはある。アメリカ、イギリス、アイルランド、パレスチナ、キューバ、カシミールまで、世界中で進歩的な運動が拡大している。内容は、脱植民地化、人種と気候の正義、ジェンダーと社会的平等などさまざまだ。アラブ地域で過去一〇年間に起きた動乱は、何が革命的か反革命的かをめぐって人々を分断し、より多くの難民を発生させた。だがこのような不安定なときこそ、人々の意識とさまざまな可能性を育てることができるのだ。新型コロナのパンデミックによってさらに明確になった、現存する人種的・経済的不平等における帝国主義と資本主義の役割についてより意識が高まっている。また、ますます相互につながり合う世界において私たちが集団として生き残るために、意味のある変革をもたらす必要性についても同様である。さらに、パレスチナ、アラブ世界、そして資本主義の主要な中心地には、影響力のある知識人、映像作家、活動家グループのコミュニティが広がっている。もし私たちが力を合わせて、一九七〇年代にパレスチナ解放機構（PLO）が国際的な運動と協力してグローバルな正義のために闘っていたときのような組織を復活させたり、あるいは創設したりできれば、変革のムーブメントにつながるだろう。

2016年2月3日、ガザ地区南部のハーン・ユーニスにある墓地で練習している
ガザ・パルクール・チームの若いパレスチナ人たち。写真：サーメフ・ラフミ

ぼくの足をもう踏まないで

バスマン・アッディラウィー

ブーンブーンと絶え間ない
ドローンの音が聞こえ
轟音を立ててF－16が頭上を飛んでいく
その下で
ぼくは平和と
かくれんぼをしている
こんな風に
ささやきながら
攻撃の合間の
小休止にならないで

電気がきえる
まっくらやみだ
ぼくは希望と
おどっている
こんな風に
ささやきながら
ぼくの足をもう踏まないで

国境の検問所
空と大地の狭間で
ぼくはまだ何時間も立っている
足はふるえ
からだ中が汗まみれだ
頭の中でひとつの声が
こんな風に
ささやいている

まるで半分しか人間じゃないような気がしていても
君はひとりの完全な人間なのだ

ガザ市のビーチに近い農場でキュウリを収穫するパレスチナの農民たち。2020 年 5 月 27 日。写真：サーメフ・ラフミ

失われたアイデンティティ――農民と自然の物語

アスマア・アブー・メジェド

私がこの章を書き始めたのは、パレスチナ人が大地との親密な関係、理論家が言うところの「場所への愛着」を形成するときに、農業がいかに不可欠な要素であったかを探るためである。場所への愛着理論は、人が場所との間に形成する、故郷の感覚を超えた絆（そこにおいて個人のアイデンティティは土地との相互作用で形成される）を探求するものである。[1] また、パレスチナ人が歴史的に環境に優しい農業を通してどのように自然と調和してきたか、そして彼らの自然との関係が過去一〇〇年の間にガザ地区においてどのような形で変遷してきたかを検証する。[2] 今回の調査で、農業に対する態度が果たす役割についてのガザに関連する研究の不足、そしてパレスチナの遺産を記録して将来の世代のために保存する制度的取り組みの不足が明らかになった。

この文章を書くにあたって、私は自分にこの問題について書く権利があるのかどうかを自問した。私は何世紀にもわたって自分たちの村に住んできた人々の子孫であるものの、ナクバを、そしてその歴史的な事件による土地の喪失を経験していないからだ。私はガザ地区のパレスチナ難民を代表して語るのではない。自分個人の立場から、学問、個人的な観察、記憶、考察、そして複数の関係者との議論を通じて学んだことを語る。また、子ども時代の記憶、口伝えの遺産、そしてガザ地区の、かつて小さな村だった場所に住んでいた頃に教わったことも振りかえっていきたい。

土地、民間伝承（フォークロア）と農業

子ども時代、ガザ地区のベドウィン[i]社会で育った私に祖母は、「يا جدة حجر تراب ولا حجر ذهب」（孫よ、土まみれの脚は、金に埋もれたそれよりも尊いのですよ）と言い聞かせた。私にはなぜ彼女がその言葉を繰り返すのかわからなかった。なぜならベドウィンは一ヵ所に定住せず「一つの場所に執着しない」からだ。だがよく考えてみると、祖母が言っていたのは、ベドウィンのアイデンティティを超えたより包括的なもの、つまり土地に深く根ざしたパレスチナ人としてのアイデンティティのことだったのだと気がついた。

パレスチナ人の土地とのつながりは、何千年も前から続くものだ。たとえばそれは、彼らのオリーブや柑橘（かんきつ）類の樹木に対する関心の高さからも見て取れる。パレスチナのカナン人は、オリーブの木を育てて作ったオリーブオイルを、紀元前二〇〇〇年の古代エジプト第一八王朝を含むエ

---

i　ベドウィンはアラビア半島を中心に、中東・北アフリカの砂漠に住むアラブ系遊牧民。ラクダ・羊などを飼育。ただしイスラエル建国によって、国境や占領地の境界線に分断され、ベドウィンの遊牧生活は大きく制限された。またイスラエル国内のベドウィンは従来の村を破壊されて、居留地のような居住区への強制的な定住化政策が取られている。

ジプト王家に輸出していた。[3] 農業は彼らの自然と大地へのつながりを表現する大事な営みだった。他の地域の先住民同様、パレスチナ人は農業に関する知識を、伝説、歌、ことわざなどを通して伝え、世代から世代へと受け継がれる遺産を形成した。そのことは、土地や風景との間に、深い根を持ち決して消し去ることのできない歴史的なつながりを創り出した。

パレスチナの物語、ことわざや伝説は、私たちに知恵を伝えるものである。同様のものに、イロコイ文化に伝わる、混植（互いに有益であるため、異なる植物を一緒に栽培すること）[4]の知恵を伝える『三姉妹』の物語などがある。そのようなフォークロアは農業暦、気候に関連する問題の理解、そして栽植様式などの知恵を伝えるものだ。たとえば「سرحنا في شباط على زارعة العنبات」（二月にはぶどうを植えるべし）ということわざは、ぶどうの苗を植えるべき特定の時期を表している。[5]「سنة الزرزور أحرث في البور وسنة القطا بيع الغطا」（ムクドリを見かけたら植えつけの年だが、サケイを見かけたら雨除けの必要はなし）ということわざは、雨の多い（または少ない）年を、特定の鳥と関連づけている。ムクドリは雨の多い年、サケイは雨の少ない年を示唆するのだ。[6]

民謡も、農業と自然を特定の歴史的出来事に結びつけている。たとえば、「عراقية بارودهم في كتوفهم محلية يا زتون ما مروا عنك」（ああオリーブの木よ、銃を肩にかついで、イラクの人々が通ってゆく）という歌は、一九四八年の戦争時、パレスチナの女性たちが、パレスチナを防衛するためにやってきたイラク軍を見て歌ったものだ。[7] また、食料安全保障のために農作業をする際の注意事項が語られているフォークロアもある。たとえば、「إزرو المسطاح من الريح」（いちじくを広げた屋根は、風から守るべし）ということわざは、不可欠な食糧であるいちじくの乾燥方法について、農民に知らせるものだ。[8] 祖母はこのようなパレスチナのことわざをいつも私に言い聞かせ、大地は私たちの生活およびアイデンティティの一部であり切り離すことはできないこと、そして黄金よりも貴重であることを教えてくれた。

子どもの頃から聞かされてきたフォークロアは主に大地に関連するものだった。土地に愛着を持つことは、何も目新しいことではないと思う。すべての人が、場所との関係性を築くものだ。とくにそれが、記憶、感情と親密さを育む生まれ育った場所ならなおさらだ。しかしながら、私たちの遺産、とくに農業にかかわるそれは、ただ場所というだけでなく、より深く、複雑な物語を含んでいる。場所への愛着を研究する学者たちは、とくに農民は農地との間に力強い絆を形成し、それが「土地をどうみなし、どう扱うか」に影響すると論じている。[9] 土地と農民の間には、お互いに利益を与えあう関係が築かれる。農民は土地の世話をし、そして土地は経済的安定を提供してくれる。この関係性からくる土地との絆は物理的な制限を超え、アイデンティティに影響する深い心の絆が形成される。[10] 農業は、パレスチナ人が持つ大地および生態系とのつながりをどのように形作ったのだろうか。パレスチナ人のアイデンティティと、パレスチナで起きた最も重要な歴史的出来事における農業の役割は何だったのだろうか。

場所への愛着理論によると、農民が大地との強い絆を形成するのは、農業が提供する経済的安定と、精神性の深まりのためであるという。しかしながら私は、パレスチナの場合には、農民は特定の歴史的事件や組織的な植民地政策を経験しており、これが彼らの農民としてのアイデンティティと土地への愛着に影響していると考える。パレスチナの農民が果たしてきたさまざまな役割（社会運動家、政治運動家、自由の戦士）が、農民のアイデンティティの一部となっているのだ。

このため、それは伝統的な場所への執着の概念だけでは説明しきれない。また、ここに見られる農民のアイデンティティの拡張は、歴史的パレスチナにおける村社会に暮らすすべての人々に適用される。なぜならそこに住む家族のほぼすべての構成員が、生業としてであれ、社会的儀式としてであれ、農業と何らかのかかわりを持っているからだ。本章では、とくにガザ地区に焦点を合わせ、農民のアイデンティティが過去一世紀にかけてどのように形成され変化したか、またなぜそうなったのかを探っていく。

肥沃なパレスチナの土地とその農業

小さな面積にもかかわらず、パレスチナには豊かな環境と多様な地形が存在する。パレスチナには、山、海岸と（海抜の上下に）谷があり、さまざまな種類の土壌が存在するため、豊かな種の多様性と農業様式がある。植物、鳥、哺乳類、爬虫類、魚、無脊椎動物、森林、そのすべてが存在し、農業に適した豊かさを持つと同時に保護も必要な環境を創り出している。パレスチナは肥沃な三日月地帯に位置している。そこはこの地域の豊かな動植物や野生種の種子を利用した、最古の農業が行われていた場所である。[11]

歴史的記録によれば、パレスチナには何世紀にもわたって重要な農業部門が存在し、オリーブ、ブドウ、柑橘類、綿、石鹸、サトウキビ、ゴマなど、多様な作物や商品が生産されていた。そしてこのような作物のほとんどが輸出されていた。たとえば綿とゴマはフランスへ、小麦はイタリアへ輸出された。[12] ガザは大麦の輸出でひじょうに有名だったが、二〇世紀初頭にはとくにヤーファー産の柑橘類の需要が高まった。このような記録は、パレスチナを中傷しようとする人々が意図的に広めた、この国の農業が発展したのは初期のユダヤ人入植者と開拓者のおかげだとする作り話の反証となる。パレスチナ人の農法は「原始的」と評されたが、輸出データはそれとは異なるストーリーを伝えている。英国領事による、パレスチナの大麦、柑橘類、綿とオリーブオイルの需要が高まっているという報告の記録がある。これはパレスチナ製品の品質が高く、高度な農業知識があったことを示している。パレスチナの柑橘類接ぎ木の専門技術により、ヤーファーのオレンジ輸出量は、一八九七年の二九万箱から一九一三年には一六〇万八五七〇箱へと急増した。[13]

ヨルダン川西岸地区のバティール村は、先進的な農業技術のもうひとつの実践例である。これはカナン人の時代にさかのぼるもので、農耕用の谷、石壁の棚田、農耕用の見張り台などがその特徴である。バティール村が連綿と農業に力を入れ続けたことは、ユネスコ世界遺産にも登録されたその文化遺産を形成するうえで、またイスラエルの土地収奪およびパレスチナ遺産の抹消に対する抵抗の意味でも、重要な役割を果たした。[14] バティール村のような場所は、パレスチナの農業発展の支柱となっている。このような村の人々が、集落の生活と食糧安全保障を支えるために農業を維持し、地元の種子やその他の植物を保存し、農業技術を後世に伝えているのだ。

村の暮らしは、他者との間に深く根づいた社会・経済関係を形成する。私が子どもの頃は、村人は皆知り合いで、嬉しいときも悲しいときも助け合っていたのを覚えている。しかし、父が幼い頃の村の思い出として語るような集団生活については、私はほとんど記憶していない。農民の生活は相互依存的であり、決して個人主義的ではない。人々はさまざまな仕事や農作業を助け合って行う。農民の生活を支える農産物の生産のためには、子だくさんであること、そして村の支えが不可欠だった。サーイグは、パレスチナの村は牧畜様式であったために「自給自足経済」に分類されることが多く、市場向けの生産に従事する村はわずかであると指摘している。[15]

時系列で見るガザの風景

ガザ地区は、かつてカダ・ガザとして知られていた地域の一部であった。そこは一九一〇年時点で四四の村と三つの都市（ガザ、マジュダル、ハーン・ユーニス）からなり、総面積は一一一一平方キロメートルだった。その人口は一九四五年初頭までに一三万七一八〇人に達していた。[16] この沿岸地域にはさまざまな種類の土壌があり、その中で最も重要なもののひとつがレス土壌である。レス土壌はガザ地区東部にあり、そこは肥沃で、最も作物や樹木に適している。[17] カダ・ガザにおける農業の中心は、南部の大麦栽培だった。[18] 一九四〇年代にスイカの生産量は減少、一方、果樹の重要性は増した。[19] たとえば、カダ・ガザの柑橘樹木の栽培面積は、一九三八年の二万三六九五ドゥナム[20]〔約二三・七平方キロメートル〕から、ナクバ直前の一九四五年には三万一四一八ドゥナム〔約三一・四平方キロメートル〕に増加した。カダ・ガザは、山脈、内陸の谷や肥沃な平野のあるパレスチナ北部ほど地形的に多様ではないものの、パレスチナの農業と経済にとって極めて重要な地域である。

村と農民の生活様式が、カダ・ガザに大きな影響を与えたことは明らかだ。サーイグは「村と一族の連帯感が、暖かさを感じられる強固で安定した環境を形成し、根づきの感覚と帰属感」が連綿と続くことについて述べている。[21] パレスチナ人のアイデンティティと農業や環境との結びつきは、一九三六年から三九年にかけてのパレスチナ独立戦争、一九四八年のナクバ、そしてその後のイスラエルによる植民地化と占領政策といった、過去一世紀にわたって起きた一連の重要な出来事によって形成されてきた。これらの期間を調査する際、ガザに特化したデータを見つけるのは困難だったことを記しておく。存在しているデータは主にヨルダン川西岸地区のものだ。たとえば、パレスチナ自然史博物館には、イスラエルの占領政策がヨルダン川西岸地区の生物多様性や環境に与えた影響について記録し研究する素晴らしい取り組みがあるが、ガザはほとんど取り上げられることがない。ナクバに関連する歴史的記録においてさえ、主な焦点は西岸地区の村や農業と社会生活に当たっている。そのため、本章ではガザ地区を理解するためのより大きな枠組みとして西岸地区に関する研究を参照する。そしてその中で可能な限りガザについての詳しい情報を提供するという形をとる。

農民アイデンティティに対する初期の攻撃と三六〜三九年に起きた独立戦争における農民の役割

イスラエルはそもそもの初めから、パレスチナを荒れ放題の土地、一九〇〇年代のシオニストによる農墾努力により初めて人が住めるようになって繁栄した「砂漠」として描くことで、歴史的にパレスチナの土地であったという主張を弱体化させ、うやむやにしようとしてきた[22]。このようなイスラエルの試みは、パレスチナで行われてきた農業の有効性と、農村が達成してきた農作物の多様性と自給自足社会の存在を意図的に消し去ろうというものである。さらにイスラエルは、農耕を利用して、初期のシオニストたちに土地との結びつきの感覚を持たせようとした。たとえば、一九三一年までに、ユダヤ人入植者の約一九％が農業に従事していた。[23] それから一〇〇年経った今でも、イスラエルは西岸地区の土地収奪を正当化するために、パレスチナにはもともと農耕の歴史がなかったという作り話を広めている。[24] 祖母はいつも私に「大地（al-ard）は与えたものを返してくれますよ」と言っていた。その意味は、勤勉な努力、投資と適切な農法を通して大切にすれば、大地は良い収穫を与えてくれるということだ。しかし、祖母の言葉が表す土地への愛着は、それを守ること、つまり安全保障とも深い関連性があった。侵略者や自然災害から土地を守ることは、土地を大切にするうえで重要な要素である。パレスチナの農民たちが持つ土地への忠誠心と土地を守るための行動は、歴史的に深く根づいている。カイヤリは、一九四八年以前のパレスチナの農民について、「社会の他のグループよりも、自己犠牲を伴う行動や反乱を起こす傾向が強い」と述べている。[25] パレスチナの農民は、資本主義システムの不平等に対する穏やかな抵抗、抗議行動、一九世紀末のイスラエル入植地への襲撃、そして一九三六年から三九年のパレスチナ独立戦争への参加など、さまざまな戦略を用いて行動した。[26] こうした戦略や出来事は、パレスチナ農民が果たした政治的・社会的役割の重要性を浮き彫りにしている。

農民はシオニズム運動で大きな被害を受け、それとの戦いに貢献した。二〇世紀初頭、イギリス帝国主義の後押しを受けてシオニズムが拡大し、イスラエル人の入植が進められた。それにより、ユダヤ人入植者が購入または獲得した土地を耕作していた多くのパレスチナの小作人たちが農地を追われた。さらに、イギリスによる法外な税金とパレスチナの有力者たちによる強欲が原因で「パレスチナ村民の約三〇％が土地を失った」。[27] 農村部におけるユダヤ人所有地の面積は、一九三〇年には三〇万ドゥナム〔三〇〇平方キロメートル〕から一二五万ドゥナム〔一二五〇平方キロメートル〕に急増し、一九三一年までに約二万人のパレスチナ人農民が土地を失い、パレスチナ人の生活と、土地に根ざすアイデンティティが脅かされた。

一九三〇年代、シオニスト入植者に土地を奪われたパレスチナの農民たちは、教育のある若者たちによって驚くほどよく組織された民族主義運動へと身を投じていった。[28]パレスチナの農民は決して平等な集団ではなく、階級的特権が彼らの土地との結びつきを形成するうえで重要な役割を担っていたことに留意する必要がある。たとえば、小規模農民は、闘争の武器を得るために自分の土地を売り、パレスチナの大義のために多大な犠牲を払った。それとは対照的に、最も広大な土地を所有していた裕福な名士や上流階級のエリートたちは、イギリスの政策を支持した。彼らはパレスチナ人の村人や農民を犠牲にしてでも自分たちの利益になる行動を選び、シオニストの支配と領土拡大に楯突くことはなかった。[29]さらに富裕層は、自治と経済的安定を目指す農民による抵抗運動を抑圧する役割を果たした。

そのような有力者や封建的支配者たちは、祖母が言っていた意味での土地の「世話」はしなかったのだ。彼らは甘い汁だけ吸いながら、長い年月にわたってその土地を世話してきた農民や労働者たちを虐げた。一例を挙げると、不在地主であったレバノンのブルジョワ、スルソーク家は、マルジ・イブン・アーメルの土地をユダヤ民族基金に売却し、その過程で八七三〇人のパレスチナ人農民を立ち退かせた。[30]シオニストの資金によって購入された土地の約半分は不在地主が売却し、居住地主がさらに二五%を売却した。農民自身が売却した土地は一〇%にも満たなかった。農民たちは、ユダヤ系住民と裕福なパレスチナ人を優遇するイギリスの政策と税制のために、組織的に売却を迫られた[31]。

パレスチナの上流階級と下流階級の経済的格差は政治にも反映され、それはとくに民族主義的言説と運動において顕著であった。上流階級のパレスチナ人は当初、シオニズムという脅威に対抗して自分たちの指導的立場を維持するために、労働者や農民からなる抑圧された階級と団結した。しかしこの団結のためには、被抑圧階級が要求する構造的な変革を実現する必要があり、それは有力者に残された権力を危うくするものであった。そして彼らは、パレスチナ独立戦争のときと同じように、個人的・階級的利益と、進歩的な経済的・政治的課題のどちらかを選ばなければならなくなったときには、前者を優先した。

独立戦争の間に、ゼネラル・ストライキを調整するために民族委員会が組織され、一九三六年五月にはすべての農村の委員会が参加する会議が開かれた。これらの委員会は、農民の境遇悪化に拍車をかけていた不公平な農業税制の廃止や土地売買の即時停止など、農民寄りの綱領の採択を求めた[32]。ストライキへの対応として、イギリスは上流階級の支配者たちではなく、このような委員会の幹部を標的にした[33]。イギリスはこの革命にかかわった上流階級支配者たちの比較的穏やかなやり方には不満を感じていなかったのだ。ゼネストを終わらせるという彼らの決定も、商人と柑橘類輸出業者の利益を守るためにされたのだった[34]。反乱軍の約九〇%は農民であり、独立戦争の三年間を通じて、農村は体制への挑戦者として重要な役割を果たし続けた[35]。農民たちは反乱を組織し、資金を提供し、反乱軍を保護した。一九三七年から三九年にかけて全体の指導部がダマスカスに亡命していた間、現地の指導部がすべての行動を指揮した。[36] このため、投獄、家屋取り壊し、処刑など、イギリスの鉄拳制裁の矢面に立たされたのは、後者であった。これは農民が中心となった革命であり、そのシンボルであるクーフィーヤ（チェック柄のスカーフ）が、その数年間でパレスチナ全土に広く普及した。

以上の出来事の重層的な複雑さを完全に理解するためには、パレスチナ独立戦争の出来事を思慮深く批判的に読み解く必要がある。反乱を鎮圧するためのイギリスによる抑圧的な政策や、シオニストの民兵およびアラブ政府の役割について詳細に検討することは本章の範囲を超えるが、人類学者のテッド・スウェーデンバーグらは、パレスチナの「農民は抵抗の伝統を持っている」（これは独立戦争に関する主要な研究ではあまり扱われていないテーマだ）、そしてそれはオスマン帝国時代までさかのぼるものであると主張している。[37]

民衆、農民、環境のナクバ

抵抗運動において、農民は引き続き大きな役割を果たし続けた。一九四八年までの歴史的記録によれば、カダ・ガザやその他の地域のパレスチナ人農民は、自分たちの土地を積極的に防衛していた。たとえば、シオニスト民兵と戦うために農場を抵当に入れてライフルを購入した者もいた。[38] さらに、パレスチナの村々は、ナクバ以前からアラブ軍とともに抵抗運動において重要な役割を果たしていた。カダ・ガザのブライル村では、住民が集団で村の周囲に塹壕（ざんごう）を掘り、その後四ヵ月間、イスラエル軍の戦車によるブライル村への攻撃を阻止した。[39] 村々は協力と連帯のシステムを作り上げ、必要に応じて、食糧、衣服、戦闘員を提供した。サワフィール、マジュダル、ジュサイル、[40]イスドゥードの村人たちは、シオニスト民兵を撃退するため、ベイト・ダラスに支援を提供した。また、一九四八年の戦争中でさえ、パレスチナ人は農業を続けていた。たとえば、同戦争の停戦中に、ジュサイル村民は農作物を収穫しようとしたが、シオニスト軍が畑にいた彼らを虐殺した。[41]

一九四八年のナクバにより、主に農村部に住み、農業を主要な生業としていた住民に対する大規模な追放と民族浄化が起きた。その結果パレスチナ人は、彼らの生活と土地との関係を決定づける経済活動であった農業を営めなくなってしまった。加えて、戦闘の結果、クムシエが言うところの「環境ナクバ」が起きた。地域の動植物や、オーク、サンザシ、オリーブなど在来の樹木が組織的に破壊され、松の木のような成長の早いヨーロッパ産の作物に取って代わられた。[42]カダ・ガザは、村落の大部分（マジュダル町を加えて合計四五の町や村[43]）、重要な経済資源と農業基盤を失った。ナクバ以前に存在していた二万二〇〇〇ドゥナム（二二平方キロメートル）の柑橘農園のうち、四〇〇〇ドゥナム（四平方キロメートル）しか残らず、一〇〇万ドゥナム（一〇〇〇平方キロメートル）の穀物農場のうち、残ったのは一万七〇〇〇ドゥナム（一七平方キロメートル）だけであった。[44]

計画的な農業と土地の破壊も一九四八年以降に起きた追放のひとつの要素だった。イスラエル民兵（具体的には「サムソンの狐たち」と呼ばれる部隊）は、農作物、樹木、農地、家畜を狙って砲撃し、焼却した。彼らはヘブライ語聖書にある、サムソンが狐たちに火をつけ、それを放ってガザのペリシテの畑を燃やしたという神話的伝統に倣ったのだ。

環境ナクバは一度だけの出来事ではなく、組織的、継続的な農業の破壊であり、それによってパレスチナ人の暮らしが破壊された。イスラエルはまた、環境保全をも土地を奪う口実に使った。たとえば二〇一五年、イスラエルはヨルダン川西岸地区の約五七万六四九一ドゥナム（約五七六・五平方キロメートル）の土地を自然保護区に指定して収用した。これらの土地の半分がイスラエルの入植地や閉鎖された軍事区域内にある。このことは環境保全であるという主張に矛盾しており、実際は土地の収奪であることを物語っている[45]。そして、二〇世紀初頭のヨーロッパ的な植林活動、外来種の導入、その後のイスラエルによる占領（追放、違法入植地の拡大、封鎖、ガザ侵攻など）による農業や生態系の破壊といった動きは、パレスチナの歴史そのものと、歴史的にこの場所はパレスチナ人の土地だったという主張を直接の標的としていた。パレスチナの生態系を破壊することは、歴史的にパレスチナが存在していたことを否定し、さらには消し去ろうとする試みなのである。

農民の暮らしと愛着の儀式

イスラエルが絶え間なく消し去ろうとしているにもかかわらず、土地、村、地理についての物語は存続し、難民一世からその子や孫へと受け継がれており、子どもたちはそれをしっかりと記憶している。パレスチナ難民は、彼らの集団としての記憶を途切れさせないために、難民キャンプの中で集まり、ナクバ以前の生活や脱出についての物語を語り合った。「作物のことから諍い（いさか）まで、村の生活の細部にわたって人々が覚えていないことはひとつもない」とサーイグは書いている[46]。私の友人はこんな話を聞かせてくれた。彼女の祖父は強制的にガザ地区内の別の場所に移住させられた。

彼はナクバの後、ガザ北部に買った土地に毎週末息子たちを連れていって、一緒に作物を育てていたそうだ。息子たちが医者であろうとエンジニアであろうと関係なかった。この農業の儀式には、息子たちの全員参加が決まりだったのだ。その目的は、失った過去の生活を置き換えることではなく、奪われたものに対してますます強い愛着を築き、そしてそれを活かし続けることだった。

このような儀式を行ったのはガザ地区の人々だけではなかった。ナクバの後、歴史的パレスチナ全域のパレスチナ人が、比喩的にも実際的な意味でも農業を積極的に受け入れた。スウェーデンバーグは、農業がパレスチナ人のアイデンティティ形成において、政治的表現としても、また「自然の守護者」[47]としても、根本的な要素であったと論じている。彼は、農民たちが「民族の象徴」であり、入植者植民地主義との闘いにおけるパレスチナ人の「重要なイデオロギー的武器」であると述べている。「土地の日／ヨウム・アル＝アルド」[48]は、一九七六年三月三〇日、イスラエルのパレスチナ系住民が、ガリラヤ（アル・ジャリール）の数千ドゥナムの土地を収奪するというイスラエルの計画に抗議した記念日だ。イスラエル軍によって六人のパレスチナ人抗議者が殺害され、数百人が負傷した。それ以来、パレスチナ人は毎年この事件を追悼している。「土地の日」はこのように、入植者植民地主義に対するパレスチナの闘いにおいて、土地、天然資源の保護、そしてナショナリズムの間に、密接なつながりがあることを象徴している。

さらに、ナクバの後、歴史的なパレスチナを描いたポスター、詩、歌、そして復活したフォークロアにおいても、農村生活のシンボルを使う場面が急激に増加した。増加の理由のひとつは、イスラエルがパレスチナのナショナリズムに関するあらゆる表現を検閲したことにある。これに対して知識人たちはパレスチナのアイデンティティを表現するために、農民たちにかかわる控えめだが重要なシンボルを採用するようになったのだ[49]。パレスチナ人が復活させようとしていたのは農業そのものではなく、絶滅の危機に瀕していた自分たちのアイデンティティだった。それを存続させようとする彼らの努力は、「継続的な植民地支配による抹消に対抗する行為」であった[50]。私がこのような心情に出くわしたのは、留学からガザに戻った後、叔父と話しているときだった。私は彼に、世界各地の自然も素晴らしいから、旅に出て見にいくべきだと勧めた。私は、旅をして美しい自然に出会ったのでずっとそこに住みたい気持ちになったと彼に話した。すると叔父は、私の話には感心せずにこう言った。「ポンプから流れる水が、溝を通って（故郷の）村の木々に届くのを見るほうがもっと素晴らしい。おまえのイギリスやフランスよりも、私はそれで十分だよ」。

一九四八年以降、カダ・ガザの住民の大半が難民となった。彼らは土地や財産を失い、柑橘類や穀物農場の農業労働者としての職も失った。パレスチナ難民は、現在「ガザ地区」として知られる場所に押し込められた。そこはカダ・ガザの三分の一の面積で、天然・非天然資源に乏しい地域だ。ガザの人口は三倍に増加した[51]。その結果、耕地として利用可能な土地が激減し、ガザの一人あたり耕地面積比は、エジプトやレバノンなど他の人口密度の高い国よりも低くなってしまった[52]。人口の増加は、すでに戦争で荒廃していた土地に過度の負担をかけ、天然資源を枯渇させた。しかし、地元の人々も難民も、あるものでなんとか工夫するしかなかった。そのため人々は、ガザの有力者や商人たちの後押しもあって、貿易や農業に目を向けた。

一九六六年までに、ガザ地区の半分以上が農地となった。耕作面積は一七万二五五ドゥナム

〔約一七〇・三平方キロメートル〕で、そのうち六万八〇〇〇ドゥナム〔六八平方キロメートル〕に柑橘類が植えられており、これがガザの総面積の二〇%を占めている。一九六〇年代の農業ブームは、主に農業労働力というたったひとつの資源に起因していた。これは難民の約七一%が村落出身者かベドウィンであったためだ。[53]しかし、このブームは、ディアスポラとなって働くパレスチナ人たちの支援なしには不可能だった。彼らが、柑橘類を中心として土地の開墾を始めようとする両親に、各地から送金したのだ。[54]私の父は、海外で働く他の多くのパレスチナ人たちと同じように、祖父の柑橘農園を支えるために給料のほとんどを彼に送金していた。

このような資金は小規模農家にとってなくてはならないものだった。しかし、土地の開墾が重視されたのは、難民が直面しているひどい経済状況のせいだけではなかった。子どもたちからの仕送りを元手に、人々は農業用地や住宅用地を購入して、一時的にでも過去の生活を再現しようとしたのである。友人のイスラーは、彼女の祖母の懐かしい思い出をこんな風に話してくれた。「祖母マリアムは、信じられないほど大地とのつながりが深かった。強い女性だった。戦士だったの。祖母はサワフィールの東の土地を世話していたのだけど、ナクバの後も、同じ仕事を続けようとしたの。だから彼女は、家族がデイル・アル゠バラフで（新たに）買った土地に、レモン、オリーブ、ザクロとヤシの木を植えたわ。子どもの頃、彼女は私たちを集めて村の生活について話をしてくれた。そして植物の世話の仕方も教えてくれたのよ」。私の友人は、彼女のいとこや叔母たちのほとんどが、彼女たちの祖母マリアムと似たような生活をするようになったと話してくれた。

難民となった人々の心と記憶の中には、村から失われた土地、さまざまな思い出、そして一本一本の木が生えていた場所までもが、しっかりと焼きついていた。彼らはまるで、農業を続けることで、それでも私たちはまだ存在しているのだと、自分たちに言い聞かせているかのようだった。土地を失ったからといって、すべてを完全に失ったわけではないのだと。一八八九年生まれの一〇〇歳を超える老人、ムハンマド・ラジャブ・アッ＝トムについての記事を読んだが、その中で彼は、お金を貯めてガザ地区で農地を買い、柑橘類の木々を植えたと話していた。一九四八年、彼の家族はカダ・ガザにあったアル＝ムハッラカ村で、約二〇〇ドゥナム〔〇・二平方キロメートル〕の土地を失っていた[55]。彼にとって農業は、失ったものとつながるための儀式だったのだ。

　このような農村イメージの受容、農業にかかわるシンボルに対する愛着の高まり、そして難民および避難民が、農民や村の生活に関する記憶を強く蘇らせたことは、現場の農業の現実には反映されなかった。友人のアレイジはこう話してくれた。自分は農民としてのアイデンティティを、祖父母と彼らがナクバ以前の生活について聞かせてくれた物語に基づいて持っている。しかし教育に重点を置く難民キャンプで育ったため、農業への愛着は、祖母から聞いた思い出に限定されてしまったと。過去一〇〇年にわたるパレスチナの農業部門に対するイスラエルの占領政策は、農業の現実と、パレスチナの遺産として大切にされている歴史的ロマンとしての農業との間に、ますます大きな隔たりを生み出し続けている。農業分野で長年働いてきた者として、私はこのギャップを肌で感じている。とくにディアスポラのパレスチナ人は、ヤーファーのオレンジを賛美するマフムード・ダルウィーシュの詩「ヤーファーに帰る」を好んで引用する。彼らはパレスチナの地図にオリーブの木をあしらったネックレスを身につけ、ナショナリズムの表現として農村生活を賛美する。これが、失われた故郷としてのパレスチナを思い出させ、それに対する愛着を示しているのだということは理解できる。しかしそれはまた、現実からの、痛々しいほどの乖離を反映している。パレスチナ人がパレスチナとして思い描く姿はすべて消え去り、残っているものがあったとしても占領体制はそれを破壊し続けている。農業はこれまで以上に周辺化され、今後もそうあり続けるだろう。私たちの農村の習慣や、過去に存在していた経済的連帯の形は、占領体制と対峙する中で刻一刻と消えていきつつある。そのようなロマンは、ギリギリの生活をするガザの農民にとっては、何の意味もなさない。ある友人は、「農業で生計を立てている家で育ったが、内実は必ずしもロマンチックではなかった。私は土地を耕したり、肥料をやったり、オリーブを収穫したりする仕事が大嫌いだった。煩(わずら)わしいと思っていた。土地やそれに関連するシンボルとパレスチナ人の結びつきは、美化されたものだ。実際に土地にかかわる私たちの話にはあまり出てこないことで、距離を感じる」と話した。

イスラエルが現在も続けている農業に対する攻撃は、過去を消し去るだけでなく、現在、さらに未来をも破壊しようとするものである。その結果、パレスチナがパレスチナ人のものであった痕跡をすべて消し去り、大多数を逃れられない貧困の連鎖に陥らせ、彼らの主体性と抵抗する力を奪っているのだ。パレスチナ人もよく引用する、イスラーム学者ムハンマド・アッ＝シャアラーウィーの有名な格言がある。それは、「من لا يأكل من فأسه لا ينطق من رأسه」（斧を使って食べない者は、頭を使って話をしない）というものだ。このことわざは、農業（および地産地消）が生活の拠り所として中心的な意味を持ち、ひいては個人と家族の自立に不可欠であることを語っている。だからこそイスラエルは、農業とそれがもたらす自立を攻撃し続けるのだ。そしてパレスチナ人が徐々にその手段と能力を失いながらも農業（のビジョンと実践）に固執し続ける理由もここにある。

霞むガザの「黄金時代」

ガザ地区の人々に農業について尋ねると、彼らはいつも一九六〇年代の柑橘類プランテーションとその輸出事業のことを口にする。どんな経歴のガザ住民でも、この時期をガザの「黄金時代」と表現する。それは難民一世が描く「失われた楽園」と似ている。しかし、本当にその時代のほうが大地との深いつながりがあったとは言えないだろう。一九六〇年代の農業の隆盛は、難民や小規模農家に、限られた利益しかもたらさなかった。柑橘類の輸出収益は、開発プロジェクトや農業インフラへの投資に使われることはなく、農業に従事する人々の手元にも届かなかった。輸出は階級間の格差を広げ、貿易商や地主を潤した。輸出によって農業労働者が利益を得たという主張は、当時の歴史的記録と矛盾している。むしろそこから読みとれる基本的な食料品価格の上昇、貿易業者による輸出売上高の操作、消費主義の促進、ガザ市場に対する贅沢品のダンピングは、この時代が黄金時代ではなかったことを示している。単一栽培と補完的な換金作物、とくに柑橘類に重点を置いたのは、欧米市場に応えるためだった。つまりこれは植民地農業の延長線上で行われたことであり、地元住民に食糧安全保障を提供することにはならなかった。

農業に基づいたアイデンティティは、ガザ地区のさまざまな集団で異なる発展を遂げた。たとえば、ほとんどの難民は貧困に苦しみ、土地を購入してナクバ以前の暮らしを再開することができなかった。こうして、それまで地主だった難民たちが、労働者階級の一員となった。農業分野で働くことを通じて土地とのつながりは保たれたが、農業は社会的・政治的意義を奪われた単なる賃金労働となり、農民のアイデンティティは曖昧になった。土地を購入する余裕があった難民たちはキャンプを離れ、家族のために家を構えた。家を構えて畑も始めようと土地を購入した人々は、土地が小さすぎて家計を支えきれないことに気づいた。

さらに、地主である農民は土地との強い結びつきを維持していたものの、その子どもたちが農業関連の職業に就いたり、土地を大切に世話する可能性は低かった。ブヘイリーは、ルッピンが一九〇八年に、「ユダヤ植民地」の農民たちは農業に失敗し、暗い未来に直面して絶望していると述べたことに言及している[56]。ルッピンは、彼らが土地を開墾する最も良い方法をパレスチナ人から学ばなければならなかったと述べている。ルッピンによれば、ユダヤ人の若い世代は農業をやめて、もっとやりがいがあって儲かる仕事に就くことを望んでいたという。それから一〇〇年経って、私たちはそれと同じような状況に立たされている。過去とは逆のことが起きているのだ。つまり現代のパレスチナ人農民は農業を敬遠し、子どもたちに農民になることを思い留まらせるようになっている。農業から経済的な安定という要素が失われたことが農民と土地との関係を歪め、そこにあったかけがえのない絆が壊されてしまった。その結果、農家の子どもたちは農業から疎外された。このため彼らは、農民が民族闘争に果たした歴史的な役割や、農業とパレスチナ人のアイデンティティ形成との重要な関連性について、限定的な理解しか持たなくなった。

こうした傾向について、政治との関連性は否定できない。またこれは、社会・経済的条件や、イスラエルの搾取的な手法とも切り離せない。パレスチナ人が今に至るまで直面し続けている絶え間ない動乱は、慢性的な貧困と意図的な発展不全をもたらした。このような状況から、平均的なパレスチナの農民は、生活や自分の土地に関して選択の余地を持たなかったのである。生きていくために、農家は他の手段を見つけなければならなかった。私の村にほど近い街に住んでいた知り合いの話だが、彼は生活のため、そして息子の結婚資金のために、土地を売らなければならなかった。しかし、彼は買い手にひとつの条件をつけた。それはその土地で彼が何十年もかけて育てた樹木を自分に引き渡すというものだった。

かつて私の村は牧歌的なオアシスとして知られ、ガザ市に住む人々が都会の生活から離れ、自然を満喫したいときに訪れる場所だった。しかし、農業はコストが高すぎて採算がとれなくなった。そして上の世代が亡くなり、遺産分割によって農地が細分化されると、若い世代は土地を売り始めた。彼らはそれを売って結婚したり、家を建てたり、貿易事業に使ったり、あるいはそれを資金にして旅行に出かけた。新しい土地所有者はたいてい、それまで農業をしたことのないデスクワーク系の人々だった。彼らは土地を保養地として利用するか、リゾートを建設して地元の観光分野でビジネスをしたいと考えた。リゾートとは、プールと緑のある場所のことだ。かつて農村だった私の村は、今や自治体が喜んで「観光村」と呼ぶような場所になった。私は、この表現は誤解を招くと思う。なぜならこのようなきらびやかな「観光」は、村の帯水層や農地に大きなダメージを与えているからだ。プールに水を張ったり入れ替えたりすることで、他の要素とも相まって淡水が消費され、海に近い地域では海水の侵入を招いている。これによって起きる水の塩分濃度の上昇が、柑橘類やヤシなど、半世紀以上にわたって栽培されてきた樹木に害を及ぼしているのだ。

環境の悪化――農業とイスラエルによる占領

ガザ地区では、農業分野への労働力参加率は一九七〇年の三二％から二〇一九年には四・七％にまで低下している。[57] 農業の「黄金時代」を経験した人たちでさえもが農業から離れていった理由を理解するためには、イスラエルの政策を検証する必要がある。

パレスチナの農業部門と環境に対するイスラエルの方針は、スウェーデンバーグが「保存・解体」[58]と呼ぶ政策に従ったものだ。これは政治的目的のために農業を破壊することを意図した重層的な政策であった。[59] そのひとつの方法は、まず、農業部門が経済的に成り立たないようにして、地元の生産者をイスラエルの生産能力に太刀打ちできなくすることだった。そうすると、結果として彼らは農業を放棄したり、イスラエルの入植地で安価な労働力として働くしかなくなる。オックスファムが制作し、二〇二〇年に公開された短編ドキュメンタリー『麻痺（Paralyzed）』には、限られた土地面積や農業の採算性の低下など、ガザ地区の農民が直面するさまざまな問題が描かれている。[60] イスラエルは、パレスチナ人がイスラエル（「グリーンライン」）[ii]内で農業に従事することを許可し、そこで地元よりも高い賃金を得られるようにした。そのため一九七〇年代以降、ガザ地区からの、農業労働力の流出が起きた。

イスラエルはまた、パレスチナ市場にイスラエル製品をダンピングすることでも、パレスチナの農業にハンデを負わせている。たとえば、ジョージ・クルゾムによるガザの切り花農業に関する考察は、イスラエルが提供する経済的インセンティブが、イスラエル農産物との競争を避けるパレスチナ農業の奨励につながると説明している[61]。パレスチナの農民を主食になる農産物から遠ざけて高級品へと誘導することは、冷酷なダンピングに対してパレスチナ市場を脆弱にする。その結果、パレスチナのイスラエルへの経済的依存が一層深まることになる。するとパレスチナ市場における地元産食品の流通量が減り、値段も上がってしまう。さらに、イスラエルが貿易条件を完全に支配していることから、切り花のような（イスラエルが奨励する）地元産の輸出用贅沢品の競争力も損なわれ、パレスチナの生産者に莫大な損失をもたらす。このような「植民地農業」は、欧米市場向けの農作物生産にのみ重点を置き、地元の食料安全保障と主権を脅かすものである。

たとえば、一九九〇年代、ガザ地区は「赤い宝」と呼ばれるイチゴと切り花を生産していたが、これはあからさまな植民地的農業の例である。イチゴ栽培は水を必要とする作物の上位に位置し、すでに枯渇しているガザの帯水層をさらに消耗させている[62]。この作物は、輸出可能なため儲かるとされた。しかしそれは結果として、ガザの天然資源、将来の食糧安全保障と生計、そしてガザの景観をも害している。これは、ガザの人々、とくに農民と、かつて彼らが大切に世話した土地との社会契約の破綻を意味する。

ii 「グリーンライン」とは、一九四八年のナクバ以後に設けられた休戦ラインを意味し、イスラエルと、ヨルダン川西岸地区およびガザ地区を分ける境界を指す。

さらに、イチゴはイスラエル企業を通じてのみ輸出が可能で、イスラエルの商品として販売される。苗や農薬など、イチゴの生産に必要な高価な資材もイスラエルから購入しなければならない。イスラエルは、高品質のイチゴに不可欠な特定の除草剤や肥料の使用を制限し、貯蔵できる期間が短く、少ない収量しか得られない肥料しか認めていない。さらに、イスラエルの人権団体ギシャが明らかにしているように、イスラエルはガザの新鮮な果物や野菜のヨルダン川西岸地区への取引許可を、時には明確な理由もなく拒否してきた。このような政策を組み合わせて実施することで、ガザの農民に甚大な損失が生じることになる[63]。

同様に、ガザ地区のパレスチナ人農民は大量生産のための最新の灌漑（かんがい）システム、肥料、化学薬品、高品質で気候変動に強い種子などを導入できない。大量生産には広大な土地が必要だが、イスラエルが緩衝地帯政策をとっているため、その確保は不可能に近い。たとえば、ガザ地区の東側に沿って緩衝地帯が設けられているが、そこはガザで最も肥沃な農地がある場所だ。その結果、ガザ地区内の半分以上の耕作地に、ほとんど立ち入ることができなくなっている[64]。緩衝地帯の中で働くことを選んだ農民たちは、心理的な脅迫や農作物の破壊、そして頻繁な銃撃にさらされている。ギシャによれば、二〇一〇年から一七年の間に、イスラエル治安部隊による発砲事件が一三〇〇件発生している[65]。警備上の理由から、緩衝地帯に樹木を植えることはめったに許可されない。

アッ＝ザイーム（「指導者」または「長」を意味する名前）と呼ばれる農夫に会ったときのことを思い出す。彼はガザ地区東部に、ガザでも屈指の美しい農場を持っていた。彼は二〇一四年に起きたガザ侵攻の際、自分の農場を心配するあまり、「農場を失うくらいなら、どうか家を失わせてください」と神に祈ったと話してくれた。その戦争の間、彼は農場に寝泊まりし、すべての木を点検したという。そのときは家の前側に弾痕が残ったが、それでも彼は、農場と家族が生き残ったことに感謝した。それから数年後に彼は、土壌の塩分濃度が高くなったために農場を失い、心臓発作を起こした。アッ＝ザイームは、絶望することなく、被害を受けながらも絶えず作付けを続けた農民の一人だった。しかし、耐えられることには限度があり、誰も私たちパレスチナ人に、これ以上打たれ強くあれなどとは言うことはできない。

もうひとつのイスラエルの破壊的政策は、樹木の根こそぎの撤去である。ガザ地区のパレスチナ人が東部の境界近辺に木を植えるたびに、次の侵攻時にイスラエルに破壊されるのである。ある人は私たちにこう語った。「私はガザ東部の村に住んでいるのですが、私たちもイスラエルによる暴力の被害を受けています。ある日、イスラエル人たちは、一九七〇年代から八〇年代に植えられたオリーブの木をブルドーザーでなぎ倒しました。あの日、オリーブの木の残骸とその根のところに座っていたときほど、悲しそうな祖父の姿を見たことはありません」。パレスチナ貿易センター（PalTrade）によると、二〇〇〇年以降、一〇〇〇万本以上の樹木が根こそぎ伐採され、二〇〇〇年から〇五年の間に一万三〇〇〇ドゥナム〔一三平方キロメートル〕以上の土地がブルドーザーで破壊された[66]。破壊と喪失の慢性的なサイクルが、小規模農家の資本をつねに疲弊させているため、このような損失からの回復は難しい。

樹木を根こそぎ伐採するというこの政策は、歴史的背景から理解することが肝要である。耕作は、土地の所有権を主張するための武器として利用される。しかしブラヴァーマンは、イスラエルによる松林の栽培が国家としての支配権を押しつけようとするものであるのに対して、パレスチナ人によるオリーブや果樹の栽培は「現地（パレスチナ人）と農民の存在を意味するもの」だと論じている[67]。パレスチナ人にとって、植林は単にその地域に自分たちの存在感を示すためだけのものではなく、農業に関連するいくつかの相互依存的な要素の表れである。その要素の中には、経済的な暮らしと食糧安全保障、レジスタンス、生き残ること、不動（スムード）などの概念を中心とした農業の政治的活用、オリーブを自分たちの象徴にしようとする入植者の物語に対抗して農村イメージを維持するための文化遺産の保全、そして土地の物理的所有などが含まれる。

子どもの頃、アル＝マガジ難民キャンプにある学校から村まで帰る途中、春と秋に空を仰ぎ見ると、何百、何千という渡り鳥が空を飛んでいるのが見えた。種類や名前は知らなかったが、私はその渡り鳥を何時間も見つめて、鳥たちの自由さについて考えたものだ。この章を書いている中で私は、ワディ・ガザがいかに渡り鳥にとって重要な場所であったかを学んだ。その多様な植物が生い茂る湿地帯は鳥たちの餌場となり、安全な隠れ家も提供している[68]。ワディの肥沃な土壌は、農業とそれに関連する経済活動を促進し、地域社会の生活にとって欠かせない場所だった。しかし、一九七〇年代にイスラエルがダムを設置し、上流から取水したことで、ワディは被害を受けた[69]。下流に流れる水量と年間の流下期間が大幅に減少したため、地元動植物の生息地の存続が脅かされたのだ。

一九七〇年代以降、ワディが干上がってしまうと、隣接する村や難民キャンプの人々は、未処理の汚水をワディの川底に流すなど、生態系にとって有害な行為を行うようになった[70]。今では、水が溢れ出すエコツーリズムにぴったりの空間が広がっていた、かつての栄光を象徴するワディのイメージは、抽象的な概念でしかない。私のワディに関する最近の思い出は、下水の臭いが襲ってこないように、息を止めて一五まで数えたことだ。そして渡り鳥のあの壮大な光景は、わずか数羽の鳥をちらほら見かけるほどにまで縮小してしまった。

オリーブの木でよく見かけたヤツガシラ、大地を見事な赤い絨毯(じゅうたん)に変えたアネモネの花、祖父母の家の前に生えていて、いつもその甘い実で近所の人たちを喜ばせた桑の木、二〇〇八年から〇九年にかけてのイスラエルによる攻撃でやられてしまった古いアーモンドの木、これらすべてが、この土地に関する私の子ども時代の思い出の一部だった。このような日常として当たり前だと思っていたことが、もはや私たちの生活の一部ではないのだ。農業分野に携わってきたことで、私は自然をより意識するようになった。そしてその中で、在来種の樹木や植物が失われていっていることに気づかされた。[71]

公正な未来は可能なのか、それとも叶わぬ幻想なのか

農業の未来像を描くには、ガザ地区の人口爆発を考慮に入れる必要があるだろう。最近の統計によると、二〇〇七年から二〇年までの一三年間だけで、ガザの人口は五九％増加し、二二〇万人を超えた。これはヨルダン川西岸地区の人口増加率の二倍に上る。[72] ガザ地区の面積はヨルダン川西岸地区の六％しかないため、ガザの人口密度は一平方キロメートルあたり六一七五人とひじょうに高く、天然資源がますます乏しくなっている。同じような成長傾向が今後も続くと予測

するなら、封鎖解除による経済的・社会的変化がない場合、農業と食料安全保障の未来は極めて暗い。ガザの急激な人口増加に伴う都市化の波は、すでに縮小している農地や将来の食糧安全保障、そして次世代の暮らしを犠牲にするものである。

これまで明らかにしてきたように、パレスチナ人にとって農民として暮らすことはもはや選択肢ではない。そしてこれまでにも、パレスチナ人に真の意味で選択肢があったとも言い難い。なぜなら農民たちは少しずつ、しかし一貫して資源と機会を奪われ続けてきており、将来の世代も農業に従事することを敬遠しているからだ。しかしながら、パレスチナの環境保護主義者たちは、占領や植民地化に対する非暴力的抵抗の一形態として農業を活用するよう求めている。これは農業が、人々と土地を結びつける歴史的役割を担ってきたことに根ざした呼びかけだ。先住民の知識と地元の食に対する需要を基盤にした農法は、食と土地に関する主権を取り戻すための抵抗の手段となり、それは「パレスチナ経済の回復力向上を目指す民族的な抵抗の行為」である[73]。大地に立ち戻ることは、そこにあったつながりを復活させることであり、残された生物多様性を損ない文化遺産を脅かし続けている搾取的な行為に立ち向かうことである。

私が未来について考えているとき、ある友人が私にこう尋ねた。「もしガザが占領されていない普通の場所だったら、農業に関するガザの未来はどうなっていたと思う？　工業化によってどのみち農業は失われていたのじゃない？」。それに対して私はこう答えた。「どうだろう。確かに工業化は農業よりも優先されるだろう。かといって、占領下と同じペースで農業が失われていただろうか？　私はそうは思わないし、失ったものの規模や、その結果生じた貧困や主体性の欠如が、これほど大きくなっていたとも思わない。その選択肢は私たちから奪われてしまったから、答えは決してわからないけど」。占領体制は、農業に関する基本的な自己決定権さえ奪ってしまったので、私にはもうイスラエルの占領がないガザを想像できない。どんなに一生懸命想像しようとしても、不可能なのである。占領の現実は、私たちの生活の細部に至るまで深く刻み込まれている。占領の皮を何枚剝がしても、また次の層が出てくるのだ。

イスラエルが自分たちの土地とのつながりを証明し、私たちのそれを否定することによってパレスチナ農民の遺産を自分のものにしようとする限り、農業とそれを基盤としていたパレスチナのかつての生活様式に対する攻撃は続くだろう。しかし、パレスチナの農民タイシール・アブー・ダンが、ハーン・ユーニス市で有機栽培の屋上菜園を作っているのを見たとき、心に希望が湧いた。彼の場合は収入の確保が目的だが、その菜園はガザにとってある種の可能性を示唆していると思う。

農業は、ガザの経済と生活様式において、今後も一定の役割を果たし続けるのだろうか。五〇年後にそうである可能性は、ひじょうに低いだろう。私は何人かに、農業の過去を振りかえってみたとき、何を守り活かしていくべきと思うかを聞いてみた。回答者のほぼ全員が、農業の遺産、フォークロア、物語、集団的記憶を、後世の人々がいつでも参照できる形で保存する必要性があるという点で同意した。私たちは、屋上庭園を造り、パレスチナの不屈を象徴するオリーブの木を植え、意識向上プログラムを実施し、農業遺産を記録し、農業祭を祝うなど、できる限りの方法で農業を実践し続けなければならない。

しかし、瀕死の農業部門に再び関心を持ってもらうことは、長期的な解決策にはならない。占領とその搾取的政策への組織的な対処なくして、公正な未来はない。私たちは、ガザ地区の封鎖の全面的な解除、すなわち、人と物資の移動の自由、天然資源の支配権、開発の非政治化を要求しなければならない。

ベツレヘムにあるパレスチナ自然史博物館では、パレスチナの生物多様性と環境について学ぶことができる。そのウェブサイトには、子どもたちがパレスチナの自然環境を探索できる教育ツアーが紹介されている。私が子どもだったら、そしてガザではない場所にいたら、こういうことを学べたのにと思う。私は、私の甥っ子たちや、ガザに住む多くの子どもたちのこと、地元の動植物にまつわる物語を決して知ることがないであろうパレスチナの未来の世代のことを考える。

その役割は低下しているとはいえ、パレスチナ人にとって農業は単なる収入源ではなく、アイデンティティであり、社会的な団結の儀式であり、政治的な主張でもある。従って、先住民の知識と実践、歴史と遺産がそれぞれどうつながりあっているのか、そして農業が私たちのアイデンティティと大地を守る役割をどう形作っているかを理解することなしに、未来を思い描くことはできない。その理解があってこそ、輸入への依存を深めるのではなく、地元産原料を使った食品加工に一部であれ基づいた経済成長の基盤ができるのである。

春にこの章を書きながら、私は祖父が残した土地に小さな自然博物館を設立することを夢想するようになった。この些細な夢がパレスチナの農業を救うことはないだろう。しかし、かつて農業が担っていた役割を未来の意識に刻み込むためのささやかな試みにはなり得るかもしれない。

「من فات ماضيه تاه」（過去を失った者は迷子である）ということわざがある。私たちが過去を取り戻し、決して迷子になることなく、自分たちの帰るべき場所をずっと忘れないでいられること、それがこの博物館に託す私の夢だ。

エピローグ――二〇二一年五月の攻撃

夢と一縷の希望をもってこの論考を締めくくろうと思ったのだが、占領体制は絶えずこのような私たちの夢を潰そうと試みて、何度も成功していることを改めて思い知らされた。執筆の最終段階に差し掛かった二〇二一年五月にガザ侵攻が起きた。これは過去一五年間に起きた複数の残虐な攻撃のひとつだった。人々が殺され、住宅が破壊され、道路インフラや電線が標的とされる中、農業部門も大きな被害を受けた。数百ドゥナムの畑、野菜を植えたビニールハウス、樹木などが、部分的あるいは完全に破壊された。農業池、井戸、農業関連の太陽光発電プロジェクト、灌漑設備、作業用道路など、農業活動の基本的なインフラを構成するあらゆる要素が被害を受けた。私は、この侵攻で破壊されたのは、私たちの生活というより、私たちの未来と希望だったと思う。

父親を亡くし、若くして農家になった三〇歳のいとこアフマドも、被害を受けた農民の一人だった。彼はパートナーとともに、困難を乗り越えながら何年も土地の耕作に奮闘してきた。彼は私に、「今季は、国境閉鎖で被った前季までの損失をすべて取り戻せるはずだった。今期こそ、種や農薬、肥料のために農業資材業者に負っていた借金を返せると思って、収穫を楽しみに待っていた。襲撃から一二日間、僕たちは自分の土地に出かけられず、灌漑できなかった。そのため数千ドル分を失い、カリフラワーやとうもろこしの苗も失った。一歩前に進もうとすると、いつも一〇〇歩後ろに押し戻されてしまうんだ」と話した。私のいとこは、ガザ地区の何千もの農民たちと同じように、今まで以上に流砂から抜け出せなくなっていると感じている。自由になろうともがけばもがくほど、深く沈んでいくのだ。

農業アイデンティティと土地との深い結びつきは、この関係性を大切に育むことに大きく依存している。「場所への愛着」を持つためには、パレスチナの農民はまずそれがもたらす経済的利益を経験する必要があり、そのことで感情的な愛着がより強くなるのだ。しかし、侵略されているガザという文脈の中では、農民の土地に対する愛着について別の見方をする必要がある。私のいとこや他の多くの農民たちは、生計を安定させることがずっとできなかったために、土地との関係を「取引」とみなさざるを得なかったと主張するだろう。農民が貧困ライン以下で暮らす現在ではなおさらである。耕作する代わりに土地を売れば、農民は累積債務を支払えるので、他のすべての選択肢が奪われたときにはそれだけが救いとなる。こうして占領は、農民と土地との結びつきを、根づきや故郷を象徴するものから、純粋に経済的で処分可能なものへと変質させたのである。悲劇的なことに、この傾向は農民が一人もいなくなってしまうまで続くかもしれない。

これは多くの国際機関が試みてきたことだが、瀕死の農業部門への関心を再び高めようとすることは、解決にはならない。唯一の解決策は、封鎖と占領を終わらせ、パレスチナ人の権利を認め、彼らが自由に、彼らの子どもたちと彼らの土地を大切に世話して生きられる力を与えることである。

ガザ地区の包囲に反対するデモに参加して旗を掲げるパレスチナ人の若者。2013年4月1日。写真：サーメフ・ラフミ

どうしてあなたたちはまだここにいるの？

バスマン・アッディラウィー

僕のオリーブの木を殺されて
涙が溢れそうだったけど、
ずっと流さずこらえている
また別の木に水をやるために。

彼らの強大な「拒否権」に
平手打ちをくらって、
その反響が大きな音で
僕のいる空間に広がってきて
芯から揺さぶられ

胸をつぶされたけど、
僕はまだ立っている。

彼らのF-16型戦闘機
機関銃
アパルトヘイトの壁
検問所

それでも僕は自問し続ける
どうしてあなたたちはまだここにいるの？
時にはその答えを探して迷子になっている。
だけどそれも
祖父がオリーブの木の下で
昼寝をしていたところが
目に浮かんでくるまでのこと。
そのあと入植者がやってきて

祖父の人生に終止符をうった。

2012年のイスラエルによるガザ攻撃で標的となった公立学校の教室で、破損した壁越しに見えたパレスチナ人生徒。2012年11月27日。写真：サーメフ・ラフミ

ガザ地区の戦争被害を受けたコミュニティにとって実験的なデザインが持つ倫理的意義

サーレム・アル＝クドゥワ

ガザでは破壊があまりにも頻繁になっているため、家の建設、破壊、再建が、同時進行で行われている。ガザのように紛争の絶えない環境で暮らす人々にとっては、理想的な家と現実の家との間にある大きな隔たりが、家というものの定義自体に影響を与える。ガザの社会は劇的に変化しているため、それに伴う家庭および理想的な家族に対するイメージの変容も調査する必要があるだろう。さらに、建築資材の輸入が困難であること、新たな避難民のための仮設シェルターが緊急に必要であること、飲料水、電力および経済的な選択肢が全体的に不足していることなど、ガザの継続的な緊急事態とそれに伴うジレンマがあり、このことが実験的な建造物の導入を後押ししてきた。

二〇一四年夏のガザ攻撃後、最も保護を必要としていた人々は、国際機関が建てた木造の仮設住宅に住まなければならなかった。これは恒久的な家を建てるためにセメントを手に入れるまでの一時的な措置であった。その結果、とくに低所得世帯は、人口動態的にも社会的にも大きく変化した。中には大家族から離れることを余儀なくされた人々もおり、強い絆が分断され、家族が提供してきた保護も受けられなくなった。このことはパレスチナ社会の、とくにその適切な住居を得る権利に絶え間なく悪影響を及ぼしてきた。

本章では、実験的な建築技術と過渡期のデザインについて考察する。私の三つの主要な問いは次のとおりである。ガザの住宅問題という課題に取り組むうえで、建築家や国際援助団体が果たす社会的な役割は何なのか。そしてこのコミュニティのために、実験的な建築技術やデザインが持つ倫理的な意味とは何か。また、周縁化されたコミュニティにとって、彼らの文化的背景を尊重し、長期にわたって満足できる適切な住宅デザインとはどのようなものなのか。私はこれらの問いを、建築家としての知識に基づき、緊急時および普段の建築現場での作業を実地調査と結びつけながら考察していく。再建時に存在する基本的な制約を特定するために、「破壊家屋再生プロジェクト」の事例を取り上げる。

私は、ガザの現在の社会文化的背景を「日常の建築」というレンズを通して考察することで、個人の主体性を回復させるだけでなく、ほとんど可能性がないように見える建築環境に存在する、創造的な可能性を示していきたい。私は、人々のための持続可能なセルフビルド建築の提供を目指している。これはまた、多くの国際援助団体がガザで取り入れている、善意ではあるが結局は屈辱的な「労働対価による支援（キャッシュ・フォー・ワーク）」の手法に異議を唱えるものでもある[1]。

要約すると、私は包囲体制に対抗して各個人が将来的な取り組みの土台とできるような質的変化を現場にもたらすファシリテーターとして、ガザの復興プロセスに貢献したいと考えている。私が目指すのは、イスラエルやその他の外部供給源に建築資材を頼ることなく、既存の資源を利用して自給できる力をガザの人々に与えることだ。ガザに焦点を当てているが、この内容は、人間の強制移住が大きな問題となっており、紛争後の建築環境の再建が急務である中東の他の紛争地域における復興活動にも役立つだろう。

ガザに関するいくつかの重要な事実とそれが建築にもたらす影響について

ガザ地区の面積は三六五平方キロメートルで、およそラスベガスほどの大きさ、あるいはロンドンで言えばその四分の一の大きさである。二〇〇万人以上のパレスチナ人が住むこの地域は、世界で最も人口密度の高い地域のひとつである。ガザを「世界最大の野外刑務所」と呼ぶ人々もいる。[2] 人口の約七〇%が難民で、一九四八年に現在のイスラエルにあった元の住まいから逃れたり、追放されたりした人々である。二〇世紀初頭までは氏族が有力な土地所有者であり、また社会的な主体として大きな役割を果たしていた。[3] パレスチナ社会では、土地所有は今や社会的名声の基準ではなくなっているが、拡大家族が最も重要な社会的単位であることに変わりはない。高齢の両親や祖父母は、子どもや孫たちに、経済および精神的な面でも頼ることが想定されている。[4]

現地のアラビア語で、どこの家族／家の出身ですか？（"Enta men dar/beit meen?"）というのが、人に会ったとき最初に聞かれる質問である。アラビア語の dar と beit はどちらも「家」という意味だ。人々は日常的な付き合いの中で、姓によって、そしてより略式的には、他の家族に似ているかどうかによって識別される。パレスチナ人の心理において、家というのは家族との生活と同義である。[5]アラブ文化では、家庭が家族の習慣を実践する場として重要である。そして、パレスチナ人のような郷土から追われた人々にとって、拡大家族は文化の存続にとって不可欠なシステムである。[6]

ガザ地区の人口密度は高く（一平方キロメートルあたり五二〇四人）、深刻な過密状態となっており、新規建設に利用できるスペースは限られている。[7]その結果、若い夫婦は新郎の家族や親戚と同居するのが一般的で、ほとんどプライバシーを確保できない。[8]同様に若者たちは、祖父母の家、屋根の上、家の台所などで勉強することを余儀なくされている。このような状況下では学業成績が低下するという研究報告もある。[9]二〇一四年のイスラエルの軍事攻撃の結果、一〇万戸以上の家屋が損壊または全壊した。二〇〇七年以来、ガザの復興はイスラエルの封鎖によって著しく阻害されている。この封鎖のために、ガザの小規模な経済が依存していた通常の貿易は事実上すべて途絶えている。封鎖はまた、人や物資の移動を著しく制限し、資金源も減少させている。[10]このことによって、切実に必要な建築資材の入手が制限されている。イスラエルによるガザへの攻撃が続く中、封鎖は強化され、市民にさらに大きな苦難をもたらしている。そのうえ、既存の家屋も繰り返し爆撃され、破壊されてきた。実際、新型コロナが流行していた二〇二一年五月の空爆では、基本的なインフラが破壊され、約七万四〇〇〇人のガザ住民が住む場所を失った。一一日間にわたる作戦で、一万七〇〇〇戸近くの住宅や商業施設が全壊または半壊した。

その結果、ほとんどの住居は建設が完了していない状態だ。そしてほぼすべての建物が、パレスチナの建築基準法の要件を満たしておらず、基本的な衛生・安全基準に著しく違反している。緊急かつ基本的なニーズに対応するため、人々は多くの場合、自己資金と少しの技術支援を地元から得て、自分たちで建設工事を行う。土地と資源が限られているため、居住用の建物は必要最低限のものしかできない。また、ガザの人々にはしばしば経済的な制約があるため、部屋を後から少しずつ増やさなければならないことが多い[11]。

土地の不足や高度な労働力の不足といった要因に対応するため、設計や作業は単純な材料と素朴な技術で行われる。そこにイノベーションの余地はほとんどない。これらの家屋は、床、壁、屋根といった最低限の要素で構成されており、安全性、温度管理、居住者の基本的なニーズを満たすという点で、効率的ではない。人々は、近所に住む技術の限られた大工に頼んで、入手可能な材料（主にコンクリートブロック）を使って工事を行うことが多い。

その結果、建物は基本的な建築基準をはるかに下回るコンクリートの塊となり、場所の感覚や帰属感を提供できない。このように自力で建てた複数階建ての一戸建て住宅は、その時々の拡大家族のニーズに対応したさまざまな間取りを持っている。しかし気象条件には対応できず、夏は極端に暑く、冬はじめじめして寒い。また、水、電気、天然資源が無駄になってしまう。

さらに、サウジアラビアや湾岸諸国、国連パレスチナ難民救済事業機関（UNRWA）などが建設した住宅事業では、すべてのフロアがほぼ同じ設計になっている。このような住宅では、パレスチナ人避難家族のニーズを満たすことはできない。また、過密、換気の不十分、自然採光の不足など、他の社会的な悪影響を生み出す可能性もある。支援による住宅事業には、「コーポラ

ガザ地区の建設現場の一例。建設用のブロックを作る作業員。出典：サーレム・アル＝クドゥワ、2010年。

ティブ住宅や、補助金付きの大規模住宅群、またいくつかの近隣住区」が含まれるが、これはガザの避難民が求める家と場所の感覚を作り出すものではなく、多くの場合、彼らの望む暮らしとかけ離れている[12]。ガザ地区における社会空間的な慣習と建築デザインの関係についての研究は限られており、ここではその欠落を補っていきたい[13]。

私が注目するのは、周縁化された地域で低所得者層の拡大家族が自力で建てたコンクリートの戸建て住宅である。私は、パレスチナ人がこのような実践例に基づき、より有用で美しい建物を建てられることを示したい。そうすることで、基本的かつ機能的な必要性に自分たちの力で対応できるようになる。またその過程で、イスラエルや国際援助団体などの外的要因に対する依存を減らすことができる。

このようなセルフビルドというやり方は、「日常の建築」の重要性が高まっていることを示す。[14]それは簡素であり、一般的に入手できる材料を使用し、「ありふれて」[15]いると同時に「変革的」[16]であるという原則を持つ。バークとハリスによれば、その意図は「物質主義的な大量消費主義と一過性のファッションというサイクルを通して、建築が次々と変わっていく単なるスタイルの流行になるのを避けること」[17]である。

私はこの日常の建築を調査して、ガザだけでなく、紛争に見舞われ住む場所を追われた人々のいる他地域の住宅危機に関するオルタナティブな解決策の参考とする。[18]イスラエルによる封鎖解除は不可欠であり、外国からの援助の役割は依然として重要である。しかしガザの住宅問題の解決策は、少なくとも部分的には、ガザ現地でできる別のアプローチの中に存在する。それは、住宅のデザインと建設において、シンプルさ、柔軟性と美しさを維持しながら、視覚的なプライバシーを提供し、拡大家族の仕組みを保護しながら、文化的に受け入れられている方法を取り入れることで、建築にまつわる現地の価値観を強化するというやり方だ。

危機における建築と傷の癒し

二〇一五年の夏、私がオックスフォードで博士号取得を目指していた頃、建築学部があるアバクロンビー・ビルで二〇分間の停電があった。私のオフィスはデザイン・スタジオの向かいにあったので、停電のあったあたりを見て回ることにした。コンピュータの電源が入らなくなり、Wi-Fiもインターネットも使えなくなったので、みんな退屈していた。学生たちは互いに話すこともなく、携帯電話をいじったりして、イライラしながら電気の復旧を待っていた。停電で蛇口のセンサーが作動しなかったため、お手洗いの水も出なかった。オックスフォードで停電を経験したのはこれが初めてだった。またこのような、混乱がめったに起こらない場所で、人々がどのように反応するのかを見るのも初めてだった。

同じ学期中、オフィスで座っていると、鳥がオフィスの窓にぶつかる鈍い音が時折聞こえた。ある一羽のかわいそうな鳥は、周囲の木々や空を映し出す大きな窓に激突してしまった。鳥が窓に衝突した後の痕跡は、簡単に確認できた。衝撃が加わることで、鳥の羽毛から粉塵（ふんじん）がガラス面に移動し、羽毛と飛行の細部がそこに記録された。これはアバクロンビー・ビルの大きな窓で起

ジョン・ヘンリー・ブルックス・ビルに隣接するアバクロンビー・ビルの大きな窓は、2014年に優れた「持続可能な」デザインとして英国王立建築家協会の建築賞を受賞した。だがこの大きな窓は、鳥たちに予期せぬ影響をもたらした。

きたことだ。同ビルはジョン・ヘンリー・ブルックス・ビルの隣にあり、二〇一四年に、素晴らしい「持続可能な」デザインとして王立英国建築家協会の建築賞を受賞した建物だ。持続可能性を促進する環境に配慮した建物は、鳥類を呼び込むことで野生生物と共存するという明確な目標を持って設計されている。しかし、建物の設計者は、この大きな窓が飛翔(ひしょう)中の鳥にどのような影響を与えるかを予想していなかったのだろう。

一方で、「持続可能性」「回復力」「生物多様性」がより極端な意味を持つ場所であるガザ(私の居住地)には、持続可能性や生物多様性の基準に従って建てられたわけではない建物がある。それにもかかわらず鳥たちは、戦争で破壊されたガザの建物に集まってくる。たとえば私は、家族と暮らしていた建物にあった壁の穴に、数羽の鳥が巣を作りに来たことを覚えている。これは、イスラエル軍のF-16ミサイルの破片によってそこかしこに空いた穴のひとつだった。

私はまた、爆弾の金属片によって美しい顔に傷を負った罪のないパレスチナの子どもたちのことも、決して忘れることはできない。持続可能な建築物は、私がいたオフィスビルの近くに暮らしていた鳥たちに起きたように、野生の命を殺してしまう可能性がある。それに対してガザでは、建築物が部分的あるいは完全に破壊されることで、鳥たちにすみかを与えている。コンクリートの厚板や柱は人体を破壊し、瓦礫や金属片が人々を負傷させたり不具にしたりする一方で、鳥は破壊された家屋の、壁の残骸に巣を作る。このシンプルかつ変革的な行為は、パレスチナ人にとってまったく予期せぬ力と創造性の源となる。破壊の中でも、平凡なものや意外なところに、機能性や美しささえ見出すことが可能なのだ。

引き続き、背景を理解してもらうために、ガザ地区の社会的、経済的、政治的状況と、パレスチナ人が直面している課題を検証していく。またその中で、ガザの人々の建築方法に影響を与えている複数の要素を紹介する。

再建への障害となるもの――紛争と物資の不足

公共事業・住宅省および多くの国際NGOが、紛争によって損害を受けたり破壊されたりした住宅の再建に多大な努力を払っているにもかかわらず、住宅に関する需要は依然としてほとんど満たされていない。現在の住宅需要の約七九％は、自然な人口増加と、再び住宅を必要とする難民キャンプの人々が占めている。現在も続いているイスラエルの軍事作戦によって民家が破壊され続けているため、状況はとくに困難である。また、数万人が大きな被害を受けた家屋で暮らしている。[19]

土地が不足しているため、住宅プロジェクトは高密度の高層住宅に限られ、それはしばしば農地を圧迫してしまう。このため、自給自足農業や家畜のための土地が減り、貧困がさらに深刻化する。[20] 住宅問題は、被害を受けた家族に新たな社会問題をもたらし、他の紛争関連の問題にも影響する。

たとえば、過去一〇年間に四回にわたって行われた大規模な軍事攻撃では、多くの人々が国境沿いの危険な地域からガザ市へと避難したが、ガザ市自体も数千戸の住宅を失っていた。土地の値段と住宅ニーズが高まる一方で、資源は極端に限られていた。さらに、現在進行中のイスラエル（とエジプト）による封鎖のために、ヨルダン川西岸地区、イスラエル、そしてそれ以遠とガザ地区を結ぶすべての検問所がほぼ完全に閉鎖されている。致命的なことに、これにより、人の移動と物資の持ち込みができない。入ってこられるのは基本的な人道的必需品だけだ。建築資材（セメント、砂利、鉄筋など）および、車両やコンピュータの予備部品の多くは必要不可欠な物品だ。しかしイスラエルはこれらを、トンネル建設や情報収集などの軍事目的に使用できる「軍民両用」の品目であると主張して禁止している。現地で手に入る建築資材は限られているため、再建のコストはひじょうに高くなってしまう。

加えて、国際機関の建築プロジェクトには概して、都市構造の空間形成に対する理解の乏しさが見られ、現地の建設労働者の技能や経験も、ほとんどの家庭がコンクリートの基礎と柱を重視していることも、考慮されていない。コンクリートの基礎と柱を重視するというパレスチナ人の考え方は、「レジスタンスとしての耐久性」という強い信念に基づいている。彼らはまた、将来の新たな家族の受け入れに不可欠な垂直方向の増築のためにも、安定した基礎構造が重要と考えている。

資材の入手と品質について

紛争やさまざまな種類の危機への対応は、ガザ固有の新たな実験的建築を生み出した。それは中東における他地域の市街地にも示唆を与える。再建にかかる費用の高さとガザの土地不足に鑑みて、代替的な建設技術は、再建の社会的な側面と拡大家族の自然増への対応を目的としている。

郵便はがき

料金受取人払郵便

神田局
承認

2420

差出有効期間
2025年10月
31日まで

切手を貼らずに
お出し下さい。

101-8796

537

【受 取 人】

東京都千代田区外神田6-9-5

株式会社 **明石書店** 読者通信係 行

お買い上げ、ありがとうございました。
今後の出版物の参考といたしたく、ご記入、ご投函いただければ幸いに存じます。

ふりがな お 名 前	年齢	性別

ご 住 所 〒 -

TEL ( ) FAX ( )

メールアドレス	ご職業（または学校名）

＊図書目録のご希望 □ある □ない	＊ジャンル別などのご案内（不定期）のご希望 □ある：ジャンル（ □ない

書籍のタイトル

◆本書を何でお知りになりましたか？
□新聞・雑誌の広告…掲載紙誌名[ ]
□書評・紹介記事……掲載紙誌名[ ]
□店頭で □知人のすすめ □弊社からの案内 □弊社ホームページ
□ネット書店 [ ] □その他[ ]

◆本書についてのご意見・ご感想
■定　　価 □安い（満足） □ほどほど □高い（不満）
■カバーデザイン □良い □ふつう □悪い・ふさわしくない
■内　　容 □良い □ふつう □期待はずれ
■その他お気づきの点、ご質問、ご感想など、ご自由にお書き下さい。

◆本書をお買い上げの書店
[市・区・町・村 書店 店]

◆今後どのような書籍をお望みですか？
今関心をお持ちのテーマ・人・ジャンル、また翻訳希望の本など、何でもお書き下さい。

◆ご購読紙 (1)朝日 (2)読売 (3)毎日 (4)日経 (5)その他[新聞]
◆定期ご購読の雑誌 [ ]

ご協力ありがとうございました。

ご意見などを弊社ホームページなどでご紹介させていただくことがあります。 □諾 □否

◆ご 注 文 書◆ このハガキで弊社刊行物をご注文いただけます。
□ご指定の書店でお受取り……下欄に書店名と所在地域、わかれば電話番号をご記入下さい。
□代金引換郵便にてお受取り…送料+手数料として500円かかります（表記ご住所宛のみ）。

名	冊
名	冊

指定の書店・支店名	書店の所在地域 都・道 府・県 市・区 町・村
	書店の電話番号 （ ）

ここでは、実験的な建築技術と損傷した住宅の修復という二つの技術に焦点を当てる。

建築技術の実験

これまでの実験的な設計プロジェクトは、泥、土嚢（どのう）、廃材などの代替建築資材を使用することに主眼が置かれてきた。これらは一時的な解決策であり、持続可能な社会の構築や土地のアイデンティティを再構築するという目的にはそぐわない[21]。実際、二〇〇八年から〇九年にかけてのイスラエルによる攻撃で建築資材が不足したため、UNRWAはセメントの代わりに泥を使って約五〇軒の家を建てたが、セメントのほうが伝統的で、人々に受け入れられている建材である。泥を主体とした建築が普及したのは、主に次の三つの要因に影響されてのことだった。①技能の高い労働者がいなかったこと、②複数階建ての建物を建設する技術が不足していたこと、③継続的なメンテナンスを避ける必要があったこと[22]。しかし、泥の使用には問題があった。たとえば、泥は、たとえ「圧縮安定化土ブロック」として加工したとしても、コンクリート柱の間の充塡（じゅうてん）材としてしか使えず、構造要素としては利用できない[23]。さらに、大規模な粘土の使用は、すでに不足している農地を奪い、農業部門に害を及ぼす可能性がある。最後に、泥の家を建てるという発想は、文化的な理由から、アンケートをとったすべての家族にあまり歓迎されなかった。避難民たちは、UNRWAの学校内の仮住まいから彼らにとって掘っ立て小屋と思しき場所に移されたことを、改善であるとは感じていなかった。エコ建築の住宅（とくに土でできた家）は旧式で、「過去」を象徴するものであり、「現代」の人々が住むにはふさわしくないというイメージがあるのだ。

イスラエルの攻撃によって家を追われた人々のための一時的なシェルターが緊急に必要であったため、被害を受けた家族も、検討の末、「まともな」家を建てるためのセメントが手に入るまでの応急措置として、カトリック救援事業会（ＣＲＳ）による木造家屋の建設を受け入れざるを得なかった。

このような緊急用住宅の実験的な設計とイスラエル軍の攻撃がもたらした社会の不安定さは、低所得の拡大家族に大きな人口動態的・社会的変化をもたらした。この仮設住宅事業のある利用者はこう話した。「木造の家はテントに住むよりはいい。私は妻と、二人の娘、未婚の息子二人と暮らしている。他の三人の息子たちは、家を借りて妻子と住んでいる」[24]。このような暫定的なシェルターでは、息子たちがもともと住んでいた地域を離れ、賃貸アパートを求めて引っ越すことを余儀なくされ、大家族の社会的絆が断ち切られることを、人々はしきりに訴えていた。ガザ地区では土地が不足している。このため、建設の社会的側面を考慮せずに、また家と生活を再建するプロセスに現地の人々を参加させることなく、限られた土地でこのような代替建設技術を使用することは、実質的にその土地を無駄にすることに等しい。

二〇一七年、このような仮設の木造住居を建設したＣＲＳは、応急用の素材を使った緊急用および仮設住宅のデザインコンペを開催した。私の提案が却下されたのは、それが仮設住宅の骨格に鉄筋コンクリートを使用し、家族の将来の成長を視野に入れた「耐久性のある部分」への投資を含む案だったからにほかならない。

このようなことや、その他の人道援助団体と接触した経験に基づいて、人道援助団体は、他の場所での経験とは異なる文脈における仮設住宅や住居に関するニーズへの対応方法がわかっていないのだと私は主張したい。たとえば、援助国は従来、アフリカの農村部、南米、南アジアなど、住宅設計がより複雑でない国を援助してきた。さらに、提案される住宅の見本には、地元の建設労働者の技術レベルが考慮されておらず、彼らを雇用することに対する関心がほとんど見られない。このような無理解が、損傷した家屋の修繕を含む「日常の建築」を私が構想することになった要因のひとつだ。

損傷した住宅の修復

日常の建築は、シンプルで機能性が高く、耐久性のある設計を導入することで、泥、スチール製コンテナ、木造の仮設住居など、国際的な資金提供機関が提案する表向きはコスト削減のためとされる解決策に疑問を投げかけるものである。また、「貧困層に優しい」や「参加型」と呼ばれる、緊急時の実践や国際開発援助の理論において確立されたカテゴリーにも疑問を呈する。[25]

私が、日常生活の様相、損害を受けた家屋の改修に使われる技術、そしてそれらの日常の建築との関連性に興味を持ち始めたのは、二〇〇六年に緊急時対応の建築家としてイスラーム救援パレスチナ（IRPAL）に参加したときからだ。この経験を振りかえることを通して、低所得層の拡大家族が経験していることと、彼らの日常的な家庭生活についてよりよく理解する方法を示したい。現地のコミュニティに早い段階からかかわったことと、その後の建築プロジェクトで積んだ実践的な経験は、被害を受けた住宅におけるデザイン要素のどこに私が重点を置くかに影響した。

ガザ地区の田舎は乾燥して暑く、土壌は砂地か圧縮された粘土質で、場所によっては原生林もある。自然の建材、粗い表面、中空と中実両方のセメント軽量ブロックでできた硬い灰色の壁が、ガザの建物に見られる特徴だ。このような現場の色や質感と歩調を合わせることで、低所得の拡大家族の生活様式も考慮した、いくつかの設計上の解決策が見えてくる[26]。

たとえば、ベイト・ラヒアやアッ＝ショウカでは、人々が働ける場は少なく、仕事は主に建設業や自給自足の農業に限られている。復興と再建のデザインは、長期化する紛争の影響によって制約を受けている。さらに、「住宅問題は、基本的な公共事業を管理すべき正規の機関が存在しないことによって、さらに深刻化している」[27]。ベイト・ラヒアとアッ＝ショウカの場合、医療や交通などの公共サービスへのアクセスは困難だが、それでも正規の政府が存在し、現場の状況を管理できる行政ネットワークが整っている。ここの家族のほとんどは、間に合わせの家に住み、水や適切な衛生サービスも利用できず、収入源は土地と家畜に頼らざるを得ない。設計基準にはしばしば、差し迫った必要性、入手可能な資源が限られていること、そして可能な限り低コストに抑える必要があることから、厳しい制約がある。人々は今でも、生涯住み続けられるように、家への社会的・経済的投資を優先する。そのため彼らは、家の修復や建設にも積極的に参加したいと考えている。このような背景の中では、地元のニーズ、文化的規範、よく使われる建材を重視することにより、人々の期待に沿った建物になる可能性が大いに高まる。

二〇〇八年から〇九年にかけてイスラエルがガザ地区を攻撃した後、紛争の影響を受けた世帯が通常の生活に戻れるようにする緊急対応の一環として、損壊した家屋を修復するプログラムが

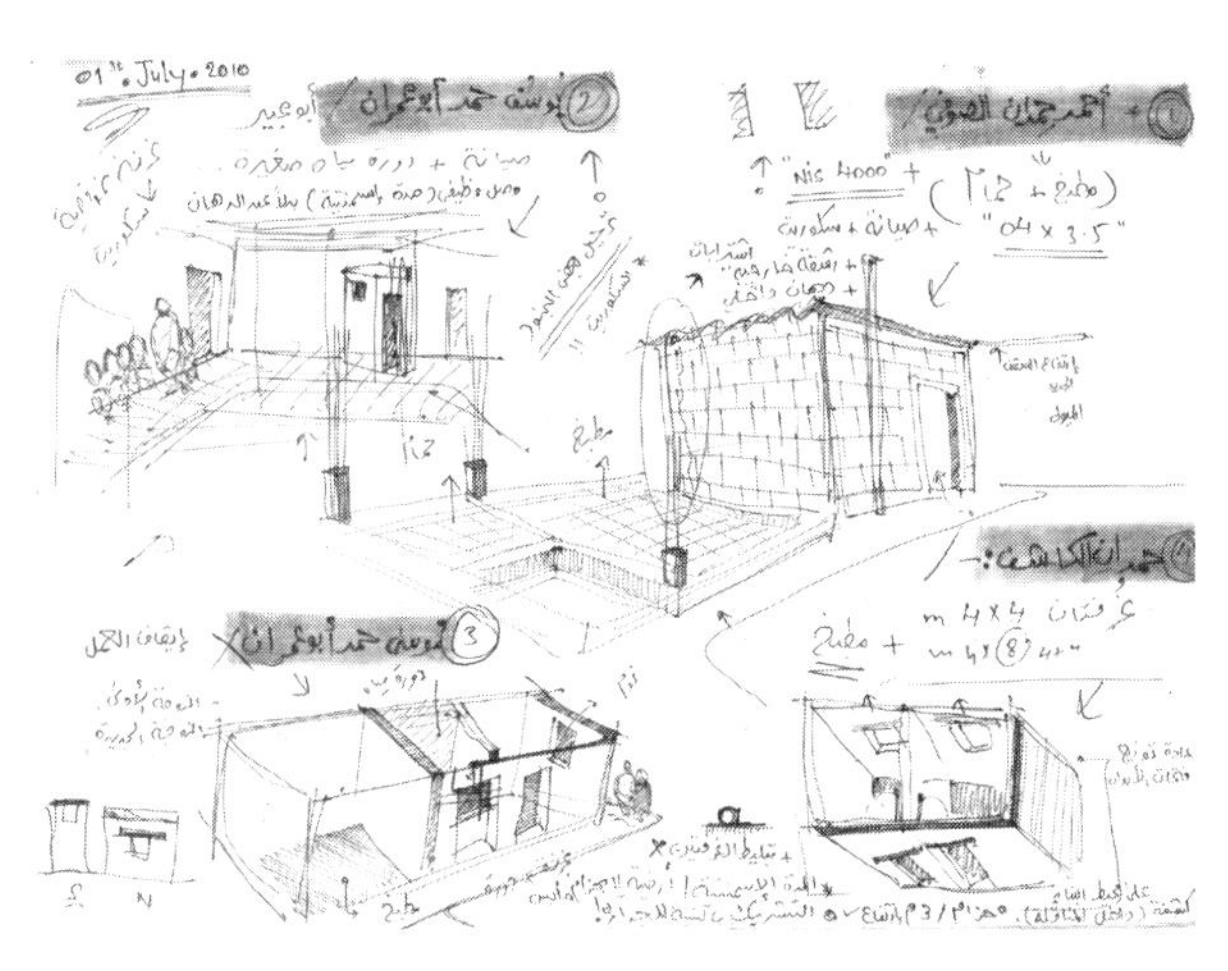

世帯の構造的な要件を描いた著者のスケッチ。出典：サーレム・アル＝クドゥワ、2009 年。

策定された。主な目的は、家の修復と（再）建設を通じて、一六七世帯に安全で適切かつ耐久性のある永住用住居を提供することであった。私は指定建築家兼プロジェクト・コーディネーターとして、各家庭のニーズを把握して改修計画を立案するため、二〇〇軒以上の家々を訪問した。時間的な制約とガザ地区の緊迫した状況から、私は援助を受ける人々と直接的なつながりを築かなければならなかった。このプロジェクトには、女性が日々の家事を管理しているかどうかにかかわらず、男性が世帯主であり、重要な決定を下すという前提があった。したがって、家庭訪問の際に女性たちのニーズについて話が聞けることはあまりなかった。それでも、私は家族皆の声に耳を傾け、彼女たちの懸念やアイデアが直接デザインに反映されるよう心がけた。また、老若男女を問わず、家族全員が家を形作るプロセスに積極的に参加できるよう努めた。

損傷家屋修復プロジェクトは、イスラエルの封鎖と建築資材（とくにセメント、骨材、鉄筋）の入手規制のため、二〇〇七年夏に凍結されていた。しかし私たちは二〇〇九年にプロジェクトを再開し、作業を開始するために必要な資材や消耗品を明記した詳細な数量明細書と、調達のための入札書類の作成に着手した。私はベイト・ラヒアとアッ＝ショウカの市役所で四回の会議を開き、選ばれた各世帯にプロジェクトの契約書に署名してもらった。二〇一一年一二月までに、私たちは一六七軒の家屋を修復し、一二〇〇人以上の人々の生活を改善した。

設計段階

まちづくりは通常、困難で骨の折れる長いプロセスであり、地元の人々との信頼関係が不可欠である[28]。対照的に、緊急事態や紛争の場合は、人々がホームレス状態になるため、速やかな解決策が必要となる。まちづくりの計画を開始する前に当面の住居を提供する必要があり、建築家の参加が重要である[29]。さらに、「建築技術は、現地の社会的・文化的条件や変化を尊重し、それに従うべきであり、その逆はあってはならない[30]」。だが、イスラーム救援パレスチナ主催プロジェクトのコンサルタントが提案する、標準的なグリッドを使って建設できるバリアフリー設計のプロトタイプには、人々の文化、生活習慣、家族の絆が考慮されていない危険性があった。パレスチナの農村と都市生活の基盤は、家族の所有する土地に建てられ、新しい世代が住めるように水平方向や垂直方向に拡張していく、拡大家族型住宅に根ざしている。

改修前の家（上）と新しいバスルームを加えた改修後の家（下）。出典：サーレム・アル＝クドゥワ、2009年。

このため、イスラーム救援パレスチナのプロジェクトチームは、初期段階とニーズ調査の段階で、プロジェクト期間を通じて社会的基盤に影響を与えるある決断を下した。チームは、基本的なひとつの住宅単位に基づく設計を推進することにしたのだ。この設計は、プロトタイプの建設に反映され、各家族のニーズに応じて調整できる。このようなプロトタイプがあれば、家屋の再建をより迅速に行うことができ、建設コストも削減できる。[31]

設計の段階で、私は各住宅の現場で手描きのスケッチを描き、修繕が必要な内部空間や構造要素をデジタルカメラで撮影した。私が土木技師とともに担当したのは、現地の市場価格の把握と費用の見積もりだった。私は、数量明細書、材料仕様書、一般条件と特別条件の書類、基本建築図面を含む入札書類の作成に参加した。対象となった家屋は改修を受けるか、恒久的な居住ユニットやユーティリティ・ユニットが追加された。これらのユニットは、すでにある建物の周囲との関係やプライバシーの度合いを調整し[32]、社会的つながりの断絶を避け、利用可能な土地を活用することにつながる。私は、設計とその結果を視覚化するためにスケッチを描き、プロジェクト全体を通して、関心を持つ家族のメンバーが設計と実践のプロセスに参加できるよう努めた。

調査と計画のプロセスは、家屋の受けた被害の大きさに応じて、継続的かつ流動的で柔軟なものとなった。基本的な計画図面と実施図面は業者が用意していたが、細かい部分のほとんどは現場で作成され、最終決定された。建築に関する地元の専門知識と家族メンバーからのインプットに関する私のメモ、スケッチ、写真は記録にもなり、コミュニケーションのために不可欠だった。

伝統的な建築技術を用いることで、住宅の耐久性と寿命が向上する。封鎖と空爆のため、その

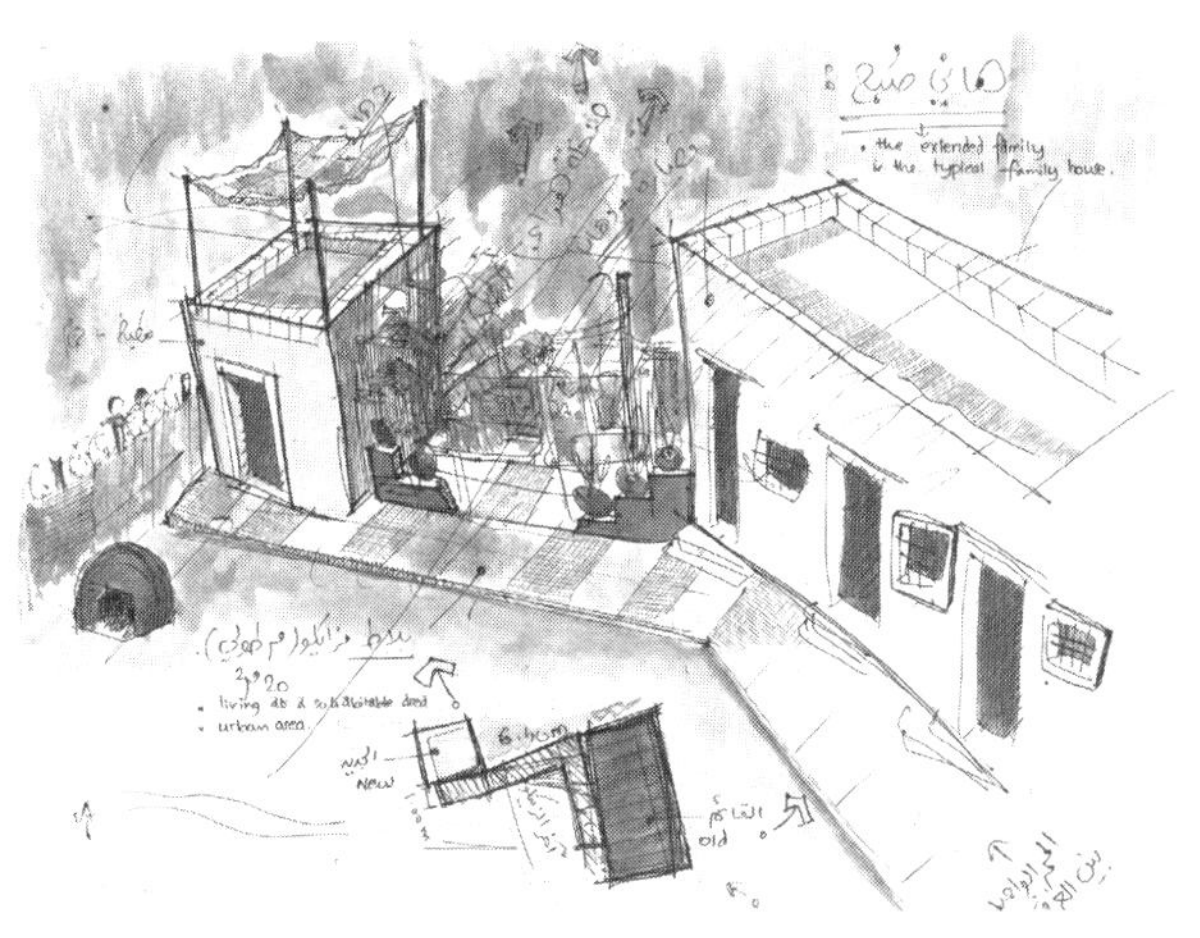

スケッチノート（住宅設計に住まい手のアイデアを反映させたもの）と実際の建物。出典：サーレム・アル＝クドゥワ、2010 年。

ような技術の多くが制限されていた。コスト削減のため、入手可能なものについては地元の材料を使用した。基本的な建築資材を、現地の市場でしか手に入らない密輸品に頼らなければならなかったことも、包囲によってもたらされた数々の課題のひとつであった。

家屋は鉄筋コンクリート、トタン、金属棒、木材で再建され、壁はコンクリートブロックで作られた。これらの建材は、「耐久性」というコンセプトに触発されて、将来の社会的成長と水平方向への拡張を可能にするための安定した中心構造の一部となるべく選択された。キッチンとバスルームは、伝統的なその地域特有の建築様式を踏襲し、独立した構造となっている[33]。各世帯は、さまざまなニーズに合わせて、寝室＋浴室ユニット、寝室＋キッチンユニット、キッチン＋浴室ユニットの三つのキューブ構造のモデルユニットから選ぶことができた。これらの選択肢は、同じ建築面積を維持しながら、家族の居住面積を倍増させた。これにより、そこに暮らす人々の離散を避け、既存の家屋に居住ユニットとユーティリティ・ユニットを追加することで、土地面積を節約できた。さらに、そこに暮らす家族は、すべての法的要件を満たしていれば、現地で、あるいは自分の所有する別の土地で家を建て直すことができる柔軟性もあった。

このプロジェクトは低所得者向け住宅や、「非公式」地域（農村部や砂漠地帯）における生活環境の改善に重点を置いていたため、季節や環境要因も考慮する必要があった。十分な換気を確保し、室内温度を快適なレベルに維持するために、さまざまな要因について対策を講じた。たとえば、冬季には、開口部から冷たい空気が入り込み、暖かい空気が金属製の屋根から逃げてしまっていた。夏は、断熱されていない波型になった鉄製の屋根（現地のアラビア語でジンコという）があっという間に室内を暖め、換気が悪く熱気が逃げないため、ひじょうに暑かった。そこで、屋根構造の熱質量を改善するために断熱材を入れ、通風のためにいくつかの開口部を設計した。建設は現地の十分な知識を駆使して行われ、建物への有害生物の侵入や、地面から壁への湿気の上昇を防ぐため、基礎には薄いセメント層と耐湿層が設けられた。

室内が暗い以前の家屋に比べ、改修された家屋は採光が良く、換気機能も向上している。以前は、多くの家に適切な衛生設備がなかった（たとえば仮設トイレなどだった）。一部の世帯にとっては、プライバシーが保たれた衛生的なトイレを利用できるのはこれが初めてだった。「新しい住戸が引き渡されたとき、人々は初めて誰かが自分たちのことを本当に考えてくれていると感じて、大変喜んでおられました」と、アッ＝ショウカ市の市長は語っている[34]。

プロジェクトの簡素化とコスト削減

キューブ構造のユニットと追加ユニットの設計がシンプルだったため、地元の熟練労働者を起用した再建作業はたった一五日ほどで完了した。二〇一一年のプロジェクト終了時点で、各住戸の修復にかかった概算費用は約四四〇〇ドルで、通常の費用より五五％少なかった。最初の支援対象者のために七〇戸の住宅を修復や再建するには七ヵ月を要した。彼らの要望はシンプルで、寝室、キッチン、屋根付きの屋外スペースと、トイレ付きの洗面所といったものだった。これらの新しい建造物は必要最低限の設備だったが、しかしそれ以前は、水もなく、近くの建物から吊るされた電線一本で電気を供給されるだけの一部屋しかないトタン小屋にすぎなかったので、そ

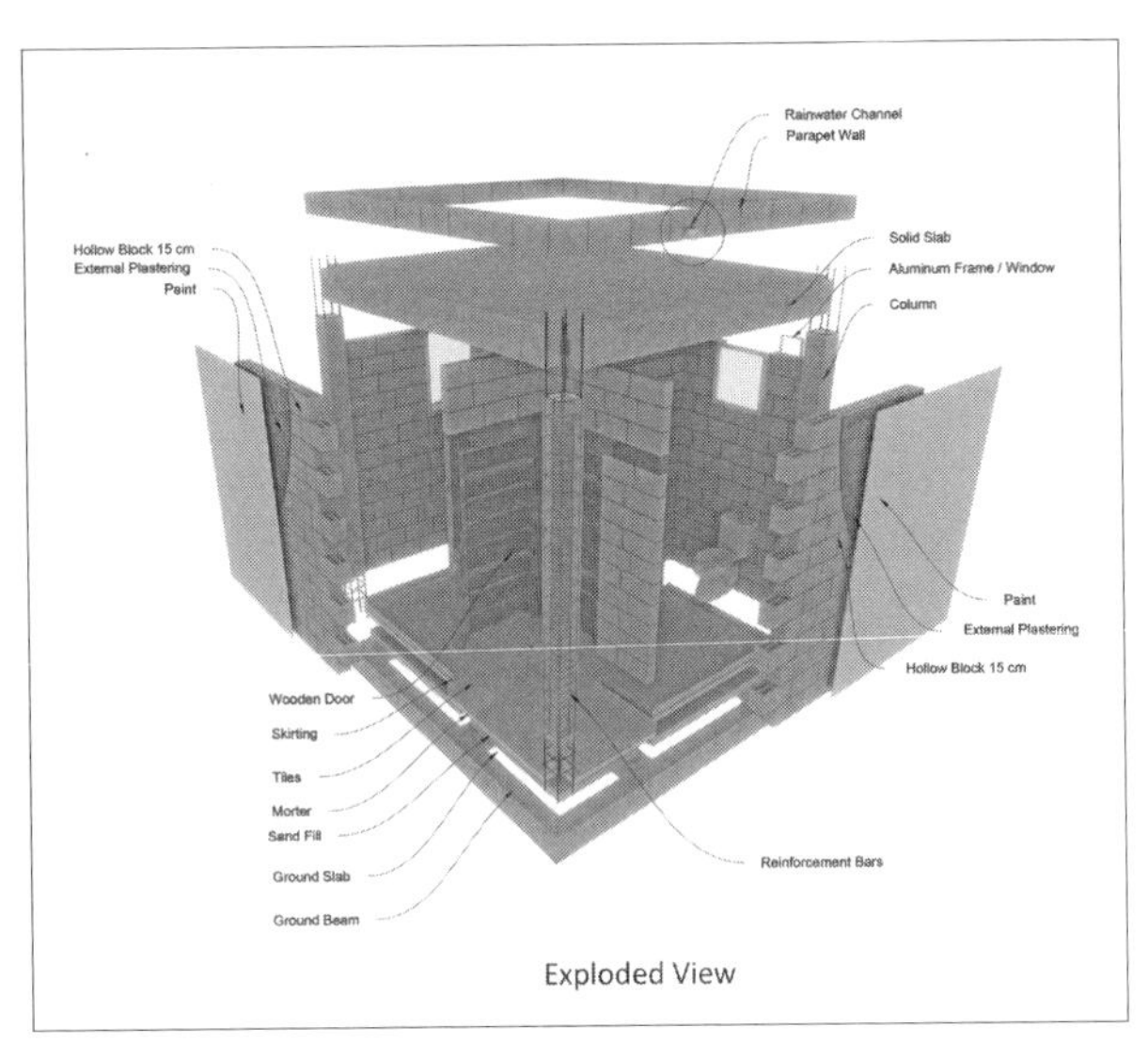

基本的な住宅ユニットの各層を示す展開型アクソノメトリー。出典：サーレム・アル＝クドゥワ、2011年。

の効果は大きかった。このアプローチにより、必要な資材の量も減った。資材の大半は高価で、いつでも入手できるわけではなく、メンテナンスに時間がかかる。

このプロジェクトは、ニーズに根ざしたデザインという哲学の上に成り立っており、シンプルな構造的枠組み、基準、建築手法に従った地元の知識を活用している。これにより建築のプロセスが、生き生きとして、スローで、統制のとれたものとなった。前述したように、私は各世帯のできるだけ多くのメンバーとかかわり、参加型の枠組みで行おうと努めたが、当時の私（そして彼ら）にとってこれは不慣れなことであり、この種の緊急プロジェクトの時間枠内で完全に成し遂げることは不可能だった。私は、スケッチや写真を使って各家庭の様子やニーズを

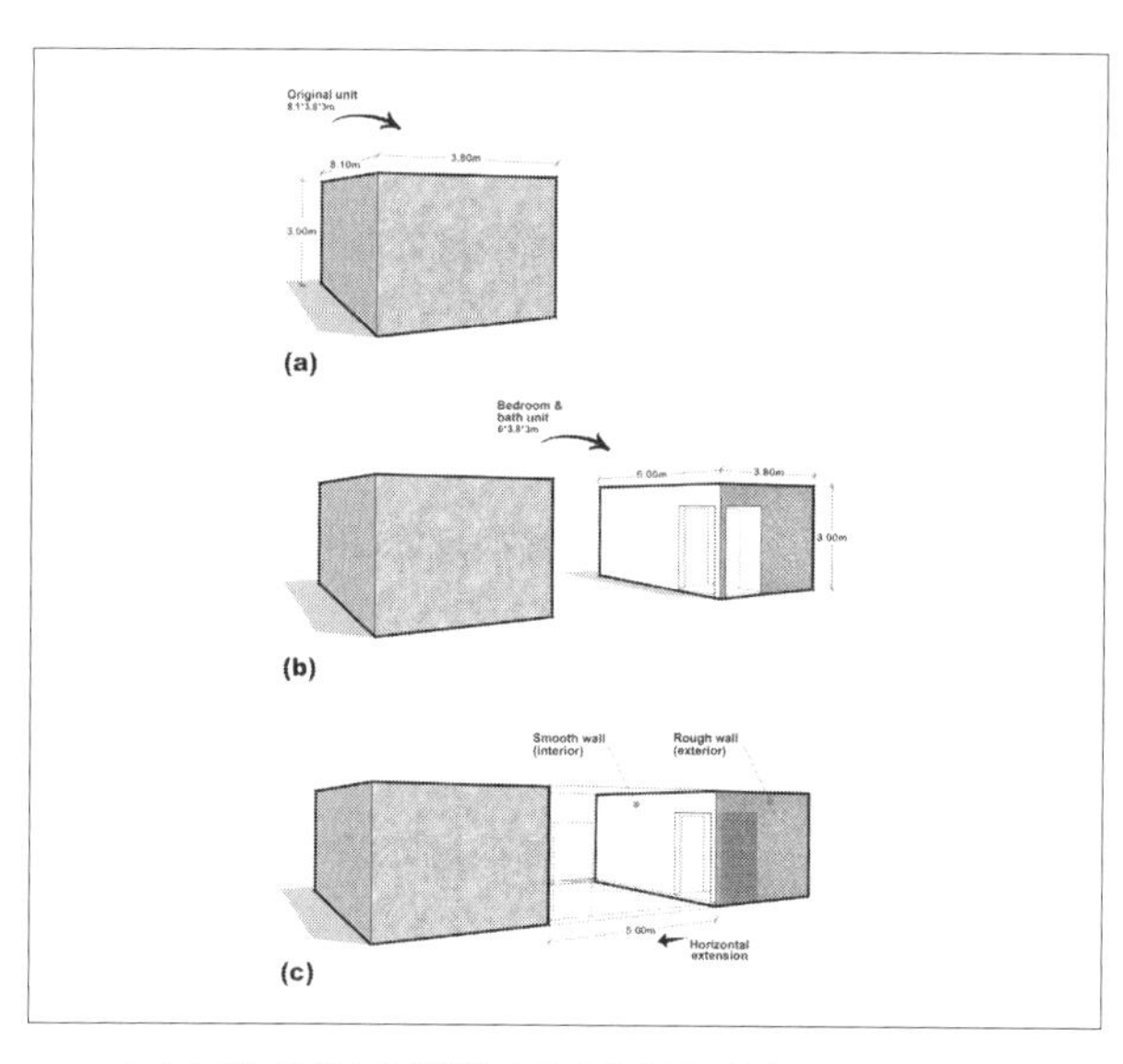

ユニットを水平に延長する選択肢を示す設計図。出典：サーレム・アル＝クドゥワ、2011年。

記録するだけでなく、彼らと友好的な交流を持つことが、その家庭の日常生活や家族のこと、その婚姻関係や願望などを知るうえで欠かせないと考えた。これは、現在と将来における家庭内の優先順位と、損傷したり破壊されたりした家の今後の再建方法にそれが与える影響を理解するために不可欠なことだった。

　ガザ地区の包囲という状況のもと、一時的とはいえ、失業者の雇用創出もひとつのメリットだった。さらに、各請負業者は若い建設業者を雇って訓練する必要があった。若い石工の訓練は、プロジェクトの四段階すべてにわたって行われた。重要なのは、訓練が通常、実際の建設現場で行われたことである。これは、地域社会から切り離された正式な職業訓練センターで行われていた従来の方法とは対照的であった。地元の石工たちは、それまでの経験に応じて三ヵ月から六ヵ月の見習い期間を経て、強化された屋根の施工方法を学んだ。この見習い制度を通して行われた作業以外にも、被支援家族の中には、現場のエンジニアからの技術支援を受けて、自分たちの家の修理や改修を部分的に管理できるようになった世帯もあった[35]。支援を受けた人々は、評価の改善につなげるため仕上がりの質をモニタリングし、請負業者の専門技術についてフィードバックを提供した。これは明らかに、将来的な個人のエンパワメントと主体性につながることだった。しかし、コミュニケーション方法の弱点のひとつは、イスラーム救援パレスチナがプロジェクト開始前に苦情処理体制を用意しなかったことであった。この仕組みが整っていれば、工期、コスト管理、仕上がりに関する問題に対処でき、また、各世帯がガザのイスラーム救援パレスチナ事務所に直接フィードバックを届けるという選択肢も提供できただろう。

学んだ教訓と日常の建築

私がガザ地区における緊急対応の建築家およびシェルター管理者としての経験を通して学んだのは、紛争によって心に傷を負った脆弱で貧しいコミュニティに対応する人道的デザインの重要性だった。この仕事を通じて私は、美意識と尊厳の関連性、そして最も困窮している家庭にとっても、美しさとデザインが重要であることをますます意識するようになった。また、適切な状況下であれば、最もシンプルな最小限の介入によって、美しさと尊厳の両方が提供できることも学んだ。

このプロジェクトは、シンプルな家造りを保ちつつ、大家族のつながりを守るものであった。出典：サーレム・アル＝クドゥワ、2012年。

今後、低所得層を中心とした拡大家族の住環境を改善するためには、場づくりと空間認識に関する理論[36]と、住民の日常的な実際のニーズとその満たし方[37]のつながりを理解することが大事である。これらのことが、既存の建築工法をふんだんに活用した「被災家屋再建プロジェクト」の骨格となった。ガザ地区の人々は、セメントを主要な建築資材として使用するのが一般的だ。だがイスラエルによる封鎖中は、セメントは禁止された「軍民両用」資材であり、公的な手段で入手するのは困難である。「耐久性」という概念に触発されたこのプロジェクトは、現地の「新たな土着のもの」を利用した。セメントは、とくに泥や木材などの一時的な代替品と比べ長持ちし、価格も安いので、基礎材として理想的である。メンテナンスも最小限で済み、外壁の塗装や天候の変化に対応するための加工も必要ない。

農村部の損壊家屋の修復に焦点を当てたこのプロジェクトは、イスラーム救援パレスチナにとっても私にとっても新たな方向性を示すものだった。プロジェクト・チームは、これまで自力で建てられてきた増改築住宅があるガザ市周辺都市部の非公式居住区ではなく、ガザ地区の北部と南部の農村部で活動するよう要請された。社会から取り残されたこれらのコミュニティは、独自の課題を提示していた。彼らはまた、ベイト・ラヒアの現地パートナーNGOやアッ＝ショウカの自治体との間に、まったく新しい有益な関係を築いていた。たとえば、イスラーム救援パレスチナはこれらの辺鄙（へんぴ）な地域の小さなコミュニティにおいて、男性にのみプロジェクトの情報と関与の機会を提供していた。しかし私は、各世帯の女性たちが、再建プロセスの優先順位に関して建設的な貢献をしていることに気づいた。さらに、私はアラビア語を母国語とし、自分もガザ市に住むパレスチナ人であるにもかかわらず、アッ＝ショウカのベドウィンの人々と仕事をするにあたって、言葉の壁に直面した。また、イスラーム救援パレスチナは、ベドウィン世帯の人々、主に女性たちに対して、適切な家庭訪問や設計に関する参加型のミーティングを行う時間を十分にとっていなかった。

プロジェクトの実施中、物理的、デザイン的側面、または建設活動に女性が関与することはなかったのである。これは今後の取り組みにおいて改める必要がある部分だ。ガザの社会では、男性が家族を代表する存在と考えられている。一家の長として、男は妻子を養い、十分に保護することが期待されている。この責任には、年老いた母親、未婚の姉妹、その他大家族のあらゆる社会的弱者の世話も含まれる。しかし、女性たちがひじょうにたくましく有能であることはプロジェクトを通して明白だった。私はデザインの過程において何人かの女性たちが、彼女たちの日常的な活動を説明する中で、全体的な設計案に対する機能的かつ創造的な改善点を提案していることに気づいた。このような提案は、女性や子どものプライバシーの問題と保護に重点を置いており、適切な換気と自然採光も考慮に入っていた。今後のプロジェクトでは、女性ソーシャル・ワーカーや女性現場技術者の雇用など、女性たちの建設的な参画を優先させるべきである。イスラーム救援パレスチナのプロジェクトにはそれが欠けていたのだ。

プロジェクト完了から一年後、私は全一六七軒を訪ねたが、小規模なメンテナンスだけで済むことがわかった。住民たちは、雨水漏れを防ぐために屋根のひび割れを埋める方法や、節水の方法など、いくつかの技術的な指導を受けた。私たちはまた、家の周りに食料を生産できる菜園を造ることを奨励した。所有権とは経済的、法的なものだけでなく、尊厳とエンパワメントの問題でもあるのだ。

地域の文化、日常的な慣習、拡大家族の絆を考慮しながら、三種類のキューブ構造ユニットをどのように改善し、より広い規模に適応させるのか。このような設計上の問題を考えるうえで、支援を受ける人々から、家族構成や各世代の役割分担などについて学んだことが大いに役立った。[38]家庭訪問で各世帯と時間を過ごすことの大切さは、イスラーム救援パレスチナプロジェクトで学んだ重要な教訓であった。それはアンケートに記入してもらうだけでは得られない信頼関係を築き、主体性を回復するための重要な要素である。加えて、シェルターの設計には、自助努力や請負業者主導のアプローチを通して、各世帯ごとに変化するニーズや状況に適応できるような柔軟性を持たせる必要がある。これによって、各世帯のプロジェクトへの参加と理解が確保され、再建プロセスと基礎工事の管理が可能になる。

一方で、社会的な危機や、建設物や場づくりに関連した帰属意識の欠如は、家族全体に長期的な影響を及ぼす可能性がある。たとえば、ある一家の妻は、家と子どもたちを置いて実家に戻ってしまった。なぜなら、失業中の夫には拡大家族のための家を完成させることができず、適切な独立した生活空間を彼女に提供できないことがわかったからだ。彼女の夫はこう話していた。「建築資材は高価だったが、資金援助があったので、一階の柱と柱の間に壁を二枚作った。部屋が増えたことで、妻が六人の子どもたちの面倒を見に戻ってくれることを願う。今は私の母が子どもたちの面倒を見ている」。ラポポートは、文化的規範や地域のニーズなどに関連する根拠を示しつつ、より広範囲の環境が家庭内の空間に課す制約は、快適な居住空間を提供する機能性だけでなく、プライバシーや生命の保全を保障する度合いも左右すると論じている。[39]

結びの考察——将来に役立つ示唆

ガザ地区におけるシェルター設計の研究事例は限られている。[40] 先に述べたように、参加型デザインと場づくりの過程[41]において、「空間の社会的論理」や家庭内の力学[42]が、拡大家族の住宅を計画する際に十分に考慮されてこなかった。これを踏まえて、軍事攻撃を受けた後のガザに、より適切な人道的対応とシェルター設計に関する技術支援を提供する手法を形成すべく、一歩が踏み出された。しかし、この分野でさらなる進歩を遂げるためには、下記のことが必要である。

1 国際NGOが緊急対策として提供する資材等（鉄製コンテナ、土嚢、泥や木製のシェルターなど）は、住宅危機への対応としては不十分であり、入手可能な資源を有効に活用できていないことが多い。

2 より耐久性のある救援シェルターへの投資は、かえって経済的である。当面の避難所というニーズに対応しつつ、ガザで続く住宅不足をより恒久的に解決するための基盤を作ることができるからだ。

3 ガザでは鉄筋コンクリート構造への愛着が強い。鉄筋コンクリート構造は恒久的なものであり、家族のために将来的な拡張が可能な基盤と考えられている。それはガザ地区の住宅が持つ物理的なアイデンティティを象徴しており、現在の「新しい慣習」となっている。

被害を受けた既存家屋の改修と新しい家屋の設計・建設の両方に地域住民を参加させ、そこに女性の声を反映させることで、建築家は知識と技術を交換する枠組みを構築できることがわかった。プロジェクト担当の建築家として仕事を最初に依頼されたとき、私は緊急時対応の経験はあまり持っていなかった。だが、このプロジェクトの対象となった一六七家族とのかかわりを通して、プロジェクトの成功は、ガザ地区の社会的・政治的状況の厳しさや資材の不足にかかわりなく、初期段階から修復作業や設計のプロセスに人々を参加させられるかどうかにかかっていることを学んだ。

シンプルで耐久性があり、機能性に優れた三つのキューブ構造ユニットを使った住宅の修復は、ガザ地区のどこでも可能だ。デイビスが書いているように、「健全な建築は伝統的に、建築に関する一般的かつ文化的に根づいた知識と、その知識を活用する政治的、経済的能力によって発展してきた[43]」。かくして、「参加」は「表面的な善意」よりも深く、意味があると考えられる[44]。イスラーム救援パレスチナの活動に参加したことが、日常の建築を反映し、それを形にするための包括的な指標と要件のリストをまとめあげることにつながった。これは、紛争や強制移住を余儀なくされた他地域の将来的なプロジェクトにも有効であろう[45]。

ガザ地区北部のジャバリア難民キャンプで、停電の中灯油ランプのそばに座るパレスチナ人女性。2012 年 2 月 6 日。写真：サーメフ・ラフミ

ガザの暗闇に人々が灯す光

スハイル・ターハー

危機が日常と化すまでに、どれくらいの時間がかかるのだろうか。ガザ地区では、イスラエルによる封鎖と絶え間ない爆撃作戦の直接的な結果として、壊滅的な電力「危機」がもう一五年も続いている。ガザの電力の三分の二はイスラエルの支配下にあり、抑圧者はそのスイッチを自由に点けたり消したりできる。残り三分の一の電力は、二〇〇六年と二〇一四年にイスラエルが二度にわたって爆撃で破壊したガザ唯一の発電所から供給されている。イスラエル占領当局は、それ以来、この発電所とより広範囲の送電網に定期的に被害を与えている。二〇一七年から一八年にかけて、ガザで一日につき電力供給が可能な時間は平均七時間だった。二〇一九年から二一年にかけては、一二時間から一三時間の間で推移した。しかし、イスラエル軍の攻撃が激化すると、二〇二一年五月のように一日あたり四時間まで落ち込むこともある。[1]

マズローの欲求ピラミッドの崩壊について

「うんと電気を安くしよう。金持ちしかろうそくを使わなくなるほどに」[2]
――トーマス・エジソン

二〇一八年、世界銀行は「エネルギー確保こそ開発の要」と題する記事を発表した。[3] それによると、世界の一〇億人が電気のない生活を送り、さらに数億人が生活の基盤として頼れない不安定な電力で生活しているという。この記事はまた、強大な機関のインセンティブ・システムに支えられた堅実な政策によって電力供給を改善し、その分野で確かな進歩を遂げた国もあるとしている。

同記事は、貧困の克服と繁栄の共有促進という目標に不可欠な要素として、十分かつ安価で信頼できるエネルギーの実現に向けて各国を支援するという世界銀行の意思表明で締めくくられている。その中には、四人の子どもがいるタンザニアの七人家族が、質素だが明るい家でテレビを見ている写真が載っている。扇風機を回しテレビをつけた部屋は明るく照らされ、家族全員が、写真に撮られていることに気づいていない様子で笑っている。だがよく見ると、笑顔も含めてこの光景はすべて作り物で、この記事の読者は電気のない生活を送っている数十億人のうちの一人であるはずがない、という印象を受ける。

二〇一五年、国連は人々の生活を向上させるための一七の目標からなる「持続可能な開発のための二〇三〇アジェンダ」を採択した。第七の目標において国連は、「すべての人々が、安価かつ信頼できる持続可能なエネルギーへのアクセスを確保できる」世界を構想している。[4]

表向きは世界の貧困層や権利を奪われた人々の救済を目的とする国際機関のこのような声明は、明らかに政治的権力を持つ人々に向けられたものであり、電力を持たない人々に向けたものではない。ガザ地区の状況を見れば、このような報告書（と、それに必ず付随する虚構の画像）が偽りであることは明白だ。

その格好の例として、国連は「持続可能な開発のための二〇三〇アジェンダ」を発表してから三年後、二〇二〇年までにガザは居住不可能になるだろうという報告書を発表した。世界規模で持続可能な開発の時間枠を決定した作業部会が、その計画からガザを除外していたことは明らかだ。そうでなければ、どうして同じ組織が、世界的な改善達成の目標期日より一〇年前に、ガザには誰も住めなくなるだろうなどと発表できるのだろうか。実際のところは、三六五平方キロメートルの面積に二〇〇万人以上が暮らしているのだから、ガザ地区は間違いなく地球上で最も「活気のある」地域のひとつである。

世界の電化計画について、「保証する」「誰もが」「手頃な価格で」「信頼できる」「持続可能な」といった言葉を目にしたとき、日々電気について不安を抱えて生きているガザのパレスチナ人はそれをどう受け止めればよいのだろうか。ガザの人々は、自分たちの置かれた救いのない状況に照らして、このような希望的観測についてどう考えればいいのだろうか。

ガザの電気に関する最初の教訓は、聞いたことすべてを鵜呑みにしてはいけないということだ。もし宇宙から地球を眺めることができたら、豊かで強力な国々が最も光り輝いているのが見えるだろう。照明はエネルギーの一形態であるため、それは金と権力の一形態でもある。資本主義が経済的判断を左右する世界では、いわゆる人道支援は、名目上は他人に提供することになっているが、実際は必ずその提供側の利益につながるものである。だからこそ、人道的とみなされる設備のリストに電力を入れることは本質的な意味で政治的なのである。このようにして、電気を人間の基本的欲求のひとつと考えることが当然とみなされるようになったのだ。もしアブラハム・マズロー[i]が生き返ったら、人間の持つ欲求の階層に関する彼の学説を作り直さなければならないだろう。

アブー・ターリクの考察——電気、鶏、卵、小麦の政治学

アブー・ターリクは大学を出ていないし、正式な教育も受けていない。しかし深い教養があり、読書家であり、必要に迫られて政治も学んでいる。彼はガザのシュジャイヤ地区に住み、電気専門の便利屋として働いている。つまり、エネルギーの管理者だ。彼は子どもの頃の次のような童謡、「箱には鍵が必要で、鍵は鍛冶屋にあり、鍛冶屋は卵が欲しくて、卵は鶏のところにあり、鶏は小麦が欲しくて、小麦には製粉所が必要で、製粉所は泥水のために閉まっている」を思い出してこう述べる。

i　アブラハム・マズローはアメリカの心理学者。人間の欲求を生理的欲求、安全の欲求、社会的欲求、承認の欲求、自己実現欲求の五段階に分けたピラミッド型の図式で表し、上位の欲求の実現は下位の欲求の充足が前提となるとした。

この短い童謡は、ガザの電力問題と、世界銀行、国際援助機関、イスラエルによる占領、その他政府の役割を理解するのに役立つ。アッバース（パレスチナ自治政府の大統領）がハニーヤ（ハマースの指導者）と合意すれば、ヨルダン川西岸とガザの両方に電気が供給されなくなる。しかし、もし、ハニーヤがアッバースと合意し、後者がアメリカ（泥水）と話し、アメリカがイスラエル占領軍（閉鎖された製粉所）と話し、欧州連合（鶏）が声明を出し、世界銀行（卵）が国際援助機関（鍛冶屋）に資金を提供し、国際援助機関（鍛冶屋）がガザ（鍵のかかった箱）に発電所を建設することを発表し、電力の代替案を計画するならば、ガザで電力（鍵）を獲得することは可能かもしれない。

ガザの電気に関する二つ目の教訓は、夜はつねに昼よりも長いということだ。二〇一四年にサルマは、電気を一日中使える日を一度も経験しないまま一五歳になった。この一五年の間に、アブー・ターリクは、ガザにおける照明の有無は純粋に政治的な問題であり、ガザの貧困や低開発とは何の関係もないことを学んだ。実際、電気の獲得には政治的な代償が伴う。たとえば、ガザの現政権が突然、トランプ大統領の「世紀の取引」を受け入れ、パレスチナ人の福利を守るための米政権の努力を高く評価しますと世界に宣言したとしたら、一分も経たないうちにガザ地区の隅々まで明かりが灯るだろう。しかしアブー・ターリクは、エルサレム、ヨルダン渓谷、そしてヨルダン川西岸の三分の一を手放す代わりに自分の家に電気を点けることを恥と感じるだろう。それよりも、彼は真っ暗な闇の中で心を安らかに保つ。私たちの不屈の心を表現する闇、時に月の光のみが照らす闇ほど美しいものがあるだろうか。「月を求めるものは、夜を避けたりはしない」[ii]のだ。

闇を制覇した街

電気を定義することはできない。アートもそれと同じだ。
それは人間の内なる流れのようなもの、
あるいは定義を必要としないものである。[5]

——マルセル・デュシャン

暗闇は新聞記事の常連だ。「闇に沈むハーン・ユーニス」「ガザ地区とその八つの難民キャンプを包み込む暗闇」「ガザが直面する不正義と暗闇」「暗闇に包まれるガザ——エネルギー状況の急激な悪化」「暗闇の街ガザ」「暗闇がガザを飲み込む」「デモ——数千人が電気を要求」。今まで何百ものこういった見出しが、ガザ地区のエネルギーと電力の状況を伝えてきた。こうした見出しは、パレスチナ自治政府とガザ地区のハマース政府との和解努力のニュースと同じくらい定期的に、またそれと関連して報道される。このような状況下では、占領下にある一つの国に二つの政府、つまり電力を持つ政府と電力を持たない政府が存在するという皮肉を指摘せざるを得ない。

暗闇を克服するには、電気なしで生き延びるために必要なあらゆる技術を身につける必要があ

ii　イランの神秘主義詩人、ジャラール・ウッディーン・ルーミー（一二〇七〜一二七三年）の詩より。“If you want the moon, do not hide from the night; If you want a rose, do not run from the thorns; If you want love, do not hide from yourself.”

る。このことは人々を電気のない生活に慣れさせるだけでなく、新たなサバイバル術を生み出し、電気への依存を抑えた経済的・社会的生活を可能にする。この過程はすでに進行中だ。具体例には、食用油で走る車でニュースになった職業運転手のイヤード・ハラフの例がある。[6] 強制的な包囲が敷かれて以来、ガザ市では、浜辺の砂で彫刻を作ったり、サボテンなどの植物を飾ったり、破壊された建物の廃墟をアート・ギャラリーに変身させたりと、電気がないことも含むガザの現状を反映した斬新なアート作品が登場している。たとえば、『トンネルの向こうに見える光』という美術展を、ガザ出身の一四人の若者が企画した。それは「希望のアート」をテーマとしてガザで開催され、六〇点以上の絵画が展示された。彼らは絵筆を使って、より良い未来への希望を描き出した。これらの絵画は病院にも展示され、患者たちの励ましとなっている。[7]

国際的な報道機関はこうした話には基本的に関心を示さない。

電気とは何だろうか？　電子や陽子の帯電粒子？　販売するための商品？　生活必需品？　発展のバロメーター？　ある集団を従属させるための政治戦略？　創造性と想像力によってその不在を解決するべき問題？　あるいはデュシャンが言うように、アートのように捉えどころなく、それでいて力強いものなのだろうか？

サルマの最悪の誕生日——二〇一二年二月一四日の夜

サルマが一一歳になるちょうど一週間前に、アブー・ターリクは妻のファリーダとともに家族会議を開いた。彼らは子どもたちに、来月初めから厳しい節約を実行しなければならないと告げた。このような会議は毎月の儀式となっており、子どもたちは一家の経済状況が悪化していることを十分に理解していた。しかしそれでもサルマは、父が誕生日に望遠鏡をプレゼントしてくれるだろうと期待していた。一家の悲惨な経済状況への理解よりも、きっと父は自分をがっかりさせたりはしないという父への信頼の気持ちのほうが強かったのだ。

サルマの誕生日はエル・クラシコ（バルセロナ対レアル・マドリード戦）と同じ日だったので、兄のターリクは当初、友人たちとテレビで試合を観戦するために妹の誕生日パーティーを欠席する予定だった。母親はケーキを焼く準備を整え、サルマの弟ハーリドは音楽CDを用意して、写真を撮るためにカメラのバッテリーを充電していた。

停電により、エル・クラシコ観戦の計画が中止になってしまったため、ターリクが真っ先にパーティーに到着した。サルマの母親は、ケーキの代わりにビスケットを食卓に出し、ハーリドはCDをかける代わりに自分で歌うことにした。アブー・ターリクがろうそくを灯し始めると、彼の持ってきた贈り物がサルマの目に留まり、失望を隠しきれない作り笑いが彼女の顔に浮かんだ。

サルマはガザ市に住んでいる。彼女の住む建物の屋上は狭く、貯水タンクや物干しロープが所狭しと並んでいる。夜に街の灯りが消えた後、サルマは貯水タンクの間に場所を見つけて何時間も寝転んだ。時折、父が屋上で眠っているサルマを見つけて、ベッドまで運んでいくこともあった。サルマが屋上で横になっていたのは眠るためではなく、闇を突き抜ける流星を待つためだった。

誕生会が終わると、サルマは階段を駆け上がって、流星を待つために屋上で寝転んだ。数分も経たないうちに、一筋の光が空を突き抜けた。胸の鼓動が高まり、目は凍りついた。数秒で光は消え、耳をつんざく爆音が響いた。それ以来、屋上はサルマがガザで最も恐れる場所になった。彼女は今では、空を駆け抜ける何かを見てしまうことを死ぬほど恐れている。

パンと電気に捧げる頌詩(しょうし)

ガザ地区では、ある地域で一日に二〇時間、電気が使えなくなることも珍しくない。もっと悪いのは、いつ電気が切れるのかがさっぱりわからないことだ。生きていくためにはパンが必要で、電気が発展の源なのだとしたら、ガザのより良い未来について、どうやって議論したらいいのだろうか。

ガザに関する三つ目の教訓――物事を進めるために、電力を待つ必要はない。

極小のパン、あるいは大量の小麦粉をダメにしない方法

一日に四時間しか電気が使えないだけでも大変なのに、さらに悪いのは停電が不規則に起きることだ。人々は電力を必要とする仕事を、それが供給されている時間に合わせてやるしかない。洗濯、アイロンがけ、料理、試験勉強、メール送信などの用事をすますために、早朝(午前二時から五時の間)に起きなければならない人もいる。また、パン生地を無駄にするリスクを避けるため、人々は一度にほんの少しずつパンを焼く。

さらに、電力問題は水不足とも絡んでくる。なぜなら、電力と水道のスケジュールが同期していないため、断水期間中に必要となる備蓄用貯水タンクへの定期的な水の補充が妨げられるからだ。

数本のろうそく、多すぎる死

二〇一二年四月、デイル・アル＝バラフで、寝室が火事になったために、三人の子どもたち（ラーエド［四歳］、ナディーン［七歳］、ファラーハ［六歳］）が死亡した。[8] 原因はろうそくの火だった。二〇一六年五月、ガザ地区西部のシャティ難民キャンプで、三人の子どもたち（ラヒーフ［四歳］、ユスラ［五歳］、ナーセル［六歳］）が、ろうそくによる寝室の火事で死亡した。[9] 二〇二〇年九月には、ヌセイラート難民キャンプでも、三人の子どもたち（ユーセフ［四歳］、ムハンマド［五歳］、マフムード［六歳］）が、彼らが寝ていた場所の近くでろうそくから火事が起きたために死亡した。[10]

この子たちは、絶え間ない停電、燃料不足、ガザ地区へ通じる国境閉鎖の結果、命を落とした。ろうそくの火が原因の死は、ガザが発展に失敗した結果ではない。それは、ガザの人々を屈服させようとするイスラエルの意図的な政策のために起きたのだ。

二〇一四年のある風景――明るく照らされた空の下に立ち並ぶ暗い家々

ひとつの暗い部屋に家族全員が集まっていた。ハーリドとサルマは隣同士に座り、膝を折って壁に寄りかかり、兄のターリクは部屋の真ん中でマットレスの上に横たわっている。母親と父親はソファに座り、サルマの祖母は、（おばあちゃんたちがよくそうするように）部屋の隅の窓のそばで、プラスチック製の椅子に座っている。そこからは家のドアが見えるので、祖母は家の中と、家の前の道で起こるどんな出来事も把握できるのだ。彼女はひどくかすれた声でクルアーンの一節を唱えているので、聞こえるのは「was」の口笛のような「s」の音だけだ。「だった……だった……だった……」と。

それは二〇一四年夏の戦争中に過ごした長い夜のひとつだった。皆が自宅にひきこもって、沈黙の中、今後の可能性についてさまざまなシナリオを想像することが習慣になっていた。最善の方策は、今の状態を保つこと。もはや話し合うべきことも残っていない。

ハーリドは一〇歳だ。彼の声、姿を伴わないその声が、彼らのいる暗い部屋で唯一の命あるものだった。彼の言葉だけが、眠れぬ夜のただひとつの救いとなっていた。サルマはハーリドの隣に座って、もし自分たちの家が爆撃されたら、彼になんと声をかけたら一番良いだろうと考えていた。彼女は「靴下ゲーム」を思い出していた。それは、みんなで靴下を履いて、一番先に靴下を脱げた人が勝ちというゲームだ。笑いに溢れる、なんと楽しいゲームだろう！　サルマは、これが最後になるかもしれないなどと誰も考えることなくこのゲームをする方法はないだろうかと考えた。今ゲームの話をしても本当に大丈夫だろうか。最終的には彼女は習慣を守り、何も言わないことにした。一方ハーリドは、この習慣の意義をそこまで重視していない。「水曜日の襲撃で三年生の女子が一人いなくなった。木曜日の襲撃で五年生の男子が一人、金曜日の襲撃では理科の先生がいなくなった。誰もいなくなっていないのは、九年生と七年生だけだよ」と彼は言った。

この一家にも同じ運命が降りかかる可能性はどんどん近づいている。サルマはほとんどの時間を、聞き耳を立て、考えを巡らせて過ごす。あらゆる結果があり得るという考えに慣れてきてはいるものの、それでも彼女は、前向きな結果を探し求める。彼女はハーリドにこう言いたいと思う。「もし私たちが殉教しても、天国で靴下ゲームができるわ」。

兄のターリクはずっと押し黙っている。彼が心配しているのは、フランス政府の奨学金の申請期限までに大学の卒業証明書のコピーを提出できるかどうかだ。大学が閉鎖されているため、延長を認めてもらえる可能性は低い。「どうすればいいんだ」と彼は考える。「電気なしじゃ、確認のメールを送ることもできやしない。しかもバルセロナ対レアルのエル・クラシコも見れないし。電気のクソッタレめ。インスタも開けないし。チクショウ！　クソッ！　クソ電気が！」。

多くの父親たちと同様、アブー・ターリクはほとんどの時間をテレビニュースを見て過ごすのが習慣だが、これも、電気がなくては不可能だ。彼らが経験しているのは、実際の部屋の暗さを超えた暗闇だ。ガザの暗黒は、灯りの欠如がもたらすそれよりももっと深い。停電になると、ガザの人々は恐怖におののき、無限に思える待ち時間を過ごしながら、深い不安感に包まれる。

ようやくハーリドが眠りにつき、今やすっかり静かになった暗闇の中で、祖母の唱えている言葉が聞こえる。「アッラーは天地の光である。かれの光を譬（たと）えれば、燈（ともしび）を置いた壁龕（へきがん）のようなもの。燈はガラスの中にある。ガラスは輝く星のよう。祝福されたオリーブの木に灯されている。その木は東方のものでも西方のものでもなく、この油は火が凡（ほと）んど触れないのに光を放つ。光の上に光を添える」[iii]

iii　日本ムスリム教会版の『聖クルアーン』をもとに、唱え言葉にふさわしくするため若干の修正を加えた。壁龕は厚みのある壁をえぐって作ったくぼみ部分で、燈（灯火）や彫像、花瓶などを置くためのもの。

ガザの電力に関する四つ目の教訓は、人々は暗闇の中にいるときのほうが、耳がよく聞こえるということである。

闇の「いろは」

毎晩のように電気のない冬の夜が続いていたある日、サルマはろうそくの灯りでは薄暗くて勉強ができないと父親に愚痴をこぼす。父は、もっと大きなランプを借りられないか、友だちのアラジンに聞いてみるよと冗談を言う。サルマはもうアラジンとランプの話を信じるほど子どもではなく、父の冗談をあまり面白いとは思わない。彼女はすでに勉強の大切さを知っている年齢であり、アラジンのランプも母親の祈りも電力をもたらしたりはしないことがわかっている。大事なのはただ、勉強が最後までできるように部屋を照らすことであり、彼女はそのために宿題のスケジュールを、途切れ途切れにしか供給されない電力にできる限り合わせている。学校は生徒たちを助けるために何かすべきではないの？　サルマは何ヵ月も前から、長期休暇を冬に変更するよう学校に嘆願しようと同級生たちに働きかけてきた。なぜなら夏のほうが日照時間が長いからだ。

ほとんどの祖母たちと同じように、サルマの祖母は物事を独特の角度から見ている。窓のそばの、すべての会話が聞こえる絶好の定位置に座った彼女はこう言う。「おやまあ、私があんたくらいの歳には、どこにも電気なんかなかったさ。子どもたちはそれでも勉強してた。ほんとにいい子たちだったこと！」。サルマは祖母を見て、自分の考えを胸にしまっておくことにした。祖母は引き続きこう言う。「あんたらの世代は甘やかされているんだ。座ってるだけでなんでも手に入ると思ってる」。サルマは再び彼女を見て、やはり沈黙を守ることにする。祖母は話し続ける。「あんたがたは天国にでも住んでいるつもりなんでしょうかね。電力なしで過ごすこともできないいんだから。電力を発明した人になんか天罰が下ればいい」。サルマはもう一度祖母を見て、すぐさま部屋を立ち去ることにする。

生き残るための執念

祖国というのはね、このようなすべてのことが起こってはいけないところのことなのだよ。[12]
——ガッサーン・カナファーニー

人はこの大きな世界に生まれてきて、その中を動き回る。一方ガザでは、人はその場に留まり、その周りで世界が動く。ここは世界で最も人口密度が高い場所のひとつだ。そしてその一四〇平方マイルの牢獄に、二〇〇万人以上が暮らしている。住宅やビルがこぞって残された空間を占拠する中、自然は最期を迎え、廃水が周囲の海を汚染し、貧困は拡大し、失業率は上昇し、医療制度は破綻し、インフラは崩れ落ちていく。その一方で私たちは、頭上で死を運ぶヘリコプターの音、私たちの周りで小さくなっていく都市、これが最後になるかもしれない航海に出る漁師たち、ガザ地区を去っていく愛する人々、彼らの村が年長者から聞いていたような廃村になっていく様子、そして友人たちが手足を切断され、臓器を失い、以前の半分くらいの大きさの人間になってしまう戦争に慣れていく。

だが、ガザはこのようなことだけを意味するのではなく、それにもかかわらず生きていくことを意味する。

ガザという名のこの野外刑務所では、人口は増加し、空間は狭くなっていく。絶え間ない建設工事により、街にあった自然が食いつぶされていく。ガザの五つ目の教訓は、すべての美しい街の風景をよく見ておくことだ。なぜなら次に見たときには、もうなくなっているかもしれないから。ガザの芸術家たちは、根こそぎにされる運命にある国の美しさを保存することで、私たちの心を癒してくれる。

電力について言うと、ガザの人々は、それを中心に生活を組み立てている。ガザの生活リズムは、毎日繰り返される「電気が止まった」という一言に応じて組み立てられる。どこの子どもでも、チョコレートをもらったり、遊園地にサプライズで連れていってもらったり、子犬をプレゼントされたりしたときには、みんな喜びを表現するものだ。ガザの子どもたちは、「電気が来るよ」と聞いたときに、それと同じような強い喜びを感じる。残念ながら、この喜ばしい瞬間は長くは続かない。ガザのパレスチナ人にとって、定期的に暗闇と絶望に再び突き落とされることのない生活を想像することはもはや不可能である。

ガザの六番目の教訓はこれだ。もしあなたが電力なしで生き延びられるのなら、あなたはなんでも乗り越えられる。

ガザ——ここから何処へ?

もしテレビも新聞も図書館もなかったら、ガザの人々は自分たちの現実も世界の他の地域と変わらないと思うだろう。生まれたときから囚われの身である人間にとって、より良い現実を想像することは難しい。人はより良い現実から学ぶことで、それを創ることができるようになる。

必然的に、絶え間ない苦悩は、ガザのすべての人々の心の中に、生きることへの並々ならぬ意思を育む。実際ガザ地区には、別の在り方を想像させるような革新的な事例がたくさんある。

一一番バスからレーシングカーまで

失業と貧困のために、多くのガザ市民は自動車を所有できないが、ガザほど「必要は発明の母」という格言を体現している場所もないだろう。まず発明されたのが「一一番バス」だ。これはつまり、二本の足で歩くことを意味する。経済状況が悪ければ悪いほど、ガザの人々の創造性は開花する。二〇二〇年一月、ムハンマド・アッ＝ダッバーフは、最高時速一六〇マイルに達する一六〇馬力のエンジンを搭載したレーシングカーを製作した[13]。アッ＝ダッバーフの車がビーチを駆け巡るときには、それを見るために大勢の人が集まる。占領体制がガザ地区におけるレーシングカーの使用を禁止していることは、もちろん承知のうえである。

スクーターのパンク問題にさようなら

エアレスタイヤ専門店の店主、アブドゥッラー・アッ＝ラーディーは、店の入り口に「タイヤのパンクにさようなら」という大きな看板を掲げている。[14] これで助かるのは、スクーターに乗る人たちだけではない。手足を切断されたガザの人々など、車椅子の人々も同様である。アブドゥッラーは言う。「エアレスタイヤを作るという考えは、イスラエルが空気入りタイヤのガザ地区への持ち込みを禁止したことから思いついた。この禁止のために、車椅子や自転車用のタイヤを見つけるのが難しくなっている。戦争によって手足を切断されてスクーターを使っている人たちは、この窮状を解決してほしいと長年訴えてきたんだ」。

障害を持ち、移動のために車椅子に頼る人々や、失った手足を空気入りタイヤを使った乗り物で補う必要がある人々は、法外な値段でタイヤを買うしかない。しかも最悪の場合、手に入らないこともある。アブドゥッラーはこの状況に解決策を提供したいと思った。そのためにアブドゥッラーは、空気入りタイヤと同じ厚さの中空式でないタイヤを作るための鋳型を開発した。これでスクーターやシニアカーの所有者たちは、道路に転がる釘の危険や、空気入りタイヤを交換しなければならないという難題から解放される。

アブドゥッラーはこのタイヤを生産するうえで、依然として二つの課題に直面している。まず、ガザ地区への金属類の持ち込みが禁止されているため、他の材料から合金を作らざるを得ない。第二に、停電が絶えないことから、金属を絶えず加熱・再加熱する必要があり、このため製錬工程がややこしくなる。「ガザの経営者や革新的技術の開発者は、成功にたどり着くまでに苦難の海を泳ぎ渡らなければならない」とアブドゥッラーは結論づける。彼の顧客の一人は、感謝の気持ちを込めてこう述べる。「このタイヤのおかげで、安心して自分で移動できるようになりました。この取り組みは、障害のある人たちの支援になるので、みなさんに応援していただけることを願っています」。

このような挑戦は、生き残るための革新的技術をもたらし、戦略を提供するが、生計の糧にはならない。もう一五年を迎えようとしているガザの電力「危機」は、陸、海、空からイスラエルの占領体制によって包囲されている人々にとって、もはや日常となっている。国連のバラ色の声明も、人道主義の政治利用も、何の救いにもならない。その代わりに根強く残り続けるのは、詩人や芸術家たちが教えてくれるように、生きようとする精神そのものだけだ。それこそが最も深い闇を照らす光である。子ども時代にろうそくの火が原因で死にかねないという状況にもめげず、サルマは決して終わらないゲームの次の一手を考え、死後の世界に持ち越すことさえ想定する。暗闇の中で長い時間待ち続けることと、突発的に使えるようになる電力を最大限に活かすことを繰り返す生活。このような状況下で繁栄することは難しい。しかしそこからは、新たな人生の教訓が生まれる。望むのはいつか、停電が人々にとって死の危険ではなく、居心地の良い部屋に集まって、ろうそくの灯りに照らされて物語を語り合う行事になる日が来ること、そしてそれが子どもにとって悪夢ではなく、最も美しい夕方の思い出となることだ。

イスラエル軍の監視塔でブランコに乗って遊ぶ子どもたちを描いたバンクシーの壁画の横を歩くパレスチナ人の少女（ガザ地区北部、ベイト・ハヌーン）。2015年4月10日。写真：サーメフ・ラフミ

パレスチナ人の権利を取り戻し、生活の質を向上させるツールとしての人工知能（ＡＩ）

ヌール・ナイーム（アナス・アブー・サムハン訳）

第四次産業革命の結果、人工知能（ＡＩ）が世界的に普及し、あらゆる生活分野に応用されている。このことは、新たなニーズや状況に合わせて生活の管理方法を見直す絶好の機会となっている。デジタル・プログラミングを活用すれば、問題やジレンマを創造的に解決できる。

ＡＩは、思考能力や過去の経験から学習する能力という、知的生物が行うようなタスクを実行する機械やコンピュータなど、さまざまなテクノロジーを生み出す重要な柱となっている。また、教育カウンセリングや社会奉仕活動、その他の慈善活動など、人々の役に立つサービスを提供するＡＩを使ったスマートシステムの構築も進められている。そして、都市間の通勤から始まり、交通渋滞の回避、さまざまなタスクをこなすためのバーチャルアシスタントの利用など、ＡＩはすでに日常生活の一部となっている。

私は、このようなＡＩの発展を重要だと考える。なぜなら、国連などの外部機関がもはや住むことはできないと結論づけたほど殺伐とした状況にあるガザに、少しでも明るい展望をもたらす可能性があるからだ。状況が悪化したのは、イスラエルによるガザ包囲のためだ。包囲によって、ガザのパレスチナ人は、テクノロジーを活用できるようになるどころか、まともな生活を送る機会さえ奪われてしまった。イスラエルは高度なＡＩシステムを構築しているが、パレスチナ人にはそのシステムを提供していない。たとえば、以前は何時間もかかっていたイスラエルの諜報活動は、今ではほんの数分で実行できる。『イスラエル・ハヨム』紙が掲載したプロパガンダ記事によれば、これは効率性だけでなく、作戦の有効性においても飛躍的な進歩をもたらしたという[1]。この新しい現実は、ガザ地区に住むすべてのパレスチナ人をさらなる不安にさらす。なぜならこれは、イスラエルの占領体制がＡＩに投資して、パレスチナ人を支配するために利用しようとしていることを示しているからだ。

　パレスチナ経済は、イスラエルが生活のあらゆる面で支配権を握っているために、前例のない危機に直面している。イスラエルは、ガザのあらゆる経済部門、とりわけ技術や通信部門に制限を課すことで、デジタル分野を窒息させる新自由主義的な経済政策を推し進め、ガザに対する「デジタル占領」とも呼ぶべき状況を作り出している。これは、イスラエルとパレスチナ電気通信会社（Paltel）との協定などにも現れている。このことにより、パレスチナ経済のイスラエルへの依存が深まり、パレスチナのハイテク企業をイスラエルが支配する形になっている[2]。イスラエルはまた、製造業で使用される基本的な原材料の輸入を、「軍民両用」の材料であるという口実で妨げ、それらの部門を機能停止に追い込んでいる。イスラエルは、ガザ唯一の商業用検問所であるカレム・アブー・サーレム／ケレム・シャローム検問所を厳しく規制することで、ガザの技術開発に貢献しうる重要な資材が入ってくるのを制限している。さらにイスラエルは、地下回線や携帯電話のインフラを管理することで、インターネットへのアクセスを制限している。つまり、パレスチナのテクノロジーは、抑圧的な植民地政策の下でイスラエルが許可する範囲でしか発展できない。このような組織的抑圧は、ガザ地区におけるテクノロジー分野のあらゆる発展を妨げる。そしてパレスチナ人から、ＡＩ、ロボット、モノのインターネット、クラウドコンピューティング、ビッグデータ、自動運転車、３Ｄプリンター、ナノテクノロジー、バイオテクノロジー、エネルギー貯蔵、量子コンピューティング、リモートワークなどの、第四次産業革命の恩恵を奪っている。世界がポストデジタル時代に向かっているこの時期に、パレスチナではこういうことが起きているのだ[3]。

私は、ガザ地区とそこに住む人々にとってより良い未来を描きたいと考える。帰還の権利を実現し、権利を回復して正義をもたらし、ナクバの破滅的な影響を終わらせるという大きな目標を見据えて、デジタル時代のＡＩテクノロジーによってパレスチナのナラティブを強化できるような枠組みの構築を試みたい。そうすれば、こうしたテクノロジーをより効果的かつ適切に利用できるようになるだろう。イスラエルの占領体制は、ナクバ以前に作られたシオニストのナラティブに依存し、それによって強化されている。そして彼らはそれを、現代のテクノロジー開発にも適用している。上述の私の取り組みは、この占領体制がガザに押しつけている孤立を打ち破り、デジタルおよび知識面の格差を解消することに役立つだろう。パレスチナ人、とくにガザで包囲されて暮らしている人々は、このテクノロジー革命を、集団としての力を強化するために使うべきだ。そうすればそれがまた、多様でユニークかつ相互に関連性のあるナラティブに基づく強力な戦線の構築につながり、集団的懲罰としての孤立に終止符を打つ助けとなるだろう。

私はまず、イスラエルがＡＩとデジタル・プログラミングを使ってガザの人々を抑圧し、偽りのストーリーを広めていることがもたらしている影響に焦点を当てる。次に、現在の政治状況にもかかわらず、ＡＩがガザの生活の質をいかに向上できるかについて述べる。

ＡＩを駆使してガザを封じ込めるイスラエル

ガザは陸、海、空から包囲された三六五平方キロメートルの狭い地域であり、地球上で最も人口が密集しているエリアのひとつである。イスラエルはこの地を、国際的な監視も法的な説明責任も果たさないまま、ＡＩ技術を検証し開発するための実験場にしている。イスラエルの管理センターは、そこに住む二〇〇万人のパレスチナ人のプライバシーを侵害し、彼らを注意深く監視することにより、イスラエルによるガザ地区封鎖をさらに強化する複雑なデジタル包囲網を作り出している。イスラエルの監視には人々の個人情報を盗んで保存することも含まれており、ガザはＡＩアルゴリズムに活用できるビッグデータの重要な供給源となっている。このような情報は、イスラエルのテクノロジー産業繁栄に役立つだけでなく、戦時には攻撃の誘導に利用できる。イスラエルの目標は二つある。持続可能な経済を作り上げて利益を得ることと、軍事力で土地を支配することだ。

イスラエルのテクノロジー分野における成功を精査することは、敵である占領者たちを客観的に理解することに役立つ。また私は、人権団体や活動家の努力にもかかわらず、法的な説明責任を果たさないまま継続しているイスラエルの犯罪や嫌がらせについても明らかにしていきたい。

イスラエルがＡＩの軍事テクノロジーで勝負しようとする主な動機は、彼らが自国を効果的に経済大国へ発展させられるような天然資源を持っていないことだ。このためイスラエルは、サイバーセキュリティ分野における世界のパイオニアとなり、多くのセキュリティ企業の活動拠点となっている。イスラエルの先端ハイテクおよび軍需産業分野で最も重要な機関には、エルビット・システムズ、イスラエル・エアロスペース・インダストリーズ、ラファエル・アドバンスド・ディフェンス・システムズなどがある。イスラエルのドローン、ミサイル、戦闘機などを支えているのはこれらの企業だ。イスラエルはガザ地区と国境沿いの緩衝地帯にまたがる広い範囲を完全に支配している。この地政学的な状況およびテクノロジーの進歩が、イスラエルの安全保障環境を再構成する重要な要因となっている。そしてそれがパレスチナ人に対する軍事攻撃に現れている。[4]

イスラエルは、最先端技術の力で諜報活動を優位に進めることによって、空軍、ミサイル、防衛システムなどの軍事力を大幅に向上させてきた。これには、軍事目的のドローンや人工衛星の性能を高めることも含まれる。このような攻撃能力は、二〇一四年のイスラエルによるガザ侵攻や二〇二一年の侵攻中に起きた、遠隔操作によるパレスチナ人の超法規的殺害などで使われた。イスラエルは誘導ミサイルを使って罪のない市民を殺し、世界で初めて最新のＡＩ技術を使って戦争をしたと自慢している。二〇二一年五月の『エルサレム・ポスト』紙の記事によると、イスラエル軍のエリートである八二〇〇部隊はディープラーニングのアルゴリズムと最先端技術を軍事目的に使用し、その結果、アルケミスト（Alchemist）、ゴスペル（Gospel）、デプス・ウィズダム

（Depth Wisdom）と呼ばれる新しいプログラムを開発したと報じている。[5] 彼らはまた、SIGINT（信号情報）、VISINT（視覚情報）、HUMINT（人的情報）、GEOINT（地理的情報）などのAIツールやテクノロジーを駆使し、将来の作戦に活用できる膨大な生データや情報を収集した。記事によれば、九九〇〇部隊はガザの地形を衛星画像で撮影し、ロケット発射台の位置を正確に割り出したという。地形の変化を検出することで、画像から爆撃すべき位置を割り出すことができたのだ。イスラエルは、パレスチナのレジスタンス勢力を偵察する地上のスパイを使い、レジスタンスの秘密のトンネル網を、トンネルの深さ、太さ、経路を含めて正確にマッピングした。さらに、八二〇〇部隊のアルケミスト・レーダー・システムは、初めて将来発生する攻撃の警告に成功し、イスラエル軍は必要な予防措置を講じることができた。

イスラエルが技術開発を重視していることからも明らかなように、ガザ地区における紛争の形を想定するのは簡単なことではない。最近の報道では、イスラエル軍北部司令部のデータ分析部が、ガザ・スマート・スペースと呼ばれる部門を設立したことが取り上げられている。ハナン・グリーンウッドは、「軍隊の研究部門をのぞいてみよう」と題した調査記事で、イスラエルがこの新しい部門を設立したのは、つねに変化するガザの現実に対応するべく、AIの助けを借りて排除すべき標的を迅速に特定するため、また膨大なビッグデータを分析するためであると明らかにした。同記事には、「ガザの状況はとくにダイナミックで、敵の姿が見えない。そのため、私たちは現場の実戦部隊に速いテンポで情報を提供し、以前にはなかったような組み合わせを使って有効性と殺傷力を高める必要がある。現実に対応するためには、より高度なテクノロジーに基づいたツールが必要だ」とある。[6] この分野における幅広い取り組みは、国家安全保障研究所（INSS）の主導で実施されている。[7]

ガザはイスラエルに完全に支配されていて、空間も攻撃能力もひじょうに限られているのに、なぜイスラエルはこのような恐怖や心配を抱くのだろうかと疑問に思うかもしれない。理由を明確にしよう。イスラエルの基本的な軍事的原則である電撃戦は、迅速かつ圧倒的な戦力を用いた奇襲攻撃によって数時間で勝利することを特徴としている。そしてそれは敵の陣地で戦闘を展開しつつ、国内戦線の安全を確保することに重点を置いている。だがこれではもう上手く行かないのである。イスラエルはもはや、入植者がビーチのカフェでくつろいでいる間にアラブの土地を占領することはできない。イスラエルの軍事システムは近代的テクノロジーに裏打ちされており、火力面で大きな進歩を遂げたが、一方で、ガザの現実に直結する根本的な弱点を抱えている。

まず第一に、ガザのミサイル能力の発達が、イスラエル内部に戦線を出現させた。イスラエルの都市、入植地および経済拠点は、もはや戦火に見舞われる可能性から遠く離れてはいない。パレスチナの戦闘能力は二〇一九年から二一年にかけて著しく向上した。イスラエルは現在、これらのミサイルの射程圏内に入っている。なぜならアイアンドーム[i]は、イスラエルに向けて発射されたミサイルをすべて迎撃できてはいないからだ。したがって、将来的に起こる戦争では、イスラエル全土が戦火にさらされ、おそらく二〇一四年のガザ地区での戦争よりも激しい攻撃を受けることになるだろう。

第二に、従来の戦闘方法とそれが約束していた迅速な反撃という戦略が崩壊し、戦争の長さに変化が生じた。古典的な軍隊のように、包囲して殲滅するという作戦はもはや効かないのである。新たな戦争はすべて長引き、イスラエル全土に影響を及ぼす。一日に数発のロケット弾がイスラエルの大都市を襲えば、その屈辱的な事態は彼らの生活を麻痺(まひ)させ、イスラエル人を地下壕に追いやるだろう。

続いて、イスラエルがガザに対する絶対的支配を維持するために開発した最も重要な戦略について概説する。

(1) パレスチナの技術開発を阻む

インターネット、固定電話、携帯電話通信など、パレスチナのインフラはイスラエルの設備に依存しているため、占領国であるイスラエルには極めて高い監視能力がある。このインフラはプロパガンダを流すためだけでなく、電波をコントロールすることで占領下のパレスチナ人をスパイするためにも利用できる。これは、イスラエル軍が電波をハッキングし、妨害し、遮断する能力を持っていることからも明らかだ。イスラエルはこのような機能を、軍事作戦中にガザの住民にSMSメッセージを送って連絡することなどに使っている。これは二〇二一年五月の攻撃を含め、彼らが侵攻のたびに行ってきたことだ。

i　アイアンドームはイスラエルが二〇一一年に配備した防空システム。ガザ地区からのロケット弾が都市などに着弾する前に迎撃することを主目的として開発された。

イスラエルはますますパレスチナ人のサイバースペースを監視の対象にしている。そしてイスラエル軍はフェイスブックの投稿やツイート（現「X」への投稿）を理由に人々を逮捕している。ジャーナリスト、活動家、反対派、批判者などさまざまな個人への監視が、恣意的な逮捕、拷問、超法規的殺害につながっている。NSOグループは、スパイウェアの分野で世界的に最も注目されているイスラエル企業である。[8] 彼らはアメリカやヨーロッパからの支援を受けて、免責という特権を享受しながら技術的優位を維持している。彼らには説明責任もなければ処罰の心配もない。[9] だからこそイスラエル企業は、軍事用の監視技術を人権侵害を犯す他国に輸出できるのである。[10]

一九九四年、国際電気通信連合（ITU）は決議第三二号を採択し、パレスチナの人々が彼らの「主権者の権利」としての通信能力を開発するために、関係国に対して必要な技術支援を提供するよう求めた。二〇一七年にも決議第九号を採択し、同様の内容を強調している。二〇一八年、ITUは決議一二五号で、その援助が不十分であり「現在の状況ゆえに」初期の目標を達成できなかったとして、イスラエルの妨害について穏やかに言及した。二〇一九年、同連合は決議第一二号を採択した。そしてその中で、パレスチナにおけるインターネット技術の近代化を支援する決意を再確認した。そこにはヨルダン川西岸地区で3Gから4G、5Gへ、そしてガザ地区では2Gから4Gにアップグレードすることが含まれていた。合同技術委員会は関係当局（イスラエル）に対し、この決議の実施を促進するよう求めた。だがこれまでのところ何ら特筆すべきことは実行されておらず、イスラエルの占領体制は、依然としてこうした法的配慮を傲慢(ごうまん)にも無視し続けている。[11]

イスラエルが5Gを使用し、6Gへの準備を進めているのに対し、ガザの人々はイスラエルの規制により2Gにしかアクセスできない。そのことは、電気通信の分野だけでなく、官公庁や教育などの分野におけるeマネジメントなど、インターネットにかかわるあらゆる現代的な分野において、生産性と技術的な発展を妨げている。新型コロナの流行により学生たちはスマートフォンやコンピュータを使ったオンライン学習を余儀なくされ、テクノロジーの必要性はますます高まった。電力供給が不安定で、通信回線も不十分であることにより、学生たちの学ぶ権利が阻害された。二〇二一年五月、イスラエルは、インターネットのインフラ基盤と高層ビルを組織的に狙って攻撃した[12]。これはインターネット接続にダメージを与えてメディアを遮断することが目的と考えられる。これによってイスラエルは何をしても罰せられないことがますます明らかになった。そしてパレスチナ人は、教育、保健、その他のサービスに関する需要を満たすことができなくなり、イスラエルの永続的な支配下に留まることが確実になった。

(2) 識別テクノロジーを使った監視

顔認識とは、個人のデジタル画像や映像をコンピュータデータベース内の他の画像と比較するシステムを通じて、個人の身元を識別または確認できる機能だ。特徴が一致すると、システムがその人物を特定する。当初、これらの技術は高度な警備サービスや軍事施設でのみ使用されていたが、現在では民間レベルでも使用されている。イスラエルの多くの企業が、生体認証メカニズムに依存した顔認識ソフトウェアやアプリケーションを製造している。そのうちで最も有名な新興企業は、マイクロソフト社が投資しているAnyVision社である[13]。二〇一九年、マイクロソフト社は、国際人権団体や市民団体から批判を受けた。その理由はヨルダン川西岸地区とガザ地区のパレスチナ人を監視するためイスラエル軍に顔認識技術を提供しているAnyVision社へ資金提供をしていたからだ。[14] AIツールはまた、イスラエルが顔認識、虹彩スキャン、声紋を使って活動家を訴追すること、またパレスチナ国内や世界中で彼らの動きを監視することを容易にした。イスラエルのハイテク機器は、パレスチナ人活動家の居場所や行動を特定する。このことは個人のプライバシー侵害であり、移動やパレスチナ人の権利を擁護する活動を制限することで、彼らの身の安全を脅かしている。

顔認識技術によって、イスラエル占領軍は徹底的な監視を行えるようになる。これはさらにパレスチナ人のプライバシー権を侵害し、彼らの表現の自由と人権を損なう。集団監視はまた、「推定無罪」という基本原則にも反している。イスラエルは最先端テクノロジーの世界的リーダーへと成長している。それと同時に、ガザとイスラエルの境界地域でAnyVision社の「より良い明日へ」というプログラムを使用するなど、人々を監視するツールとしてこの技術を運用している。このソフトウェアは、異なる監視カメラにまたがって映像に映る人物を追跡する。イスラエル軍はヨルダン川西岸地区とガザ地区外周部でこの技術を活用している。

(3) ドローンによる制圧

太陽は昇っては沈んでいく。月は現れては消えていく。人は眠り、そして目覚める。しかし「それ」はつねにそこにある。忌々しく、不吉なことの前兆として。奇妙ななぞなぞに聞こえるかもしれないが、ガザのパレスチナ人ならすぐわかるだろう。空に向かって顔を上げても、鳥や雲は見えない。まず目に入るのは、ザナーナ（ブンブン鳴るもの）、ガザでは「空のカラス」と呼ばれているその物体だ。パレスチナ人にとって、イスラエルのドローンは近代テクノロジーの最も恐ろしい現れである。ガザ上空を飛ぶドローンの苛立たしい音に悩まされ、私たちは何度も眠れない夜を過ごしている。発電機のようなその大きな音が、いつでもどこでも私たちにつきまとってくる。時には、あまりに近くで大きな音が聞こえるので、窓から入ってくるのではないかと感じることもある。ドローンは、絶え間ない心理的プレッシャーと緊張を与え、気が散る原因となり、学生たちの集中力と学業を妨げている。ドローンの存在は、イスラエルが兵士や入植者を撤退させたとはいえ、法的には依然としてガザ地区を占領している証拠である。

アメリカの調査機関フロスト&サリバンによれば、イスラエルは世界最大の無人システム輸出国である。ドローンはイスラエルの安全保障にかかわる輸出の一〇%を占めている。イスラエルは翼幅二六メートルの「エイタン」と、ミサイルを搭載できる「エルメス450」という二種類の大型ドローンを製造している。[15] ミサイルを搭載したこのような死のドローンの本当の危険性は、イスラエル軍がそれをガザ地区での暗殺作戦に使用していることだ。人権団体の報告によれば、超法規的に人々を殺害するイスラエルのドローン攻撃の多くは、人道に対する罪に該当する可能性があるという。ヒューマン・ライツ・ウォッチは、イスラエルの「キャスト・レッド作戦」（二〇〇八～〇九年）の際、パレスチナ市民に対するドローン攻撃によって八人の子どもを含む二九人の市民が死亡したと報告している。[16] パレスチナ人権センターの報告によると、二〇〇六年から一一年の間に、ガザで八二五人のパレスチナ人（そのほとんどが民間人）がイスラエルのドローンによって殺害された。さらにイスラエル占領軍は、二〇一八年ガザ外周部で行われた「帰還の大行進」の際、デモを妨害して参加者の意志をくじくために、ドローンを使って催涙ガスを投下した。

(4) 軍事ロボットとセンサー技術を駆使したデジタル包囲網とガザの孤立化

ガザ地区を囲む地下のコンクリート壁が完成すると、イスラエル軍はロボットを使って境界を警備する新たなプロジェクトを発表した。それは、ガザ外周部から地区内へ五キロから一〇キロ入った場所に、ハイテクで殺傷力のある「境界線」としての壁を新たに建設する計画だった。二〇一七年、イスラエルはトンネルに侵入するための「アンドロス」、トンネル内の武器を監視し撮影する「ハローニ」、重い地雷を取り除くための「サンドキャット」などのロボットを導入した。イスラエルはまた、新たな狙撃用ロボットも開発した。最近イスラエルは、欧州連合（EU）から二三〇万ユーロの資金提供を受けたiDetecT4ALLプロジェクトを通じて、さらなる技術開発を進めている。これは、ガザ周辺に光センサーを導入し「立ち入り制限されている主要インフラの内部や周辺に物体が存在する」ことを割り出すことで、侵入を探知・検証する技術の開発を目的としている。[17]

このシステムには高度なレーダーと監視制御システムが組み込まれており、ガザ地区全体をカバーできる。そして監視システムから指示を受けたインテリジェント・ホバークラフトと直接通信し、特定のターゲットを攻撃できる。このシステムは、軍事ロボット旅団、迎撃旅団、予備旅団に分かれた大隊を備えている。これらはすべて人手を介さずに離れた場所から作動および機能させることができ、ガザ外周部の出来事を監視する軍の司令部と連携されている。イスラエルは、無人戦闘システム（軍事ロボット）活用の一環として、ガザ周辺部で発生するすべての事件に対応し、兵士の命を危険にさらす事態の減少を目指している。イスラエルは、これまでの成果では飽き足らず、パレスチナ人を監視下に置くことになお固執し続けている。そしてイスラエルとの境界に近づこうとするすべての人間と交戦する構えを見せている。

(5) サイバースペースにおけるパレスチナとの戦い

オンラインのパレスチナ関連コンテンツは、シオニズム主義の団体やSNS運営企業からの強い圧力によって差別の対象となっている。これは、パレスチナの存在自体を攻撃対象とし、彼らの土地から根こそぎ追い出そうとするイスラエルの継続的な試みの一環だ。イスラエル軍の特殊部隊である八二〇〇部隊は、パレスチナ人やその協力者が連帯してとるあらゆる活動、意見、立場を監視している。そして彼らは、たとえば殉教者や囚人の写真をネットに投稿したとか、イスラエルの行為をパレスチナ人に対する権利侵害だと非難したなどの些細な理由で逮捕作戦を展開する。コンテンツ削除要請の九五％に応じていることからもわかるように、SNS運営企業はこのイスラエルのサイバー部隊に協力している。[18] SNS企業は、ユーザーがパレスチナの大義を支持したり、イスラエルの占領体制による犯罪を非難したりする特定の単語やフレーズを使用すると、AIやアルゴリズムを使ってそのユーザーのアカウントを停止させ、外部とのコミュニケーションを妨害する。このことは、包囲されたガザの人々をさらに孤立させる。

イスラエルはまた、パレスチナのデジタルコンテンツを制限し妨害することを通して、パレスチナ側のストーリーをテロと結びつけて、攻撃し、悪者に仕立て上げている。このような取り組みは最近ますます強化され、SNSのコミュニティ基準に違反しているという口実で、コンテンツの削除やアカウントの一時的または恒久的な停止などの措置がとられている。私はこれを「サイバードーム」と呼んでいる。親パレスチナ派のコンテンツをソーシャルメディア大手に通報して検閲させることで、「サイバードーム」もアイアンドームと同じように、イスラエルを防衛する機能を果たす。

世界はAIの倫理的使用に関する法的ガイドラインの策定に向かっている。一方でパレスチナ人は、イスラエル製のスパイウェアや軍事用AI技術による支配だけでなく、アマゾン、グーグル、フェイスブックなどの企業もイスラエルの覇権強化に協力しているため、この分野でも差別を受けている。これらの企業は、イスラエルへの投資を撤回するよう各方面から圧力をかけられ続けてきたにもかかわらず、イスラエルのイメージを美化し、パレスチナ人に対する抑圧的な政策と計画的な弾圧を可能にしてきた。グーグルやマイクロソフトなど巨大テクノロジー企業によるイスラエルへの投資について調べると、その規模が明らかになる。たとえば二〇二〇年、マイクロソフト社は電子チップを秘密裏に開発するための新センターをイスラエルに設立している。[19]さらにグーグルは、イスラエルにクラウド・サービス用の広域データセンターを設立し、企業が現地のインフラに数億ドルを投資できるようにする計画を立てている。[20]一方、イスラエルの極右政府は二〇二一年四月、「プロジェクト・ニンバス」と呼ばれるクラウドサービスを構築するため、グーグルとアマゾン両社に一二億ドル相当の契約を提供した。このような惜しみない無条件の投資を受けた企業は、イスラエルが政府公認のハッキングとスパイウェアに関して地域最大の拠点となっている歴史を無視して、イスラエルに都合の良いストーリーを強化する。そしてこれらの動きは、イスラエルの税収を増やし、イスラエルが占領を維持し、入植地を拡大し、パレスチナ人を組織的に抑圧し、貧困に陥れ、虐待することを通して、ガザ地区に対する支配と包囲を維持することに役立っている。

ディープ・ラーニング技術はビッグデータの分析にも利用され、それを使ってプログラマーたちはパレスチナ人の生活環境を把握するためのソフトウェアを作成できる。データに基づくコンピュータ・アルゴリズムはＡＩの本質を表す。つまりそれは客観的で公正であると考えられているが、実際にはその正反対なのである。ＡＩのアルゴリズムは、技術者や専門家から提供される情報やデータに大きく依存しており、イスラエルの占領体制にとって有利な方向に偏っていることが多い。つまり、パレスチナのサイバースペースには、パレスチナ側の情報拡散を制限する規制が課せられていたため、これらのアプリケーションは、包囲されたパレスチナ人に対する嘘と人種差別にまみれたデータに基づいて構築されており、結果としてパレスチナ人の苦しみを助長している。その典型的な例が、二〇二一年のエルサレムで起きた、ラマダーン（断食月）中に礼拝の自由を制限するイスラエルの政策に反対した若者たちによる抗議行動である。海外メディアは若者たちの行動を「暴動」と報じ、その後、彼らを法を破った犯罪者として扱った。これはパレスチナの闘いに対するイメージが著しく歪曲（わいきょく）された事例であり、パレスチナ人がＡＩアルゴリズムによっていかに偏見にさらされているかを示している。

この状況を改善するためには、国内外のパレスチナ支援者が一致団結してアルゴリズムを「訂正」する技術的ツールを模索し、不公正な社会から抽出された誤ったデータを修正して、ステレオタイプ化されたパレスチナ人像に対抗する正しいデータを追加する必要がある。二〇二一年五月のイスラエルによるガザ攻撃は、パレスチナ人に対してAIテクノロジーが使用する偏ったアルゴリズムの問題を明らかにした。このようなテクノロジーは巨大ソーシャルメディア企業のやり方と呼応するもので、パレスチナ人を支えるあらゆるものに対する虐待、偏見、不正を維持する現状を「自動化」するものである。ネット上では、イスラエルに対するパレスチナのレジスタンスとの連帯や支持を人道的に表現する言葉さえ検閲を受ける。このようにして西側メディアは、イスラエル側のストーリーとその擁護者を強調する。パレスチナの闘いとそのさまざまな手段の進化を知る者は、バーチャルなデジタル空間がもはや二次的なものではなく、むしろ地上の闘いに勝るとも劣らない実効的な闘いの場であることを理解している。したがって、大手ソーシャルメディアの使用をやめて、私たちの大義に対してより寛容なＳＮＳプラットフォームに引き下がることは、時間と労力は節約できたとしても、あまり効果の見込めない限定的な場へ後退すること、つまり闘いからの撤退を意味する。

私たちに必要なのは、ステレオタイプ化されたパレスチナ人像に対抗する努力である。私たちはパレスチナ人の本当の姿を、人生を愛し、いつの日か自分たちの土地や家に戻れるという希望を抱き続ける人々の姿を、拡散しなければならない。パレスチナ人が生きる権利を取り戻すために闘うとき、彼らは尊厳をもって生きようとする人々が展開する世界規模の闘いの一部となる。二〇二一年五月の対立では、こうした努力によってこのパレスチナ人像が広まり、孤立の壁に突破口が開かれた。イスラエルが日々与え続ける痛みや抑圧についてパレスチナ人が話したり書いたりするのを妨げようとしている西側メディアが、初めてパレスチナ人に声を届ける場を与えたのだ。

ＡＩを活用した生活水準の向上

この節では、ディープラーニング、機械学習およびその他の関連技術が、真実が世界に届くのを阻む技術的な障壁をどのように克服し、パレスチナの権利回復に役立つかを論じる。その目的のために、私は次のことを提案する。レジスタンスが、ガザ地区でＡＩ分野の開発に特化したブログを立ち上げること。そしてＡＩに基づくアルゴリズムを、権利の回復、イスラエル占領体制の暴露、パレスチナのナラティブへの差別に対抗するツールとして活用すること。ＡＩの分野におけるイスラエルの莫大(ばくだい)な技術的進歩、そしてＡＩがイスラエルに有利な方向に偏っていることに鑑みると、これは占領体制の理不尽な仕打ちから個人を守ることにも役立つだろう。

また、急速に成長するイスラエル側の能力と、著しく低い（あるいはほとんど存在しない）パレスチナ側の能力との間に存在する大きな格差にも光を当てたい[21]。この溝を埋めるには多大な努力が必要だ。ＡＩツールを使用できるようパレスチナ人活動家を訓練する計画やプログラムを開発しなければならない。そうすれば彼らがパレスチナの人々を保護し、イスラエルによる迫害の影響を軽減するＡＩツールによる新たな抵抗の戦線を形成することが可能になるだろう。

以下に、ガザ地区で利用可能なＡＩやその他テクノロジーの一部を紹介する。

戦争犯罪者を裁き、権利を取り戻すためにテクノロジーを活用する方法（ライブ・マップを使った現地状況の追跡を含む）

イスラエルはパレスチナ占領地とその周辺地域について、正確で高画質な画像の拡散を防ごうと試みてきた。一九九七年、アメリカ政府はイスラエルに関する高解像度の衛星画像の収集や拡散を禁止する「カイル・ビンガマン修正条項」を可決した。この法律はイスラエルの国家安全保障に配慮して制定されたものだ。世界的には一ピクセルあたり〇・五メートルの精度までであるが、イスラエルの画像はこの法律に従って、一ピクセルあたり二メートルまでの解像度しか許されない。これによってイスラエルは、占領がもたらした壊滅的な影響を隠すことができた。解像度の低さは、とくにガザ地区で、人権侵害を特定し、検証し、記録する試みを挫折させた。たとえば、高解像度の画像があれば、帰還の大行進中に、パレスチナ人に向けた発砲がどこから行われたかを正確に特定できただろう。また、ヨルダン川西岸地区やガザ地区周辺における入植地や軍の拠点建設のような、高解像度の画像なしでは困難な現場の変化を監視することも可能になるだろう。

幸いなことに、この地域の正確な画像を提供する競争力のある海外企業の出現やその他の外部からの圧力を受けて、パレスチナ占領地の正確で高品質な航空写真の撮影は二〇二〇年一二月に禁止が解除された。この新たな政策のおかげで、画像が高解像度で入手できるようになり、現地の変化や権利侵害を特定し、監視することが可能になった。[22]

この変更は、直接的に人権問題その他の専門機関の役に立つものであった。フォレンジック・

アーキテクチャ（Forensic Architecture）という調査機関がその一例である。彼らは国家による暴力や人権侵害を、建築技術やテクノロジーを駆使して調査しており、その過程でデジタルおよび物理的なモデル、3Dアニメーション、バーチャルリアリティを利用している。フォレンジック・アーキテクチャは、二〇二一年五月にイスラエルがガザに侵攻した際の環境破壊を記録した。[23]ある種の最新テクノロジーは、データの処理、整理、分析において、捜査官が何テラバイトもの映像や写真の選別や閲覧に費やす時間を大幅に節約することにも役立つ。このため、欧州当局や人権機関も、シリアにおける戦争犯罪加害者の責任を追及するために、AIや機械学習技術を利用している。アルゴリズムを使って膨大な数の証拠となる情報を割り出し、それを分析することで捜査のための技術的モデルを作ることができる。[24]

パレスチナでも、とくにガザ地区で、イスラエルの戦争犯罪者を裁くために同様のモデルを使うことができる。AI技術とアルゴリズムを使えば、国際的に禁止された武器の使用や行為など、イスラエルの犯罪を記録した膨大な量のコンテンツを処理できる。また、同じ事件に関する複数の映像を収集し、重複するものや無関係な映像を削除し、それを目撃者の証言と照合できる。さらに、ある違反行為に関するすべての関連データを洗い出して特定することもできる。AIは、イスラエルの占領政策がもたらす苦しみを浮き彫りにするような仮想現実のシミュレーションも可能にする。最新の技術によって、映像中の影の角度や煙などの証拠を分析し、攻撃の時間と場所を特定できる。イスラエルはガザ地区で犯した犯罪について独立した調査を実施していない。これは国際法違反である。AIを用いたこのような最新技術は、独立した公平で徹底的な調査のために、説得力のある証拠を提供できる。そしてそれを通して、イスラエルによる占領を有罪とし、パレスチナ人の土地に対する正当な権利の主張を強化できるだろう。これは不正義からの解放という大義に貢献し、犠牲者とその家族の権利回復につながる。彼らは法廷で公正な裁判を行い、占領軍と、政治的・軍事的指導者を含む戦争犯罪を犯した疑いのあるすべての者を裁けるようになるのだ。

難民キャンプとディアスポラのパレスチナ人が郷土への想いを取り戻すためのライブマップ

ＡＩ（とくにビッグデータ）は、ガザ地区と占領下のヨルダン川西岸地区のパレスチナ難民およびディアスポラとなっているパレスチナ人と、彼らの両親や祖父母が追放される前に住んでいた町や村とのつながりを強化するために使うことができる。ＡＩを使って難民一人ひとりに、彼らの、そして親戚や隣人の土地や家に慣れ親しんでもらうことができるのだ。ＡＩの地図作製テクノロジーは、待望の帰還の瞬間に備えて、資産や権利を帰還者に分配するためのソフトウェア開発に役立つ。現在、この分野で優れた成果を上げているパレスチナのプロジェクトに、パレスチナ・オープン・マップス（Palestine Open Maps）がある。これは、オープンソースの技術と一九世紀にさかのぼる古い地図を用いて、パレスチナの村や都市とその元の名前をアラビア語で表示し、後の地図との比較を通して、植民地主義や占領によって起こった変化を視覚化するプロジェクトである。[25]このプロジェクトの特徴のひとつは、ユーザーが携帯電話からアクセスして、情報を随時更新してデータベースを充実させられることだ。この取り組みは、パレスチナの現状に関する若者たちの理解を反映した将来的な知識の形成に間違いなく役立つだろう。

パレスチナの歴史に対する深い理解は、パレスチナ人の土地や村に対する想いの再確認につながる。テクノロジーを活用することで、ディアスポラとなった何百万人ものパレスチナ人を先祖の町や村につなげ、イスラエルが剝奪しようとしている帰還の権利を後押しできる。また、イスラエルに帰還の権利を奪われてパレスチナを訪れることができないパレスチナ人にも、バーチャルツアーを提供できるだろう。PalestineVRをはじめ、このための新しいアプリケーションがすでに登場している。これは、現地に住むパレスチナ人の日常生活を紹介するもので、イスラエルの違反行為や、パレスチナの土地のイスラエル化などについて情報交換ができる。ユーザーは好きな方法で、あらゆる角度からその場所とインタラクティブにかかわり、詳細を観察することができる。このアプリケーションはまた、セミナー、会議、地域活動で利用可能な資料の提供も目指している。主流メディアがイスラエル側に偏っていることに対抗して、パレスチナ側のストーリーを後押しすることがその目的だ。PalestineVRのようなアプリケーションは、パレスチナの都市を巡るツアーを作成し、イスラエルのアパルトヘイトを暴露できる。また、パレスチナのバーチャルツアーを実施する機能をユーザーに提供し、意識向上のためにシェアして広めてもらうこともできる。さらに、イスラエルの多くの違反行為（中でも最も重大なものは入植、水の窃盗、土地の強奪などであろう）に光を当てることも可能だ。

このような最新のテクノロジーを使えば、活動家たちはユダヤ人入植者たちが土地を奪い資源を略奪するために住民を強制移住させた町や村の正確な写真を撮れる。歴史家の助けを借りながら、難民はそれぞれ自分の土地を特定し、ライブ画像を見られる。このことは帰還の権利に対する信念を強め、その実現への思いを駆り立てるだろう。ナクバ世代の孫や子どもたちは、緑の大地やオリーブ、レモン、オレンジの木々を見ることで、自分たちの美しい故郷とつながれる。ガザ地区の野外刑務所の中で悲惨で苦痛に満ちた生活を送っている人々も、ヤーファーやハイファの海辺やアッカーの美しさを見られる。

テクノロジーを駆使したこれらのプロジェクトの特徴は、生まれたときからずっと苦しみの中にいるパレスチナ人たち自身が、現場で起きている犯罪を暴けるということだ。また、パレスチナに住むパレスチナ人が、故郷を訪れることができない避難民にパレスチナの姿を伝えることで、主体性を持つことにもつながる。これにより、新しい世代、とくにパレスチナの外で生まれ育ち、帰るべき故郷が待っていることの意味を理解していない可能性のある第四世代に直接訴えかけられるだろう。そうすることで彼らは、自分たちのルーツをたもって、ディアスポラとして団結できるだろう。

カラー化の技術を使ってパレスチナの古い写真を再生する

ＡＩ技術によって、保管されている古い写真をカラー化することができる。開発者たちは、人間の脳のように機能する神経ＡＩネットワークに大量のカラー写真を投入する。時間が経つにつれてＡＩプログラムはさまざまな対象物を認識し、元の色の可能性を判断することを学習し、高品質でカラフルな画像を生成できるようになる。たとえば、「イスラエルが見せたくない驚くべき写真」

と題したプラットフォームを立ち上げることだってできる。古代のパレスチナとその先住民の歴史的な写真をAI技術でカラー化し綺麗にして提示すれば、パレスチナ人がこの地に深く根ざしていることを証明できるだろう。写真を見れば、ファッションからライフスタイル、地名に至るまで、その地がすべての面でパレスチナだったことがわかるだろう。これはイスラエルが、パレスチナを「土地なき民に、民なき土地を」[ii]とし続けるために、まさに消し去ろうとしていることである。

歴史的写真の復元プロジェクトは、パレスチナ社会史の大規模なデジタルアーカイブを構築し、写真を使って長大な物語を紡ぐことを目指す。また、それを通して世界中のパレスチナ人と郷土をつなぐネットワークを作り、土地に対する権利を訴え、シオニストの犯罪を記録することも目的としている。現代のデジタル技術をもってすれば、データを有用な情報に要約・分類し、歴史的なパターンや将来の傾向の把握につなげられる。そしてこれは人種差別的な占領者からの解放と救済の道を拓くのに役立つ。

AIツールの発展における現地企業の役割

抑圧的な占領者によって悪用される可能性のある最先端技術を、搾取的な企業だけが所有する

ii 「土地なき民に、民なき土地を」はシオニズム運動を象徴するスローガンとしてよく引用されるフレーズ。一九世紀末にシオニズム運動の中で生まれたとされ、先住民の存在を無視して、自分たちの国家をつくるために土地が必要であるという、人種差別に基づいた植民地主義的な考えを表している。

なら、パレスチナ人のような社会から疎外された人々が被害を受けることになる。したがって、専門家はAIツールを現地で開発することを推奨している。そのようなツールは、現地の状況に合わせて作られ、その状況に配慮したものでなければならない。ソフトウェア開発者は、現地のニーズに基づいてツールを設計および評価し、現地のユーザー、規制当局、技術分野の関係者を含む密接なパートナーシップを通じてインフラ整備を行う必要がある。パレスチナ人のための正義と平等を実現するために、技術的な手段を通じてパレスチナ側のストーリーを擁護することについて、アラブ諸国とのパートナーシップを模索することも可能であろう。こうしたテクノロジーは、さまざまな形でガザの生活を改善する可能性を秘めている。

AIシステムはすべての人に恩恵をもたらすものであり、正確で、効率的で、汎用(はんよう)化が可能である。しかし、イスラエルがパレスチナ人に対して使用するAIプログラムには、社会的な偏見や先入観が組み込まれる危険性がある。イスラエルは主に、そうした偏見をすでに反映しているか、設計者やプログラマーが持っている同様の偏見を含む可能性のあるデータに依存している。どちらの場合も、ガザ地区の人々のように、すでに社会的弱者であったり疎外されたりしている人々がさらに排斥される結果となる。ガザ地区における人道目的のAI技術開発については、援助団体、市民社会、慈善団体、パレスチナ政府の参加なしには語れない。さらにテクノロジー投資家もこうした議論に参加すべきだ。言い換えれば、AI技術に関する規制策定を目的とした調査にガザの研究者が積極的に参加することが、AIの公正な活用の前提条件なのだ。現在のパレスチナの技術「改革」は不十分であり、そのため既存のシステムは機能していない。

3Dプリンターを使って封鎖による機材不足を解消する

コンピュータの設計プログラムを使えば、ポリマー、金属、セラミックなど、ガザで入手可能なさまざまな素材を使用して3Dモデルを作ることができる。3Dプリンターは価格が下がったことで職場や家庭に広く普及し、多くの活用例や恩恵をもたらしている。3Dプリンティングは製造と物流分野に革命をもたらし、ガザ地区の包囲網を取り払うための重要なツールとなる可能性がある。

今日の3Dプリンティングの用途は、建設工具、設備、交換部品、医療機器、義肢や人工の骨だけに留まらない。それはまた、細胞組織、皮膚、心臓のような臓器の生成にも使われる。ガザ地区で3Dプリンターを活用する取り組みは、市民、とくにイスラエルの攻撃で手足を失ったパレスチナ人を支援するうえで重要な役割を果たすだろう。たとえば、帰還の大行進時には、スナイパーが意図的にデモ参加者を狙い、その結果、千人以上のパレスチナ人が四肢を切断されたのだ。さらに、プリントされた製品は一般的にリサイクル可能である。このため3Dプリントは、より少ない材料をより効率的に使用することで持続可能性の向上につながる。これは、医療、産業、救援の分野において貴重な利点だ。

パレスチナ人医師をAIでサポート

『フォーブス』誌によれば、AIを使った医療診断は入院期間の五〇％短縮に貢献するという。AIを導入して病床数をより上手く管理できれば、ガザで運営されている数少ない病院に経済的利益をもたらすことができる。[26] AIは病気の早期発見の分野で目覚ましい進歩を遂げており、総じて患者の健康に良い影響を与えている。ガザ地区はほぼ恒久的に渡航が禁止されているため、患者はガザの外で治療を受けることが難しい。シナイ（エジプト）へ渡るラファ検問所でさえつねに開いているわけではないので、患者はエジプトやヨーロッパで医療を受けることができない。深刻な医薬品不足や診断の遅れ、あるいはその両方によって、治療の質が一層低下する可能性がある。それゆえ、施政者は国際機関などに対して、他の場所では利用可能になっている技術をガザにも提供するよう圧力をかけるべきである。とくに、十分なベッドがない過密状態の病院の実態に鑑みれば、これは時間を節約し、ガザの患者の生活を大幅に改善し、苦しみを和らげることにつながるだろう。

最先端のテクノロジーを使いこなすことこそガザの使命である

私たちは、テクノロジーやAIの新たな驚くべき利用法に関するニュースを毎日のように目にしている。私たちパレスチナ人には、イスラエルによる包囲状態を打破するためにこのようなテクノロジーを利用する権利がある。このような技術革新の興味深い例として、ほうれん草を使って電子メールを送れるナノテクノロジーがある。マサチューセッツ工科大学（MIT）の技術者たちは、ナノテクノロジーを使って、ほうれん草を、爆発物や、爆発物に含まれる化合物である芳香族ニトロ化合物の地下水中の有無を検出できるセンサーに変換した。[27] 技術者たちは、ほうれん草の葉に含まれるカーボンナノチューブが発する信号を利用し、高度な赤外線カメラを設置して信号を読みとって分析し、関係当局に電子メールで警告文を送った。ガザでは、土の中に埋められたイスラエルの不発弾のせいで私たちは大切な人々を失ってきた。このようなテクノロジーの導入によって死傷者数を減らすことができるのではないかと私は考える。

最新のテクノロジーは、ガザに住む人々の生活を改善できる。ガザは、破壊こそが日々の現実となっており、一般的な論理が通用しない場所である。陸、海、空、さらにはサイバースペースまで包囲され、人やモノの移動を徹底的に制限された小さな地域が、どうやって生き残り、どうやって存続できるのだろうか。権利を守るためにあらゆるテクノロジーを効果的に活用するという面で、パレスチナ人の私たちにも足りないところはあるだろう。しかし、私たちは綿密に捏造されたイスラエル側のストーリーにつねにさらされている。そして、彼らはテクノロジーを効果的に利用して、それをより多くの聴衆に届けることができる。故に、二〇一九年のアルゴリズム・アカウンタビリティ法のような、徹底的にアルゴリズムの偏りを減らすことでイスラエルのサイバースペースに対する占領を制限できる新たな国際法が必要である。二〇一九年四月に米下院に提出されたこの法案は、このような偏りを規制しようとするものである。そして企業などに対し、個人情報にかかわるもの、あるいはＡＩや機械学習を使って自動的に判断を行うものなど、リスクの高いシステムを監視し、偏見や差別がないかをとくにチェックすることが求められている。

二〇二一年四月に欧州委員会が提案したＡＩ規制法案は、本稿執筆時点でまだＥＵで審議中である。これは人工知能の利用法を統一することで、大規模な監視や人々の生活を管理するためのＡＩ利用に制限を設け、偏ったアルゴリズムを使用または販売した企業を告発できる待望の規制法となるかもしれない[28]。パレスチナ人はこの絶好のチャンスを活かす必要がある。私たちは、イスラエルの規制や大企業によるパレスチナへの人種差別に対して、もっと声を上げていく必要がある。ＡＩは、自由を守るための制限や監視なしで広まっている。私はこれらの新しい法律案が、ＡＩの不公正で有害な利用を規制するグローバルレベルの前向きな変化を反映しているものだと考える。疎外された人々にとって不公平な世界のテクノロジーに関する方針を、私たちには劇的に変えられないとしても、少なくとも当面、ＥＵの規制案を積極的に推進することはできる。そうすれば、イスラエルがＡＩ（世界で最もスマートな武器）を使って権利を侵害することで無防備なパレスチナ人が受けている苦しみについて訴え出ることができる。

解放の推進力としてのＡＩ

情報分野における技術開発と進歩は、情報革命時代において各国の力を最も顕著に表すものだ。私たちはこの格差を埋め、完全な解放、帰還の権利の実現、不可侵の権利を取り戻すための推進力としてテクノロジーを利用できる。国の強さは、もはや軍事力や経済力だけでなく、テクノロジーや情報技術によっても測られる。それは、戦時において勝敗を左右する要因となっている。

ＡＩの利用は、パレスチナ人の大義について意識を高める活動の助けになる。私たちは、できるだけ早くパレスチナのメッセージを世界に伝えるために、そして、私たちの文化遺産を守り、パレスチナのアラブ的アイデンティティを強調するために、サイバースペースについてインターネットのユーザーに教育する必要がある。そうすれば、最先端のツールを使って誠実に、そして客観的に、正直さと正確さを持ってメッセージを伝えられるだろう。たとえば、パレスチナ人とパレスチナの支援者たちは、パレスチナの大義に対する人種的偏見という問題の解決に尽力しなければならない。これは専門的なＡＩチームに、パレスチナを支持するバランスの取れた客観的データをアルゴリズムに取り込ませる方法についての研修を提供することで可能になる。

世界に真実を知らせるだけでは十分ではない。世界はすでに真実を知っているのだ。私たちは世界に行動を取らせ、パレスチナ人に力を与え、イスラエルの占領に効果的な方法で対抗する能力を養う必要がある。この包囲網を打破するＡＩ技術の開発には、政府による力強い取り組みが不可欠である。そしてそれは、市民社会や企業、そして志を同じくする個人と連携して行う必要がある。人材やインフラを調査し、次の段階へ進めるための優先順位を決め、実現可能な計画を立てなければならない。そのうえで、社会に影響を与えるこれらの問題に対して理論的かつ実践的な解決策を提供する必要がある。さらに、若者や女性、度重なる戦争で障害を負った人々など、社会的弱者の雇用機会を創出し、彼らの能力と生産性を引き上げる必要がある。私たちは外部とのコミュニケーションを図り、一流の学術および科学機関と良好な協力関係を築かなければならない。それは科学的協力を強化し、技術革新の地平を広げ、あらゆる分野の教育的・技術的な発展につながるだろう。また、科学関連の会議に参加し、新たなＡＩ技術や革新的な実践を研究することで、教育や遠隔医療などに活用できるだろう。

また、水質汚染やエネルギーの監視など、環境問題に関するＡＩ活用を専門とする研究センターを設立し、ムダを減らす対策を採ることも提案したい。学生や研究者にとって、ＡＩは今後、環境問題、経済問題、技術的な難問に対して抜本的かつ創造的な解決策を生み出す重要な分野になりうる。これは生活の質を向上させ、パレスチナ社会の回復力を維持するだけでなく、帰還の権利を実現するまで闘う力も強化する。

施政者と関係当局は国家戦略を策定し、それを実施するための組織を形成しなければならない。そのためには、ベストプラクティスに沿った研究、訓練、開発に基づき、さまざまな教育・経済環境や産業分野において、ＡＩの能力を全面的かつ効果的に向上させる計画が必要である。優先順位は、イスラエルが開発した技術を念頭に置いて決定されるべきである。私たちは、ＡＩや機械学習の分野で、ガザ地区の競争力を高めることに注力すべきである。イスラエルの占領に立ち向かうためには、データを収集・処理する能力、アプリケーションを評価する能力、そして、シナリオや必要な対応を予測する能力などの育成が必要だ。そして、ソーシャルメディア上のパレスチナ人に対するアルゴリズムを通した偏見を是正し、パレスチナの大義に対して蔓延（まんえん）するステレオタイプと正当性の否定をやめさせることが急務である。

パレスチナ人は今、危機的な状況にある。ＡＩは急速に発展しているが、市民の自由と独立を推進する力はまだほとんどない。一方、イスラエルは最新の手段を駆使して支配と占領を続けている。パレスチナの専門家たちは、ＡＩの技術を活用し、世界、地域、地方そして組織レベルで創造的に開発を進め、後れをとらないようにしなければならない。手に入れること（これは現時点で多くの人々が苦労している点である）さえできれば、ＡＩは強力なツールである。私たちはそれを、イスラエルによる乱用を制限するような形で注意深く開発し、組織化すべきである。そして、パレスチナ社会に力を与え、私たちが一刻も早く自由を勝ち取るために利用するべきである。

2021 年のガザ攻撃でイスラエル軍が破壊したサミール・マンスール書店の廃墟で、本を手にするパレスチナ人男性。2021 年 5 月 18 日。写真：サーメフ・ラフミ

輸出品はオレンジと短編小説——ガザの文化的闘い

モスアブ・アブー・トーハ

二〇一四年八月二日、イスラエルの戦闘機がガザのイスラーム大学管理棟を攻撃した。イスラエル軍は、その攻撃はキャンパス内の「兵器開発」センターを狙ったものだとした。英文学科の瓦礫の下には何百冊もの英語と英文学の本が埋もれていた。アメリカの小説、詩集、戯曲、文芸批評の本がズタズタになって散乱していた。私のものも含め、何百枚もの答案用紙が、破片やコンクリートで突き破られていた。学生だった当時の私の頭には、瓦礫の下にあるホイットマン、エリオット、ハクスリー、ディキンソン、ミラー、ヘミングウェイ、フォークナー、ポー、シルビア・プラスなどの顔ばかりが浮かんできた。前世紀にプラスやヘミングウェイは自殺したのだから、それで十分ではないか。こうなると知っていたら、ヘミングウェイはショットガンなんかで自分を撃たなかっただろう、だってF‐16のほうがもっと効果的だから、と私は思った。シルビアもオーブンに頭を突っ込むことはなかっただろう、爆発の熱でもっと効率的に自分を焼けただろうから。結局のところ、ガザで死ねば、アメリカ政府がその費用を支払ってくれる。アメリカ政府は、ヘミングウェイやシルビア・プラスの家族が今でも間違いなく支払っている税金で、その戦闘機や爆弾のほとんどを製造したり、提供したりしているのだ。

爆撃後、数時間続いた沈黙の中、私は大学へ急いだ。そして危険を承知で廃墟と化した建物に入り、瓦礫の中を慎重に歩いた。最初に目にした光景のひとつが、私の心を深く揺さぶった。何トンものコンクリートと埃に埋もれた本。本がこれほど無惨な目にあうことがあるとは、今まで想像したこともなかった。

英文学科があった場所に近づくと、一部破れて埃をかぶっている『アメリカ文学全集』を見つけた。私はその本の埃を払って、胸に抱きしめた。その、生き残ったアメリカ文学への命綱を見つけて涙したことを、私は決して恥ずかしいと思わない。のちに、それはある教授が講義中に使っていた本だったことがわかった。その日の午後に家に戻ると、電気が止まっていた。そこでインターネットが使える友人の携帯電話を使わせてもらった。通信速度はものすごく遅かったけど、それが最善の手段だった。

私はフェイスブックのアカウントにログインし、その本の写真を投稿し、さらにひどく被害を受けた私の蔵書の写真を投稿した。私の大学が攻撃されるほんの数日前、F-16の爆撃で隣家は瓦礫の山と化し、我が家も一部が破壊されていた。爆発の二〇時間前に家から出かけていたのが幸いだった。

戦争が終わると、世界中にいる旧友や知らない人たちがその写真に反応してくれた。短期間のうちに、私の受信箱は本を送ると約束するメールやメッセージでいっぱいになった。数ヵ月後、私はガザに、英語の本を置いた公共図書館を作ることを思いついた。

ガザにいる私たちは、頻繁に爆撃を受け、定期的に電気も止められた。さらに、図書館や図書館の本の不足、また海外の重要な情報資源にアクセスができないことで、意図的に文化を奪われてきた。このようなすべての経験が、私を行動に駆り立てた。私はもはや自分を、英米文学を学ぶ一人のパレスチナ人学生であるだけでなく、ガザには存在しない新しい英語の図書館を作ろうと決意した未来の図書館員と考えていた。

私は、大学の破壊を少しでもプラスに変えなければならないと思った。海外やガザの友人たちの助けを借りれば、必ず公共図書館を建設できると考えた。本の小包はどんどん届き、そのひとつひとつが、地球上で最も大きな野外刑務所の中に新しい世界を開いてくれた。

ガザの重要性

ガザとは何か。ガザの人々とは何者で、彼らの望みは何なのか。たいていの人は私たちのことをほとんど知らないし、ましてや理解している人はもっと少ないだろう。ガザは、イスラエルによって攻撃されたり、国連によって居住不可能と宣言されたりしたときだけ、世界的な注目を浴びる。人々はガザと聞いて、過酷さ、苦しみ、貧困や武装闘争を思い浮かべるだろう。二〇二一年五月のイスラエルによる恐ろしい攻撃があってからは、破壊という観点からも見られるようになった。暴力と荒廃だけが知られ、そこに暮らす私たち自身は誰の目にも触れず、名もないままである。

しかし、私たちには、メディアや世間一般の表象には表れない別の側面（実際には多くの側面）がある。そしてそちらのほうが、私たちは誰であり、どのように生きて、何を目指しているのかを、よりよく表している。ガザにはその力と主体性を物語る、活気に溢れた文化的な生活が存続している。だがそれは見過ごされがちだ。この章では、これまで目に見えなかったものを可視化し、めったに目撃されることのなかったガザを紹介していきたい。私は、ガザの文化的で生き生きとした側面、そしてそれを可能にするために私たちが遭遇している苦闘について明らかにしたいと思う。そしてもうひとつ、まだ知られておらず、隠されてさえいる事実も付け加えなければならない。それは、ガザがパレスチナにおける文化的な生活の歴史的な中心地であったこと、そして私たちの現在の文化（学び、芸術、音楽、文学、演劇）はその過去の遺産と結びつき、それによって形作られているのだという事実である。

本と図書館について

二〇一六年三月二三日、私は二〇一二年に短期間ガザを訪れた際にお会いしたノーム・チョムスキー教授のメールアドレスを探していた。私は、自分が初めてもらった本であるオックスフォード英語辞典に、彼が書いてくれたアドレスを隠しておいたのだ。それは二〇一一年、大学一年生だった私にイギリスの友人が送ってくれた本だ。この後、この本がガザでこれほど多くの仲間を持つことになるとは思ってもいなかった。私はいつものようにバッテリー残量の少ないノートパソコンを起動し、チョムスキー教授に宛ててこんなメールを書いた。

チョムスキー教授、おはようございます。私はパレスチナのガザにいるモスアブです。二〇一二年にガザでイスラーム大学を訪問された際にお会いしました。パレスチナの若い作家にお勧めの本を何冊か送っていただけるとありがたいです。これは、あなたがスピーチを行った会議場でのあなたと私の写真、そして爆撃を受けた私の大学の写真です。

どうしてそのとき、自分を作家と名乗ったのかよくわからない。作家としての実績は何もなかった。フェイスブックに文章を書いていたが、それだけだった。そう、だから字義どおりの意味では作家に違いない。

それからわずか三時間後、チョムスキー教授から返信があった。

連絡をくれてうれしい。写真をありがとう。あれは思い出に残る訪問だった。どうやって本をそちらへ送ればいいいか、どんな本に興味があるか教えてくれれば、できる限りのことをします。お元気で。

ノーム・チョムスキー

チョムスキー教授が私に本を送る方法を尋ねているということは、私はガザで初めて教授から本を受け取る人間になるということだと私は思った。

私はいくつかの本のタイトルを書いたメールを彼に送った。

あなたの二冊の本、『運命の三角関係（*The Fateful Triangle*）』と『抑止される民主主義（*Deterring Democracy*）』はもう持っています。本はアマゾン経由か米国郵便で送ることができます。その際、本にサインをいただけますと幸いです。そうしていただければそれは私の生涯の宝となります。住所は、ガザ、パレスチナ、私書箱108 00972です。

チョムスキー教授の助手の一人が連絡をくれて、リストアップされた本のうち三冊はあると答え、サインもしてもらうと約束してくれた。

アメリカでは、本を郵送する場合、相手の名前、番地、市町村、州、郵便番号を荷物に記入する。しかし、ガザにはそのようなシステムは存在しない。私が指定した住所は大学のものだった。荷物が届けば、大学から私に電話がかかってくる。それをタクシーに乗って大学まで取りに行くのだ。

エドワード・サイード公共図書館

それから数ヵ月の間に、私の部屋にある本の数は増えていった。私はフェイスブックに「ガザのための図書館と本屋」というページを作った。世界中の読者がこのキャンペーンに賛同し、本を寄付してくれたり、私の訴えをシェアしてくれたりした。集まった本が六〇〇冊を超えたとき、私はフェイスブックの仲間たちに本を置く場所を借りたり、本棚や机、椅子を買うための寄付を呼びかけた。

　図書館の名前は、世界への架け橋となったエドワード・W・サイードの功績に敬意と感謝の意を表するものにした。彼は偉大なパレスチナ系アメリカ人作家であり、学者であり、パレスチナの自由と知的生活の重要なシンボルである。サイードはその生涯を通して、教え、多くの記事や本を書き、耳を傾けて学ぼうとするすべての人に機会を与えることを通して、パレスチナの平等を訴え続けた。これはエドワード・サイード図書館の目標でもある。

　二〇一七年の夏、私は友人のシャディ・サレムの助けを借りて、ガザ地区北部のベイト・ラヒアという街の小さなアパートに図書館用のちっぽけな部屋を二つ借りた。二〇一八年初め、同図書館は同市内のより広いアパートに移転し、現在もそこで運営されている。現在、図書館には広々とした閲覧室、子ども用図書室、美術室および講義室がある。二〇二一年五月の攻撃で、図書館のいくつかの窓が破壊された。停戦の翌日、私は図書館を訪れた。本棚から落ちた本の上にガラスの破片が散らばっていた。激しい砲撃でタイルが割れているところもあった。館内は隅々まで埃に覆われていた。

　エドワード・サイードの妻だったマリアム・サイード夫人が、私たちの図書館設立の取り組みを知って感謝を示してくれたとき、私は光栄に思った。彼女は寄付金とサイードの著書を数冊、「サイード家からの贈り物」とサインして寄付してくれた。

　二〇一八年後半、図書館が法的に認可されていなかったため（ガザのハマース政権とラーマッラーのパレスチナ自治政府の政治的対立のため、ガザの団体が認可を得るのは極めて難しい）、サイード夫人は、現在エドワード・サイード図書館の米国スポンサー兼パートナーとなっている非営利団体「中東子ども同盟（Middle East Children's Alliance）」と連絡を取ってくれた。エドワード・サイードの一六回目の命日である二〇一九年九月二五日には、ガザ市に第二分館もオープンした。

両図書館とも、本を読んだり借りたりするだけでなく、読書クラブ、英語クラブ、英会話レッスン、音楽や絵画のワークショップ、コンピュータ講座や、子ども向けコーナーもある。図書館の活動は年間を通して行われている。多くの学生が学校生活の一環として図書館を訪れる。また、学校の研究課題で参考文献を調べるのにも利用されている。

図書館員、教師、カウンセラーがガザで直面しているもうひとつの問題は、子どもや若者の言語的、知的、情緒的な発達に役立つ新しい出版物の不足である。子どもの本と活動を専門とする図書館は、パレスチナ赤新月社が運営するパレスチナ子ども図書館と、アル＝カッタン子どもセンターの図書館の二ヵ所だけなのだ。[1]

ガザで頻発する空爆の後には、憂鬱になったり心に傷を負ったりした子どもたちが、精神的な支えを求めてエドワード・サイード図書館のスタッフのところにやってくる。二つの図書館は、こうした子どもたちのためにできる限りのケアを提供している。日々発展し続けるカウンセリングと回復プログラムの一環として、スタッフは図書館で子どもたちとゲームをする。また絵を描いたり、色で遊んだりするほうを好む子どもたちもいる。

ガザの人口の半分は子どもたちだ。彼らは破壊を目の当たりにし、爆弾が落ちてくるたびに恐怖を感じて暮らしているだけでなく、家族や友人を失ったり、怪我を負ったりしている。自宅がひどく被害を受けたり破壊されたりしたために、避難所となった国連パレスチナ難民救済事業機関（UNRWA）の学校に住んでいる子たちもいる。ガザに対する攻撃で一番辛いのは、子どもを守ろうとする親が感じる無力感かもしれない。あるとき、私の四歳の娘ヤーファーは、爆弾の落ちる音に怯えてこうささやいた。「パパ、ばくだんだよ。かくれたいな」。すると彼女の五歳半の兄ヤザンが毛布を持ってきて、「これでかくれてもいいよ」と言った。二人は、爆撃時に最も安全な場所とされる家の中央部分で、私の隣に寝ていた。停戦後、それまで一一日間立ち入ることができなかった図書館に、子どもたちがまたやってくるようになった。私も含めて、図書館のスタッフは、子どもたちにプレゼントや新しいゲームを持ってきた。新しい色やパズルとお話が、テーブルの上で彼らを待っていた。数日後、私たちは図書館の近くの庭でイベントを企画した。子どもたちは音楽に合わせて踊ったり、みんなでゲームをしたり、広場でお絵かきをしたり、ピエロのショーを楽しんだりした。

検閲は本にも適用される

二〇一六年四月、チョムスキー教授は再び彼の著書を十数冊送ってくれた。しかし、イスラエル当局はガザへの郵便をすべて差し止めていた。武装勢力が軍事目的に使用できる資材を調達しているからだと彼らは主張した。私は、イスラエルの強権的な禁止令が、子ども向けの本や、言語と文学に興味のあるすべての人に適用されるとは思っていなかったが、それは間違いだったようだ。このことから私は、イスラエルがパレスチナ人から知識を奪い、パレスチナの学問に対して意図的かつ組織的な攻撃を仕掛けていることを確信した。

チョムスキー教授から送られた書籍は、二〇一六年七月から一七年一月までイスラエル当局に留め置かれていた。本がガザに届くまで半年かかったのだ。さらに、複数の寄贈者が送ってくれた本が、結局ガザに届かなかった。これは占領下にある国で図書館を造る難しさのほんの一例である。

さらに、イスラエルの管理下にある間に、本が無防備な状態で屋外に放置されることもあった。もし届いたとしてもしばしば劣悪な状態になっており、私は外国から来た小さな友人たちであるそれらの本を気の毒に思った。だがどんなに傷んでいても、少なくとも届いただけましだった。

ガザでは一〇営業日で届くはずの荷物が、普通（アメリカの人々はこれを決して「普通」とは呼ばないだろう）七週間、八週間、あるいは九週間遅れて届く。荷物を追跡してみると、アメリカから発送されて一週間後にイスラエルに到着したのに、イスラエルで何週間も保管されているとわかったことが何度もあった。そんなときは、安全な場所に保管されていることを願うよりほかない。

イスラエルやヨルダン川西岸にある郵送会社の代理店から電話がかかってきて、ガザには小包を届けられないから、ヨルダン川西岸に受け取りに来てほしいと言われたことも何回もあった。それはアメリカにある図書館の館長に、メキシコを経由してグアテマラに小包を受け取りに来いと頼んでいるようなものだ。イスラエルは外国であり、ごく稀な状況を除いて、ガザの人々の出国や渡航を許可していない。

印象的な例をひとつ挙げると、二〇一七年一二月、カナダからの寄付者が五〇冊の小説をフェデックスで送ってきてくれたときのことだ。荷物の最終目的地はガザになっていた。ヨルダン川西岸にその荷物が到着した後、私はアメリカの多国籍宅配便サービスから仕事を請け負っていたパレスチナの業者から次のメッセージを受け取った。「七〇〇ドルを支払ったうえで、ヨルダン川西岸まで本を取りに来てもらう必要がある」。本は寄付されたものであり、私はヨルダン川西岸に行くことを許可されていなかった。

私は唖然(あぜん)としてしまった。それはパレスチナでよく起きるカフカ的な瞬間のひとつだった。絶望に打ちひしがれた私は寄付者に電話した。彼は、本自体とそれを送るのにすでに一二〇〇カナダドルがかかっていると言った。そこでパレスチナ人の下請け業者に、もし私がお金を払えなかったり、ヨルダン川西岸から本を受け取ることができなかったら、本はどうなるのかと尋ねた。その場合は本を廃棄することになると、彼はキッパリ答えた。私たちは結局、カナダからの本を受け取ることができなかった。

昨年、その寄付者に電話をかけたところ、彼は最終的に本を半分だけ取り戻したと話していた。パレスチナ人に世界の文学を紹介し、世界について考える機会を与えようとする私たちの取り組み自体が、イスラエル政府に本を制限させた原因だったのかもしれない。ガザに入るすべての本は、イスラエルとその検閲を通過しなければならないのだ。

ガザの公共図書館

一九四三年、著名なパレスチナの歴史家アリフ・アル＝アリフは、その百科事典的著書『ガザの歴史（*The History of Gaza*）』の中で、ガザにはアラビア語の文献を置いた四つの図書館があったと述べている。ひとつはオマリー・グランド・モスク、もうひとつはコミュニティ・スポーツ・クラブ、三つめはボーイズ・スクール、そして四つめはガールズ・スクールである。彼はさらに、総督の家には英語文献の図書館があったと付け加えた。最も蔵書が多かったのは一九三三年に設立されたオマリー・モスクの図書館で、二五〇〇冊の本や写本があった。アル＝アリフはまた、ガザには二軒の本屋があったとも書いている。[2]

最近、パレスチナ自治政府の通信社であるパレスチナ・ニュース情報局（ＰＮＩＡ）は、ガザにある五六の図書館のリストを提供したが、そこにはこれらの図書館に関する情報は含まれていなかった。[3] オープンで活気あるパレスチナ文化を支援するために設立されたパレスチナ博物館が、二〇一五年にパレスチナの公共図書館に関する調査を実施した。調査の結果、「パレスチナの図書館の大半はガザ地区にある」ことが明らかになった。このことは、ガザの文化と教育環境が活気に満ちていることを示している。ガザ地区の人口の七〇％近くが難民かその子孫であり、そのほとんどは教育を受け、大学を出ている。そして彼らは、夢である帰還の権利を実現できるまで少なくとも心の中に国を作るために、ほとんど何もないところから、自分たちが成長し、発展できるための基盤を作ったのだ。

ガザ地区最大の図書館はバニ・スヘイラ市立図書館で、四万冊の蔵書がある。[4] しかし、二〇〇八年から九年にかけての戦争で自治体の建物が破壊された後、市が図書館の建物を使用することとなったため、二〇〇八年以降、図書館は閉館している。二〇二一年六月に、自治体の事務所長であるサミール・アブー・レブダに電話したところ、彼はこう話してくれた。「図書館は自治体の文化センターの一部でした。女性や子ども、学生のために一九九〇年代から活動していました。無料の講座を開いたり、サマーキャンプを企画したりしました。しかし、この包囲と資金不足のため、自治体が新庁舎に移転した後も、図書館と文化センターを運営するスタッフを雇うことができませんでした。また、図書館や文化センターの運営費を支払う余裕もありませんでした」。その後、アブー・レブダ氏は、何らかの資金源を紹介できないかと私に尋ねた。

パレスチナ博物館の調査によると、ガザ地区には四一の図書館があり、そのうち七つは完全にあるいは部分的に破壊され、八つの図書館が閉鎖されたり、活動を停止している。閉鎖や活動停止の理由として挙げられているのは、二〇〇七年以降のハマースとファタハの政治的対立である。この調査によると、たとえばアッ＝ザイトゥーン地区にあるアッ＝ザイトゥーン・スポーツ・クラブ図書館は、「一九八二年から二〇〇七年までアッ＝ザイトゥーン・スポーツ・クラブによって運営されていたが、二〇〇七年のガザの内部分裂に伴い閉鎖された。同クラブは現在、拘置所となっており、約六〇〇〇冊の本が失われた」という。

アル＝アッタ慈善協会図書館は二〇〇〇年、ガザ地区北部のベイト・ハヌーンで、同団体の建物内にある四〇平方メートルのスペースに設立された。二〇〇七年、この協会は何者かによって放火され、図書館を含む施設が被害を受けたが、二〇〇八年に本部は再建された。その後、二〇一四年のイスラエル軍の侵攻で図書館は全壊した。しかし、協会は新しい建物を借り、その部屋のひとつを、爆撃を受けた建物から回収した二五〇冊の本を収蔵する小さな図書室にした。破壊される前、同図書館は一時、児童書三〇〇〇冊、大人向け書籍四〇〇〇冊、コンピュータシステム、そして総勢二〇〇名の会員を擁していた。

この調査によると、最も古い図書館はアル＝マガジ・サービス・クラブ図書館であり、「一九五一年か一九五二年に設立され、アル＝マガジ難民キャンプにある四〇平方メートルの建物で、以前はUNRWAが所有していた。図書館は内部分裂中の二〇〇七年に閉鎖され、クラブはそのまま刑務所として使われるようになった」という。

最初の、そして最も重要な図書館のひとつはYMCAにある。パレスチナ博物館によると「一九七六年に設立されたこの図書館は、パレスチナで最も活気のある図書館のひとつだった。二〇〇八年に何者かの手によって焼失したが、改修、増築され、二〇一一年にリニューアルオープンした」。

現在も運営されている図書館には、ラシャド・アッ＝シャウワ文化センター内にあるディアナ・タマーリー図書館がある。[5]ここは一九八八年に設立され、六〇〇平方メートルの敷地にアラビア語と英語の書籍が二万冊以上収蔵されている。[6]二〇一七年には八〇〇人の来館者があった。もうひとつは赤新月図書館だ。ここは一九七〇年代に、著名な医師で外交交渉官でもあったハイダル・アブデル＝シャーフィー博士がパレスチナ赤新月社の所長だったときに設立された。[7]二〇一七年、同図書館には六〇〇〇人の来館者があった。二〇二一年二月、パレスチナ博物館に連絡して最新の情報があるかどうか尋ねたところ、二〇一五年にリストを最初に提供して以来、何も更新できていないとの返答だった。

その後、ガザには文化省がないので、ラーマッラーのパレスチナ文化省に問い合わせたところ、「ガザにはオフィスを持っていない」ので、図書館や文化センターその他の芸術関連施設についての情報を持っていないとのことだった。アーカイブについての私の問い合わせに、文化省側は「ハマースがガザを支配して以来、ガザにある文書を入手できなくなった」と答えた。パレスチナ自治政府の文化省は、ここ一五年近く、ガザの図書館や文化センターに関する情報を収集していないのだ。私はそれについて何らかの対応を促した。電話の担当者は、「では、一緒にガザの図書館や自治体にメールで調査票を送りませんか。そうすればお互い助かるでしょう」と言った。ここにきてようやく私たちはこの問題を前に進められた。

図書館、来館者、本の展示について——現在の状況

私が決して忘れられないのは、二〇一四年にガザ北部の破壊された家の瓦礫の下から救い出した教科書を持った少女の写真だ。この一枚の写真は、学習と教育が絶え間なく破壊されようとしているにもかかわらず、それを守ろうとする一貫した揺るぎない努力が存在することを物語っている。ここ数年、そのための取り組みがさまざまな形で行われている。いくつかの団体、図書館、児童館では、移動図書館の事業が始まった。通常、移動図書館は「さまざまなテーマの本を積んだワゴン車で、子どもたちの読書欲を満たすために、各地域の学校を訪問する」ものだ[8]。これは、図書館が直面している厳しい状況への対処を目的とした取り組みのひとつである。

同様に、二〇一八年五月には、ガザの約六〇人の作家たちがヨルダン川西岸で開催されたラー

マッラー図書展に参加した。ただし参加したのは作家本人たちではなく、本だけである。パレスチナ自治政府文化省は作家たちの参加許可を申請したが、イスラエル当局が承認しなかったのだ。イハーブ・ブセイソ元文化相は、「彼らは参加予定の出版社に許可を与えることさえ拒否した」と述べている。幸いなことに本は、展示に参加するために許可をもらう必要がなかった。

翌年四月、ガザ文化省とガザ市が六年ぶりとなる本の展示会を開催した。地元や地域から、出版社や出版協会など一五団体が参加し、約二万冊の本が展示された。そのほとんどは、地元の書店が海外から輸入した本だった。かつては、ガザとエジプトの間のトンネルを使って書籍が密輸されていた。だが包囲が一五年目を迎えた現在では、ほとんどのトンネルが破壊されている。だからガザに本が届くのは、郵送されるか、あるいは海外から帰国したり訪れたりする観光客やパレスチナ人によって運ばれるかのどちらかで、数も少ない。ガザの書籍在庫を保持し、拡充する努力にもかかわらず、規制と厳しい経済的制約が有害な影響を及ぼしている。

たとえば、作家でパレスチナ作家連合会の事務局長補佐も務めるアブダッラー・タイエは、ヨルダン川西岸地区で出版される新刊書や雑誌の輸送に課せられたイスラエルによる厳しい制限について教えてくれた。雑誌や本をガザに送ることはできないし、ガザからヨルダン川西岸地区へ新しい本を持ち込むこともできない。それはアメリカ人に、ニューヨークからカリフォルニアへ、あるいはノース・ダコタからテキサスへ本を送ってはいけない、と言うようなものだ。つまり、ガザでは知識が占領者によって制限されているのだ。そして終わりのない包囲のせいで、新しい本が贅沢品になってしまっている。私は、このことが教育や批判的かつ創造的に考える能力、未来を描く能力に与える影響についてしばしば考える。ガザのディアナ・タマーリー図書館の主任司書であるラーエド・ウィヒディは、オンラインに掲載された記事の中で驚くべき統計を紹介している。それによると、二〇〇七年のガザ包囲以前、同図書館には二万人以上の会員がいたが、現在はその四分の一しかいないというのだ[10]。

さらに、公共図書館を訪れる人の多くは学校や大学の学生である。ここに見られる読書人口の激減は、パレスチナ人とその教育に対する絶え間ない締めつけがいかに大きな影響を与えているかを物語っている。注目すべきことに、ガザのダール・アッ＝ショルーク書店の店長カリーム・ガビンは、ナワ・ネットワークが二〇一九年に掲載した記事の中で、ヨルダン川西岸のラーマッラーとヨルダンのアンマンにある支店に対し、過去二年間、「もうほとんど誰も新刊本を買っていないから」、これ以上本を送らないよう要請したと述べている[11]。人々はもはや本を買う余裕がない。いくつかの出版社は現地の文学運動を支援しようとしているが、仕事もなく、憂鬱と絶望感のはびこっている状況の中、こうした努力は、高い山に文学の岩を押し上げようとするパレスチナのシーシュポスの姿を連想させる。

ガザの作家であり、現在はパレスチナ自治政府の文化大臣を務めるアーテフ・アブー・サイフは自国の状況を次のように断じた。「健全な文化的環境には、健全な政治的環境が必要である。残念ながら私たちにはそれがない。そして政治家は知識人を支援しない。それどころか、知識人と戦おうとする。ガザは、世界の文化的な発信地となる資格がある。詩人や文豪を生み出す苦しみと痛みの街なのだ」。だが悲しいことに、と彼はこう続ける。ガザの悲劇から生まれた「このような才能ある人々が、誰にも支援を受けられずにいる」と。[12] 作家であり、図書館の創設者であり、英語の教師でもある私は、それを聞いて泣きたくなった。

ガザの占領と包囲は、図書館と図書館員を含むすべての人に日々難題を突きつけている。彼らは、自分たちにできることには限度があると気づかざるを得ない。頻繁な停電、極端に遅いネット環境、本や読者、図書館員の移動を制限する検問所の閉鎖、さらにパレスチナ内部の政治的軋轢、陸海空からの占領軍による住民への屈辱的な仕打ち。これらは、ガザの人々が日々直面する多くのハードルの一部にすぎない。

二〇二〇年一二月、アブー・サイフ大臣はガザを訪問し、図書館、文化センター、出版社、劇場の責任者と会うことができた。アブー・サイフも、イスラエルから許可を得なければ、ガザに入ることができないのだ。

図書の禁止

私たちの生活を左右するイスラエルとパレスチナ自治政府は、残念ながら批判を許さない。たとえば、一九九一年、パレスチナ国民評議会（ＰＮＣ）の無所属議員であったエドワード・サイードは、ヤーセル・アラファートを率直に批判していた。彼は屈辱的な和平プロセスの展開に抗議して同評議会を辞職した後も、ＰＬＯを批判し続けた。サイードがこのように批判を続けた結果、ＰＬＯのアラファート議長はガザとヨルダン川西岸地区でサイードの著作物を禁止した。

同様に、とくにパレスチナ人からの批判に対して極めて敏感なイスラエルは、一九六七年から九五年にかけて、ガザ地区とヨルダン川西岸地区で六四二〇冊の本を発禁処分にし、没収した。カトリック教会や多くの国々が歴史を通じて無数の本を発禁処分にしたのと同じである。今日、西欧の民主主義国家では、本がめったに発禁にならないような環境が整えられている。だが、パレスチナの人々にとってこれはいまだ願いでしかない。

ノルウェーの図書館研究者アーリン・ベルガンの言葉を借りれば、「イスラエルによるヨルダン川西岸とガザ地区の占領が始まった一九六七年から今日（二〇〇〇年）に至るまで、イスラエルによる厳しい検閲が課されてきた。長年にわたり、特定の書籍を禁止するイスラエル軍の命令が何度も出されている。そのリストには、ジョージ・オーウェルの『一九八四年』が含まれるなど、一時はカフカ的な様相を呈した。（この本は）一六〇〇以上の書籍の名前が書かれた六〇の禁止図書リストに載っていた[13]」。

本を禁止することで、イスラエルはパレスチナ人から、ガザの外の世界を知り、それについて学ぶ機会を奪っている。つまりパレスチナ人は、自宅や先祖代々の土地から追放され、刑務所に放り込まれ、木を切られ燃やされ、毎日のように殺戮と屈辱にさらされ、家に戻る権利を否定されているだけではない。彼らはそのうえで、知識や文学を手に入れることも拒否され、外出禁止令や無差別的な空襲の中、家の中にいるときですら、包囲されているのだ。彼らは本を通してでさえ、自由に旅することを許されない。

イスラエルに殺されるか、そうでないなら耐え難い生活を送れというわけだ。

ガザの学問的伝統において、文章を書くことおよび文学作品は重要な位置を占めている。これもまた、私たちが抵抗し、粘り強く耐え忍ぶ方法のひとつなのだ。ガザを含むパレスチナの都市は、オスマン帝国時代には歴史的シリア[i]の一部だった。パレスチナ人が自分たちを政治的、地理的、ひいては文学的に独立した存在と認識し始めたのは、第一次世界大戦後、とくに一九四八年以降のことであるようだ。第一次世界大戦以前のパレスチナの詩人や作家を探そうとしても、その数はひじょうに少ない。歴史家、社会学者、神学者や医師はいたが、詩人、小説家、劇作家が現れ始めたのは、シオニストたちによる計画がパレスチナ人と彼らの土地を脅かし始めた一九二〇年代初頭のことだった。

ＰＬＯが設立されてわずか二年後の一九六六年、パレスチナ人作家・ジャーナリスト総合組合（後にパレスチナ人作家総合組合と略称される）がガザに設立された。同組合はその後各国に支部を開設した。

一九六七年にイスラエルがガザを占領すると、同組合のほとんどの作家たちがガザから避難した。ムアイン・ブセイソやハールーン・ハーシム・ラシードのような偉大な詩人たちや、小説家

i 「歴史的シリア／大シリア」は現在のシリア・アラブ共和国の版図よりずっと広く、北方はトルコ共和国南東部から南方はシナイ半島まで、西方は地中海から東方はシリア砂漠に囲まれた地域を指す。

のアフマド・オマール・シャヒーンなども、エジプトやベイルートへと旅立った。

表現の自由が制限されていたにもかかわらず、一九六七年以降、短編小説が大きな人気を博し、ガザ各地で作品が増えた。作品をコピーしてエルサレムの出版社に運ぶのは容易なことではなかったが、これらが通常一〇〇ページを超えない短い作品であったことが、出版を容易にした。短い作品の簡潔さと象徴性を通して、作家たちはイスラエルの印刷・出版規制を克服する方法を見出したのである。在外パレスチナ人たちの間で、ガザは「オレンジと短編小説の輸出地」になったと言われた。[14]

ガザのジャーナリズム

他の文章表現と同様、ジャーナリズムも、ガザでもともと盛んだったわけではなかった。ガザに新聞が登場したのは、パレスチナの他の都市よりも後だった。「ガザ市は、オスマン帝国時代のエルサレムやイギリス領時代のヤーファーのような政治の中心地ではなかった。(……)政治的役割を果たした弁護士たちや、ガザ地区の各都市の政治的指導者たちは、ガザ市の外、とくにエルサレムやヤーファーで政治活動を実施していた」とムハンマド・バスィール・スライマーンは述べている。[15]
パレスチナ初の新聞は『アル＝クドゥス』紙だ。同紙は一八六七年に創刊され、アラビア語とトルコ語で発行された。一九〇八年の段階でパレスチナに新聞は一五紙あった。一九一四年には四〇紙となった。一九六七年のイスラエル占領後、「一九六八年八月一一日、アル＝クッズ新聞はエルサレムで政治専門日刊紙としてイスラエルから認可を受けた最初のパレスチナ紙となった」[16]。パレスチナ初の印刷所は、一八三〇年にエルサレムに設立された。ガザにはジャーナリズム運動の歴史的記録がない。ガザの実業家などがジャーナリズムに投資しなかったのは、その技能がなかったことと、投資に見合うリターンを得るには長い時間がかかることが原因だと考える歴史家もいる。もうひとつの理由は、この分野で長い歴史を持つエルサレムや他の大都市の新聞や雑誌に、ガザはきっと太刀打ちできないだろう、という思い込みがあったことだ。

ガザに新聞が登場したのは、イギリス委任統治時代になってからである。ヤーファー、エルサレム、ハイファ、ベツレヘムで発行されていた新聞に比べれば、ガザの新聞は当時の専門的、技術的基準からすると地味で、発行部数も限られていた。

エジプト統治時代（一九四八～六七年）は、ガザ地区における報道の黄金時代だった。新聞の数は一九紙に達し、うち日刊紙が二紙、週刊または月刊の新聞と雑誌が合わせて一七紙あった。その多くは不定期に発行されたり、軍による検閲などの困難を克服できず、あまり長続きしなかった。新聞や印刷物に掲載するものはなんであれ、まずエジプト軍の検閲官による公式の承認が必要だった[17]。

一九八七年に第一次インティファーダが勃発した後、ガザでは多くの雑誌や専門誌が活発に発行されていた。中でも最も重要なのは、一九九九年から二〇〇八年までの『展望（Ru'ya）』、一九九七年から二〇〇一年までの『沿岸（Al-Sahel）』、創刊年は不明だが二〇〇三年に休刊した『見解（Al-Ra'i）』、一九九五年から二〇〇四年までの『わが祖国（Watani）』である。この他、新聞一二社、雑誌一六社、印刷所一四社（一九九六〜二〇〇七年）、翻訳センター一三社（一九九六〜二〇〇一年）、通信社四社、出版流通一七社（一九九五〜二〇〇六年）、書店・文具店二七社（一九九五〜二〇〇六年）が認可を受けていた。[18]これらの定期刊行物の名前と追加情報については、本章の付録を参照されたい。

ガザの芸術

抑圧が続く中、衰退の時期もあったにもかかわらず、芸術は長い間ガザの生活の一部であり続けた。意外に思われるかもしれないが、ガザの人々にとって、これは当たり前のことである。一九四八年以前、パレスチナには豊かで多様な音楽の伝統があった。どの村にも独自の音楽的センスとスタイルがあり、多くのユニークな伝統曲が生み出された。しかし、イスラエルが創設され、その軍隊が私たちの土地を占領したとき、すべてが変わってしまった。七〇万人以上のパレスチナ人が強制移住させられたことで、社会構造は分断され、彼らの文化的、音楽的伝統の多くが、しばらくの間封印されてしまった。楽器は普通、家から大急ぎで逃げ出すときに人々が手にする物には含まれておらず、劣悪な難民キャンプでの生活は、音楽を作るという「贅沢」には適していない。

しかし、この停滞を打破しようと、二〇一二年に一九歳以下の五人のパレスチナ人ミュージシャンとシンガーがパレスチナ初の音楽グループのひとつ「ソル・バンド」を結成し、ガザで大きな人気を集めている。アラビア語のソル（sol）とは「さすらう」という意味である。彼らは「モダンなアラブ音楽と伝統的なアラブ音楽の両方を、わかりやすい西洋風のスタイルと楽器編成で演奏」し、「ソーシャルメディアで何万人ものフォロワーとファンを獲得」している。[19]「ソル・バンド」には、髪の毛を隠さないで活動する女性メンバー、一六歳の少女ラハフも所属している。彼女は、イスラーム保守派が率いる激しい批判キャンペーンの標的となっている。宗教指導者のムハンマド・アル＝ファッターフがフェイスブックにこのグループを非難するファトワ（宗教的布告）を投稿した後、彼の声明を支持するイスラーム主義者たちは、バンドが男女混合の活動を奨励しているとして非難した。一部の人々は、これを非合法で不道徳なことと考えているのだ。彼らは、同バンドが「社会を堕落させる」と主張した。そして女の子をステージに上げて演奏したために、ガザの警察は彼らの活動の多くを停止させ、パフォーマンスをすることがどんどん危険になっていった。

しかし、この件に関してコメントした人々のほとんどは、批判を過激派によるものとして一蹴し、バンドの芸術性とガザに音楽への愛を復活させた功績を称賛した。グループのシンガーであり、法学部出身のハマーダ・ナスラッラーは、「このバンドの活動を通して『ガザの人々は生きることを楽しんでいて、メディアには映らない別の顔を持っている』というメッセージを世界に送りたい」と語っている。[20]一〇代のラハフはこう言う。「私たちは祖国を愛しています。私たちは歌とアートを通して抵抗するのです[21]」。

映画について——占領、イスラーム主義、包囲の狭間で

歴史的に見れば、ガザの文化的生活のもうひとつの特徴は映画館と映画であった。そしてそれ

を復活させようという試みは、あまり成功はしていないものの、一貫して行われてきた。私が初めて映画館に行ったのは二〇二〇年二月、アリゾナでのことだった。私がガザで生まれたのと同じ年にサウジアラビアで生まれたいとこのアブダッラーは、私をテンピに二日間招いてくれた。私たちは山を散策し、それから近くの映画館で映画を観た。それはかけがえのない経験だった。私は大勢の人がいる映画館でいとこの隣に座り、我が家のオレンジの木よりも大きなスクリーンで、公開されたばかりの映画を見た。

ガザに戻ってきて、二〇一〇年から一四年にかけてガザのイスラーム大学で勉強していたとき、暇な時間は散歩をしていた。そのときによく、窓ガラスが割れて外壁に焼け跡がある、長い間放置された建物のそばを通った。入り口には空き缶やビニール袋が散らばり、埃（ほこり）だらけだった。通りかかるたびに、そこでスイカや電池、懐中電灯を売っている若者を見かけた。その建物はアン＝ナスル映画館だった。正面の看板に書かれた色あせた文字を読みとるには、注意深く目を凝らす必要があった。

残念なことに、ガザ地区における映画の歴史については、著名なパレスチナ人の手記や世代から世代へと伝えられてきた話以外に、明確な記録がない。ガザ地区初の映画館は元ガザ市長のハーッジ・ラシャド・アッ＝シャウワがアッ＝サメール映画館のライセンスを取得した一九四四年にオープンしたと、ほとんどのガザ市民は言うだろう。彼はパレスチナの町マジュダルから白いシーツを持ってきて、スクリーンとカーテンに使った。機材はヨーロッパから購入し、映画はエジプトから列車で運んだ。第二次世界大戦中、頭上を飛行機が飛び交う中、人々は座って映画を見ていた。有名どころでは、歌手兼作曲家のファーリド・アル＝アトラシュとその妹で歌手のアスマハーンも来館した。彼らを一目見ようとする人々で、映画館は満員になったという。

一九四八年のナクバ後はＵＮＲＷＡが、移動式の映写機を使って難民のために映画を上映した。同機関は、この車輪付き映画館を各地の難民キャンプに運び、衛生や健康に関するものなどを含め、さまざまな映画を上映した。

一九五三年以降、アン＝ナスル映画館は需要を満たすために敷地面積を三〇〇〇平方メートルに拡大した。一九六七年の戦争後、供給源だったエジプト映画やエジプトの会社をイスラエルが禁止したため、いくつかの映画館が一時的に閉鎖された。以後、映画はイスラエルから来るもののみとなった。一九七〇年代、映画館の数は増え続け、合計一〇館に達した。中でもよく知られているのは、ラファのアン＝ナフダ、アッ＝サラーム、サーブリーン、ハーン・ユーニスのアル＝フーリーヤ、ガザ市のアン＝ナスル、アル＝ジャラア、アル＝アーメルである（ガザ市のアッ＝サメール映画館は一九六七年の戦争後、一九六九年に閉鎖された）。映画館はすべて個人経営で、健全な競合関係にあった[22]。

しかし、一九八〇年代には、映画館に対するモスク主導の反対運動が激化した。いくつかの建物は破壊され、他の建物は永久に閉鎖され、地域生活における映画の存在自体が、なくなりはしないまでも、かなり制限されることになった。『琥珀を持つもの（*The Ember Holder*）』や『花嫁（*Brides*）』などの映画製作を手がけたナジャフ・アワダッラーは、映画が退廃や道徳的堕落につながるとする宗教団体の主張は、人々が映画に触れる機会が少ないことを利用した言い方だと考えている。「映画が政府の検閲にさらされ、上映が許可されたとしても一部分がカットされるような状況で、どうしてガザに映画が存在できるのか」と彼女は問いかける。[23]

ガザ出身のもう一人のプロデューサー兼映画監督、ハリール・アル＝ムザイエンはこう語る。「初めてラファに映画がやってきたときは、まるで近所で花火が上がったかのようだった。当時はテレビも電気もなく、ひとつのラジオの周りに町中の人たちが集まって聞いていた。そこに突然映画の世界が開かれたのだ。難民キャンプの貧しい少年だった私にとって、それは驚くべきことだった。私は委任統治時代からラファとエジプトの国境に放置されていたイギリスの廃棄物をあさって銅を拾い集め、それを安く売って映画館のチケットを買う資金を稼いだものだ[24]」。これは一九七〇年代の話である。

アル＝ムザイエンは次のように付け加えた。「映画館に反対するこのような宗教的運動は、軍事的存在感が薄れつつあった世俗主義者や左翼と戦う政治的イスラームの台頭とともに早くから始まっていた。こうした勢力が一九七〇年代後半には社会変革に力を入れ、八〇年代になると映画館を焼き払ったり会館や結婚式場に変えたりしてその力を誇示するようになった。また、テレビの登場も、映画館に対する関心を低下させた[25]」。

もうひとつの重要な映画館にアル＝アーメルがある。ここは一九五二年に設立され、あるグループの攻撃と妨害行為によって一九九六年に閉鎖された。アル＝アーメル映画館は、ガザの労働者が家族と一緒に映画を見られるように、金曜と土曜の週二日、一日二回ずつ映画を上映していた。パレスチナの批評家で映画監督でもあるライラ・サルハーンはこう語っている。「一九七〇年代半ばにエジプトでムスリム同胞団が台頭し、ガザ地区にもその思想が浸透すると、八〇年代初頭には過激派やイスラーム主義者による映画館への非難や扇動が増加した。九〇年代半ばのアル＝アーメル映画館は、アッ＝サメール映画館、アン＝ナスル映画館と同様、攻撃され、破壊され、燃やされた。彼らは映画館の存在をイスラームの価値観に対する冒瀆だとみなしたのだ」[26]。

ガザのサラフィー・ダアワー創始者であるシャイフ・アブドゥッラー・アル＝マスリーは、かつてアル＝フーリーヤ映画館があったガザ南部のハーン・ユーニスでクルアーンとスンナ協会を取り仕切っている。シャイフ・マスリーはニュース機関のアル＝モニターに、この映画館は保守的な周辺環境にそぐわないポルノ映画を上映していると話した。これを受けて宗教界は、大学教授、医師、政府関係者、家族、聖職者らの署名を集め、映画館を閉鎖してクルアーンとスンナ協会の本部とするよう求めた。

シャイフ・マスリーは当時のことをこう振りかえっている。「一九八五年、我々はアル＝フーリーヤ映画館が、とある映画を上映していると耳にした。そこで映画館から一五〇メートル離れたアハル・アル＝スンナ・モスクに集まり、映画館を襲撃することになった。我々は機材を壊し、スクリーンを破いたが、放火したり、誰かを傷つけたりしたわけではない[27]」。

二〇〇七年にハマースがガザを掌握した後も、イスラーム主義者の反対運動は続いた。地域社会が遭遇した特筆すべき問題の一例が、レッド・カーペット人権映画祭に関する記述に見られる。このフェスティバルは、イスラエルによるガザに対する五一日間戦争の翌年、二〇一五年にシュジャイヤ地区で開催された。第一回となるこのフェスティバルのテーマは「ガザの尊厳[28]」だった。

そのとき、アーメル映画館は清掃のためにドアが開かれ、埃まみれの焼け焦げた壁に、エジプト映画、インド映画、西洋映画のポスターが掛けられているのが見えた。映画祭が始まる数日前から、ボランティアスタッフが映画館の準備に奔走した。当初は劇場で上映を行う予定だったが、オーナーがその決定を覆して、代わりに劇場前でオープニングを行うよう主張した。この出来事の後、ハマース政府の関係者は誰も映画館を再開する計画の有無についてコメントしなかった。[29]

一年後、フェスティバルは再び開催された。アル＝ムザイエンはその体験についてこう綴っている。

シュジャイヤにはひじょうに大きなスクリーンを設置し、ゲストと付き添い人用に二〇〇〇席を用意した。しかし、参加者は一万二〇〇〇人に達した。昨年の成功を受けて、私たちはミナ（ガザの旧空港）でフェスティバルをやりたいと考え、歌手のムハンマド・アッサーフと共同でフェスティバルを立ち上げることにした。フェスティバルのスローガンは「息をさせて、生きさせて（We Want to Breathe; We Want to Live）」だった。私たちのメッセージは、包囲と占領についてだけでなく、ハマースが課している制限についても言及していた。私たちは表現の自由を望んでいる。文化省に許可を申請すると、彼らはそれをセキュリティ部門に回した。フェスティバルの準備期間中、『英雄なき戦争（アンノウン・ソルジャー）』の庭にいるところを、セキュリティ部門から呼び出された。私は七歳になる娘のヤラと一緒だった。軍の車両で、私たちは警察署に連れていかれた。彼らは私にこう言った。「このフェスティバルに反対しているわけではありません。しかし、私たちにとって問題なのは、大勢の人が集まることと、男女が混在することなのです」。翌日、彼らはすべての映画を見たいと言ってきた。その夜、文化省からも、フィルムを持ってくるように言われた。どの映画を上映すべきか、どのシーンを削除すべきかを指示してきた。私たちがミナ地区を使用すること、また、路上でのフェスティバル活動も禁止した。そして一五〇〇席しかないラシャド・アッ＝シャウワ・センターのホールの使用しか許可してくれなかった。彼らは私に、ホール内で男女を別々にする誓約書に署名するように求めた[30]。

アル・ムザイエンの映画のうち二本がハマース当局によって上映禁止にされた。最初の作品『マーショ・マートゥーク（*Masho Matook*）』は二〇一〇年に上映禁止となった。その理由は、若く魅力的なパレスチナ人女性が、ベールなしでドレスに身を包んでイスラエル兵の前を歩き、イスラエル兵たちが彼女の動きを見つめながら口笛を吹いている様子が数秒間映っていたからである[31]。二〇一三年には『36ミリ（*36 mm*）』というタイトルの別の映画が、「ムスリム同胞団を中傷している」という理由で上映禁止になった[32]。

しかし、こうした困難にもかかわらず、レッドカーペット・フェスティバルは開催され続けた。映画監督のモンタセル・アッ＝サビーによれば、「私は人間だ（I'm Human）」をテーマとした五年目には「世界中から三〇〇本の応募があり、その中から四五本が選ばれ、上映された[33]」という。

二〇一〇年にAl-Aan TVのインタビューを受けたとき、アン＝ナスル映画館の元館長アドナーン・アブー・ビードは、ガザの路上でタマネギとニンニクを売りながら悲しそうにこう話した。「映画館が閉鎖されたせいで私は仕事を失った。ほら、私の相手にしているお客さんは、今までとは違うでしょう？」[34]

ガザでは、文化は表現の場であると同時に、外的および内的要因による抑圧の場でもある。イスラエルは本を禁止し、イスラーム主義者は音楽や映画を禁止している。この弾圧は、民衆による（時にはかなりの個人的犠牲を伴った）批判と抵抗にさらされ続けてきた。イスラエルとハマースはそれを黙らせたいのだ。このような規制により、さまざまな考え方や創造性、実験やアイデアに触れられなくなることは、ガザの人々にとって今後どのような意味を持つのだろうか。人々はどのようにビジョンを育めばよいのだろうか。

抑圧を跳ね返すイニシアティブ

ガザでは、芸術表現に対する圧力や検閲がかなり厳しいことは間違いない。しかし、その圧力に対する根強い抵抗も存在する。そこにおいて、想像力とイニシアティブは現実に打ち克つことが可能であり、創造性が抑圧を凌駕することもある。こうした動きは時には小さなものだが、それでも重要だ。以下にいくつかの例を挙げる。

演劇の稽古

二〇一六年、ガザ出身のさまざまな経歴を持つ一三人の若者が、アル・フォルサン（アラビア語で「騎士」の意）アート集団を立ち上げた[35]。彼らは「影芝居」や「無言劇」を通して、包囲網、移動の自由、失業、家庭内暴力、政治的対立、家族問題、自殺、依存症などをテーマにした芝居を上演している。

芝居や演技は、社会的に抑圧されていた女性たちが自分の感情や悩みを表現するのにひじょうに効果的な方法だった。二〇一七年には、当時二七歳だったイドリース・アブー・タレブが、新進の若手俳優二五人で、パレスチナ・シアターという集団を結成した。タレブはこのグループに女性も参加していることについて、彼女の考えをクドゥス・ニュースに次のように語った。「通常、女子の参加は難しく、稽古中も、彼女たちを圧迫する習慣や伝統のせいで、いつ活動停止になるかもしれないと心配しなければなりません。しかし、この劇団では、多くの女子メンバーが両親と良い関係を保っています。私たちが力強いメッセージを発信し続けるために、これからも一緒に活動を続けてくれることを願っています[36]」。彼女たちの芝居は、女性の遺産相続、難民キャンプ、ガザに対する戦争などをテーマにしている。

二〇一八年末、イッサム・シャヒーンは新たな演劇アカデミーを設立し、さまざまなレベルの養成コースを提供するようになった。各コースの期間は三ヵ月だ。アナドル通信とのインタビューでシャヒーンは、「ガザの大学は演劇や芝居分野の教育を行っておらず、私たちが設立したアカデミーに対する財政的支援もない」と訴えている[37]。

二〇二〇年二月、バスマ文化芸術協会は、ガザ地区における演劇プログラムや文化活動の不足を解決するため、「演劇でガザの若者に活力を」というプロジェクトを立ち上げた[38]。文化的多様性のための国際基金が資金を提供し、パレスチナ大学と共同で取り組んだこのプロジェクトにより、若者たちは演劇制作の実践的なスキルを身につけることができた。参加した九〇人の学生のうち、四七人が女子だった。研修生たちは、地域に根ざした演劇を学ぶ一〇週間の養成コースに参加した。バスマ協会はまた、「ガザ地区全域の僻地で五回の演劇ツアーを企画し、文化的活動に縁遠い観客にも観劇の機会を提供した。これはまた、養成コースを終えたばかりの若い研修生にとっても、貴重な実践経験となった」。

女学生たちが学校に図書館を設立

二〇一七年初め、ガザ中部に住む四〇人の女子生徒のグループが、学校内に図書館を設立するために活動を開始した。[39] 寄付金を募ったところ、ユニセフから三〇〇ドルの援助が寄せられ、それで三〇冊ほどの本を購入できた。複数のNGOから共同で、さらに数百冊の本が寄贈された。二〇二一年初頭、彼女たちの図書館が誕生した。彼女たちは、使い古しの箱やプラスチックのバケツを組み合わせて棚を作り、その棚にペンキを塗り、壁には花や木々の絵を描いた。[40]

TEDx シュジャイヤ

二〇一四年の戦争から一年後の二〇一五年一〇月、若者たちのグループがアメリカの有名なプログラム「TEDx」の独自版を立ち上げようと取り組んだ。それは打ちひしがれたガザ地区からライブで発信されるバージョンだった。[41] このフェスティバルは、イスラエルが虐殺を行ったためにほとんどの家屋が破壊され約七四人が殺されたシュジャイヤ地区で開催された。フェスティバル主催者は「パレスチナ人、とりわけ戦争と世界の無関心によって深刻な被害を受けてきたガザの人々は、語るに値する物語と、広めるに値する考えを持っている」ことを世界に示そうとしたのだ。[42] イベントでは一二人の講師が英語とアラビア語でプレゼンテーションを行った。彼らは一〇〇人以上の聴衆を前に、ガザ地区における闘い、そこにある断固とした決意、そして成功について語った。[43]

破壊された場所で――それでもショーを止めないために

サイード・アル＝ミシュアル文化科学基金は、ガザ地区を代表する文化センターであり、ガザで二番目に大きな劇場であるアシュタール・シアターを擁している。二〇一〇年にはそこで『ガザ・モノローグ』が上演された。その五階建ての建物には、図書館、エジプト人のコミュニティセンター、文化協会等の事務所、芸術やダブカ（パレスチナの伝統的な踊り）のための劇場があった。センターはまた、何百ものワークショップ、講演会、演劇、展示会、音楽の上演、民族的式典の場としても利用された。

だが残念なことに、パレスチナ人を無力化し、彼らの文化的生活を破壊する作戦の一環として、二〇一八年八月九日、イスラエル軍の戦闘機が劇場を含む同財団の建物を破壊した。『アメリカン・シアター』誌によれば、「劇場そのものがガザの人々にとって特別な場所だった。そこは着飾ってともに座り、舞台上で自分たちの現実を生き生きと表現する演者たちを通して集合的な感情を味わえる、このあたりで唯一の大規模なスペースだった。それはまた、演者たちが経験を振りかえり、それぞれの視点を創造し、表現する場でもあった」[44]という。

ガザの人々は新しい建物を建てることはおろか、損傷したり破壊されたりした建物を再建するためのセメントやその他の資材を輸入することも制限されている。だがそれでも彼らは、ただ廃墟を眺めているだけではない。前向きに前進し続けようとしている。『アメリカン・シアター』から再び引用するが、この部分はガザの精神を完璧に捉えている。「イスラエルの空爆で建物が破壊されても、アシュタル劇場の俳優やアーティストたちはショーを続けている」。そう、廃墟の中で。

破壊されたビルの壁に描く

二〇〇〇年、八歳の頃、家の近くにあるショップやカフェがたくさん入った大きなビルによく行ったことを覚えている。私はカフェのドアの前に立ち、スペインのリーガ・エスパニョーラ、イタリアのセリエA、イングランドのプレミアリーグのサッカーを観戦した。それはイタリアン・コンプレックスという建物だった。二〇一四年八月二六日、イスラエルはその建物を爆撃し、破壊した。しかし、ガザ出身の二六歳のグラフィック・アーティスト、アリ・アル＝ジャバリが、二〇一九年、廃墟となったこの建物をアートギャラリーに生まれ変わらせ、新たな命を吹き込んだ。[45]インテリアデザインを学び、子どもの頃から絵を描いていたアル＝ジャバリは、広大なイタリアン・コンプレックスの壁に、より良い生活を切望する人たちの、心を揺さぶる表情を描いた。[46]

アル＝ジャバリは、ガザ中心部にある有名な建物の爆撃で廃墟と化した建物を、主に二つのエリアに分かれた見事な野外展示へと変貌させた。まず一つ目のエリアには、色鮮やかな四つの壁画がある。二つ目のエリアには、木製の額に入った油絵が展示されている。これらの絵はそれぞれの市民に「生きる権利」があることを表している。「私たちの言葉や文化を理解できない人もいるが、私たちの苦しみを理解するには、顔と表情の力強さだけで十分だ。表情に通訳は必要ない」とアル＝ジャバリは語った。[47]

未来を思い描く勇気

二〇一九年五月に私はハーバード大学のリスク・フェローシップ奨学生に選ばれたが、それは私にとって人生で最高に幸せな日々のひとつだった。私は招聘詩人として比較文学部に招かれた。また、ハーバード大学は私を同校のホートン図書館の客員司書にも迎えてくれた。だがイスラエル当局が六月と七月の丸二ヵ月間、エルサレムのアメリカ大使館でビザの面接を受けさせなかったため、八月にヨルダンのアンマンにあるアメリカ大使館でビザの面接を受けなければならなかった。さらに悪いことに、イスラエルは私がイスラエル経由のシャトルバスでヨルダンに行くことを許さなかった。そのため、九月にエジプトを経由してヨルダンに行くために、より多くのお金と時間を費やすことになった。

二〇一九年九月二五日、エドワード・サイード図書館の二番目の分館がガザ市にオープンしたとき、私は妻と子どもたちと一緒に、遠くアンマンからそれを祝うことになった。私たちはアンマンの小さな部屋を借りて七週間もの間ビザを待った。その部屋はアメリカにある一部のホテルよりも高かった。ビザの長期にわたる遅れの結果、私は奨学期間の最初の一ヵ月半を無駄にしてしまった。アメリカに到着したのは二〇一九年一〇月一八日だった。

二〇二〇年二月一〇日、私はアリゾナ大学にある彼の研究室で、ついにチョムスキー教授に会うことができた。私たちは、パレスチナを出入りすること、そしてパレスチナ内を移動することの難しさについて話した。そのとき彼は、ビルゼイト大学で講演しようとした際、ヨルダン経由でヨルダン川西岸地区へ入るのを禁じられたことについて話してくれた。当時八一歳だったチョムスキー教授は、マサチューセッツ工科大学で教鞭をとっていた。イスラエル人は、彼がビルゼイト大学からの招待だけを受け入れ、イスラエルの大学で講演する予定がないことに憤慨しているようだったという。彼はイスラエルの大学でも過去に何度も講演していたが、今回はそうではなかったのだ。

奨学期間中、私はマサチューセッツ州ケンブリッジに住んでいた。チョムスキー教授と私は、ボストンにいる教授の親しい友人たち、とりわけボストン大学で数学とコンピュータ・サイエンスを教えているアッサーフ・クフーリー氏について話した。クフーリー教授は、二〇一二年にガザ・イスラーム大学で開催された言語学会に参加するためにガザを訪れた国際代表団の一員だった。クフーリー教授は、そこで数学の学生たちに行った講義について話してくれた。講義の最後に、彼は学生たちに何か質問はあるかと尋ねた。すると驚いたことに、というよりはむしろ彼はそのことにショックさえ受けたようだったが、学生たちは、どうすれば奨学金を得てガザから出られるかばかりを知りたがったという。

私にとっては、これはまったく驚くべきことではなかった。ガザの若者、とくに私と同じ一九九〇年代に生まれた者は、みんなそうだろう。過去三〇年間にわたり、戦争と政治的混乱が絶えることなく続いた。一九九三年にオスロ合意が調印された。九四年にはパレスチナ自治政府が設立された。二〇〇〇年に第二次インティファーダが勃発し、アラファート議長は二〇〇四年に謎の死を遂げた。マフムード・アッバースが二〇〇五年に当選。二〇〇六年一月、ハマースが初めて議会選挙に参加し、ファタハに勝利した。二〇〇六年六月、ハマースは国境で戦車に乗っていたイスラエル兵を捕らえた。その数日後、イスラエルはガザ唯一の発電所を破壊し、ガザは現在に至るまでおおかた停電状態にある。二〇〇七年、ハマースとファタハはガザの支配をめぐって内戦を繰り広げ、ハマースが勝利した。その結果、ファタハの指導者やメンバーはガザから逃げ出すか、もしくは政治から身を引いた。ファタハはこれをクーデターと呼び、ハマースは「軍事的解決」と呼んだ。二〇〇八年一二月二七日から〇九年一月一八日まで、イスラエルはガザに激しい攻撃を仕掛け、一五〇〇人以上を殺害した。そのうちの約九五〇人は民間人で、残りは警官か戦闘員だった。二〇一二年一一月、イスラエルは停戦中に、ハマースの軍司令官アフマド・アル＝ジャバリを暗殺した。[48]その後、八日間にわたって戦闘が続いた。二〇一四年夏、イスラエルはガザへの五一日間にわたる攻撃を開始した。これはその六年間で三回目の攻撃であった。合計二二五一人が死亡し、その八〇％は民間人だった。私は親しい友人を二人失い、自宅にも大きな被害を受けた。

二〇〇六年以降、ファタハとハマースの間で何度も和解が試みられたが、すべて失敗に終わった。

ガザとヨルダン川西岸地区の間には、地理的にだけでなく、政治的にも依然として溝がある。私は現在二八歳だが、選挙で投票したことは一度もない。大学の学位を持つ何千人もの人々を含め、私たちの世代は職を得ることができずにいる。実際、占領下にあり、包囲と抑圧が続いているにもかかわらず、ガザ地区には教育水準の高い人々がひじょうに多い。二〇一四年のデータによると、ガザ地区の識字率は九六・四%で、アラブ諸国で最も高い教育水準にあることが判明している。[49]

◆

二〇二一年三月のこと、それはガザ地区北部のベイト・ハヌーン出身のロアイ・エルバシュウニも加わったチームで開発されたNASA探査機「パーセヴィアランス」が、火星に着陸したばかりのときだった。私の生徒たちは、彼を誇らしく思うと話した。私は生徒たちに、イスラエルが学校や図書館にどれだけ爆弾を落とそうとも、瓦礫の下でどれだけ多くの指が折られようとも、君たちはガザから火星まで飛んでいけるのだと話した。そして良い機会だと思い、彼らにこう尋ねた。「君たちは将来何になりたい?」すると生徒たちは次のように答えた。「農民」「医者」「馬術家」「セールスマン」「サッカー選手」「物売り」。

そこで私はこう尋ねた。「役者になりたい人はいないの？　パイロットは?」

「でも、ここには劇場も空港もないし……」と、何人かが声をそろえて答えた。

「それがあるところを思い描けば、きっと実現するさ。よし、じゃあ空港があり、映画館があり、劇場があり、図書館があり、そして大きな大きな海へつながる港があるとしよう」と私は言った。

それまでの数週間、一度も声を聞いたことがなかった生徒が、「僕は船長になりたい！」と声を張り上げた。すると、教室の中をひゅうひゅうと吹き抜けていた風が止んだ。その声がその風を、彼方の海へ押し戻したのだ。

「漁師になりたい。そしてできればダイバーにもなって、深海でビデオを撮って、YouTube に投稿してフェイスブックで何百万人ものフォロワーを集めたい」と別の生徒も声を弾ませた。

「パイロットになって、友だちと一緒にどこかの島にキャンプをしに行きたい」と、パイロット帽ではなくニット帽をかぶった別の生徒が言った。

「先生は、もし旅に出るとしたらどこに行きますか？」と誰かが聞いた。

「アメリカとヨーロッパへ」と、その質問がどこから聞こえてきたのかわからないうちに、誰かが口にした。

「それもいいね。僕としてはまずヤーファーに行って、祖父の家にある大きな木を見たいな」と私は言った。

「ロマンチックですね」と少年は応じた。それを聞いてみんなで笑った。

「君たちもみんな、きっと一緒に来てほしい。海外の友人たちも誘って、ヤーファーの海岸でみんなでコーヒーを飲みたいね」と私は続けた。

「それに、先生の作家仲間に頼んで、最新の本について話してもらえたらいいですね。ホテルの広間を借りてもいいかも？」

「なるほど！」

「ガザに招待しちゃえばいいじゃないですか。だって空港もあるんでしょう？」

「うーむ！」

チャイムが鳴り、子どもたちは家に帰った。しかし、そのときに始まった私たちの考えの道筋は今も広がり続けている。私たちは今でも、休み時間や放課後になってもそれらの夢について語り合う。

上空からイスラエルのドローンの音が聞こえてくるとき、私たちはこんな風に考えようとする。あれはきっと私たちが欧州チャンピオンズリーグの優勝チームと試合をしたり、港を見下ろす新設の劇場で、文化祭の一環としてダブカを踊っているところを、撮影に来たんだと。

おわりに――著名な書店への爆撃について

二〇二一年五月一八日、イスラエル軍の戦闘機が、ガザの貴重な文化資源のひとつであるサミール・マンスール書店を瓦礫の山に変えてしまった。そこは本屋兼出版社だったので、本を買い求める読者として、あるいは新刊の出版社を探す作家として、何百人ものガザの人々が訪れる場所だった。私が最後にそこで買い物をしたのは、マフムード・ダルウィーシュの散文集を探していたときだった。スタッフが学生用のプリントを印刷している間に、私は五冊の本を見つけた。この書店は、ガザの三大大学（ガザ・イスラーム大学、アル＝アズハル大学、アル＝アクサー大学）のすぐ近くにある。一九九九年の開店以来、ガザの読書家全員とまでは言わないが、学生たちは皆、この書店を利用していると思う。サミール・マンスール書店は、ガザの文化としなやかな強さの醸成に重要な役割を果たした。そこはガザの数少ない出版社のひとつだった。私の二人の友人は、そこで最新作を出版したのだが、爆撃のときには、出版前の本が書店に置いてある状態だった。約五〇〇部ずつあったそれらすべての本が、取り返しのつかない損傷を受けた。爆撃の前、著者たちは数週間後にそこで著書について契約を交わす予定だった。私は彼らに言った。「絶望する必要はない。印刷し直すこともできるし、新しく書くことだってできるんだから」。

このマンスール書店のあるビルには研修センターがあり、私も打ち合わせのために二度訪れたことがあった。また、イクラ（Iqra'、アラビア語で「読む」を意味する）という名の小さな書店も入っていた。もう印刷されていない本や、包囲のために輸入できない本を求めて、私はイクラ書店をよく訪れた。

イクラ書店のオーナーであるシャアバーン・イスリームが、かつて自分の店であった場所で泣きながら、通行人や友人にこう話しているのを見て、私は胸が張り裂けそうになった。「店は私の人生だった。私と妻は、この店を維持し、発展させるために、妻が持っていた金を売ったんだ。それが今、すべて失われてしまった」。

しかし私たちは失われていない。まだここにいる。

付録：
委任統治時代から1967年に起きた第三次中東戦争までに出版されたガザの定期刊行物

新聞／雑誌／専門誌	開始した年	終了した年	付記
Hoqouq Magazine	1923	1928	ガザ初の雑誌。ガザの弁護士ファフミ・アル＝フセイニが創刊。法律、文化、文学を扱う。
Al-Sharq	1949	1950	
Sout Al-Shabab	1946	1948	フアド・アッ・タウィールがアラビア語と英語で編集。
Sout Al-Ouroba	1947	1950	
Gaza	1951	不明	ハミース・アブー・シャアバーンが編集し、アラブ諸国の一部で配布された。
Al-Raqeeb	1951	1964	
Al-Mostaqbal	1952	1956	
Al-Saraha	1952	1963	
Al-Inti'ash	1952	1958	
Kalimat Al-Haq	1954	60年代初頭	
Al-Watan Al-Arabi	1954	1955	
Al-Liwa'	1954	1961	ムスリム同胞団系。
Al-Wihda	1954	1961	アラブ社会主義バアス党が運営する政治・経済・社会紙。
Al-Awda	1956	不明	ガザで編集され、カイロで印刷された後、再びガザに送られて配布。
Al-Tahrir	1958	1961	
Al-Salam	1958	1967	
Nida' Al-Awda	1959	1967	
Sout Filisteen	1963	1967	
Akhbar Filisteen	1965	1967	
Nida' Al-Tahrir	1965	不明	

出典：パレスチナニュース情報局の記事「パレスチナ・ジャーナリズムの歴史」より。

ガザ地区中央部のデイル・アル＝バラフにあるナツメヤシの果樹園。2016 年 3 月 18 日。写真：サーメフ・ラフミ

五一日間続いたもやの中で

ドルガム・アブーサリーム[1]

あの夏のことは、今でもよく話題に上る。あの恐怖の五一日間。一家は丸ごと虐殺され、名前を継ぐ男も子孫を残す女もいなくなり、地域が破壊され、人の体がバラバラに引き裂かれた。血に飢えた人々が近くの丘から眺める中、溶岩のように血が流れた。

本当にひどかった。

しかし、そのときのイスラエルによる火山のような攻撃が、私にとって、内なる噴火の始まりとなった。時が経つにつれて小さくはなったものの、七年あまりが経った今も余震は続いている。

「よう！」と私は電話口に向かって大声を上げた。

「おう、エジプトはどう？」

そう答えたのは、ヨーロッパと北米に散らばって暮らす私の八人兄弟のうちの一人だ。

「いいこと聞くね。実は今ガザに戻るところで、シナイ砂漠の途中まで来ているんだ」と私は答えた。

「おお！　じゃあ審判の日には、僕たちのことを神様にお願いしといてくれる人ができるってわけだね」と彼は笑って言った。

「そう思う？」と私も吹き出しながら答えた。

「そう、おまえは殉教者になるだろうね。戦争が始まるってニュースを見ただろう？」と彼は皮肉を込めて言った。

「神に殉教者として受け入れてもらえるとは思えないね」と私はまだ笑いながら答えた。「エジプトは退屈だし、あまり甘えて長居はしたくない。ここにいる兄弟だって生活や家族があるんだから」。

「最後にそっちに行ったのはいつだった？」と彼は私に尋ねた。

「もう何年か数えきれないくらい前だよ。とにかくママに会いたい」と私は答えた。

「それはみんなそうだ」と彼は言った。

「もう電波が切れそうなんだ。事態が悪化した場合に備えて、脱出の計画を立てよう」と私は言った。

「きっと悪化するよ。何ができるか調べてみる。パスポートと身分証の番号を送ってくれ」と彼は答えた。

「わかった。ありがとう、ハビービー[i]」

i　ハビービーはアラビア語で「愛する人」を意味する、親しみを込めた呼びかけ。

私は大学院留学の夏休みをエジプトで過ごしていた。一六歳でガザを離れて以来、戻ったらガザから出られなくなって奨学金がもらえなくなるのが心配だったので、夏休みはエジプトやヨルダンで過ごしていた。母が健康を害していなければ、いつものように私に会いに来てくれていただろう。

エジプト滞在の興奮は、誕生日を過ぎるとすぐに冷めてしまった。私はカイロのダウンタウンにあるフォーシーズンズ・ホテルで二七歳を祝い、そこで出会った夏限定の恋人と、ナイル川を見下ろすスイートルームで一夜を過ごした。例に漏れず、それ以来二度と会わなかったけれど、今でも時々彼のことを思い出す。

ラマダーンが間近に迫っていたので、居心地がよくプライバシーも保てる実家で断食の時期を過ごそうと考えた。そこで、誕生日の数週間後にガザに行くことにした。

灼熱（しゃくねつ）のシナイ砂漠を旅しながら、物事がもっとシンプルだった時代のことを思い出した。エジプト軍の検問所に立ち寄ったり、ぼろぼろのフェリーでスエズ運河を渡ったりする必要のなかった頃のことだ。当時はそびえ立つピース・ブリッジを一気に渡り、旅を三時間短縮したものだ。しかし、最後にシナイを旅したときから、いろいろ変わってしまった。今日、エジプトは半島でテロ組織と戦っているのだと言い、そのためにカイロからガザへの旅は迂回路の多い複雑な迷路のようになっている。何度自問自答したことだろう。どうしてガザには空港がないのか。なぜエジプトを通っていかなければならないのかと。

もう長旅には慣れたと思っていたのに、苛立（いら）ちがまもなく奇妙な疲労感に変わっていった。数時間眠った後、ようやくラファの検問所に到着した。この国境はすぐ閉鎖されることで有名だ。

実際、私の家族は、地球上で最大の野外刑務所と呼ばれるガザ地区に住む二〇〇万人近い他の人々とともに、何ヵ月も閉じ込められたことがある。

この検問所では、ガザに入るほうが出るより簡単だ。エジプトの国境警備隊は、旅行者がガザに入るときはパスポートの手続きを手早く済ませたがる。しかしエジプトに入るときは、たとえカイロ国際空港に行くための乗り継ぎであっても、まったく違う。

パレスチナ側の検問所を抜けると、家族の運転手が迎えに来てくれていた。「無事で何よりです（Hamdillah A'salameh）」と彼は言った。ガザ東部の高速道路を走りながら、私は窓から実家の屋根を熱心に探した。時々、何千マイルも離れた場所にいるときは、グーグルアースで探してしまうことがある。「どこに行くの？」と私は尋ねた。「近道をしますね。ハマースが新しい道路を作ったんです。この道なら市街地の渋滞を避けられるんですよ」と運転手は答えた。

まもなく、小高い丘の上に佇み、バーバー（アラビア語で父親の意）の名高い果樹園のある見慣れた我が家の風景が現れてきた。そこへ続く未舗装の道路を除けば、相変わらず壮麗な風景だ。「市がまだこの道路を舗装していないなんて信じられない」と私は思った。

◆

「アハラン、アハラン、アハラン、アハラン！[ii] 私のハンサムな子、無事の帰還を神に感謝します」。到

---

ii アハランはアラビア語で「ようこそ」や「こんにちは」の意味を持つ、親しみを込めた表現。

着すると、彼女の足にキスをしようとかがみ込む私を、母はそう言って抱きしめてくれた。

「マリカ！[iii] 会えて本当にうれしい」と私は興奮気味に言った。

「やあ、きみ！ こっちにおいで！」と父が車椅子から声をかけた。

「やあ、マリク！[iv] アンマンで一緒に過ごしたあの夏以来だね」と私は冗談めかして言った。

その夏、ヨルダンで会ったときは、父はひどい脳卒中を起こして休暇のはずが長期入院に変わってしまったのだった。高齢のわりに脳卒中のダメージは少なく、片足の麻痺で済んだ。

「バカね。私のように身動きが取れなくなるわよ。もう一学期も休んじゃったんだから」。そう言って妹が駆け寄ってきて私を抱きしめた。「でも、ママと一緒にいたいから気にしないわ」と彼女は言った。

「アンマンに帰って学業を終えなくちゃダメだよ！」と私は笑って答えた。

「私は兄さんほどガリ勉じゃないわ。でも、会いたかった」と彼女は答えた。

「姉さんはどこ?」私はもう一人の年上の姉について尋ねた。「自分の家にいるわよ」とママは答えた。姉は一年前に結婚していた。私は彼女の結婚式に出席できなかった。それはこれまで数年の間に出席できなかった家族の大切な行事のひとつだった。

「こっちに来て、あなたに触れさせてちょうだい」。母は私の存在を確かめるために、頭からつま先まで撫でた。彼女は数年前に視力を失ったが、母親らしさは健在だ。「痩せすぎだわ！」と彼女は呆れたように言った。「私に任せて。お風呂の準備ができたから、まずシャワーを浴びてきなさい」と彼女は命じた。

「さあ、早く！」と私を促してから、妹は家政婦に向かって言った。「シーシャを作ってちょうだい。それから『ハンド』をするテーブルを用意して」[v]。

「ちょっと待って。まずはゆっくり休ませてよ」と私は言った。数年ぶりに家族に会えた興奮が冷めてくると、旅の疲れがどっと押し寄せてきた。

シャワーを浴びに階段を上りながら家の匂いを吸い込むと、自分の反抗的な一〇代と奪われた子ども時代の記憶が蘇ってきた。「家の壁がしゃべれたらいいのに」と私は一人ごちた。

「ひどっ。ここの水、よく我慢してるね！」とシャワーの後、私は母に言った。「もう肌が荒れてきた！」と私は文句を言った。

「すぐ慣れるわよ。何が食べたい？」料理の腕なら誰にも負けない母が、メニューの選択肢を提案してくれた。マフトゥール、ファッテ、マクルーバ、モロヘイヤ、キドラ、マフシー、ステーキ、ローストビーフ。「好きなものを言いなさい。このシェフが何でも作るわよ」と彼女は言った。

「マクルーバ以外にして」と妹が割り込んだ。「それはお姉さんの家に遊びに行ったらきっと食べられるわ。彼女の得意料理だから」。

私たちの文化では、新婚夫婦の家に贈り物を持って訪問する習慣がある。以前は家族に香水を

---

iii　マリカはアラビア語で「女王」を意味する。

iv　マリクはアラビア語で「王」を意味する。

v　シーシャは水タバコの意味で、「ハンド」はカードゲームの一種。

持っていったり、家の従業員にTシャツを持っていったりしていた。でも、大人になるにつれて、最高の贈り物は現金であることを学んだ。

「どうぞ、どうぞ！」と姉が誇らしげに私を彼女のアパートに招き入れたのは、その数日後のことだった。彼女はこの部屋の計画、設計、家具の配置にほぼ一年を費やした。彼女のアパートは彼女の結婚式と同様、巷のうわさになっていた。恋愛結婚だったので、嫉妬深い人々があることないことを囁いたのだ。

「わあ、まさか姉さんにこんなことができるなんて！」と私はアパートを案内してもらいながら冗談を言った。「素敵なお部屋だね。ソファのクッションも照明もとっても良い」。姉は一九五〇年代と六〇年代のエジプト映画が大好きだ。彼女のソファのクッションには、お気に入りのセレブたちの肖像画がプリントされていた。スアード・ホスニー、ウンム・クルスーム、ヒンド・ロストム、そしてもちろん、小悪魔的にハンサムなヒーロー、オマル・シャリーフなしではコレクションは完成しない。

「もうすぐ夕食よ。私の自慢のマクルーバ、きっと気に入ってもらえると思うわ」と彼女は言った。

「ママのと同じくらいおいしいと良いけど」と私は答えた。

「かなり近いわ。食べればわかる」

「夫はどこ？」

「もうすぐ来るわ。停電になる前に食事ができるといいんだけど。燃料不足だから、発電機を動かすのに結構お金がかかる」と彼女は言った。

「夫と一緒にここを出て、どこかに移住したほうがいいよ」と私は姉に言った。

「その話はしたくない。あなたのほうはどう？　ボーイフレンドはできた？」と彼女は熱心に尋ねた。そのようにして私に対する愛情を示そうとしていたのだと思う。会話の途中で、私は彼女の手に一〇〇ドル札を忍ばせた。彼女はその贈り物に抵抗したが、私は受け取るまであきらめなかった。それはすべて私たちの文化に沿った丁寧な振り付けどおりだった。

「あなたを誇りに思う。私のかわいい弟が大きくなって、贈り物まで持って私と夫を訪ねてきてくれたのね」と言って彼女は涙を浮かべた。

「二歳しか違わないでしょ！」と私は優しく笑い飛ばした。

さまざまな困難を乗り越えて姉と結婚した彼女の夫は、私に会いたがっていた。私たちはお互いをよく知らなかったが、ディナーはお互いに打ち解ける絶好の機会となった。マクルーバを食べながら、私の海外旅行やガザの状況などについて、私たちはいろいろな話をした。私たちは皆、ラマダーンを目前に控えていることもあり、戦争は短期間で終わるだろう、ハマースとイスラエル間の標的を絞った小競り合いにすぎないだろうと考えていた。

「おお、生き地獄の居心地はどうだい」と、電話で兄弟の一人が尋ねてきた。

「悪くないよ。何もしていないけど、それが望みだったんだ。ただ、ちょっと微熱があってなかなか治らないんだけどね」と私は答えた。

「ガザのせいだ！　行くべきじゃなかったんだよ」と彼は苛立たしそうに言った。

「まあ、もういるんだから仕方ない」と私はあきらめたように言った。「どうしたの？」

「運転手と一緒に街に行って、発電機の燃料を買い込んできてくれ。ガソリンスタンドの人に電話しておいたから、彼がなんとかしてくれる。できるだけ多くの容器を持っていってくれ。今夜やるんだ」と、彼は切迫した口調で私に指示した。

「わかったから落ち着いてよ。やっとくから」と私は言った。

「それから、ママとバーバーを頼むぞ」と彼は私に頼んだ。

「何だよ、どこにも行かないから心配しないでよ。いつからそんなに感傷的になったの？」と私は苦笑した。

「今回はかなりの規模になると思う。とにかく気をつけてくれ。またな」と彼は不吉な警告を残して電話を切った。

姉の家での夕食から三日後、短期間の小競り合いという私たちの予想は見事に外れていたことがわかった。兄の予想は当たっていたのだ。

◆

私たちは、テクノロジーは基本的に良きものであると教えられている。しかし、イスラエルが私たちの近所を攻撃した最初の数回を携帯電話で記録した経験から、テクノロジーは悪しき刺激の媒体にもなりうることを私は知っている。そして私は、自分や家族がイスラエルの先端兵器の実験台にされる可能性があることも理解していた。何年も経った今でも、空爆の映像を見ると、自分と家族の命を脅かされたときに感じた恐怖が蘇ってきて、その場に凍りついてしまう。

「さあ！　みんなで下に行って、ママを部屋から連れ出そう！」私は震える声で囁いた。

父は麻痺があるため、最近はずっと一階で暮らしていた。戦争が始まったとき、両親は実家へ来るよう姉に強く求めた。彼女の夫は、私たち家族の男たちに負けず劣らず頑固で、最初は自分の家に残ると言い張ったが、あとから私たちに加わった。結局のところ、私たちにとっては、家族の家こそが世界の中心なのだ。

私たちは安全を求めてできるだけ多くの壁に囲まれた一階に身を寄せ合い、コーヒーや紅茶、新鮮なマンゴージュースを飲みながら、爆撃の続く長い夜をタバコを吸ってやり過ごした。母はラジオをそばに置いていた。「ガザ地区全域の民間人居住地への激しい爆撃が起きており、今後対立の拡大が予想されます」と地元チャンネルのニュースアナリストは語った。

「ママお願い、消してくれる？　状況はもう私たちみんなわかってるから」と私は主張した。姉が私のほうを向いて、ラジオをつけておくように静かに手で合図した。視力を失った母にとっては、ラジオだけが頼りだった。私はそれに従った。

そのとき、それが戦車や潜水艦のミサイルなのか、F-16戦闘機が発射したロケット弾なのか、あるいはドローンなのか、攻撃の種類を見極めようとしていたことを鮮明に覚えている。攻撃の衝撃と爆音の中には、ガザを出る前に経験したのとは異なるものもあった。当時、私たち兄弟姉妹は気を紛らわすために武器の種類を当てようとしたものだ。しかし最近では、イスラエルが開発した不気味な兵器があまりに多すぎて、違いが判別できない。

いずれにせよ、今回は別の種類の戦争、つまり自分の内部で繰り広げられているそれに気を取られることになった。

肌荒れは血管の線に沿って点々と現れるひどいかゆみを伴う発疹となり、熱は戦争の激しさが増すにつれて上がり続けた。「かわいそうに、あなたがそんな風に足を掻いているのを聞くのは耐えられないわ。さあ、家政婦に氷風呂を用意させましょう」と母は私に言った。「戦争のストレスに蝕まれているのね」と、彼女は私の健康状態が心配で仕方ないようだった。「お医者さんに診てもらいたいけど危険すぎるわ。薬剤師に電話したら、熱と発疹の薬を送ってくれるって」。私の心の内を彼女が知っていたなら、と思った。

絶え間ない爆撃のせいで、私は眠れていなかった。ベッドにじっと横たわり、天井を見つめながら、近くにミサイルが落ちる間隔の秒数を数えた。時にはミサイルのヒューッと飛んでくる音がはっきりと聞こえ、私は心の中でこう思ったものだ。「今夜こそ我が家に当たるんだ。今夜、私たちは死ぬんだ」。

薬が少しは効いた。私たちとしてはとにかく、自分たちの生活を続けるしかない。戦争中を、体調不良に負けたまま過ごすつもりはなかった。それに、睡眠不足は問題ではない。私は休暇中だったので、そこかしこで睡眠をとることができた。

私は姉妹と母と一緒に夕方、西側のバルコニーでシーシャを吸い、潮風を受けながら、タルニーブ、ハンド、トリックスなどお気に入りのカードゲームをして過ごした。戦争が日常の一部になってくると、叔母といとことその妻も仲間入りした。彼らは隣に住んでいた。夜、近所全体が真っ暗闇に包まれると、ドローン（ザナーナ）の尾翼の灯りが見えた。その音は拷問用なのではないかと思うほど、ブンブンと耳障りだった。

そのようにして毎夜が過ぎていった。しかし、流れる血のとどろきとともに戦火が三週目に突入する中、私は日常と戦争が、同じ文章で使うにはふさわしくない言葉であることを知った。

「ドルガム！　ドルガム！　起きて！　みんな！　ママ！　助けて！」姉が完全なパニック状態で部屋から飛び出してきた。「聞こえたの！　なんてこと……聞こえたのよ！」彼女はまるで幽霊の声でも聞いたかのように言った。

「落ち着いて、どういうこと？　何が聞こえたの？」またしても眠れない、熱っぽい夜を過ごした私は、ゆっくりとベッドから体を起こしながら尋ねた。

「屋根たたき（ルーフノック）！　隣の兄の家よ！」

兄の一人は何年も海外で仕事をしているが、彼と彼の家族が戻ってくるときのために、父から譲り受けた土地に家を建ててあった。その彼のライフワークが今、危機に瀕していた。「屋根たたき」とは、イスラエルが正当な警告と呼ぶもので、標的にまず小型ミサイルを投下し、そこにいる可能性のある市民に避難を呼びかけるというものだ。皮肉なことに、この屋根たたき自体が殺傷力を持っている。だから避難など無意味なのだ。屋根たたきに続いて、二階建て、三階建て、四階建ての建物を破壊できるような大型ミサイルが発射される。私はこのおぞましい「警告」の映像をニュースで見た。そこには、繰り返し死と離散の狭間に立たされ、家を出ることができない人々の姿があった。

「えっ、本当⁉　ママはどこ！　みんなはどこ！」私はショックを受けて言った。

「ヤッラ、ヤッラ、ヤッラ！」[vi]

「どこに⁉」と姉妹たちが叫んだ。

「ガレージへ」と私は答えた。兄の家は私たちの家の東側にあり、ガレージは西側にある丘の斜面の下側だ。そこが一番安全だと私は思った。「車に乗って！　車の鍵はどこ？」私は万が一に備えて姉妹たちに尋ねた。

「バッグをちゃんと持って、学校の避難所に行くかもしれないから、恥ずかしくない格好をしなさい」。母は娘たちに言った。母は家政婦に前もって荷造りを頼んで、最悪の事態に備えていたのだ。

「ママ、宝石は入れたの？　土地の権利書は？」と妹が聞いた。「権利書は持ったけど、宝石は入れてないわ」と母が答えた。

「えっ！」と言って妹はあわてて車から降り、母の宝石箱を取りに行こうとした。

「そんなことどうでもいいよ！」と私は叫んだ。

「心配しないで、大丈夫よ」と母は私をなだめようとした。妹が車に戻ってくるまでの時間は永遠のように感じられた。

「なぜ動かないの？」と彼女は荒い息を整えながら尋ねた。

「ちょっと待って！」私は肩で息をしながら言った。

「二回目の攻撃は屋根叩きから数分後にあるらしいわ」と姉妹の一人が説明した。「ヤッラ！」

ともう一人が付け加えた。

車庫から出たところをドローンに攻撃されたら？　空爆現場から車で離れるところを目撃されたら、私たちが疑われないだろうか？　などなど、さまざまな疑念が頭の中を駆け巡った。

「ヤッラ！」そんな私を姉妹の一人がパニック状態から引き戻してくれた。車庫を出て数メートル行ったところで、私たちは家の東を行く救急車に遭遇して車を止めた。

「なぜ救急車がいるの？　兄の家に誰かいたの？　怪我人がいるの？　家政婦さんに電話してみて！」私は姉妹たちに頼んだ。

私たちは隣の叔母の家まで車で行くことにした。そこが安全でないことはわかっていたが、家からあまり遠くへ行くことは考えられなかった。「神よ、彼らを呪いたまえ！」と叔母は祈った。

「どうして私たちの家をこんな風に破壊するの？」

「家のそばの野原にレジスタンスの戦闘員がいたんだと思う」といとこは推測した。「人なのか物なのか、とにかく何かを狙ったはずだ」。

叔母が私に向き直って「ドルガム、ずいぶん痩せたわね！　戦争のせいでこんなに体調を崩してしまったのね。必要なものははっきりしてる。ワインをいかが？」と言ってにっこり笑った。

私はワインがあまり好きではなかった。よく飲むのはラムで、次にウォッカ、そしてウイスキーだ。だが選択の余地などなかった。「こうなったら何だって飲みますよ」と私は答えた。私

vi　ヤッラはアラビア語で「行こう！」や「急いで！」を意味する。

たちはそれから数時間、大きいほうのミサイルを不安な気持ちで待ちながら、家に戻るのが安全かどうかについて議論した。結局、ミサイルはそれきり飛んでこなかった。

家に戻ると、家族と家の従業員は、その日のショックを癒すために眠りについた。私はキッチンで次々と煙草を吸いながら、窓から東の方角を、日が昇るまで見つめていた。

◆

「よく来られたね！」私は、しばらく出勤できずにいた家政婦に言った。

「停戦が発表されてすぐに来ました」と彼女は説明した。戦争中に人道的な理由から何度か停戦合意が取り交わされたが、いずれも短命に終わり、数時間で決裂することが多かった。

「全部嘘です。彼らはまだあちこちで爆撃を続けています」と、彼女は失望した様子で首を振りながら言った。

「帰りは誰に送ってもらう予定？」

「どなたかにタクシー乗り場まで送ってほしいんです。誰も私の家まで行きたがらないんですよ。戦闘が激しい場所に近いから、みんな怖がっているんです」

「わかった、タクシー乗り場まで送るよ。気晴らしに出かけたいんだ。最近バーバーが癪に障ってきたし」と私は彼女に言った。

「具合はどうですか？　お母様に聞きましたよ。口の中にできものがあって、喉も腫れているって。オリーブオイルをたっぷり使った塩辛いものを食べて、温かい飲み物を飲むといいですがあった。

「創り主に会う準備はできてる？　タクシー乗り場まで行く間に、いつ死んでもおかしくないよ」と彼女は優しく言った。私は驚いて彼女を見た。自分の病状について人に知られるのは抵抗があった。

「お願いだからそんなこと言わないでください！」と彼女は懇願した。

数時間後、私は家政婦にそう冗談を言った。

通りには瓦礫の山が連なっていた。家政婦はそれぞれの爆撃について耳にしたエピソードを話してくれた。その中で印象に残ったのは、私の同級生の家についての話だった。数日前のニュースで、彼と彼の妹、そして彼の妻が爆撃で殺されたことは聞いていた。かつて彼の家だった瓦礫のそばを車で通りながら、もし戦争が勃発していなかったら私たちは再会していただろうか、時の流れとともに失われた友情をもう一度温めようとしただろうか、と考えた。

すぐに実家には戻りたくなかった。そこで、海岸沿いの高速道路を、大音量で音楽を聴きながら、ただ何も考えずに走ることにした。

私は崖の縁に車を停めた。そしてそこで打ち寄せる波の音に耳を傾けてタバコを吸いながら、水平線を眺めた。一〇代の頃、恋人に会うためにこっそりと出かけ、今、車を停めた場所からそう遠くない海辺の崖に停めた彼の車の中で絶頂を迎えたときのことを思い出した。

一瞬、湧き上がったその思い出が甘美に感じられたが、より遠い記憶をたどっていくにつれて、その感覚はすぐに消え去った。

「キヤーム！」[vii]校長が教室に入ってくると、中学一年生の頃の担任教師が厳しく起立を命じた。

「静かに！　ここは中学校です。君たちは、今日から立派な男になるための旅を始めるのです」と校長は私たちを見下ろしながら言った。「今は何の時間ですか？」と校長は担任に尋ねた。

「宗教です」と教師は答えた。

「審判の日について誰かわかる人はいますか」と校長は尋ねた。

「はい！　はい！　はい！　はい！」大勢の同級生が熱心に手を挙げた。

「審判の日は、神の創造物すべてをその場に凍りつかせるほどの恐ろしい音で始まり、空、陸、海が大きく裂け、火山が噴火し、山々が崩れ落ちます」と、クラスメートは確信を持って澱みなくその恐怖を説明した。「そして誰もが、家族や友人、息子や娘のことを忘れ、一人きりで神と向き合うことになります」と彼は続けた。

「僕は忘れない」と私はボソッと独り言を言った。

「なに？」と校長が不愉快そうに私に向き直った。

「僕はママや他の家族のことを忘れたりしません」と私は答えた。

「みんな見て！　うちのクラスにマザコンがいるよ！」クラスメートが私をからかい、みんなが笑った。

「静かに！　偉そうなことを言うんじゃない。今すぐ校長室に行きなさい」と校長は私に命じた。

それからまもなく、父が学校に呼び出された。「何をしたんだ？　まだ学校が始まって一週間目なのに」と父は厳しく私に尋ね、「転校はもう三回目じゃないか」と声を荒らげた。

「部屋の外で立っていなさい。お父様と話がある」と校長は私に言った。

「息子に、先生と同級生に謝らせます。あの子は優しいけど頑固で、同じ年頃の男の子たちとは違うんです」と父が校長に言うのが聞こえた。

「私たちにお任せください。生徒の中には、意見の違いで興奮する子もいます。今年度中には、息子さんも同級生たちと同じようにきちんとした人間になりますよ」と校長は傲慢にも父にそう約束した。

教師も同級生も、私がガザを去るまでこのようないじめを続け、私のほうも大口を叩いて彼らを黙らせ続けた。ガザで過ごした最後の学年であった一一年生の時点で、父は数えきれないほど何度も校長室に呼び出されていた。

母と私は今でも、私が学校から帰ってきて、「審判の日には、ママは本当に僕のことを忘れてしまうの？」と聞いたときのことを思い出して笑い合う。

◆

実家に戻る車中で、はっきりとした口笛が聞こえて、あの人かもしれないと思った。つまるところ私たちの家はそれほど離れてはおらず、彼の家と実家は、一時停止の標識がある十字路で隔

vii キヤームは日本の学校で言う「起立、礼！」のイスラーム版。キヤーム・アッ・ライルとともに、イシャー（一日に行う五回の礼拝の最終回）後から夜明けの間に行う任意の夜の礼拝を指す場合もある。

てられていた。彼は私を見かけただろうか。私がガザに戻ったことを知っているのだろうか。

「どこに行ってたの？」家に入るなり母に怒られた。

「心配したのよ！　バーバーはあなたと一緒に行かなかったことを責めて運転手と大喧嘩して彼を叩いたのよ」と彼女はひどく憤慨して言った。

「え？　どういうこと？　彼は大人なのに！」と私は言った。

「おい、ハワル！」バーバーが部屋から叫んだ。私たちが話しているのが聞こえたのだろう。

「さあ始まった。たとえ戦争中でも、この戦いからは逃れられないってわかってた」。父の部屋に向かって歩きながら、私は母に言った。

「どこへ行ってたんだ、この、マニヤック！」と父が怒りをぶつけてきた。

ハワル（Khawal）とマニヤック（Manyak）は、ずいぶん昔に置いてきたはずの二つの単語だった。それは両方とも、ゲイを表す侮蔑的な言葉だ。[viii] 私たち兄弟はいつも父からそう呼ばれてきた。他の兄弟はそれをさりげなく受け流していたが、私はいつも反撃した。「本当に？　またそんなバカなことを言うの？　もう子どもじゃないんだから、ちゃんと敬意をもって話してよ！」と私は言い返した。

「こっちに来なさい。あの子を私の近くに連れてきなさい！」と父はケアワーカーに指示した。家の従業員たちは私たち家族の喧嘩に決して口を出さなかったが、私はいつも、彼らが父の激しい癇癪（かんしゃく）についてどう思っているのだろうと気になっていた。

「どうしたのおじいさん。立ち上がれないの？　追いかけてきたらどうなの？　昔はベルトを持ち歩いてたよね？」。私の発言にその場にいる全員が驚いてこっちを見る中、私は父をからかい続けた。

「母さんはおまえをまともに育てなかったんだな」。父も手綱を緩めなかった。

「ほんと？」私は笑った。「私のママだよ。言葉に気をつけて」と私は警告した。

「ママが私をちゃんと育てなかったって言うなら、離婚したあなたの母親も、あなたをちゃんと育てなかったんでしょうね」。私はそう言って、素っ気なくその場を立ち去った。

私は家族や女性に関する古風な考えを支持する人間ではない。しかし祖父母の離婚や、祖父による父の母親に対する仕打ちが、父にとって最大の弱点であることは知っていた。そのせいで実の父親とずっとそりが合わなかったのに、どうして父は同じ過ちを繰り返すのだろうと、私はいつも不思議に思っていた。

「ハビービー！　手加減してあげて。家のものがなんとかするから、心配しないの。彼らは長年いて慣れてるから。あなたは昔からずっとあの人にキツく当たるのね」。母は私に懇願した。

「耐えられない！」と私は言った。

「あなたは厳しすぎるわ。私は許さないし、他の家族にも言うつもりよ。お父さんはあんなことを言うけど、本気じゃないことはあなたもわかっているはずよ」と姉が言った。

viii　ハワルは「女装した男性ダンサー」の意で、マニャックは「精液」のこと。そこから転じて、男性同性愛者に対する侮蔑の意図で用いられる俗語になっている。

「もうたくさん！　叔母さんのところに行きましょう。あの人をしばらくそっとしておいたほうがいいわ」。母はいつものように、父を避けて一人にして放っておくことが解決になるフリをして、その場の空気を和らげようとした。そのやり方は上手くいった試しがなかった。

父の怒りは留まるところを知らなかった。私たちが実家から駐車場を隔てた叔母の家のバルコニーに座っていると、彼が向こうから銃を持って現れた。

「あれ鉄砲!?」と私はアゴが外れんばかりに驚いて聞いた。「昔のクセは直らないもんだな」。爆笑が止まらなかった。

「家に戻りなさいよ、おじいさん！」と叔母が駐車場の反対側に向かって叫び、いとこは彼をなだめようとした。私は信じられない思いで、立ち上がることもできずに彼を見つめていた。それはこの世界に存在する有毒なマチズモの、銃まで備えた完璧な姿だった。父はケアワーカーにもたれかかりながらも、自分がボスだと示そうとするかのように、空に向かって三回発砲した。私は、銃を上に向けた彼の姿を、もしドローンが捉えたらどうなっていただろうかと考えずにはいられなかった。バーバーは銃でドローンを撃墜しようとしている人と間違われただろうか。イスラエルは死者数の増加を正当化するために、あらゆる種類の口実をひねりだしていた。問題にされるのは細部ではなく、見かけだけだった。

「殉教者よ、永遠なれ！　殉教者よ、永遠なれ！」近所のモスクから放送が流れた。

「祈りの言葉を叫ぶより、元気の出る音楽でも流すべきよ」と叔母は笑った。私たちは昔から、宗教や近所のモスクに束縛されるような家族ではなかった。イマーム[ix]が朝の祈りを呼びかけるおどろおどろしい声で今までに何度も叩き起こされたからだろう。私たち家族の気持ちがお祈りに向かうことはなかった。

私は、少なくとも努力はした。しかし、イマームにセクシュアリティについて質問したときに、恐怖と不安を植えつけられたので、モスクに行くのをやめてしまった。彼は、普通とされていることから逸脱する内容についてのいかなる話し合いも拒否した。そして、彼が「逸脱者」と表現する者たちに対するさまざまな処刑の方法を並べたてた。

それ以来、私は信仰や宗教に関する母の考え方をありがたく思うようになった。彼女は一日に五回祈りを捧げ、メッカに行ったことも二回ある。しかし、母は私たち全員に、自分の信仰については私たち自身が最高責任者であるということを教えてくれた。彼女は私に、祈りや断食をしなさいとは決して言わなかった。私たちがどの信仰とどのような関係を持つかは、私たち次第だった。イマーム、司祭、ラビ、そして彼女が言うところの宗教の商人たちは、そこに口出しできないのだ。

父の癇癪が落ち着いてくると、私たちは家に戻った。父はしきりに仲直りをしたがった。寝るまでには皆の怒りを収めるというのが、父の得意技だ。「私はもう年寄りなんだよ、なあ、息子よ」と彼は言った。私は父が眠りにつくまで、静かに枕元に座っていた。

◆

ix　イマームはイスラームの礼拝の導師。ムスリム共同体（ウンマ）の長を指す。

「ガザの人たちがどうだって言うんだ！　あいつらはみんなハマースなんだから、戦争になったってしょうがないさ。そうじゃないと言い張るガザのやつは、靴でひっぱたけ！」と、エジプトで広く支持されているトーク番組で、低俗なアラブ人然とした人気司会者が宣言した。テレビから視線をそらすと、父の寝室のドアに貼られたエジプト国旗のステッカーが目に入ってきた。彼の母親はエジプト人だった。父はエジプトの血筋をずっと誇りにしており、エジプト北部を冒険した話をよく聞かせてくれた。私たち一家はカイロで何年も夏を過ごしたものだが、エジプトの反パレスチナ感情は耐え難いレベルにまで達していた。私はその国旗を見るに堪えず、とっさに立ち上がってステッカーを剝がし始めた。

「やめろ！」と父が言った。

「黙ってて。あいつらの嘘に騙されて、実際に戦争にまで参加したなんて信じられない」と私は怒りに任せて言った。

ステッカーを剝がしながら、この状況でシナイを通ってカイロ国際空港まで行かなければならないことを思って恐ろしくなった。まだ疲労感がひどく、熱もほとんど下がっていなかった。

「とんでもない休暇だったわね」と母は言った。翌朝、私は戦争が正式に終結する数日前の人道的停戦中に、出発の準備をしていた。

「そう、僕が戦争を一緒に連れてきたのさ」と私は冗談を言った。

「次回はもっと良い状況だといいわね」と彼女はため息をついた。

「次回？　ママ、次回はもうないよ。こんな惨めな場所はもうたくさん。会いたければ、私がいるところに来て。ビザの申請も全部やってあげるから！」と私は宣言した。

「そんな言い方をしてはいけません。あなたの家はずっとあなたの家なのですよ」と母は厳しく言った。

「ご準備は？」と運転手が尋ねた。

「できてる。もう停戦は有効になった？」と私は尋ねた。「国境の検問所は本当に今日開くかなあ」。

「はい、大丈夫です」と彼は答えた。

家を出た瞬間のことは覚えていない。両親や姉妹と抱き合ったかどうかも覚えていない。慌ただしさに我を忘れて、とにかくそこから出ようと必死になっていたのだと思う。

「瓦礫だらけだ」と私は首を振りながら運転手に言った。

「こんなのは大したことありません。序の口です。本当にひどいのはもっと東のほうです」と彼は答えた。私たちは、数日前にフザーアの大虐殺が起きたハーン・ユーニスを通過していた。その町は、シュジャイヤ地区と同じように、完全に破壊されていた。

国境の検問所に着いたとき、これは長い旅になるなと思った。到着ロビーは爆撃で破壊され、瓦礫が地面に転がる中、何千人もの人々が外へ出ようとしていた。彼らの多くは出られないだろう。エジプトが渡航を許可しているのは、他の場所で治療が必要な負傷者、人道的理由がある案件と、外国の居住権やビザを持つ者に限られていた。

理由はどうあれ、ガザ出身のパレスチナ人はアラブ諸国を旅行するとき、最悪の屈辱的な扱いを受けるのである。パレスチナ側を出てまもなく、私たちは悪臭漂うエジプト側の到着ロビーに送り込まれた。朝七時に実家を出たが、国境のエジプト側から出られたのはその一二時間後だった。私はこの旅の過酷な現実から目をそらそうとした。ラマダーンの終わり、つまり最も神聖とされる時期だったが、他人を気にせず外に出てタバコを吸った。少なくとも精神的な意味において、ガザでその年、ラマダーンの断食をした人は一人もいなかったと私は確信している。絶え間ない爆撃とその不当さという重圧の下で、誰がどうやって断食できるだろうか。

待ち時間が果てしなく長く感じられたのは、自分が患っていた病気について最悪のシナリオばかり思い浮かんできてしまっていたことも大きな理由だった。私は、気分も良くなってきているし、目的地に着いたらすぐに医者に行けばいいんだと自分に言い聞かせ続けた。

しかし、ある若者が発作を起こしたのを見て、事態がひどく悪化していることを悟った。彼は私と同い年くらいだったと思う。ヒゲを生やした男で、身長も私と近く、黒と赤のTシャツを着ていた。彼は突然倒れ、八月のうだるような暑さの中、口から泡を吹いて体を波うたせながら痙攣を起こした。人々があわてて彼を助けようとするのを私は見ていた。私も彼を助けたかった。だがそうはせず、私は背を向けて、タバコを吸い続けた。

あたりを見回すと、「エジプト、マアバル・ラファへようこそ」と書いた崩れかけた看板が目に入った。私はふと、アラビア語の「渡る（ma'bar）」という単語が、「ヘブライ（Hebrew）」という単語と同じ語源を持ち、出エジプトの際にシナイを越えたとされるヘブライ人部族を指していることに気づいた。そして私の好きな政治ドラマのひとつ、『ザ・ホワイトハウス』を思い出した。見せかけの中東和平をめぐるあるエピソードの中で、脚本家たちは当然のごとくパレスチナを否定的に描いていた。しかし、マアバル・ラファァで屈辱に耐えていた私には、このエピソードにあった次のセリフがこれ以上ないほどの真実味を帯びて思い起こされたのだ。「パレスチナ人はアラブ世界のユダヤ人である」。

海外に居住する旅行者である私は、エジプトに滞在することも、シナイを単独で旅行することも許されなかった。その代わり、まるで犯罪者であるかのように、軍の護送車で他の人たちとともにカイロ国際空港に直接護送された。空港に着いたのは深夜四時過ぎだった。負傷者たちはどうなったのだろう。間に合っただろうか。彼らの命は助かっただろうか。

「何があったんだ」。空港で兄が、私の様子にショックを受けてこう尋ねた。「だがバラバラになってなくて良かったよ。ずいぶん痩せこけたけどな」と彼は私を励まそうとした。「フライトは数時間後だ。カイロに泊めてくれる人を見つけられなくて申し訳ない。あらゆるツテをあたってみたんだが……」と彼は続けた。

「市民権をあげると言われたって、こんなところに泊まるもんか」と私は怒って言った。

「声を落とすんだ。警備員があちこちにいるからな」と彼は優しく言った。「これを持っていけ。到着してからもっと必要なら言ってくれ」と言って彼は私にいくらかのお金を手渡してくれた。

◆

あの夏のことを思い出すことはあまりないが、思い出すと、無関心に支配された場所と時間の中で動けなくなっている自分がいる。それは、あの青年が国境で発作を起こしたときに感じたのと同じ無関心だ。しかし、それにもかかわらず私はまだ、あの見捨てられた土地が無関心のどん底から立ち上がり、多様性を尊重して祝福するときが来ることを想像し、願い続けている。

　飛行機が離陸したとき、私は肚（はら）の中から何かが湧き上がってくるのを感じた。これまでのこと、そしてこれからのことを思って、泣きたくなった。流血と痛みに打ちのめされた自分のために泣きたかった。しかし、涙を流すべきだったときはもう過ぎ去っていた。心の奥底で私は、これから癒しの長い旅、再び自分自身を見つける旅が待ち受けていることを知っていた。

　戦争、不正義、恥、孤独と失望の傷跡を完全に癒すことができる人はいるのだろうか。癒されないほうがいいのではないか、この世界の残酷な無関心を忘れないためには、痛みがなくならないほうがいいのではないかとさえ思った。私はヘッドホンをつけて、あの五一日間の、もやの中にいるような日々を乗り越える拠り所になってくれた、たったひとつの曲を聴き始めた。私は、一人になりたいとき、死に抗いたいときにその曲を聴いた。そして私の痛みを、耳を傾けるべき、理解され、抱き止められるべきその痛みを、決してそのまま受け止めようとしない世界に逆らうために、その曲を聴いた。

　私はヘッドホンをつけて、あの五一日間のもやのような日々を切り抜けさせてくれたその曲、ワンリパブリックの『私は生きた（I Lived）』を聴き始めた。

ガザ地区南部のエジプトとパレスチナを結ぶラファ検問所で、エジプトへ渡ろうと待つパレスチナ人。2015年5月26日。写真：サーメフ・ラフミ

移動制限というナクバ――ガザ、過去を振りかえることこそが未来への道

ユーセフ・M・アルジャマール

一九八七年、私の父は、いつものようにイスラエルでの仕事から帰宅する途中、ヌセイラート難民キャンプにある私たちの暮らす地区（通称ブロックA）の入り口で呼び止められた。そこは第一次世界大戦中にイギリスの刑務所として使われていた場所だ。気晴らしを求めるイスラエル兵にとって、父の存在はぴったりだった。少なくとも彼らはそう考えた。そして父を辱めるために、道の向こうにあるカフェに集まってアラブ古典音楽を聴いている群衆の前で踊れと求めた。父は少し時間をとってその要求について考えた。断れば、殴られたり、逮捕されたり、拷問されたり、撃たれたり、あるいは殺されたりしかねないことはわかっていた。父は、自分が踊れるように手拍子をしてほしいと彼らに頼んだ。彼らが銃を置いて手拍子を始めると、父はつっかけを拾い上げ、スリムな体を活かして走り去った。

カフェにいた人々はイスラエル兵を笑い、今度は彼らが辱められることになった。兵士たちは

怒って、父を捕まえて思い知らせようと追いかけ始めた。父は文字どおり命がけで走っていたし、追っ手よりもはるかに足が速かった。数秒後には、父はオレンジ畑に入って、子どもの頃よく遊んだ高い木に登って姿を隠した。兵士たちは父を探し続けたが、結局見つからなかった。彼らが立ち去るまで、父はずっとそこにかくれていた。この間、難民キャンプでは、父が兵士に捕まった、殴られた、殺された、拷問を受けたなど、さまざまなうわさが流れた。祖父母は彼を探し始め、捕らえられたパレスチナ人が収容されるヌセイラート難民キャンプの入り口にある軍の前哨基地にも行った。祖母は、ようやく息子の声が難民キャンプ内に聞こえたときには、彼のために泣き始めていた。兵士たちがオレンジ畑を去ると、父は近くのモスクまで歩き、美しい声でマグレブ（日没）の祈りを呼びかけた。これが、心配する家族との彼なりのコミュニケーション方法だったのだ。私たちパレスチナ人は、この事件の何十年も前から、そしてその後も、占領下でこのようなダンスを踊り続けてきた。

　一九四八年にナクバがパレスチナ人を襲った瞬間、それは肉体的にも精神的にも大きな傷跡を残し、時が経った今も癒えていない。パレスチナ人社会の基盤は破壊され、多くの人々が劇的な変化に襲われた。[1]大量の国外脱出に加え、パレスチナ人は家族を失ったり、負傷したり、投獄されたりして、ガザ地区、ヨルダン川西岸地区、近隣のアラブ諸国、そして国外へと離散し、シャタートあるいは「ディアスポラ」と呼ばれるようになった。ナクバは、過去四分の三世紀にわたって、パレスチナ人の社会的、政治的、文化的、経済的な活動を定義してきた、現在も続いている複雑な分断プロセスの始まりにすぎない。[2]

一九四八年、祖父母は、歴史的パレスチナのラムラから南へ四キロのところにある村アーケルを離れた。彼らはそのとき、延々と浜辺を歩いてガザまで行った。そのことがその先、何十年にもわたって彼らを取り巻く社会を（再）形成することになろうとは、思ってもみなかっただろう。当時二〇代前半だった私の祖母ザイナブ・アブーラフマは、たった一人の赤ん坊ガリアを抱っこしてガザまで行かなければならなかった。足が腫れるまで歩き続けるしかなかったのだ。彼女の弱々しい体はあまりに頼りなかった。彼女は文字どおり、赤ちゃんと夫のユーセフ（私の名前は彼にちなんでつけられた）以外には何も持たずに旅立った。村を出る直前、シオニストの民兵が村に侵入し、祖父母は曾祖父のアフマド・アルジャマールを殺されるという悲劇に見舞われていた。祖父母は彼を弔う暇もなく、すぐに村を去らなければならなかった[3]。

こうして私の家族は難民としてガザで暮らすことになった。これが数十年にわたる苦悩と家族離散、渡航制限と申請却下に繰り返し悩まされる旅の始まりであった。イスラエルの軍事占領下にある他の何千ものパレスチナ人家族と同じように、私たちも苦しみ続けている。親戚の半分、父方のほうはガザで暮らすことになり、残りの半分、母方のほうは、ヨルダン川西岸地区で暮らすことになった。つまり私の親戚家族は一九年間、まったくつながりのない二つの地域に分断され、離れ離れになってしまったのだ。会うためには、ヨルダンとエジプトを経由して旅をするしかなかった。皮肉なことに、この分断が三〇年間だけとはいえ解消されたのは、イスラエルが一九六七年にガザ地区とヨルダン川西岸地区の占領を開始したときだった。ガザ地区とヨルダン川西岸地区がイスラエルによるパレスチナ占領地となり、私の家族は、イスラエルの占領下で初めて再会できたのだ。[4]

ガザ地区とヨルダン川西岸地区間の家族訪問はつねに困難を伴ったが、一九六七年から九三年までは、不可能なことではなかった。一九九三年にパレスチナ解放機構とイスラエルの間でオスロ合意（いわゆる和平合意）が調印されると、両領土を訪問しようとするパレスチナ人に対し、より複雑で妨害的な許可制度が導入された。[5]そして二〇〇〇年の第二次パレスチナ・インティファーダの勃発が、人々の移動に関して言えば、とどめを刺すことになった。イスラエルによる移動制限は、ガザ地区、ヨルダン川西岸地区、エルサレム、そしてイスラエル国内に住むパレスチナ人を、それぞれ互いから切り離した。[6]過去に、イスラエルから許可証をもらって、家族でガザからエリコまでバスで行ったことを覚えている。二〇〇〇年以降は、イスラエルが独自に判断した一部のケースを除き、許可を得ることがほぼ不可能になった。

イスラエルによるこの分断政策は、ガザ地区のパレスチナ人に多大な影響を与えている。私の家族も例外ではない。二〇〇三年、母方の祖父がエリコで亡くなったが、母は実の父である彼に最後の別れを告げることができなかった。それから五年後、祖母も他界した。母はまたもやガザから出られず、直線距離で一時間しか離れていない場所で行われた実母の葬儀に参列できなかった。

パレスチナ人に課される移動制限を特徴づけるのは、それがすべての世代に影響する問題だということだ。たとえば二〇一三年、マレーシアとニュージーランドへの三週間の講演ツアーのためにガザを出発した私は、カイロ経由でガザに戻ろうとしたが叶わず、クアラルンプールで足止めを食らった。マレーシアへ送り返されたのは、「ガザとの国境が封鎖されたからだ」と聞かされた。[7] 国境が開くのを待たなければならなかったトラウマと、ガザに帰れないかもしれないという恐怖が、いまだに頭から離れない。私は一〇日後の二〇一三年七月、国境が再び一時的に開かれたときにようやく戻ることを許されたが、今度はガザに三ヵ月閉じ込められることになった。

ガザ地区のパレスチナ人（その七〇％が難民である）と同じように、すべてのパレスチナ人は、学生でも、患者でも、年長者でも、男性でも女性でも、そして子どもであっても、移動に厳しい制限を課せられている。ガザに住むすべてのパレスチナ人が、このような制限に苦しんでいるのだ。ガザに存在する複雑な移動制限を理解せずして、この狭い飛び地の将来を思い描くことは難しい。ガザの人々の未来は、パレスチナ難民がイスラエルの町や村に帰還することを含め、人々が自由に移動できるようになるかどうかにかかっている。パレスチナ人を地理的に統合することに加え、これは政治的統一にも貢献するだろう。地理的な分断は政治的な分断に大きく寄与し、それを維持する要因となっているのだ。

私の母も、他の何千人ものパレスチナ人と同じように、十数年前に家族と故郷を訪問するための許可申請をイスラエルの係官が却下したために、不必要な苦しみを味わうことになった。彼女は苦しまなくて済んだはずであり、申請却下は道徳的、法的、政治的に正当化できることではない。二〇一二年、母は一二年ぶりに家族との再会を許された。長い別離の後、自分の家族に会う許可を得たことは彼女に希望を与え、少しばかりの明るさと喜びをもたらした。[8] 許可証が取得できたことで、移動制限の突破は可能であると示された。しかしそのためにはパレスチナ側と国際社会からの圧力および政治的な意思表示が必要である。だが、それらが存在することは稀だ。
このような移動制限が解除されれば、ガザは再び繁栄する可能性があることを強調したい。そして制限の解除は可能であり、実現できると示したい。さらに重要な点として、イスラエルによる移動制限が、パレスチナ社会で最も重要な単位であるパレスチナ人家族の崩壊を狙っていることを、個人的な視点から説明する。パレスチナ人がいまだに存在し、集団として機能していることは、この点においてイスラエルが失敗したことを証明している。

ガザの苦しみを終わらせることは可能であり、実現できる

ガザ難民の苦しみは終わらせることができる。パレスチナ人はそんな希望に今も縋(すが)り続けている。それは、きっといつか人間として扱われるという希望、もう二度とイスラエルによる襲撃を受けないという希望、愛する人と再会できるという希望、そして、自由を求める闘争を勝ち抜いた他の多くの人々と同じように、パレスチナ人全体、そしてガザの人々が、恐怖や分断、軍事占領を受けることなく尊厳をもって生きることができるという希望だ。

二〇〇七年、私の二六歳の姉ザイナブは、二〇〇六年にイスラエルがガザに課し、現在も続く包囲による最初の犠牲者の一人となった。ヨルダンで受けた手術の後、胆嚢(たんのう)に挿入されたメッシュを交換するため軽度の手術を必要としていたザイナブは、病院に行くために、わずか七九キロ離れたエルサレムに入るイスラエルの許可を待って、ガザで足止めされていた。一週間後、その移動申請が却下された。[9]

ガザで家族が見守る中、姉の健康状態は悪化していった。私は高校受験を控えていたし、ガザではハマースとファタハが同地区の支配権をめぐって市街戦を展開していた。姉を見舞いにアル＝アクサー殉教者病院へ行ったときのことを覚えている。彼女はとても具合が悪そうで、疲れて、弱っていた。胆嚢の機能低下により、見るからに体が黄色くなっていた。数日後、ガザとエジプトを結ぶラファ検問所を通ってガザから出ることを許されたが、彼女が国境を渡るのはそれが最後になってしまった。

ザイナブはカイロで手術を受けることができたが、もう手遅れだったのだ。彼女の体はあまりに衰弱しすぎていたため、二日後、父と叔母の見守る中、姉は息を引き取った。彼女の遺体は、救急車でラファのエジプト・ガザ国境まで搬送されたが、国境は閉鎖されていた。二日間かけて、彼らはなんとかガザに入ろうとした。父たちはザイナブの遺体を、エジプトとイスラエル、イスラエルとガザを結ぶカレム・アブー・サーレムの検問所まで運んだ。そこの国境警備隊は彼らをラファの検問所に送り返した。三日目に、ようやくガザに入ることが許された。イスラエル兵が父に、なぜ泣いているのかと見下すような態度で尋ねた。父が理由を答えると、兵士は乾いた口調で「どうせみんな死ぬんだ」と答えた。

ザイナブの病死と父が受けた辱めは、私の成績に影響を与えた。私は英語の試験を二回受けたが、問題を解く気になれず、空欄を多く残したまま提出した。姉が亡くなった翌日に受けなければならなかったので、とくに二回目の試験は辛かった。しかし、私は英語が得意だったので、成績は最低だったが、英語学科に入ることにした。そうすれば、彼女の物語を確実に伝えることができるからだ。

そしてあなたが今これを読むことができるのはそのおかげである。

ガザ地区での渡航制限解除は、現実として可能ではある。イスラエルの人権団体ギシャは、移動許可を取得できずにいるガザ地区出身のパレスチナ人数百人のためにキャンペーンを展開している。[10] 二〇一二年、一二年間失敗し続けた末、私の母もそこに加わった。ギシャは、母に代わってイスラエルの裁判所に提訴し、生まれ育ったヨルダン川西岸地区の家族を訪問するため四日間の滞在許可を得ることに成功した。母は、ガザで過ごした一年ごとに一日ずつ、合計三二日間を「超過滞在」した。好きなだけ故郷にいたいと思えば、滞在許可を破ることになるという状況を想像してみてほしい。[11]

母にとって、この訪問は決して楽なことではなかった。家族と再会した母は、「うれし涙」と本人は言うが、何度も涙を流した。私はそれを、我々が受けてきた不正義と、それによって奪われた人間性を悼む涙であると考える。このような仕打ちの不当さに、私たちは涙を流すのだ。

母は、自分がガザに閉じ込められている間に生まれてもうすっかり大きくなった新しい甥や姪の名前をたくさん覚えなければならなかった。長い歳月を隔てて家族と再会するのは不思議な気持ちだっただろう。彼女は、生まれ故郷の町で外国人旅行者のような、一緒に育ってきた人たちと居ながらよそ者のような気分を味わった。母はこの訪問を利用して、家族が離れている間にガザで起きた重要な出来事などについて家族に報告し、ヨルダン川西岸地区での生活についても話を聞いた。この訪問により、失われた歳月を取り戻すこと、再び自分の家族を知ろうとすることをめぐって、彼女の中で複雑な感情が交錯した。

母は両親の墓参りをして涙を流した。

母がヨルダン川西岸地区にいる家族を訪ねたことで、私もいつか家族に会えるかもしれないという希望を持つことができた。母方の叔父ムハンマドは二〇一五年に亡くなったが、幸いにも母は彼の葬儀に参列し、家族と一緒に過ごすことができた。叔父とは一九九九年以来会っていなかったが、彼と電話で話したことは鮮明に覚えている。英文学を愛していた彼は、シェイクスピアについてよく話してくれた。

二〇一四年、私は一〇年以上ぶりにヨルダンを訪れ、西岸地区とヨルダンに住む多くの家族に会うことができた。これがガザでの移動制限問題に対する私の解決策だった。自分の年齢とイスラエルの政策を考慮すると、ヨルダン川西岸地区の家族を訪ねるためにイスラエルの許可証を取得するのがほぼ不可能であることは、私にはよくわかっていた（一親等の親族が病院で亡くなっていれば許可証が発行されるかもしれないが、それさえも確実とは言い難い）。

私がヨルダンに行ったのは、別離を余儀なくされたために一五年間会えずにいた叔母のジャミーラに会うためだった。私はヨルダン川西岸地区とヨルダンの多くのいとこたちとともに彼女を待った。彼女が数十年暮らしているアラブ首長国連邦（UAE）からアンマンの空港に到着すると、私たちは列を作って代わる代わる彼女に挨拶した。彼女は、私以外の西岸地区とヨルダンのいとこたち全員のことを知っていた。私たちが最後に会ったのは一九九九年のエリコで、私がまだ子どもの頃のことだった。

叔母は私が誰なのか当てようとした。そして三回挑戦した時点であきらめた。ジャミーラ叔母さんにやっと会えたというおめでたいイベントの最中なのに、シュールでやりきれない気分になった。複雑な気持ちだった。長年にわたって離れ離れになり、彼女は私が誰なのかわからなくなってしまったのだと思うと、息苦しくなった。時が止まってしまったのだ。ガザにいて一九九九年以来、妹に会えなかった母のことを思い出した。二〇一二年、一〇年以上の別離を経てようやく家族に会えたときに母が感じたであろう心境を思った。

私は叔母の顔を見つめ、皺や特徴をつぶさに観察した。時間の経過、そして病気と亡命生活によって、叔母は大きく変わってしまったが、彼女の目は、私が子どもの頃に知っていたのと同じ輝きと透明さを保っていた。「僕はユーセフです」と私は言った。「あなたの甥です。あなたに会うためにクアラルンプールから飛行機で来ました」。彼女は信じられないという顔で私を見た。沈黙が訪れ、家族全員が見守る中、私たちはお互いをじっと見つめ続けた。

ジャミーラがようやく私が誰か理解したときの表情は忘れがたく、いつまでも私たち家族の記憶に残るだろう。彼女が私を認識すると、私たちは数分間しっかりと抱き合った。まるで固い抱擁によってこれまでの年月を取り戻そうとするかのように。私は持てる時間を叔母ともっとよく知り合うために使った。私は家族と一緒にいるのに自分がよそ者であるように感じ、打ち解けるのに何日かかかった。数日後、ヨルダン川西岸からさらに親戚が到着して、また同じことが繰り返された。

さらにその数日後、私はいとこのアフマドと一緒に、いとこのアンマールを車で送った。目的地は、パレスチナとヨルダンを結び、ヨルダン川西岸地区にいる家族と私を隔てるアレンビー橋だった。アンマールは、修士号を取得するべく滞在していたロシアから、ジャミーラに会うためにやってきたのだ。子どもの頃、ベツレヘムで彼と遊んだことを覚えている。私たちは互いに離れて育った。フェイスブックなどのソーシャルメディアが普及し始めた頃、それを通して連絡を取り合った。しかし、コンピュータの画面を通してつながるのは、とても違和感があった。感情の温かみも伝わらず、スクリーンがあることで逆に離れ離れであることが強調される。二時間しか離れていないところに住んでいるのに、なぜスクリーン越しに会わなければならないのだろう。

アンマールが国境を越えるとき、私はそこから最も近い地点に立ち、遠くからエリコのアカバット・ジャベル難民キャンプを眺めた。ここは何年も前、私がまだ子どもの頃、当時はガザとヨルダン川西岸地区を行き来することが許されていたので、家族と何度も訪れた場所だった[12]。私の耳に響いていたのは、パレスチナの小説家、故ムーリド・アル゠バルグーティが彼と家族を三〇年もの間、隔てていた橋について語った言葉だった。「おまえは数メートルの木にすぎないが、ちょうど三〇年続いた追放と同じ長さだ。この黒い木片が、どうしてひとつの民族全体を、夢から遠ざけることができたのか[13]」。

二〇一七年、私はドイツでいとこのサーメル（三九歳）と初めて会った。その出会いは感動的で、長年の別離の後ドイツで会うことになったという状況から、イスラエルによる占領が私たち家族をいかに分断したかについて話す絶好の機会となった。サーメルはアラブ首長国連邦（UAE）に住んでいたが、二〇〇六年に、当時唯一、彼を受け入れてくれることになったソマリアへの出国を余儀なくされた。彼はそこで父親と合流した。ソマリア滞在中、彼は民兵に拉致されてトラックの荷台に縛りつけられた。誘拐者たちは、彼が今は亡きアルカーイダ指導者ビン・ラーディンの息子であると主張し、一〇〇万ドルの身代金を要求した。そうでないことは誰もが知っていたが、それでも彼は二ヵ月間拘束された。その後、別の民兵組織が主導権を握り、彼はようやく解放された。このままでは危険だと判断した彼は、妻と子どもを連れてイエメンに密航した。物事が落ち着き始め、良い仕事を見つけたのも束の間、かつてアラビア・フェリックス（幸福のアラビア）と呼ばれていた場所で内戦が勃発した。その後、彼は家族を連れてサウジアラビアからトルコへと渡り、より良い将来を求めて最終的にドイツに定住した。

二〇一七年に会ったとき、彼はイスラームの祝日であるイード[i]を家族のメンバーと過ごすことができたのは十数年ぶりだと話してくれた。彼の母親ソマイヤは、私が生まれる前にパレスチナを離れて、アラブ首長国連邦で二〇〇六年に亡くなってしまったので、私は一度も会うことができなかった。

二〇一八年、いとこのウィサームに、彼が住んでいるスウェーデンで会った。私がウィサームに最後に会ったのは、二〇〇二年、ヨルダンでのことだった。ウィサームは私を二、三日泊めて

---

i　イードはイスラームの二大祭を指す。イード・アル＝フィトル（断食明けの祭）は、断食月のラマダーンに続く月の一日から三日までイスラーム世界全土で盛大に祝われる。イード・アル＝アドハー（犠牲祭）は、巡礼月の一〇日から一三日にかけて四日間続く。

くれて、パレスチナの伝統料理でもてなしてくれた。彼は料理の腕前について、母親のおかげだと誇らしげに語った。彼の母親とは、二〇一七年にアンマンで開催された家族の結婚式で会ったことがあった。アンマンで叔母のルカヤ（ウィサームの母）、イーマーン、ヌサイバ、叔父のビラールとヤーセルに会えたことは刺激になった。また彼らの多く、とくにルカヤと共有しているユーモアのセンスも呼び覚まされた。子どもの頃、彼女がいとこたちと私に、自分が死んだら墓石に一六歳だったと書いておいてほしい、そうすれば墓のそばを通る人たちの同情を誘えるからと言っていたのを覚えている。時の流れは彼女に皺を刻んだが、彼女の精神とユーモアのセンスは、年を経てますます磨きがかかっていた。

パレスチナの家族は何十年もの間、イスラエルによる政策の犠牲となってきた。イスラエルは、移動制限は安全保障の一環だと主張し続けている。パレスチナ人は皆、この主張に根拠がないことを知っている。それは何よりも、私たちを分断することが目的なのだ。友人や他のパレスチナ人と話す中で、私はガザ、ヨルダン川西岸地区、エルサレム、そしてイスラエルのパレスチナ人同士は結婚すべきだとよく聞かされた。それこそがイスラエルに最も強いメッセージを送ることになるというわけだ。これは簡単で合理的なことのように聞こえるかもしれないが、パレスチナ人が自分たちの暮らすエリアの外にいる人との結婚を検討することは、不可能ではないにせよ、ますます難しくなっている。親たちは、子どもたちに二度と会えなくなること、孫に一度も会えないことを恐れている。母に起きたことが良い例だ。

それでも、イスラエルはパレスチナ人家族を崩壊させることに成功はしていない。人々は、イスラエルによる強制移住、隔離して窒息させようとする政策に耐え、パレスチナの家族はなんとか生き延びてきたのである。たとえば、私の家族もソーシャルメディアを通じてつながっており、失業者を支援するプロジェクトなどを展開している。このプロジェクトには、パレスチナのさまざまな地域から、そして亡命先からも家族のメンバーが参加している。また、自分の先祖や歴史をたどることができる家系図も自分たちで作成している。一九四八年以来、家族のメンバーは三倍に増えた。ガザ地区であろうが、ヨルダン川西岸地区、湾岸諸国、トルコやヨーロッパにいようが、私たちがひとつの家族であることに変わりはないのだ。

移動制限と現在進行形のナクバ

一九四八年のイスラエル建国から始まり今も続いているナクバを知らずして、ガザ地区のパレスチナ人に課せられている移動制限を理解することはできない。パレスチナ人が自由に移動する権利を制限し、パレスチナ人同士を物理的に引き離し、イギリス委任統治領パレスチナのわずか一・三%しかないガザを切り離したことは、長期にわたる分離と孤立というプロセスの始まりにすぎなかった。それ以来絶えることなくパレスチナ難民が生まれ続けている。一九六七年、イスラエルがエジプトからガザを奪って占領を開始すると、数千人のパレスチナ人が再び難民となった。[14]

二〇一四年夏、イスラエルによる大規模な攻撃の後、より良い未来を求めてガザを離れヨーロッパへ向かおうとしていたパレスチナ人数百人が死亡したと報じられている。[15] ナクバは、パレスチナ人全般にとってもそうだが、とくにガザの人々にとって、決して終わっていないのである。ガザ難民キャンプのどこを見ても、パレスチナ人は依然として過去の中に、とりわけ一九四八年の出来事の中に囚われていることがわかるだろう。ガザのパレスチナ人たちがイスラエルとの国境で抗議デモをした二〇一八年の「帰還の大行進」は、パレスチナ人たちが難民としての過去と帰還民としての未来の双方をどのように捉えているかを示す最も明確な例である。[16]

占領を超えて

一九四八年に始まった移動制限は、何百万人ものパレスチナ人の生活にさまざまな形で影響を与えてきた。イスラエルの誕生はパレスチナ人にとって、長年にわたる地理的、政治的、文化的、経済的な分断の始まりとなり、彼らは西岸地区、ガザ地区、イスラエル、近隣のアラブ諸国、そして北米やヨーロッパに散らばることになった。

一九六七年に始まったヨルダン川西岸地区とガザ地区の占領は、パレスチナ人を、地理的には歴史的パレスチナのエリアにまとめることになった。そして占領下に暮らすパレスチナ人は、イスラエルの管理下で比較的自由に移動できるようになった。しかしその自由は、とくに一九八七年の第一次インティファーダの勃発など、占領地で起こる事件によって制限されることもあった。そしてヨルダン川西岸地区とガザ地区でイスラエルの入植地が拡大するにつれ、パレスチナ人の移動はより困難になった。一九九三年にオスロ合意が成立し、パレスチナ自治政府が設立されると、より厳しい許可制度が新たに導入された。イスラエル、ヨルダン川西岸地区、ガザ地区間を移動しようとするパレスチナ人は、イスラエルに占領されたパレスチナ領土の中に次々と出現したイスラエルの検問所を通過するために、許可証が必要になった。

オスロ合意後に導入された検問所と許可証のシステムは、パレスチナ人にさらに多くの移動制限を課すものであり、集団的懲罰の一種として利用されてきた。こうした制限は、学生、患者、家族、労働者など、パレスチナ社会のあらゆる領域に影響を及ぼしている。そしてこのために最も大きな被害を受けているのはガザ地区である。地球上で最も人口密度が高い地域のひとつであり、難民が大多数を占め、ナショナリズムと占領に対するパレスチナの抵抗の中心地であるガザは、イスラエルにとってつねに重大な問題であった。そのため、イスラエルはつねにガザを、歴史的パレスチナの他の地域から、そしてさらに世界からも孤立させようとしてきた。

二〇〇〇年の第二次インティファーダ勃発は、移動制限に関する転機となった。インティファーダが長引くにつれて、ガザをパレスチナの他の地域から切り離す移動制限がさらに強化された。イスラエルはガザ地区唯一の空港を破壊したうえ、海上とガザの東側に緩衝地帯を設け、パレスチナ人が肥沃な農地の大半だけでなく、外の世界にもアクセスできないようにした。移動制限が強化されるにつれ、渡航できないために奨学金を失う学生が増え、ガザの外で医療を受けるためのイスラエルによる許可が間に合わず亡くなってしまう患者が増え、永久に離れ離れになる家族が増えた。ガザのパレスチナ人がヨルダン川西岸地区の人と会うには、パレスチナの自分たちの家で会おうとするよりも、ヨルダン、エジプト、あるいはヨーロッパで会うほうが簡単になってしまった。

ガザ地区のパレスチナ人は、経済活動をしたり、教育や医療を受けたりすることに関して、どの国からであれ、制約を受けるべきではない。イスラエルがヨルダン川西岸地区の病院へ行く許可を出さなかったり、ガザに必要な手術を行うのに十分な医療品や医療機器がなかったりするために、何百人ものパレスチナ人患者が命を落とすことは許されない。イスラエル政府がガザ地区への制限を解除する方向に自ら動き出そうとしないであろうことは、歴史が証明している。国内外のパレスチナ人、そして世界の自由な人々は、ガザの孤立を解消するために率先して努力すべきである。

ディアスポラのパレスチナ人は、パレスチナの権利を擁護するNGOや政治家の協力を得て、イスラエルやEUなどの関係者に圧力をかけ、占領を終わらせるべきである。このキャンペーンは、移動制限のために奨学金を失っているガザの学生たちにも重点を置くべきだ。学生たちは、ガザの外で教育を受けるための渡航を制限なく許可されるべきである。パレスチナの学術機関は、いかなる状況下でも危害を加えてはならない施設として保護されるべきである。またディアスポラにいるパレスチナ人や世界の自由な人々は、自分たちがガザへ入ることを認めるよう主張すべきだ。そうすれば、ガザから出たこともなければ、学問的な成長につながるそのような機会を持てずにいる学生たちに、いろいろなことを教えたり、彼らとかかわったりすることができる。

ガザ地区のパレスチナ人家族は、イスラエルから許可を得ることなくヨルダン川西岸地区を訪問できるようになるべきだ。移動の自由と家族が集まる権利は、パレスチナ人に政治的な圧力をかけるための条件やカードとして使われるべきものではない。イスラエルやヨルダン川西岸地区のパレスチナ人も、いつでも制限なくガザ地区を訪問できるようになるべきだ。

ガザ地区の緩衝地帯は完全に撤廃すべきである。これには、イスラエルがガザ地区の東側に設定している緩衝地帯も含まれる。この緩衝地帯は、ガザから肥沃な土地の三分の一以上を奪っている。パレスチナの農民たちは土地や作物を何度も破壊され、農産物に何の理由もなく薬品を散布されてきた。

パレスチナ人の地中海へのアクセス制限も撤廃すべきだ。二〇〇〇年以来、イスラエルは海上に三～六海里の緩衝地帯を設定しているが、これはパレスチナの漁師を魚の乏しい地域に閉じ込めるもので、事実上パレスチナの漁業を妨げている。漁師たちはしばしば銃撃され、殺されたり、負傷したり、逮捕されてイスラエル海軍に船を没収されたり破壊されたりしている。このようなことは、決して容認したり受け入れたりすべきではなく、そのようないかなる試みも違法である。

パレスチナ人は、自分たちの社会や世界全体に貢献することを許されるべきだ。ヨルダン川から地中海の間で、パレスチナ人が多数派になる日は近い。さらにガザの人々は、イスラエルの刑務所に収容されている人々を含め、高い教育レベルを維持している。ガザは世界で最も識字率と教育水準が高い地域のひとつである。科学、知識の共有とさまざまな分野における専門知識を通じて、世界をより良い場所にするために貢献できる教養ある人々が何千人もいる。たとえば、ガザは世界でもトップクラスのイチゴと生花を生産しているのだ。

さらに、私がここで試みたように、占領下での生活についてそれぞれの個人的な物語を語ることは、私たちが民族として生き残るために不可欠である。一九四八年に二三歳で難民となった叔母の母が伝えてくれた物語は、私たちが何者であり、どこから来たのか、そしてなぜ私たちの故郷はここなのかを知るうえで欠かせないものだ。二〇一四年、大学院留学でマレーシア滞在中に叔母を亡くした私は、ガザへの出入りが閉鎖されていたために、遠くから彼女を悼むしかなかった。このようなことがもう起こらないために、物語を語り継いでいくことは、私たちの義務である。二〇一四年のガザ侵攻の際にイスラエル軍の砲弾によって体をバラバラに引き裂かれた私の幼なじみアイマン・ショコールのように、また別の友人を失わずにすむように。私たちが民族として立ち上がり、移動制限のために互いに離れて過ごしたすべての日々と瞬間を取り戻すために。

パレスチナ人は世界に加わる権利がある。何十年もの長きにわたる軍事占領下にあっても、パレスチナ人は希望を失っていない。立ちはだかる困難にもかかわらず、パレスチナの小説家イブラーヒーム・ナスラッラーの言葉を借りるなら、私たちはまるで「占領下ではなく、占領を超えたところに生きている」ように振る舞うのである。

ガザ地区南部のラファで、イスラエルによるパレスチナ占領地の併合計画への反対を表現した壁画の前を歩くパレスチナ人とその息子。写真：サーメフ・ラフミ

夢を見させて

イスラア・ムハンマド・ジャマール

「私たちの国はとっても美しいのね。ママ、そこに連れていって！　お願い！」と娘のラワが興奮して言った。

小学三年生の彼女は「民族・生活教育」の授業の準備をしており、私はそれを手伝っているところだった。私はパレスチナ北部の今まで見たことのなかった美しい場所の名前と写真に驚いていた。授業は観光地に関するもので、エリコのヒシャーム・ビン・アブドゥル・マリク宮殿、ハイファのケーブルカー、ナブルスのゲリジム山の写真などが紹介されていた。

私は彼女に、イスラエルがヨルダン川西岸地区を占領し、ガザを包囲しているから、そこには行けないのだと言って聞かせた。この答えに彼女はがっかりした様子だった。しかし私はこう付け加えた。「パレスチナのことを学校で勉強できて、こういう場所について学べるんだから、あなたは幸運よ。私はあなたくらいの年だったときにエジプトの授業を受けたから、自分たちの国について学ぶ機会がなかったわ」。一九九五年にパレスチナ教育省が設立されてパレスチナ独自のカリキュラムが開発される以前は、エジプトのカリキュラムとエジプト文化に焦点を当てた教科書が使われていた。

「でも、今はそこに遊びに行けないじゃない！」とラワが言った。

「きっといつか、盗まれたものをすべて取り返せる日が来るわ。それが神様の約束よ」と私は答えた。

禁じられた故郷

私はパレスチナ南部にあるブライル村出身の難民だ。ユダヤ人武装集団が私の祖父母を村から追い出したのは、一九四八年、シオニストがパレスチナを征服し、先住民であるパレスチナ人を故郷から追放したナクバのときだった。祖父母は、ガザ地区とエジプトの国境にあるラファ近くに急きょ設けられた難民キャンプに逃れてきた。夫の祖父母も、近くのハッタ村からラファに逃れてきた。

二五年ほど前、子どもの頃に両親とヨルダン川西岸地区へ行ったことを覚えている。イスラエル軍事政権は、ガザの人々がヨルダン川西岸地区へ行くことを認めてはいたが、そのためには認可が必要であった。そしてそれはしばしば却下された。場所や名前、景色なども、ほとんど覚えていない。私が覚えているのは、父の友人が暮らす大きな美しい二階建ての白い家の前にあった青々とした芝生だけだ。家にはプレイステーションもあった。それは私たちの暮らしていた、七人兄弟姉妹のための小さな寝室が二つとお客様用の小さな部屋しかない平屋の家とは対照的だった。その大きな家は鮮明に記憶に残っている。私はその場所を、『不思議の国のアリス』などのアニメで見た宮殿のようだと思った。あんな家で暮らせたら、いや、全部とは言わず自分の家があの半分でもあれば、と思ったものだ。

その旅行中に、岩のドーム（ウマル・モスク）とアル＝アクサー・モスクに行ったときのことを覚えている。イスラエル軍兵士たちが重装備でその前を警備していた。私は彼らが恐ろしくて、近づくのが怖かった。母はモスクに入るときに私の手を握り、「怖がらないで」と大きな声で言った。母はそれを兵士たちに聞こえるように言っていることが私にはわかった。私は、叔父が病院で手術を受けているときに臓器をひとつ摘出されて殺されたと聞いたことを思い出して恐ろしくなった。それに、ジープに石を投げた少年たちを探して彼らが私たちの家を襲撃したのも見たことがあった。だから私は、彼らが私や私の家族や友人に対して、何でもやりかねないことを知っていた。

子ども時代の悲惨な思い出

私の幼少期の記憶は、恐怖と喪失感に満ちている。そこには亡くなった人や投獄された人に会えない寂しさがつねにあった。そして私は、イスラエル兵の卑劣な仕打ちに、いつも腹を立てていた。

ある日、近所の家の前で砂遊びをしていたときのことを覚えている。突然、一人の兵士が玄関前のステップを飛び上がってきて、中を覗き込んだ。彼はドアをノックすらしなかった。私はそのとき、彼が兄弟の一人を逮捕するのではないかと怖くなって身動きがとれなくなった。

アラビア語を流暢に話すラミーという兵士のことも覚えている。彼は親切なふりをして私にお菓子をくれた。そのときはわからなかったが、彼は私から、デモをしたり石を投げたりした人たちの名前を聞き出そうとしていたのだった。幸いなことに、私はそういう連中のことを何も知らなかった。そして父も、子どもたちは家の中で過ごさせているので路上で何が起きているかは見ていない、と言って丸く収めてくれた。

しかし、兵士たちは父にも嫌がらせをして屈辱を与えた。あるとき、彼らは早朝に私たちの家に押し入ってきて、近所の男たちと一緒に通りを掃除するように命令した。また、父がシャワーを浴びているときに兵士たちが家に押し入ってきたこともあった。兵士たちは浴室に入ろうとしたが、母は大声で怒鳴りつけて彼らを止めた。そして父が彼らに対峙する前に、彼にジャラビーヤ（伝統的なゆったりとした服）を着せた。

また私は、祖母の死期はイスラエル軍の攻撃によって早まったと思っている。彼女は一九四八年のブライル村からの脱出を生き延びたものの、一九九〇年の爆撃と市街戦には耐えきれなかったのだ。彼女は三年後、半身不随のまま寝たきりで亡くなった。大好きだった近親者の死はこれが初めてだったので、私はその喪失感に深く苦しんだ。

包囲下の暮らし

幼い頃、早朝に兵士たちが隣家を襲撃したことがあった。彼らはまだ若いイハーブを逮捕し、長い間刑務所に閉じ込めた。イハーブは私の兄弟と同年代で、よく道端で一緒にサッカーをしていた。夫を亡くしていた彼の母親は一人、家で泣き叫んでいた。近所の女性たちがこぞって集まって彼女を励まそうとした。私は胸が痛み、家から遠く離れるのが怖くなった。息子たちが捕まることを恐れた両親が、本人たちの抗議にもかかわらず、家から出るなと主張したのも理解できる。

イスラエル兵は家を襲撃するだけでなく、近所のモスクも何度も攻撃した。あるとき、兵士たちが建物を出た直後、父がモスクから急いで家に帰ってきたことがあった。彼は負傷者を助けるために脱脂綿と薬を持っていこうとしていた。母は泣きながら彼を止めた。「行くなら私を殺してからにして！　兵士たちが戻ってきて殺されてしまう！　絶対に行ってはだめ！」と彼女は言った。彼女が話し終える前に、銃声が聞こえてきた。兵士たちが戻ってきて、モスクの中に残っていた男たちを皆殺しにしたのだった。そして彼らはモスクを閉鎖し、人々はそこで祈りを捧げることができなくなった。

それでも、父は兵士たちに許可を得て、モスクの入り口で大きな声でアザーンを唱えて、人々に祈りの時間を知らせた。彼がアザーンを唱えるとき、私はよく彼のすぐ後ろに立っていた。私は新鮮な空気を吸い、胸が膨らむのを感じた。勇敢さと恐怖が入り交じった気持ちだった。それはまるで、漫画の『トムとジェリー』に出てくるジェリーのように、大胆にネズミ穴の前に立ってはいるものの体の一部を隠して、気勢を張りながらも同時にトムに食べられてしまうのではないかと怯えているような感じだった。

子どもだった私には、なぜ外出を禁止されるのか理由がわからなかったし、理由もなく命令されるのは大嫌いだった。とにかく両親の指示に従っておけば安全だと思った。武装した兵士たちと、アザーンを唱えるためにあきらめず交渉した勇気ある父を尊敬していた。父は兵士たちに侮辱されたこともあったし、彼の兄弟（私の叔父）がイスラエルの命令に背いてモスクでアザーンを唱えたために投獄されたこともあった。しかしそれにもかかわらず、父は勇気を持って行動した。

私の兄弟姉妹は、子どもの頃から私のことを頑固な女の子（seesoo al-aneedoo）と呼んでいた。しかし彼らにははっきりわかっていなかったのだと思う。私が占領軍を憎んでいたのは、理由も示さず、私を人間として尊重することもなく命令をしてくるからだった。たとえばイスラエルは、誰かを病院に連れていくなど緊急の場合を除き、私たちが夜に外出することを許さなかった。彼らは私たちの説明も聞かずに、私たちをゴム弾で撃ったり、投獄したりするのだ。

そのような制限にもかかわらず、追撃者（al-motaradeen）と呼ばれる男たちは、路上でイスラエルのジープを追いかけて、簡易的な銃で撃ったり、石などを投げつけたりして、なんとか兵士たちに嫌がらせをしようとした。彼らはイスラエルに、私たちの土地を居心地よく占領させたくなかったのだ。私は、追撃者たちが兵士たちに追いかけられて撃たれているにもかかわらず、それでもイスラエルの命令に反抗しているところが好きだった。毎日のように殉教者が出て、哀悼の

i　アザーンはイスラームにおける礼拝の時刻を告げる肉声による呼びかけで、ユダヤ教のらっぱ、仏教・キリスト教の鐘に相当する。イスラーム法上の慣行（スンナ）であるが、集団の礼拝に際しては誰か一人が代表して唱えればよい。

言葉ばかり交わされた。銃声が聞こえると、私は自分の頭を狙われているように感じた。

私は暗闇と夜が大嫌いだった。ある日、窒息しそうな気持ちになって泣いてしまったことがある。私は寝る前に父にこう言った。「夜が怖い。だって死ぬのが怖くなるし、イスラエルが急に私たちの家を攻撃するんじゃないかって不安になるの」。そんな私に父はこう説明した。「人は誰でも、この世で一時を過ごして、そして死んでいくものだ。だから私たちはアッラーに会って天国で不滅の命を全うするために、アッラーを敬い、その教えに従うんだよ」。父の言葉は恐怖心を少しは和らげてくれたが、銃声を響かせる夜に対する嫌悪が薄れることはなかった。

祝福する機会も奪われて

私たちには毎年多くの民族的な行事があるが、それらはしばしば悲劇に終わってきた。独立記念日、ナクバ記念日、政治運動主催の祝典、その他多くのイベントがあった。それぞれの政党が独自の旗やロゴを持っていて、それを掲げて通りを飾った。

あるとき、土地の日を祝おうと、私は早起きして意気揚々と学校に行った。校長の指揮の下、教師と生徒たちは校内を飾りつけ、プログラムも準備した。このような行事のほとんどはクルアーンとハディースの朗読から始まり、民謡、詩、ダブカを踊ったり劇を上演するなど、多くの催し物が続いた。

不運なことに、この行事の最中に抗議デモが始まってしまった。そして隣の男子校に通う生徒たちが石を投げてきた。イベントを止めさせて、私たちを抗議に参加させようとしていたのだ。

教師たちは生徒たちを管理することも、少年たちが石を投げるのを防ぐこともできなかった。そしてとうとう少年たちの要求に応じてしまった。彼らはドアを開け、私たちは群衆に合流した。私は恐ろしさのあまり家に逃げ帰った。路上で車のタイヤが燃えていた。少年たちは石を投げていた。ジープに乗った兵士たちは催涙ガスをまき散らして発砲していた。負傷者が出て、それを助けにいく人々がいた。家に着くと、母が私たちを待ってドアの前に立っていた。

翌日は殉教者の葬儀に集まる群衆でごった返していたため、学校は休みになった。男たちは殉教者を肩に担ぎ、モスクに運んで弔いの祈りを捧げ、それから墓地まで運んだ。その後、彼らは殉教者の家に弔問に訪れた。しかし、場合によってはイスラエル軍兵士がすべての移動を禁止することもあり、そうすると人々は弔問ができなくなった。

デモ隊と追撃者たちがイスラエル軍を苦しめて私たちの国から追い出したいのだということは理解できた。このような大きな変化には、危険を冒すこと、闘うこと、そして恐ろしい経験がつきものだ。一瞬でも幸せをつかむためには、大惨事に立ち向かわなければならない。どのような祝い事であれ、そのあとには不幸と涙が待っている。

長兄イヤードの結婚パーティーでさえ、幸福と悲しみが混在していた。私は一七歳で、他の人たちと同じように着飾って、兄のために幸せを感じながら踊っていたのを覚えている。すると突然、兄の親友ジャドの母親がイヤードと踊り始めた。彼女は泣きながら兄を抱きしめた。兄もまた、学校からの帰り道に亡くなってしまった親友のジャドを思い出して泣いた。ジャドの母親は、息子と同じようにイヤードを愛していた。みんな泣いていた。私たちはジャドの母親を抱きしめ、彼女と彼女の娘たちと一緒に踊った。

悲しみのない完全な幸福など存在していなかった。私たちは、幸福の後には悪いことが待ち受けていることを知り、覚悟しておかなければならないのだ。どんな経験も、どんな一歩を踏み出そうとするときも、悲観的な考えが先行した。なぜなら、私の幸福は往々にして不完全だったからだ。そのような度重なる失望から、私は人生が大嫌いになり、死にたいと思うようになった。あるいは、他のパレスチナ人がこれ以上悲劇に見舞われないで人生を送れるように、イスラエル人たちのいるところで自爆したいと願うようになった。心の中にある恐怖心と義憤と憎しみが混じり合って、その根源に対する復讐心が湧いてきたのだ。

一年後の二〇〇四年、一八歳のとき、その怒りはさらに強くなった。大学入学に不可欠なタウジーヒ[ii]の勉強をしていたとき、イスラエルが再びガザを攻撃したのだ。集中するためには静かで落ち着いた環境が必要だったのに、爆撃と殺戮がそれを不可能にしてしまった。そこらじゅうが死を悼む言葉とデモだらけで、人々はこう叫んでいた。「私たちは皆パレスチナのために生き、パレスチナのために死ぬのだ」。そして、「崇拝すべきはアッラーのみであり、殉教者はアッラーに愛された者たちなのだ」と。

集中できなかった。私は耳を塞ぎ、日中はできるだけ勉強しようとした。自分がミサイルのタイミングと爆発音を追っているのがわかった。生きていても意味がないので、この戦争で死にたいと思った。私が何度もそう言うので、母は泣いてしまった。「そういう言い方はやめなさい。自分のことをそんな風に言ってはダメよ」と彼女は言った。私は彼女の理不尽な恐れを笑い飛ばした。私にとっては死への恐怖よりも人生に対する憎しみのほうが優っていたのだ。その年が過ぎ去ったこと、そしてタウジーヒで正答率八七％の結果を出せたことを、アッラーに感謝している。私の子ども時代は無邪気で幸せなものではなかった。当時のことを思い出したくはないし、それについて話すのも好きではない。私がそれに初めて言及したのは、二〇二〇年、イェール大学で『戦争に関する報告と執筆』という授業を受けていたある学生と共同研究を行ったときのことだった。しかし、すべてを細かいところまで話すことには耐えられなかった。そうしようとすると息が止まりそうな気持ちになった。その学生は優しい人だったので、別のテーマに変更してくれた。

母の痛みを知る

自分は今、あの頃とはまったく違う段階にいると思う。母親になった今、私は平和を求め、子どもたちのために生きることを望んでいる。今なら、私が死にたいと言ったときに母が怒った理由がわかる。

私が結婚したのは、タウジーヒを受けてから二年後、二〇〇六年のことだった。私たちの習慣では、男たちが新郎のために個人的なパーティーを開く。しかし、私の夫はパーティーを楽しむ

ii　タウジーヒはパレスチナの高校卒業試験。日本語では「一般教育証明試験」とも訳される。この試験は、学生の将来の進路を大きく左右するもので、大学入学や就職において重要な役割を果たす。

ことができなかった。戦闘機と破壊と殉教を恐れていたからだ。終わりのない悲しみ。だがそれが人生だ。人々は、困難な状況と犯罪的占領による不当な仕打ちにもかかわらず、生きて、喜びを分かち合いたいと願っている。

その一年前、イスラエルはガザ地区の三分の一を占めていた二一の入植地を撤退させていた。彼らが撤退したからといって、ガザが自由になり、住民が平和な普通の生活を送れるようになったわけではない。イスラエルは引き続きガザの国境を支配し、突然の残忍な攻撃で私たちを脅かす。

二〇〇八年、私は第一子のラワを出産した。両親はまだガザに住んでおり、とても喜んでくれた。どんなに悪い状況でも、支え合えば乗り越えられると私たちは思っていた。私たちはお互いを訪問し、誕生日にはプレゼントを交換し、海へ遊びに行き、イードを祝った。

私たちは娘の一歳のお誕生日会を計画しようとした。ところが近くで爆発が起こり、家から逃げ出さなければならなかった。私たちが暮らす建物の真上を、戦闘機が飛び交っていた。避難した家の上空を飛行機が通過するたびに、心臓が止まる思いだった。停戦後、家に戻ると、窓ガラスがすべて割れていた。私は、家族が離れ離れになっていないこと、そして誰も行方不明になっていないことを神に感謝した。ほとんどの家族が、家や、家族の誰かを失っていた。

私が味わったのは、別の種類の喪失感だった。家族が、夢や野心を実現するためにガザを離れ始めたのだ。兄のイヤードは、政治学の修士号と博士号を取得するためにエジプトに渡った。次兄のアブドゥッラーはカイロで経済学を学び、父は宗教学の博士号を取得した。もちろん、父が母なしでエジプトに滞在することは考えにくかった。そこで母は国境越えに大変な苦労をしながらも、父の後を追ってカイロに向かった。その後、姉妹のドアアとアラア、兄弟のファーヘルも、エジプトにいる家族に合流した。

彼らの不在に慣れるのは大変だった。一人でいるとき、私は誰にも気づかれないようにしてずっと泣いていた。私たちはエジプトのＳＩＭカードを使って通話した。私はエジプトとパレスチナの国境近くに住んでいるので、ラファの中心部よりも電波が入りやすい。それでも何度も途切れてしまうので、もっとよくつながるように屋上にのぼっている。

月日が長く感じられ、ラマダーン、イード、母の日、その他多くの行事を家族なしで過ごすのは耐え難いことだった。他の女性たちは祝い事を家族と一緒に楽しんでいるのに、私は家で綺麗なドレスを着て、家族に送る写真を撮っていた。夜、みんなが寝静まった頃、私は涙を流した。

とうとう私はイヤードに電話をかけ、こんな生活はもう耐えられない、両親や兄弟も連れて一緒に帰ってきてほしいと頼んだ。私は泣き叫びながらこう言った。「イヤード！　イヤード！　あなたなら私の親を説得できるはずよ。お願い、もうたくさん。あなたは出ていくのが早すぎたのよ。私にはまだあなたが必要なの。お願いだから戻ってきてちょうだい」。イヤードは時間をかけて私と話をして、人生は人によって違うんだから、人は成長して、それぞれの道を歩んでいくものなんだからと言って納得させようとした。そして「心配しないで、必ず戻ってくるよ。神がそう望むなら（インシャッラー）」と約束して電話を切った。

一番親しい兄弟のハサンは、ガザに残った。彼は私の家族として、問題に向き合う強さが必要なときにはいつでも温かく抱きしめてくれた。自分だけでしっかりやれると思っていたが、第二子の出産が近づくにつれて不安が増していった。たくさんの人たちに囲まれてはいたけれど、母の代わりになる人はいなかった。けれど、国境を越えるのは難しく、彼女は来ることができなかった。母がいない中での出産は、喜ばしい反面、寂しくもあった。私の場合、残念なことに、悲しみと幸せが両方ある場合は、幸せよりも悲しみが勝ってしまう。

二〇一四年、入植者たちがエルサレムに住む一〇代のパレスチナ人を誘拐して焼き殺した後、再びガザで戦争が勃発した。ハサンは一人で実家にいた。私は、家に来るのを拒否した彼に対して腹を立てていた。イスラエル軍は彼の隣家を爆破した。強烈な爆発によって、実家の窓ガラスや壁、家具などが被害を受けた。逃げようとしたハサンは、通りで燃え盛る炎に阻まれた。その後、彼はなんとか私たちに合流した。しかし、自宅近くで爆発があり、私たちも避難しなければならなくなった。私たちは離れて歩かなければならなかった。家から出ろ、集団で歩くな、とイスラエル軍が電話で脅してきたからだ。本当に恐ろしい状況だった。私たちは爆弾の恐怖で気が狂いそうだった。これはガザに対する戦争の中でも最悪のものだった。戦闘が終わると、あとには数々の傷ついた魂、壊れた心、そして大規模に破壊されたガザが残された。

ハサンは学校を卒業して土木技師になるまでガザにいた。ここに住む多くの野心的な若者たちと同じように、彼は人生を切り開いて自分を向上させたい、そして外の世界を見たいと考えていた。そこで彼は、夢を実現するためにドイツへ旅立つことにした。

彼はドイツのビザを取得し、イスラエルの旅行許可証を得るために懸命に努力した。しかし、イスラエルがガザとエジプトの国境を閉鎖したため、彼のビザは出発前に失効してしまった。その後ドイツが別のビザを発給し、ようやく渡航が可能になった。彼の旅立ちは、私にとって最も大きなショックだった。

ガザは世界の他の場所とは違う。誰かがより良い将来を実現するためにガザを離れたら、戻ってくることなど考えられない。ハサンだけでなく、ここに住む野心的な若者たちのほとんどが、問題が複雑化し、解決がほとんど不可能になったガザには、自分たちの未来はないと考えている。

子どもたちの世界

私は、子どもたちに自分が経験したような嫌な思いをさせたくないので、楽しい思い出を残すために、ひとつひとつの家族の行事をできるだけ大切に過ごすようにしている。

二〇〇九年一月六日、私たちはラワの一歳の誕生日を祝う予定だった。彼女には白いドレスと風船、そして他の子どもたちにもプレゼントを用意した。おいしいチョコレートケーキも買う予定だった。イスラエルはガザを空爆していたけれど、私たちは、初めての赤ちゃんと迎える特別な日を満喫して、写真もたくさん撮ろうと決めていた。

残念ながら、前にも言ったとおり、そのどれも実現できなかった。その日、イスラエル軍が私たちの住む地域を攻撃したので、家から避難しなければならなくなったのだ。私たちは大きな庭のある親戚の家に行った。その家には、避難するために、また激化する攻撃のニュースを聞くために、多くの人々が詰めかけていた。停電ばかりであまりテレビを見ることができなかったので、私たちは携帯でニュースを見た。そしてみんなで同じ部屋で眠った。

避難先の親戚はとても気前が良く、いろいろな種類のデザートまで用意してくれた。戦闘の合間には、ラワも他の子どもたちと楽しく遊ぶことができた。しかし、戦闘機が頭上を飛び、家々が攻撃を受けているときには、子どもたちをリビングルームに集合させた。戦争が終わると、私たちは自宅に戻って家を修理した。そして、ラワの誕生日と同時に、自分たちが生き延びられたことを祝った。

私たちは、子どもたちの幸せな思い出を作ってあげるために懸命に努力した。二〇一二年、義父が精密な手術を必要としていたため、夫と私は三人の娘と義父母を連れてエジプトへ渡った。娘たちは、下は八ヵ月で、上の子は五歳だった。彼女たちを連れて車で長距離移動をするのは初めてのことだった。家族の居る場所に着くまで八時間かかったが、途中、シナイ砂漠、スエズ運河、そしてカイロ郊外の一〇月六日市などの風景に魅了されていたので、少しも長く感じなかった。私たちは、ようやく空にたどり着き、羽ばたく喜びを感じることのできたかごの中の鳥のようだった。だから長い旅をものともせず、さまざまな場所へとまっすぐに飛んでいった。運転手がレストランで休むかと聞いてきたが、それも断った。生まれて初めてガザを離れることができてうれしかっただけでなく、一刻も早くエジプトの家族に会いたいという気持ちも強かった。母とはもう八ヵ月も会っていなかった。そして、父や兄弟姉妹に会うのは実に四年ぶりだった。ガザに空港があれば、車でなく飛行機で行けるのにと思った。

私の父は初めて娘たちに会うことができた。彼は娘たちと楽しく遊び、動物園にも連れていってくれた。そこはラファの簡素で小さな動物園とはまったく違っていた。娘たちはゾウと遊んだり、キリンを見たり、ライオンと子ライオンを見たり、ガチョウのいる大きな湖や魚のいる池なども見ることができた。子どもたちは、テレビでしか見たことのないたくさんの種類の動物や鳥に夢中になっていた。そして有頂天で走り回ってはしゃいでいた。最年長のラワとラハフは動物についていろいろ質問し、最年少のマラムはただ指をさしては笑っていた。私たちは行く先々でたくさんの写真を撮った。彼女たちが成長したとき、このような子ども時代の美しい思い出の写真が、喜びと楽観主義を育むことを知っていたからだ。

ガザに戻らなければならなくなったとき、私たちは辛い気持ちで家族に別れを告げた。いつまた会えるのかわからなかったからだ。幸い、私は五年後に再びカイロに行くことができた。しかし、今度は私一人だった。夫が一緒に来られなかったので、そのときには五人になっていた子どもたちを連れてあのような長旅に出るのは安全ではなかったのだ。

二〇一四年の戦争による影響

二〇一四年のガザに対する戦争のとき、子どもたちは私と一緒に戦闘を目撃した。残念ながら、私は子どもたちの前で恐怖を隠せるほど強くも勇敢でもなかった。それは恐ろしい戦争で、いつ自分や子どもたちの命が奪われてもおかしくなかった。私は、子どもたちが私を失って苦しむことのないように生きていたかったし、万が一子どもたちが殺されたときの喪失感も怖かった。子どもの頃、インティファーダによる戦闘があったときに母が感じていた死への恐怖を肌で感じ、理解できた。母がそばにいて支えてくれたらと思った。そうすれば、もっと勇敢になれるかもしれないと。私は、五人の子どもを持つ母親というよりは、自分が母親を必要としている子どものような気持ちだった。しかし私は、二〇一四年に両親が実家に住んでいなかったことをアッラーに感謝した。イスラエル軍が実家の隣家を標的にしたとき、被害は両親の家にも及び、ダメージを受けた場所には両親の寝室も含まれていたからだ。

戦争が終わると、子どもたちは互いにいさかいを起こすようになった。一人がブロックで形を作ると、別の子がドローンのように急接近して、それを壊す。そして怒鳴り合いながら殴り合う。そのような喧嘩を解決するのは簡単ではなかった。また、イスラエル兵とパレスチナ人の役が登場するごっこ遊びもした。子どもたちは二つのグループに分かれて撃ち合い、殴り合った。それはとにかく異常な時期だった。そのような遊び方を変えさせるにはかなりの時間を要した。それに子どもたちを落ち着かせるために私が何をしたとしても、戦争中の恐怖や恐ろしい夜の記憶が子どもたちの脳裏にこびりついてしまっていることはわかっていた。

私たちはある日、気分を変えて叔母を訪ねようと、ガザ地区の北部まで車を走らせた。ガザ港の近くを通ると、たくさんの小さな船が見えた。ラワがあの船はどこへ行くのかと尋ねたので、私はこう答えた。「イスラエルは私たちに、漁のために特定の距離だけ海を航行することを許可しているのよ」。

するとと彼女は「なんでイスラエル人は私たちを攻撃するの？　どうして私たちが船でどこまで行けるかを彼らが決めるの？」と尋ねた。そんな娘を見て、同じ年頃だった頃の自分を思い出した。私もかつて同じような疑問を抱いていたが、納得のいく答えは返ってこなかった。

「イスラエルは何年も前に私たちの土地を盗んで占領したの。そして今は、私たちがハマースを選挙で選んだから彼らは私たちと戦い、殺しているのよ。イスラエルはハマースが大嫌いなの」と私は説明した。

「なぜ彼らは私たちの土地を盗んで占領したの？　それにどうして彼らはハマースが嫌いなんだろう」と彼女は声に出して不思議がった。

私も同じような疑問を抱いていたが、両親は私がまだ幼すぎて状況を理解できないと思っていたため、返答が得られなかった。私は、ラワの疑問に答えなければいけないと思った。彼女は状況を理解するのに十分な知性と認識力を持っていると私は感じていた。私たちは時間をかけてそれについて話し合い、最後にはガザの国境検問所についても語り合った。それは彼女がすでに学校でも学んでいたテーマだった。

息子のマフムードも日々の経験からいろいろなことを学んでいる。たとえば、新型コロナがガザを襲ったときには、パレスチナ警察が街頭に立ち、混雑を防ぎ、ウイルスの蔓延を食い止めるために人々の動きを管理した。ある金曜日、家の前に警察が配置され、完全にロックダウン状態になったことがあった。彼らの制服、歩き方やジープの様子なども、以前に私たちを家に閉じ込めようとしたイスラエル軍を思い出させた。彼らの様子は何年経っても頭を離れない。

マフムードが庭の外にある木の下で掃除をしていると、警官が彼に声をかけてきた。マフムードは逮捕されると思って木の下にかくれた。もう一度、警官に呼ばれたとき、彼が微笑んでいるのが見えたので、息子も笑顔になって警官に近づいた。警官は彼の名前を尋ね、何をしているのかと聞いた。

マフムードは「庭の外を掃除しているんだ」と言った。

「なんで今日掃除しているんだい？　ロックダウンがあることは知ってるだろう？」と警官は尋ねた。

「毎日掃除するんです」と息子は答えた。

警官は笑って、掃除が済んだら帰るようにと言った。マフムードは私たちのところに駆け寄り、何があったか笑顔で話してくれた。そしてこう付け加えた。「彼はとても親切な警官だよ。最初に声をかけられたときは怖かったけど、笑顔を見て怖くなくなったから、近くに行ったんだよ」。

私は息子に「間違いを犯さない限り、どんな警官も恐れなくていいのよ。勇敢でいなさい」と言った。

それ以来、マフムードはこのような警官たちを尊敬するようになった。彼は建築技師である父親とも仲が良い。彼に将来について尋ねると、「エンジニアになりたいし、悪と戦って人々を守る武器を持った警察官にもなりたい」と答えた。「じゃあ武器関係の技術者はどう？」と私が聞くと、彼は笑って「うん、それがいいや！」と言った。娘たちに尋ねると、最初の三人は「医者」「エンジニア」「医者」と答えた。でも一番下の娘はこう言った。「花嫁になりたい！」私たちは皆笑い、彼女も笑っていた。

夢を見させて

私は自分が模範的な母親だとは言わない。改めるべきよくない行動や習慣があることはわかっている。しかし、私は子どもたちとは違う経験をしており、彼女たちが同じ問題やもやもやに直面しないよう、最善を尽くしている。私はすべての母親たちと同じように、子どもたちが現在も未来もずっと幸せであってほしいと願っている。

子どもたち一人ひとりが、叶（かな）えたい夢を持っている。そして彼らの現在が、将来の展望に大きな影響を与えることは間違いないのだ。

私は、占領されている私たちの土地がすべて解放されるという奇跡を目の当たりにしたい。そうすれば、私は子どもたちと一緒に故郷の村を訪ねることができる。そして子どもたちはそこで、自分たちがどこから来たのか、どこに属しているのかを感じ、自分たちのものとして故郷を感じることができるだろう。彼女たちの語彙から「難民」という言葉を消し去りたい。なぜなら、この言葉には失望や弱さばかりが詰まっているからだ。彼女たちは、私たちの国のどこへでも行くことができるようになるのだ。そして、武装した兵士に怯えることなく、ヨルダン川西岸の美しい景色を見ることができ、先祖伝来の土地の内外で、行動を制限されることなく、落ち着いて過ごせるようになる。子どもたちは自分たちの力でいろいろな場所を発見し、都市や森など新しい場所を旅して冒険をするだろう。ガザには山も森もないから、私たちは自然を満喫できるような旅に行ったことがない。子どもたちはまた、テレビで見たような雪遊びや雪だるま作りを夢見ている。ヨルダン川西岸地区は驚くほど寒くなる。そしてそれほど遠くもないのに、イスラエルは私たちがそこに行って子どもたちと雪遊びすることを阻んでいるのだ。それに私は、アル＝アクサー・モスクと岩のドームでも祈りを捧げたい。

ガザの包囲を解いてほしい。そうすれば子どもたちを連れてエジプトに行き、家族に会わせてあげられる。私は両親と、両親と一緒に住んでいる兄と姉、そしてエジプトに住んでいる兄のイヤードと四人の子どもたちが集まれる日を夢見ている。この夢の中では、ガザに住んでいる二人の兄弟も、ドイツにいる兄弟も、クウェートにいる姉妹も、三人の子どもたちを連れて参加してくれる。

包囲が解除されたら、私たちは多くの国々を訪れ、世界中のさまざまな文化を学べるようになる。私たちは、今は小さい知り合いの輪をもっと広げて、新しく有益なやり方やアイデアを経験し、それを故郷に持ち帰って社会を発展させることができるだろう。

たとえば、私の夫は建築技師だ。彼は国際的な実践例を研究することで近代的なデザインを学んでいるが、他国で開催されるワークショップに出向くことはできない。彼はガザで手に入る材料を使い、美しい建物を設計する。だが残念なことに、ガザにおける経済状況の悪化により、彼の仕事は苦境に立たされている。彼の好奇心や創造性を満足させるプロジェクトに取り組めるだけの資金がないのだ。包囲が解除されれば、新しいプロジェクトを立ち上げて国際企業と手を組むことができる。そうすれば彼は失業率の減少に貢献して、創造性と専門的探求のルネッサンスをもたらすことができるだろう。

それに、子どもたちもより質の高い教育を受けることができるだろう。現在、学校にはひとクラスに四〇人以上生徒がいて、ほとんどの場合、浄化された飲み水さえない。でも将来的には、学校を建設し、安全な水を確保し、現在失業している教師に仕事を提供できるだろう。

子どもたちは、好きな国に留学し、パレスチナを発展させ、より良くするための新しい知識や技術を獲得し、経験も積んで帰ってくることができる。ラワの夢はトルコで医学を学ぶことで、ラハフの夢はドイツで工学を学ぶことだ。私は自分のNGOを持ち、女性たちが自分自身を向上させることに貢献し、パレスチナにおける女性の地位向上を支援し、国際機関との協力関係を構築したいと考えている。私たちの野心的な計画やプロジェクトは、外の世界とつながった、開かれた自由なパレスチナを可能にするだろう。これら無数の夢や願いが、私たちの心や会話の中に、ずっと存在し続けている。

ガザ港近くの漁船を飛ぶカモメ。2016年1月28日。写真：サーメフ・ラフミ

二〇五〇年のガザ――三つのシナリオ

バスマン・アッディラウィー

ナクバとは「大惨事」を意味し、イスラエルが一九四八年から開始したパレスチナ人の故郷からの追放を指す。それ以来、イスラエルによる占領体制はさまざまな形をとってきた。ガザ地区は一九六七年以来、イスラエルの占領下にある。イスラエルは二〇〇五年に入植地を一方的に解体し、入植者とイスラエル軍を撤退させた。だが占領は、ガザ地区全体を包囲するという新たな形をとって続いている。イスラエル軍はそれ以来、何度もガザ地区を攻撃し、何千というパレスチナの一般市民を殺害し、繰り返しインフラを破壊してきた。二〇〇五年の撤退にもかかわらず、国連や国際人権団体、そして多くの法学者たちが、依然としてガザ地区はイスラエルの軍事占領下にあるとみなしている。

その撤退以来、イスラエルはガザ地区全体に対する直接的な支配と、同地区内の生活にかかわる間接的な支配を続けている。イスラエルはガザの空と海を支配し、ガザに七ヵ所ある陸路の検問所のうち六つを支配している。また、ガザの中まで範囲が及ぶ立ち入り禁止の緩衝地帯を設定しており、パレスチナ人の住民登録も管理している。ガザは、水、電気、通信およびその他のライフラインをイスラエルに依存している。

二〇二一年現在、三六五平方キロメートルのガザ地区に二〇〇万人以上が住んでいる。これは世界でも有数の人口過密地帯と言えるだろう。イスラエルによるガザ地区唯一の発電所への攻撃が、深刻な電力不足を引き起こしている。ガザの水は飲用に適さず、健康へのリスクになっている。また、イスラエルによる制限や包囲、工場や農園および家屋などの破壊のために、貧困率と失業率が世界でもトップクラスに高くなってしまっている。

二〇一五年に発表されたパレスチナ人への支援に関する報告書の中で、国連貿易開発会議は、現在の経済動向が続けば、二〇二〇年までにガザ地区が「居住不可能」になる可能性があると警告していた[1]。二〇二一年になっても、状況は何も変わっていない。正直なところ、ガザはそれ以前から居住不可能だった。

二〇五〇年のガザはどうなっているだろうか。

私は、ガザの将来について三つの可能性を想像する。一つめは解決策に至らない場合のシナリオ、二つめが二国家というシナリオ、そして三つめは一国家というシナリオだ。

解決策に至らない場合

二〇五〇年七月は、ガザ史上最も暑い月のひとつだった。昨夜は、暑さと停電のせいでよく眠れなかった。扇風機もクーラーもつけられなかったのだ。自分の家を買うお金もなければ、給料もなく、家を借りることもできないので、私はまだ実家に住んでいる。家からは、以前のように窓から通りを見ることができなくなってしまった。隣に新しい建物が建ち並び、私たちの視界を遮っているからだ。

ガザは二〇二一年以来、何度も攻撃を受けている。多くの人々が死に、怪我を負った者もたくさんいる。それでもガザ地区は現在、約一〇〇〇万人が暮らす世界で最も人口密度の高い場所となっている。ただでさえ脆弱な経済を農業でなんとか支えていたのだが、人口の増加によって緑地面積が激減してしまった。

私は引き続き保健省で理学療法士として働いている。人口が急増し、イスラエルがガザを攻撃し続けているため、医療状況は悪化し、さらに脆弱になっている。二〇五〇年になっても、ガザ地区の公立病院の数は二〇二一年と同じで、ベッド数二〇〇〇未満の病院が一三ヵ所だ。人口一〇〇〇万人に対し、この数はひじょうに少ない。包囲は四〇年以上続いているため、医療機器が不足している。政府には、病院を増設したり、物資を供給したりするための経済的余裕がない。そしてイスラエルは、多くの必要不可欠な医薬品や物資をガザに入れないようにし続けている。その結果、多くの人々が必要な医療を受けることができずにいる。また、二〇二一年と同様、ガザ地区外の医療施設への移動はほとんど不可能である。

ガザのパレスチナ人は二〇二一年以降、何度か選挙を行っている。現政権は電力と水の供給を改善し、雇用を拡大しようと努力してきた。しかし、包囲されたままでは、真の変化は望めない。

昨日、私はレバノンのアイン・アル＝ヘルワ難民キャンプにいるパレスチナ人の友人に電話した。彼はまだ職を探している。難民キャンプの外で働くことを禁じられた彼は、国連の援助に頼らざるを得ない。彼は、いつか故郷のハイファを訪れることを、今でも夢見ている。

イスラエルは私のエルサレム訪問の申請を却下した。母は許可されたのだが、私の分は却下された。しかし、母一人では行かれない。彼女は高齢だから、同伴者が必要なのだ。

ガザには二つの国境があり、外の世界との間に二つの検問所がある。エレズはイスラエルに、ラファはエジプトに通じている。どちらもこれまで一度もパレスチナ人の管理下におかれたことはない。それらの検問所を通ろうとするときには、時間の意味が変わってしまう。それは必ず引き延ばされ、数分だったはずが数時間に、あるいは数日にさえなる。七〇年以上続く占領を経験してきたパレスチナ人にとって、「時間とは何か」という質問は難問である。

エルサレム訪問の申請が説明もなく却下されたのが不運なことだったのか、あるいはパレスチナ人旅行者が直面する屈辱的な何時間もの、そのうえ何時間と、さらに何時間もの時間を経験せずに済んだことが幸運だったのか、私にはわからない。

私は、電気もない、暑くて窒息しそうな夜を、悶々（もんもん）とこんなことを考えて過ごす。ナクバはいつになったら終わるのだろうか。イスラエルが真剣に解決に取り組む日はくるのだろうか。国際社会はいつになったら、言葉ではなく行動で、自らの宣言を実現するのだろうか。私たちの国家がない状態はいつになったら終わるのだろう。一〇年後、ガザはいったいどうなっているのだろうか。

二国家解決とは、イスラエルと並んで独立したパレスチナ国家が存在することを意味する。奇跡的にも、ヨルダン川西岸地区から入植地が撤退した。これはパレスチナの抵抗勢力と国際社会による絶え間ない圧力の賜物である。そしてガザ地区の境界線は、イスラエルが入植地を撤退させた二〇〇五年当時と同じである。しかし、パレスチナ人は疲弊している。彼らが受け入れざるを得なかったのは、元の土地のわずか二二％しかない国家であり、一九四八年以前の自宅に戻る権利は認められていない。これでは、他のアラブ諸国にいるパレスチナ難民は宙ぶらりんの状態になってしまう。レバノンにいる難民が置かれている状況が悪化していたため、アイン・アル＝ヘルワ難民キャンプにいた私の友人は、新しいパレスチナ国家に移住した。また、ガザやヨルダン川西岸地区で暮らすことにした難民もいれば、依然として状況が不平等であると感じて海外に残った難民もいる。

現在の重要な問題は、イスラエル国内に住むパレスチナ人の状況である。二国家解決が、イスラエルはユダヤ人のための国家である、ということを意味するのであれば、一九四八年にそこに留まった非ユダヤ人はどうなるのだろうか。彼らは居住地に合わせてそのままイスラエル市民であり続けるのだろうか。それとも民族が違うという理由で、新しいパレスチナ国家に追放されることになるのだろうか。イスラエル政府は、パレスチナ人に対するユダヤ系市民の特権を強化する新たな規則を制定し、イスラエルに暮らすパレスチナ人にさらなる圧力をかけている。

時は二〇五〇年七月。ガザは今までの中でもトップレベルの暑い夏に苦しんでいる。しかし、ガザは二〇二一年よりも設備が整っている。パレスチナ政府が発電所を再建、拡張し、電力供給が改善されたのだ。今では安心してクーラーをつけて眠ることができる。

私はまだ母親の家に同居している。経済状況が安定せず、いまだに自分の家を持てていない。ガザの医療事情は、病院の数が増えたことで改善された。だがイスラエルは、軍事目的に使用される可能性があるとして医療機器や物資の持ち込みをいまだに阻止しているため、それらはまだ不足している。私は今も理学療法士としてガザの保健省に勤めている。

イスラエルが自衛の必要性を主張するため、私たちの生活には依然として多くの制限が課されている。ガザはイスラエルによってエルサレムやヨルダン川西岸地区と切り離されており、移動にはまだ大きな障害がある。イスラエルは重武装し、パレスチナは武装解除されているにもかかわらず、イスラエルは貿易と人の移動を制限する必要性を主張し続けている。パレスチナ政府が武器製造に使用するとイスラエルが主張しているため、ガザへの持ち込みが禁止されている必需品がたくさんある。私たちは自国の空港と港を持っているが、イスラエルは安全保障を理由に、いまだにその使用に制限を課している。

私は一日の終わりにエアコンの効いた部屋に座り、家族の故郷べエルシェバについて考える。そこはイスラエルの一部であり、もはや私の土地ではない。二〇五〇年、二国家の現実は不安定で、満足いく状況ではなさそうだ。私はここガザにいる友人たちのことを考える。私たちは自分たちの土地を見に行けるのだろうか。新たな制限を課されることなく移動できるのだろうか。イスラエルが武装する権利を保持する一方で、私たちは武装解除されたままなのだろうか。パレスチナはイスラエルと同じ自衛の権利を持てるのだろうか。イスラエルの支配下にある歴史的パレスチナに住むパレスチナ人はどうなるのだろうか。

一国家というシナリオ

私が想像するに、パレスチナ人に基本的人権を完全に与えることができるのは、この解決策だけだ。一国家解決とは何か。それはパレスチナ人とイスラエル人が、双方平等な権利を持ち、自分の信仰を自由に実践できる民主的な世俗国家に暮らすことである。

イスラエル人は、一国家解決策ではユダヤ人は少数派になり、人口の多いパレスチナ人が脅威になると主張している。しかし、権利の平等こそ、万人に最も多くの権利と安全を保証する解決策なのだ。実際のところ、かつてパレスチナでは、ユダヤ教徒、キリスト教徒、イスラーム教徒が平和的に共存していた。そして一九四八年以降、イスラーム教徒に比べて少数派であるキリスト教徒は、イスラーム教徒と平和的に共存してきたのだ。

時は二〇五〇年七月、ガザはかつてないほど暑い夏を迎えている。私は今、家族の故郷であるベエルシェバに住んでいるが、母のいるガザを今でもたびたび訪れている。母はガザに残ることを選択した。彼女はそこに持ち家があり、ガザの雰囲気にも慣れている。しかし母は時々訪ねてきてくれる。軍の検問所も、アパルトヘイトの壁もない。この二つの都市間の移動はわずか一時間で済み、占領下で分断されて暮らしていたときのような屈辱的に長い時間はかからない。私は今、ベエルシェバの新しい病院で働いている。

ガザには、水道、電気、天然ガスなど、必要なインフラや施設がすべて整っている。農業が発展し、農民はイスラエルの爆撃を恐れなくなったため、雇用率も上昇した。輸出入や工業製品の輸送は自由に行われている。また、多くの難民が故郷に戻って生活しているため、ガザの人口は減少した。地理的な人口分布が変化したのだ。私の友人もハイファに戻り、公立学校で教師として働いている。

ガザの医療環境は最高の状態にある。住民に対して十分な数の施設があり、物資も豊富で設備も行き届いている。人々はもはや治療のために旅する必要も、イスラエル政府の許可を待っているうちに命を落とすこともない。

四年ごとに民主的な選挙が行われる。新たな議会選挙がまもなく行われる予定である。パレスチナ人とユダヤ人が同じ市民として自分たちの代表をともに選ぶ。候補者リストには、さまざまな背景と異なる宗教や思想を持った候補者が名を連ねている。雰囲気は民主的だ。多様な政治的、社会的、宗教的見解が存在しており、誰もが他人の意見や信念を尊重している。私はこれを「正常な多様性」と呼ぶ。特定の集団が他の集団より優れているということはないのだ。

空港も港もある。もう検問所で苦労することはない。普通に旅行して、他の都市や国に行くことができる。ガザにも、世界の他の場所と同じように、発展と生産の機会が存在している。パレスチナは、他国と同様、正常な多様性を持っている。全員が第一級市民であり、誰もが同等の権利を有する。

ガザの未来のために本当に必要なものは？

単純に、ガザでも世界の他の場所と同じ暮らしができるべきだ。そのためにはガザの解放が不可欠だ。ガザ住民はすべての権利を、中でも未来を生きる権利を与えられなければならない。ガザのパレスチナ難民は、自分たちの町や村に帰るという単純な権利を行使する必要がある。ガザをより過密にするのではなく、密集状態を緩和する必要がある。ガザには緑地が必要であり、電気と水が必要である。ガザのパレスチナ人は、禁止されたり、制限されたり、屈辱を受けたりすることなく、簡単に旅行できるべきだ。ガザに必要なのは、より良い経済、教育および医療制度であって、大幅な供給不足に悩まされる脆弱な状況ではない。ガザにはインフラが必要だ。パレスチナ人は、絶え間ないイスラエルによる攻撃の脅威にさらされずに暮らす必要がある。彼らは、自分たちの生活を監視するドローンのブンブン唸る音に苛まれることなく眠る必要があるのだ。

ガザ内外のすべてのパレスチナ人にとって、未来とは不透明で恐ろしいものである。イスラエルはガザ包囲を強化し続けて、数年ごとにガザを空爆する。ガザ内部の人口も増加し、人道的危機が深刻化している。だが、真の解決のために何ができるだろうか。

その一振りで事態を解決できるような魔法の杖は、今のところ見つかっていない。人道支援は何の効果もなく、その失敗は証明済みである。それはただ、危機と不正のサイクルを継続させるだけだ。それだけでは足りないのだ。ガザに必要なのは、真の解決策である。

その解決策はどうしたら見つかるだろうか。

あなたが自宅の居間でテレビを見ているときに、急に誰かが家に入ってきてあなたを追い出したとしたら、その問題の解決策を見つける責任は誰にあるだろうか。

占領体制について解決策を見つけるのは、占領された側の責任ではなく、あくまでも占領した側の責任だ。さらに、国際社会や人権団体からの強い圧力が必要である。

しかし、パレスチナ人が人権を獲得できる唯一の方法は、権利の平等に基づく共存、つまり一国家解決のみである。パレスチナ人にとっては、どんな解決策でも良いわけではないのだ。パレスチナ人が必要としているのは、彼らのすべての権利、すべての人権を保障した公正な解決策である。

問題はイスラエルである。イスラエル政府は二国家解決策を支持すると言いながら、入植地を増やし、制限と包囲網を拡大し続けている。四分の三世紀近くも占領を続けてきたイスラエルは、問題を解決しようとはせず、むしろ占領を強化し、その影響を増大させている。

すべての関係者は、パレスチナ人のために責任を果たす必要がある。国際社会と人権団体は、実際的な圧力をかけ、パレスチナのレジスタンスを批判するのをやめて、イスラエルの強権的で破壊的な武力行使に対する自衛権を認めるべきである。被占領者と占領者を同一視するのはもう終わりにしなければならない。イスラエルに圧力をかけ、責任を引き受けさせ、彼らが作り出した問題であるパレスチナのナクバを解決させるのだ。

パレスチナのナクバが続いていること、そしてパレスチナ人の苦難が解決されないことの責任は、イスラエルにある。

ガザの未来はどうなるのだろうか。その答えは私たちパレスチナ人にはわからない。それでも私たちは、すべての人がそれぞれの責任を果たすこと、そしてより良い明日が来ることを願っている。何年経っても維持され続ける「解決策なし」の状況ではなく、本当の解決を望んでいる。

つまるところ、ガザで現在進行中のナクバを終わらせる必要がある。ガザは生きることを求めているのだ。

ガザ市のビーチでパラソルを運ぶパレスチナ人の少年たち。2018年2月7日。写真：エズ・アル＝ザヌーン

瓦礫を押しのけて咲くバラ[1]

モスアブ・アブー・トーハ

وردة تبزُغ

لا تتفاجئ أبداً
عندما ترى وردةً تبزغ
بين ركام البيت:
هكذا نجونا.

家の瓦礫を押しのけて咲く
バラを見たからって
おどろかないで
私たちはずっとこんな風にして
生きのびてきたのだから

ＡＦＳＣ（アメリカ・フレンズ奉仕団）について

一九一七年に設立されたアメリカ・フレンズ奉仕団（American Friends Service Committee, AFSC）は、あらゆる信仰と背景を持つ人々が参加するクエーカー教徒の組織であり、社会正義、平和、人道支援のために活動している。その活動は、各人の内なる神聖な光と、暴力や不正義を克服する愛の力に対するクエーカー教の信仰に基づいている。ＡＦＳＣは一九四八年以来、米国、イスラエルおよびパレスチナ被占領地で、パレスチナ人、イスラエル人、その他の熱心な活動家たちとともに非暴力を支援し、抑圧に異議を唱え、イスラエルのパレスチナ占領を終わらせるために活動してきた。

ＡＦＳＣのガザにおける活動の歴史は、一九四八年四月に、アラブ人とユダヤ人の和解を促すため、スタッフが中東を訪れたときにさかのぼる。このとき現地に行ったスタッフからの情報が、ガザで避難民となったパレスチナ人を支援してほしいという国連からの緊急要請に応じることにつながった。

ＡＦＳＣは、一〇ヵ所の難民キャンプで、食糧、住居、衛生設備の緊急支援に取り組み、ガザ地区に住むすべての子どもたちのために学校を開設した。このときＡＦＳＣが設立した組織が、国連パレスチナ難民救済事業機関（ＵＮＲＷＡ）の基礎となった。

ＡＦＳＣの初期の救援活動は、ＡＦＳＣがアメリカのメディアで公に、そして地域の至るところで粛々と展開した広報活動と連動していた。我々は、パレスチナ人が故郷に戻る必要性と、何十万人もの人々が帰還や補償を伴う自主的な再定住の手段もなく放置された場合、取り返しのつかない問題が起きることを、最初に、そして最も強く訴えた団体だった。

ＡＦＳＣは一九五〇年に難民救援活動を終了したが、ガザや後にイスラエルとなった地域、ヨルダン川西岸地区で活動を続けた。ガザでは、ＵＮＲＷＡと連携して就学前教育センターを設立した。これらのセンターの多くは、現在も独立した幼稚園として存続している。

ＡＦＳＣは一九七〇年代に、イスラエルの占領下で暮らすパレスチナ人のための最初の法律相談所を開設した。この相談所も、独立して今も存続している。一九九〇年代、ＡＦＳＣはパレスチナ被占領地全域で若者の支援を開始し、その活動は現在もエルサレムとガザにあるＡＦＳＣの事務所を拠点に続けられている。

上述の活動と同時に、すべてのパレスチナ人とイスラエル人のための自由、平等、正義の実現に焦点を当てた米国を拠点とする政策提言（アドボカシー）活動も展開している。ＡＦＳＣは、アメリカの教育と政策提言に焦点を当てたプログラムも長年にわたって実施しており、パレスチナとイスラエルの問題に関する講演ツアー、会議、キャンペーン、議会での政策提言を数十年間行ってきた。ＡＦＳＣのプログラムにはまた、アメリカの移民政策、大量収監、人種差別と偏見、国内外のアメリカ軍国主義に異議を唱えることなど、米国内の問題への取り組みも含まれる。

ＡＦＳＣは、ガザとその未来について新たな対話を開くこの本の制作を支援する。ここに掲載された文章は、必ずしもアメリカ・フレンズ奉仕団の意見を反映したものではない。しかしこれらは、パレスチナ人の命を守るために行動することを世界に求める、ガザ出身のパレスチナ人の真の声である。

訳者あとがき

斎藤ラミスまや

二〇〇三年三月二〇日、アメリカがイラクに対する空爆を始めた日。わたしは仕事先のオフィスを後にして、アメリカ大使館に向かって走り始めた。そこに行けば、二〇〇一年にアメリカがアフガニスタンを攻撃する前から、ずっとアメリカによる「報復」攻撃に対する反対運動をしてきた仲間たちがいるはずだった。私も何度か参加したので、寝袋を持参してそこに何日も泊まり込んでいる子たちもいるのを知っていた。彼ら彼女らみんなが、こんな理不尽なことは起きるはずがないと信じて、人を殺さないでと言い続ければきっと伝わるはずだと信じて、大使館前で抗議を続けていた。

その子とはちあわせたのは、その日、溜池山王駅に着いて、地下鉄から階段を駆け上がって外に出てしばらく行ったところだったと思う。そこで、私と同じように息を切らせて、向こうから走ってくる女の子に気がついた。彼女はヒジャブを被って、目にいっぱい涙をためていた。お互い何も言わなくても、私たちの目的地が同じであることはすぐにわかった。

一緒に大使館前に駆けつけてまず気づいたのは、今までずっとそこにいたはずの仲間たちが一人もいないことだった。代わりにそれまであまりその場所で見た覚えのない年配のグループが、整然と並んでシュプレヒコールをあげ、それを新聞・テレビ各局のカメラやレポーターが取り囲んでいた。ヒジャブの子としっかり手をつないで、わたしは誰かれかまわず聞いていた。

「昨日までここにいた人たちは？　どこに行ったんですか？　どうしていないんですか？」

どうやら、アメリカのイラク攻撃直前に機動隊が来て、彼ら彼女らは、強制的にその場所から引き摺り出されたということだった。誰かの意図的な指示があったのか、どういう仕組みでそういうことが起きるのか、詳しいことはきっと永遠にわからないままだろう。しかし結果として大手メディアが押し寄せた開戦時間にそこにいたのは、それまでずっと反対の声を上げ続け、おそらくその瞬間に言いたいことが最もたくさんあった人々ではなかった。

時は変わって二〇二三年、イスラエルのガザ地区に対する攻撃が始まってしばらく経った頃、ガザからの声を翻訳する活動を始めた。その一環として有志数名でハマースの声明を翻訳して、自分のグーグルアカウントのドライブで公開した。しばらくすると、アクセスできなくなっていますよとある人から連絡が来た。驚いて開こうとしてみると、確かに、自分個人のアカウント内にあるファイルなのに、「利用規約に違反している」という理由で、開けなくなっていた。『一九八四年』の世界が現実になっているような感じがして、背筋が寒くなった。

同時期くらいだったと思うが、英語圏の TikTok では、ウサマ・ビン・ラーディンの「アメリカへの手紙」がバズり始めていた。その手紙には、「我々が闘う理由」の筆頭に、「あなた方がパレスチナの同胞を攻撃するから」があげられている。「荷物をまとめて、我々の土地から出ていけ」と彼は言う（そう、アメリカは一九四二年から進駐し始めて以来「ずっと中東に居座っている」のだ）。この手紙を読んで、イラクに対する攻撃のときには存在していなかったSNSを通してガザで何が起きているのかを現場のパレスチナの人々からダイレクトに受け取っていた若者たちは、「実存の危機」に陥った。そして、その手紙を掲載していたガーディアン紙は、オンライン上からそのページを取り下げた。

このあとがきを書いている時点で、TikTok に“Bin Laden Letter to America”と入れて検索してみても、コミュニティガイドラインがどうのという説明が表示されるだけで、当時の TikTok 動画は出てこない。一方で、すでにパレスチナ人を数万人（被害者は主に女性と子ども）殺害した明白な責任者である"Netanyahu"の名前を入れれば、彼の演説しているものなど、数多くの動画が表示される。"Hamas"と検索ボックスに入れてみても、何も出てこない。一方で、病院や学校を攻撃するという国際法違反を、私たちがSNSを通してほぼライブでその情報を受け取る中犯し続け、数多くの民間人を殺害した明白な戦争犯罪の実行者であるイスラエル軍は、自分たちのTikTokアカウントを持ち、そこで楽しそうに踊っている。

「アメリカへの手紙」の内容や、ハマースがすべて正義だなどと言うつもりはもちろんないし、あのときの若者たちがテレビに映っていたからといって、何かの役に立ったかどうかはわからない。ただ、こうして片方の物語はなんとか揉み消されようとして、もう片方の物語だけがつねに優遇され続けていることを、改めて強調しておきたいだけだ。

この本は、まさにその、そもそもなかったことにされようとしている物語を私たちに伝えようとしている。人を切り刻み、生き埋めにし、学校を焼き、図書館を破壊して資料を焼き払い、病院の新生児から酸素を奪い、ジャーナリストを狙い撃ちして、さまざま手段でメディアやSNSをコントロールしてまでイスラエルが隠そうとしているその物語を、ラシード・ハーリディー氏は簡潔にこうまとめている。「パレスチナの近現代史は、先住民の意図に反してその郷土を他民族に明け渡すよう強制した植民地戦争と理解するのがもっとも適切である」（『パレスチナ戦争』鈴木啓之・山本健介・金城美幸訳、法政大学出版局、一〇頁）。

そう、そんなに複雑なことじゃない。「ガザの紛争」とか、「パレスチナ問題」とか、アメリカやイスラエルに対抗しようとする勢力にだけ貼られる「テロ」というレッテル等々、ある種のニュースピークによって煙幕がかけられていただけだ。この本は副題のとおり、その煙幕の向こう側から、まさにすべてを焼き尽くして黙らせようとする炎の中から届いた文章群である。「タンクの壁」を叩く音は、もはや隠しようのないほど大きく鳴り響いている。

だが私はここで、ここまで読んでくれた読者のみなさんに、「あとはあなた次第だ」というようなことをこれ以上言うつもりはない。それはリファアト・アルアライール氏が第一章ですでに書いているし、そもそも私にはそんな資格がない。加えて、どんな人がこの本を読むだろうと想像したときに私の脳裏に浮かんでくるのは、あのヒジャブの女の子の、そしてあのとき現場にいられなかった友人たちの、涙をいっぱい浮かべた黒い瞳である。だからただ伝えたいのは、瓦礫の中から突き出ている手を見たらなんとかして助けたいと思うその気持ちが決して間違っていないということだけだ。無理をし過ぎなくてもいい。苦しくて動けなくなるほどがむしゃらにならなくてもいい。この本を手にとって最後まで読んでくれたあなたのような人こそ希望である。だからあなたには、とにかく倒れないでいてほしい。

必死で反対していたアフガニスタン攻撃やイラク攻撃がすべて起きてしまって落ち込んでいた頃、当時の仲間と一緒に、今は亡き哲学者、鶴見俊輔氏にお会いする機会があった。そのときふと言ってくださったひとことがずっと支えになっているので、最後にみなさんと共有しようと思う。髪の毛は真っ白だったけど、目を見張るような感覚の鋭さは健在だった同氏は、手当たり次第に動いて迷子になっていた私を見てこうおっしゃった。「自分に何かできると思ったときに出ていく、というやり方もあるよな」。

去年の一〇月から、ガザで起きている事態を目の当たりにして、翻訳ならきっとできると思った。その中でさまざまな人に出会い、多くを学んだ。何かできる機会をくださった明石書店の赤瀬智彦さん、つなげてくださった岩下結さん、固有名詞と脚註のチェックをご快諾くださった早尾貴紀先生、X上でガザから届く声を翻訳する中で同じ活動をしながらいろいろなことを教えてくださった翻訳家のみなさん、助言と励ましをくれた友人たち、翻訳の各段階で助けてくれた父、そして、一緒に鶴見さんに会いに行き、この本を訳すところまで導いてくれた故藤岡亜美に、この場を借りて感謝を捧げる。

Free Palestine.

解説

早尾貴紀

本書『ガザの光──炎の中から届く声』は、二〇二一年の、もう何度目かになる大規模かつ継続的なイスラエル軍によるガザ攻撃の中で、執筆編集されたものである（原書刊行は二二年）。どの規模で数えるかにもよるが、一般に知られたものだけでも、二〇〇八年末〜〇九年初め、一二年、一四年と、それぞれ封鎖下のガザ地区へ空爆と陸上侵攻が激しく行われた。そして一八年は「帰還の大行進」に対する弾圧があり、そして二一年の空爆・侵攻。その都度、前回の攻撃の傷が癒えるまもなく（そもそもこの封鎖下で「復興」などありえないのだが）、破壊が重ねられていき、生活空間もインフラも農工業もこの十数年間で急速に潰されていった。もちろんこの大規模な攻撃と攻撃の合間の時期には、「小規模」な攻撃が絶えたことはなく、ガザ地区に「平和」などあったためしはない。

そのような二〇二一年のガザ攻撃の最中や直後に執筆された本書所収の文章たちは、同時にまた来るべき次なる破壊と荒廃の本質を鋭く言い当てているように思われる。すなわち、二三年一〇月七日の「ガザ蜂起」を受けて過去最大規模となったイスラエルによるガザ壊滅作戦のことである。イスラエルにおいてのみならず、日本も含む国際社会で、「一〇・七にハマースが先に攻撃を仕掛けてきた、これが発端であり、イスラエルは正当な自衛権を行使しているだけである」という認識がこれみよがしに語られる。しかしもちろん「一〇・七」が始まりではないし、ハマースが仕掛けたことでもない。ガザ地区は、一九四八年のイスラエル建国のパレスチナ征服戦争が四九年に休戦したことで境界画定がなされて以来、ずっと故郷を奪われたパレスチナ難民たちが閉じ込めて置かれた場所であり続けたのであり、六七年の軍事占領、八七年の第一次インティファーダ、九三年のオスロ「和平」体制、二〇〇〇年の第二次インティファーダ、〇五年の「一方的撤退」と、段階を追ってその締め付けは厳しくなっていく一方であったのだ。

二〇〇〇年代初頭にはもう極限的な状況に達していた。私自身がガザ地区に入れていたのも、〇四年が最後だ。〇五年の「一方的撤退」は、ガザ地区内部からユダヤ人入植地とイスラエル軍基地を引き揚げただけであり、むしろ外側からの封鎖は厳格化した。一般外国人の立ち入りも禁止され始めた。「収容所の看守」が中にもいるのか外からだけ監視するのかの違いのみで、占領と封鎖は続いたのであり、むしろ厳しくさえなったのだ。ハマースの台頭などはそのことが招いた結果でしかなく（一方的撤退の翌年、〇六年にパレスチナ評議会選挙でハマースが勝利する）、事態悪化の原因ではない。本書の文章たちは、この四八年「ナクバ」（大惨事／破滅）以来の継続する収奪と占領の問題を繰り返し示しているのであり、そして劇的に状況の悪化した二〇〇〇年代の二〇年間を経た二一年に書かれたのだ。「二三年にハマースが始めた」というまったく的外れなだけでなく、意図的に問題を歪曲する言説に対して、本書は根底的な対抗言説になっている。

序章でジハード・アブーサリームが触れているのもこのことだ。ガザ地区との関わり方にいくつかのパターンが生じたというが、それは「第一に、ガザ地区が物理的に孤立していた年月が長かったため、ほとんどの人はガザ地区を抽象的かつ単純化した形で捉えている。第二に、歴史的パレスチナの他の地域とは異なり、多くのパレスチナ人、活動家や観光客は、ガザ地区を訪問できない。……その結果、ガザは遠い存在になってしまった」（一八頁）。段階的な封鎖は実は後にも触れるようにオスロ合意に遡るが、決定的な封鎖が先述のように二〇〇五年の「一方的撤退」だとすれば、封鎖はもう二〇年に達する。すなわち、ガザ地区の人口の半数以上を占める二〇歳未満の若者たちは封鎖下の人生しか知らず、外部との接触がない。さらには、〇五年の時点で労働年齢未満だった現在三〇代以下の人々はイスラエル側に出稼ぎ労働に出たこともない。それでもエジプト側へ出てそこからさらに外部へと出られた人もいるではないかと言われるかもしれないが、そのようなことができる人は極めて限られた階層にすぎない。ほとんどのガザ住民にとっては、エジプトへ入国する際のリベート的な法外の手数料も、出国後の移動と滞在にかかる費用も、高額すぎて用意することなどできないのだ。

そうしたガザ地区の分断と封鎖の結果として、それだけでなく後に触れるオスロ体制の欺瞞が露呈した結果として、ガザ地区だけでなくヨルダン川西岸地区でも、「反オスロ」を掲げるハマースがパレスチナ評議会選挙で勝利し、単独与党となったのだが、イスラエルとアメリカ合衆国はこの選挙結果を無視し、とりわけ西岸地区では武力でハマース政権を覆して一掃し、ハマースの議員・閣僚・主要活動家をガザ地区に追放し封じ込めてしまった。選挙後の〇七年のことである。そのことについてアブーサリームが序章で続けて次のように書いているのは、重要な点だ。

人々がガザについて語るとき、意図的であれ無意識であれ、ガザとはハマースのことであると単純化してしまう傾向も存在する。そのような見方は、ガザのパレスチナ人に対する理解を曇らせ、そこに暮らす人々の、多様で複雑な経験を見落としてしまう。ガザの政治的孤立を正当化するために使われるこうした虚偽のストーリーは、イスラエルとその同盟国にとっては都合が良い。彼らは、ガザを緊急の問題ではなく、後で対処すべき「課題」として扱えるような状況を作り出したのだ。こうしてガザは「和平」に関する議論から除外される。そしてパレスチナに政治的統一がないのも、そのためイスラエルが和平協定について交渉できる相手がいないのも、すべてハマースのせいにできる。(一九〜二〇頁)

つまり、「ガザ地区を実効支配するハマース」なのではなく、本来は西岸地区・ガザ地区の両方で選挙勝利して誕生した民主的なハマース政権を、西岸地区から追放してガザ地区に封じ込めることによって、イスラエルと米国は意図的にこの政治的分断状況を作り出したのである。その際、オスロ体制下ですでに傀儡化させられていたファタハ（パレスチナ自治政府の中心）を西岸地区で軍事支援してハマースと内戦を引き起こさせ、選挙結果を覆して引き続き西岸地区の「自治政府」の地位を維持させてやり、ファタハの一層の傀儡化をもたらした。その一方で、ガザ地区では逆にハマースがファタハを追放するのに任せて、地理的な分断のみならず政治体制の分裂を意図的に引き起こしたのだ。結果、西岸にファタハの首相と内閣、ガザ地区にハマースの首相と内閣という、異常事態が発生した。

こうすることで、ガザ地区は反オスロ（つまり「テロリスト」！）のハマースがいるからと容赦なく攻撃を仕掛けることができ、そのことはますます西岸のファタハを従順に沈黙させる圧力となった。「ガザとはハマースであるという単純化」はこうして意図的に作られたことであり、そしてパレスチナ全体を支配する重要な道具となっているのだ。それにしてもガザ地区は、実は以前からこのような「流刑地」として使われていることは思い起こしておくべきである。シャハド・アブーサラーマは「永遠に続く一時性という悪循環を打ち砕くこと」の中で、親友ルーアイの物語として、次のような経験を記している。

> ルーアイは、一九七八年九月にエルサレムで生まれたが、二〇一一年一〇月一八日が、彼の「二度目の誕生日」になった。その日、彼は想像を絶するような経験をした。一夜のうちに、気がつくと彼は包囲されたガザにいたのだ。ガザは彼にとって思い出もなく、家族もいない場所だ。ガザに対して、祖国の一部だから訪れてみたいという「正常な」願望からくる深いつながりの感覚は持っていた。ほとんどのパレスチナ人にとって、それは叶わぬことだ。彼はイスラエルの牢獄で一〇年間、囚われの身となっていた。そして囚人交換の一環として待望の釈放が与えられたとき、彼はガザ地区に送られた。（五七〜五八頁）

すなわち、ガザ地区出身でなく西岸地区の生まれ育ちのパレスチナ人政治犯を監獄から釈放するときには、西岸地区ではなくあえてガザ地区に追放して「釈放」するのである。これはもちろん軍事占領地の住民の追放にあたり、国際法に違反する行為だ。ガザ地区のこうした政治的分断や流刑地化については、占領政策の要点でありながら、研究者やジャーナリストにさえ正確に理解されていない事柄である。単純に「ハマースがガザ地区を制圧した」と説明し、好意的であっても「ガザ地区ではハマースが内戦に勝利した」と理解したりする。そうではない。西岸地区をより効率的に収奪するために、ファタハを飼い慣らすために、その手段としてガザ地区を徹底的に痛めつけるために、イスラエルは周到に西岸とガザの、ファタハとハマースの、分断と対立を煽ったのだ。したがってアブーサラーマは、ガザの封鎖と締めつけについて、「実験室」だと記し、それが一九九三年のオスロ体制から始まっていたことを示唆する。

イスラエルによる占領はガザをゲットーにしただけではない。そこは彼らにとって、「誰が、何を、いつガザに出入りさせるかの権限を維持し、直接支配の軍事的、人的、財政的コストを節約しながら」パレスチナのすべてを消滅させるさまざまな方法を試すための「実験室」でもあった。オスロ合意と、イスラエルが一方的に軍隊と入植者を引き揚げた二〇〇五年のイスラエルによるガザからの「撤退」により、三八年間にわたるガザへの直接的な入植と軍事支配が終了した。このことから、イスラエルの締めつけが弱まっているような印象を受けるかもしれないが、実際は逆である。（七八頁）

それにしても、オスロ体制の破綻（の露呈あるいは告発）としての第二次インティファーダとそれに対する弾圧で締めつけが厳しくなったのは明らかにそうだが、一九九三年の和平合意に基づくオスロ体制が締めつけであるというのはどういう意味か。それはオスロ合意が、世間でそう信じられているように（つまりイスラエルがそう宣伝しているように）、西岸・ガザ地区でのいわゆる「ミニ・パレスチナ国家」と、ユダヤ人国家として承認されたイスラエルとが併存する二国家解決という方針には、決して立っていないということだ。実のところオスロ合意で確認された内容は、ファタハを中心としたパレスチナ解放機構（PLO）がイスラエル国家を承認し（つまり抵抗闘争をやめる）、イスラエルはPLOを交渉のパートナーとして認め「パレスチナ自治政府」にする、というものであった。そこには、イスラエルが西岸地区とガザ地区の入植地を返還するとか、国境管理を委譲するとかといった、基本的な独立国家に必要な事柄が、つまり軍事占領を終わらせるといった事柄が何も含まれてはいなかった。イスラエルはオスロ合意が結ばれた九三年もその翌年も、二〇〇〇年の第二次インティファーダまでの九〇年代もずっと、またそれ以降現在までも、占領地への入植活動を凍結したことなど一度もなく、入植による土地の収奪とそれに伴う占領地内のさらなる土地の細分化、そして域内封鎖は強まる一方であったのだ。

ところがイスラエルは、オスロ体制を「占領の終結」であるかのように演出し、その反対者を「和平の敵＝テロリスト」とレッテル貼りし、国際社会を巻き込んで「和平」の名の下でパレスチナ占領地の無力化を画策した。イスラエルは「もはや占領者ではない」として、占領のコストと責任を免れ、西岸・ガザ地区を封鎖し、イスラエルへの労働許可を削減し、イスラエル側に入る道路に検問所を設置した。そのことによって西岸とガザの間の往来も厳しく制限され、さらに狭隘なガザ地区はこのオスロ合意の直後から全体が電流フェンスで包囲されることとなった。このことを、ユーセフ・M・アルジャマールは「移動制限というナクバ」というタイトルで表現した。アルジャマールはオスロ以降のことをこう説明する。

一九九三年にオスロ合意が成立し、パレスチナ自治政府が設立されると、より厳しい許可制度が新たに導入された。イスラエル、ヨルダン川西岸地区、ガザ地区間を移動しようとするパレスチナ人は、イスラエルに占領されたパレスチナ領土の中に次々と出現したイスラエルの検問所を通過するために、許可証が必要になった。／オスロ合意後に導入された検問所と許可証のシステムは、パレスチナ人にさらに多くの移動制限を課すものであり、集団的懲罰の一種として利用されてきた。こうした制限は、学生、患者、家族、労働者など、パレスチナ社会のあらゆる領域に影響を及ぼしている。そしてこのために最も大きな被害を受けているのはガザ地区である。（三〇二～三〇三頁）

こうして読者は、オスロ体制が「和平」「二国家」という看板とはまったく異なり、パレスチナが分断・封鎖され、無力化される重大な転換点であったということを、生身の声で知らされるのである。これ以降、一九四八年のイスラエル建国時に追放されガザ地区と西岸地区とに離散した一族が相互に訪問することは困難となり、エジプトやヨルダンあるいはヨーロッパなどで再会をするほかなくなる（二九三～三〇一頁）。二〇一〇年頃にはSNSの普及でビデオ通話も可能となるが、ガザと西岸で二時間の距離しかないところで画面越しにしか交流ができないことに、アルジャマールはむしろ断絶を痛感させられると言う。そして、この移動制限による長期的な孤立を「現在進行形のナクバ」と表現している（三〇一頁）。

本書では他にもたびたび「ナクバ」、すなわちイスラエル建国による歴史的パレスチナの決定的な分割と破壊について論及があり、ガザ地区の苦境の根源がそこにあることを示しているが、このナクバをもたらしたものをより長期のシオニズムによる入植運動およびその過程で人為的にもたらされた農業と植生の改変から分析した、アスマア・アブー・メジェドの「失われたアイデンティティ――農民と自然の物語」は多くの鋭い示唆に富んでいる。シオニズムがパレスチナで荒れ放題の「砂漠」を開墾・農耕によって繁栄させたかのように描くことで、一方ではパレスチナ農民の多様な農業と自給自足の歴史を抹消し、他方で初期のシオニストたちと土地との結びつきを捏造した（一〇一頁）。いわゆる「土地なき民に、民なき土地を」のスローガンの実践だ。また実際にパレスチナの小作農はシオニストの土地購入およびイギリス委任統治政府による「法外な税金」で農地を追われて失業させられたことも指摘している（一〇二頁）。さらに注目すべきは、在来のオリーブやオークの樹木が破壊され、松やユーカリなどが植樹され自然環境が一変させられたことである。これをアブー・メジェドは「環境ナクバ」（一〇六頁）と呼んでいるが、私は北部ガリラヤ地方の人たちから、この植樹政策が風景を変えただけでなく、オリーブなどの再植樹を困難にするために根づきがよい松やユーカリが周到に選ばれたという話を聞いたことがある。パレスチナの伝統的農村を抹消し、元に戻させないというわけだ。さらには環境保護を名目とした国立公園や自然保護区などが、実のところ入植地や軍事区域と重なりパレスチナの土地の収奪と歴史の書き換えになっているといった指摘もされているが、このあたりの経緯は、イラン・パペ『パレスチナの民族浄化』にも詳しく論述されている。

むしろアブー・メジェドの論考で際立っているのは、現代のパレスチナ占領地の農業に対しても巧妙なパレスチナ社会の無力化が仕組まれているということだ。それは、「農業部門が経済的に成り立たないようにして、地元の生産者をイスラエルの生産能力に太刀打ちできなくすること」で、パレスチナ人が農業を放棄し、「イスラエルの入植地で安価な労働力として働くしかなくなる」よう仕向けることだ（一一六頁）。より具体的には、しばしばガザ地区の農業についてイチゴや切り花がヨーロッパ市場向けの商品作物として生産されているということが肯定的に語られるが、しかしこれはアブー・メジェドからすれば「植民地農業」にほかならず、「地元の食料安全保障と主権を脅かすもの」だという。イチゴは水が枯渇しがちなガザ地区において水を大量に消費する。しかもイチゴは、その苗も農薬も資材もイスラエルから購入しなければならず、かつイスラエル企業を通じてのみ輸出される。それは結局のところ、イスラエルへの従属化を促しながらガザの資源と景観を害してもいるという（一一七～一一八頁）。私自身もガザ地区のイチゴは生産性の象徴のように見聞きしていたために、そして、二〇〇〇年代に入ってからの度重なるガザ侵攻のたびにイチゴ畑がイスラエル軍の戦車や重機によって蹂躙されるのを見て単純に怒りを覚えていただけに、こうした指摘に強い衝撃を受けるとともに、自らの無知を恥じた。

そうであるがゆえに、逆にオリーブやオレンジなどの在来の果樹栽培は、土地とパレスチナ農民の結びつきを示しつつ、「食糧安全保障、レジスタンス、生き残ること」や、入植者への抵抗、土地所有の物理的維持のために、ひじょうに重要なのである（一二〇頁）。イスラエルによるナクバが「環境ナクバ」としてここでも現在進行形であることを再確認するとともに、それに対する抵抗のあり方をここに見て取ることができる。

この農業論考に並んで示唆的だったのが、サーレム・アル＝クドゥワの建築デザイン論考だ。アル＝クドゥワは旧来の国連パレスチナ難民救済事業機関（UNRWA）や湾岸諸国からの援助による住宅事業が、ガザの状況に合致していないと指摘している。また土地不足・資材不足・技術者不足に対応できていないのみならず、基本設計がガザ地区の気候や家族事情に適しておらず安全性・居住性も損なっており、維持・修繕の視点も欠けているという（一三四～一三八頁）。アル＝クドゥワはそうした課題を克服する建築デザインを提案したのみならず、これを失業者の技術訓練と雇用創出に結びつけ（一五五頁）、さらに、男性が世帯主となる家父長的社会において、女性や子どもの生活上のニーズを丁寧に聞き出しそれをデザインに反映させ、「老若男女を問わず、家族全員が家を形作るプロセスに積極的に参加できるよう努めた」（一四七～一四八頁）。しかも驚くべきことに、同じアラビア語話者であってもベドウィンの人々との「言葉の壁」を自覚し、とりわけベドウィン女性たちと設計に関する「参加型ミーティング」を十分に持つようにしたという。アル＝クドゥワは、女性たちが「全体的な設計案に対する機能的かつ創造的な改善点を提案していることに気づいた」として、あらゆる「社会的弱者」の視点を取り入れようと努めることで、従来の設計思想を大幅に更新したのである（一五九頁）。

この柔軟で創造的で、かつ社会的に公正な設計デザインの実践例を知るにつけ、ただひたすらに爆撃と爆破により破壊することしかしないイスラエル軍の退廃性との落差に眩暈がする思いである。文明と野蛮という典型的なオリエンタリズムの言説がある。欧米とイスラエルは先進的な文明であり、アラブ諸国とパレスチナは後進的で野蛮である、ひいてはそれゆえに、イスラエルのパレスチナ攻撃は正義で正当であり、欧米はそれを支持する、というわけである。ところが、この建築デザインの文章は、これがまったくそうではないということを、具体的に説得的に教えてくれる。しかしそれと同時に、この二〇二三年以降の壊滅的な攻撃によって、アル＝クドゥワのデザインによる家屋が破壊され尽くしたことを想像すると、絶望的な気分になる。

ところで、ジェンダー／セクシュアリティの視点で重要なことを示しているのは、ドルガム・アブーサリームの「五一日間続いたもやの中で」だ。自身ゲイであるアブーサリームは、保守的な祖父や父親や学校の教師やイスラーム指導者らに、その性的アイデンティティをことごとく否定され、「立派な男」「きちんとした人間」になれと迫られてきた。その祖父や父がそれぞれ自分の妻をぞんざいに扱い傷つけてきたのを目撃し、そのことに嫌悪感を抱いてきた。「有毒なマチズモ」とさえ表現する（二八〇頁）。そうした中でアブーサリームの支えになったのは、リベラルな母親の宗教観であった。母は敬虔なムスリマであったが、子どもたちには、「祈りや断食をしなさい」とは決して言わず」、それどころか、「自分の信仰については自分自身が最高責任者である」と教えたという。

しばしばアラブ社会・イスラーム社会は「保守的で家父長的だ」と批判的に語られる。あたかもアラブ人やムスリムが本質的にそうであるかのように。そしてそうした言説はつねに欧米とイスラエルの先進性やリベラルさとの対比で語られるのであり、その目的はイスラエルの人権遵守や民主主義が「先進国水準」にあるという主張、ひいては、イスラエルの占領政策における暴力性の隠蔽、占領の正当化に使われるのである。

いわゆる「ピンクウォッシング」だ。しかしアラブ各地の保守性が、欧米によるアラブ分割で生み出された植民地主義的独裁的統治体制によって強化されてきた面や、とりわけパレスチナでは軍事占領によってまっとうな政治経済的発展が意図的に阻害された結果として家族制度が重みを持たされてしまった側面、占領の暴力や失業によって傷つけられた家長がかろうじて尊厳を維持するために家庭内で横柄に振る舞おうとする傾向があることなどは、見逃すべきではない。

アブーサリームの文章が教えてくれるのは、パレスチナでもとりわけ保守的と言われるガザ社会の中にも性的マイノリティが当然いるということ、そして家父長制に対する批判が当然あるということ、そして性的マイノリティの生き方を肯定し家父長制を批判する意見を育てるような家庭教育もまた存在するということだ。

パレスチナの人々、とりわけガザ地区の人々は、このようにさまざまな局面において、稀な望みとしての希望をかろうじて保ちつつ、繰り返し襲ってくる絶望感と闘っている。イスラア・ムハンマド・ジャマールは「夢を見させて」の中で、小さな幸福の後に必ずそれを破壊する不幸が連鎖することについて悲観的に語っている。そして第二次インティファーダの最中に、「私は人生が大嫌いになり、死にたいと思うようになった」、さらに、「他のパレスチナ人がこれ以上悲劇に見舞われないで人生を送れるように、イスラエル人たちのいるところで自爆したいと願うようになった」と語る。母親からたしなめられようと、勉学に打ち込もうと、「私にとっては死への恐怖よりも人生に対する憎しみのほうが優っていたのだ」、と(三一七頁)。

他方で先にも引用したシャハド・アブーサラーマ(「永遠に続く一時性という悪循環を打ち砕くこと」)は、「これまでの一〇年間で、何万人もの若者たちがヨーロッパに亡命している。そして亡命したパレスチナ人たちは、受け入れ国を襲う動乱によって、さらなる追放の波に直面している」(六四頁)と記しているが、あまりのガザ地区に対する理不尽な攻撃の連続と長期的な封鎖とが相まって、実際ガザ地区では自殺者の増加とガザ地区からの脱出者の増加が指摘されている。自殺はイスラームで禁忌とされているために本来はひじょうに少なかったことであり、ガザ地区の過酷かつ長期的な暴力と封鎖の影響なしには考えられない。またガザ地区からの脱出は、正規にはエジプトに入国するほかない（イスラエル側はもちろん封鎖されておりかつ海路と空路も断たれているため）が、イスラエルおよび米国に協力的なエジプトの独裁体制がガザ地区のパレスチナ人に対して法外な入国手数料を要求するなど障壁が大きい（それでも親族間でお金をかき集めて脱出する人たちがいる）。一時期数百本はあったとされるエジプトとの間の地下の密輸トンネルは現在では徹底的に破壊されてしまった。そうなると、イスラエルの海軍に撃沈されるか遭難・沈没するリスクが高いことを承知で闇夜に小型ボートで海に出るしかない。そして多くのガザの住民が人知れず海に沈んでいるのだが、その全貌は把握できないのだ。もはやそこまでガザでの生活には望みがなくなっている。ガザ地区研究で著名なサラ・ロイ（本書の編集委員の一人でもある）は、ガザ地区での基本的な経済社会はイスラエルによる占領以来徹底的に阻害・破壊されており、その過程を「反開発 de-development」と定義したが、二〇〇〇年からの第二次インティファーダ、〇五年撤退以降の封鎖によって反開発は完了しつつあり、ガザ地区はもはや「生存不可能 unviable」な状態になったと指摘した（ロイ『なぜガザなのか』）。

本書では、何人かの執筆者が「二国家解決」の不正義と不可能性について触れている。ガザ地区がもはや生存不可能であり、西岸地区も封鎖と分断で細分化されているときに（しかもその事態はオスロ体制で加速した）、二国家を唱えるなど単なる欺瞞に過ぎない。バスマン・アッディラウィーは「二〇五〇年のガザ――三つのシナリオ」において、①現状の占領が継続すること（残念ながらこれが最もありうるシナリオだ）。②二国家解決では、ガザ地区と西岸地区から入植地は撤去されるが、イスラエルの治安上の理由からガザと西岸は人の移動も物の持ち込みも厳しく制限されたままになる（三三六～七頁）。これは事実上、占領の継続だ。③本当の意味で解決になりうるのは「一国家」のみだ、と語る。

パレスチナ人に基本的人権を完全に与えることができるのは、この解決策だけだ。一国家解決とは何か。それはパレスチナ人とイスラエル人が、双方平等な権利を持ち、自分の信仰を自由に実践できる民主的な世俗国家に暮らすことである。（三三八頁）

特定の集団が他の集団より優れているということはないのだ。／空港も港もある。もう検問所で苦労することはない。普通に旅行して、他の都市や国に行くことができる。ガザにも、世界の他の場所と同じように、発展と生産の機会が存在している。パレスチナは、他国と同様、正常な多様性を持っている。全員が第一級市民であり、誰もが同等の権利を有する。（三三九頁）

シャハド・アブーサラーマ（「永遠に続く一時性という悪循環を打ち砕くこと」）が、この一国家解決の歴史的文脈を説明している。

この案は、一九三〇年代にパレスチナ共産党が提唱し、その後一九六〇年代にパレスチナ人活動家たちが打ち出したものである。それは、パレスチナ人を否定するシオニストの民族中心主義や宗教および人種的な差別主義に基づく国家とは対照的に、ユダヤ人とアラブ人のための世俗的な民主国家をパレスチナに建設することを提唱した。オスロ合意はこのビジョンに背を向け、二国家案に固執した。しかし、「紛争」と言われていたものが実は、国際社会の軍事的、経済的、政治的支援によって可能となった、歴史的パレスチナを支配するアパルトヘイトと入植者植民地主義の複雑なシステムであったことへの理解が深まる中、単一国家を求める動きが再び高まっている。（八二〜八三頁）

補足すると、最初のアイディアは「バイナショナリズム」すなわちユダヤ人とアラブ人の二民族が共存できる一つの国家として打ち出された。それはダヴィッド・ベングリオンら主流派の政治シオニストの「ユダヤ人国家」建設運動に対抗して、リベラルな文化シオニストたちが一九二〇年頃から提唱していたものだ。パレスチナの場合は、ヨーロッパのユダヤ人が移住することを支持しつつも、先住パレスチナ人を排除せずに共存を目指した。パレスチナ共産党の場合は、東欧からの共産主義思想と第一次世界大戦後の民族自決の思想とに基づき英国支配に反対して二民族共存国家を唱えた。だがいずれのバイナショナリズム運動も四八年のイスラエル建国によって潰えた。次の六〇年代の話は、パレスチナ解放機構（PLO）が六四年に制定したパレスチナ民族憲章で唱えたパレスチナ全土の解放（イスラエル国家の否定）に基づく「世俗的民主的パレスチナ国家」のことである。非シオニストのユダヤ人はパレスチナでの共存を認めるという。しかしこれも六七年の第三次中東戦争による西岸地区・ガザ地区の軍事占領後は、その両地区の解放へと現実的目標がスライドしてゆき、事実上両地区のみでの「ミニ・パレスチナ国家」すなわち二国家案へと後退してしまう。そして次に一国家解決案が注目されたのは、オスロ的二国家の欺瞞が露呈した九〇年代末のこと、パレスチナ人思想家のエドワード・サイードが先述の一国家思想の歴史的文脈を想起しつつ、「一国家解決」という論考を発表した際である（九九年）。その後二〇〇〇年から第二次インティファーダが起こり、誰の目にもオスロの欺瞞、すなわち、イスラエルがミニ・パレスチナ国家でさえもその独立の芽を周到に摘みながら占領地の領土化を進めていることが露呈して以降、一国家解決が参照されることが増えたのである。

エドワード・サイードの名前に触れたところで、この解説も結んでいきたい。本書はこうした絶望的な状況において、サイードやあるいはマフムード・ダルウィーシュといった著名なパレスチナの思想家や詩人を羅針盤としつつ、人文主義の可能性に最後に賭けているように思われる。本書が「書籍」のかたちをとって世に問うたところにそのことが示されてもいる。モスアブ・アブー・トーハは「輸出品はオレンジと短編小説」で、イスラーム大学がイスラエル軍に空爆され英文学科の書架が崩落したコンクリート片に埋もれた様子を世界に発信し、各地から寄付される本をもとに「公共図書館」を作る計画が動き出した経緯を記している。皮肉にも、米国製のF-16による空爆で『アメリカ文学全集』が瓦礫に埋もれ、それを救出した様子は英語で発信され、そして世界から本の寄贈がなされた（その過程も英語で書かれた）。アブー・トーハは、米国に移住して英文学批評をしながら「パレスチナの自由と知的生活の重要なシンボル」となったエドワード・サイードの名前を冠した公共図書館の設立を目指す（二二二頁）。

しかしその過程で、ガザ地区の置かれた分断・孤立状況は、書籍でさえも「禁輸品」とし、世界からイスラーム大学宛に送られた寄贈書籍が西岸地区にとどめ置かれて、受け取ることが叶わないという事態が発生した。同じパレスチナにありながら、書籍さえもが占領地間で宙吊りに置かれる不条理が「カフカ的な瞬間」と表現されている（二二六頁）。それ以外にもイスラエルは、ガザ地区で学校や書店を空爆して破壊してきたが、それは「ガザがパレスチナにおける文化的な生活の歴史的な中心地であったこと、そして私たちの現在の文化（学び、芸術、音楽、文学、演劇）はその過去の遺産と結びつき、それによって形作られているのだという事実」（二一九頁）、これをこそ破壊しようとしているためである。教育を破壊し、文化を破壊し、民族のアイデンティティや記憶を破壊することが、パレスチナの民族浄化の継続なのだ。

二〇二三年一〇月以降のガザ壊滅作戦においても、イスラエル軍はガザ地区にあるすべての大学を爆撃ないし爆破した。イスラエル兵らは、大学図書館を放火して、延焼する書架の前で記念撮影をして、自らその写真をSNSに誇らしげにアップした。「本を焼く者は、やがて人も焼くようになる」とは、ユダヤ系ドイツ人の詩人ハインリヒ・ハイネのあまりに有名な言葉だ。逆に象徴的なことに、ガザの街中が廃墟とされた中、トランク一つで小さな移動書店を路上で開いているパレスチナ人の写真もまたSNSで拡散されていた。

基本的な衣食住が暴力的に奪い取られている中で、なおも書物を、読書を求める行為に尊さとともに眩暈をも覚えた。政治的停電（発電所の空爆と電力供給カット）による暗闇の中でそれでも「光」を見出そうとするスハイル・ターハーは「ガザの暗闇に人々が灯す光」で、それを国連でも人道援助でもなく、文化にこそ見出した。「根強く残り続けるのは、詩人や芸術家たちが教えてくれるように、生きようとする精神そのものだけだ。それこそが最も深い闇を照らす光である」（一八一頁）と。もちろんこれが本書タイトル『ガザの光』の元になっている。だが、本書の副題は「炎の中から届く声」だ。その「炎」は、イスラエル軍の爆撃であり、そして書店や図書館を燃やす「炎」でもあるだろう。

しかしこうした絶望的に困難な状況だからこそ、本書が編集され刊行された意義は限りなく大きい。再びジハード・アブーサリームによる序章に戻るが、

本書は、パレスチナ人作家がガザについて執筆する場を提供することと同時に、絶望と政治的閉塞感の中で、行動を喚起し、希望を見出すことも目指している。また、とくにガザのパレスチナ人がめったに使える状況にない想像力を、彼らに駆使してもらう機会を提供している。パレスチナの人々は、イスラエルの占領と抑圧のもとで、日常的にさまざまな苦労に追われて生活しているのだから、パレスチナ解放を目指す支援者たち、とりわけ欧米の連帯運動には、このような場を積極的に作る義務がある。

（一二五頁）

この日本語訳を刊行することも、またそれを読むこともまた、日本でパレスチナ解放に関わる者たちの義務であろうと思う。「If I must die（もし私が死なねばならぬなら）」の詩を遺して二〇二三年一二月に殺害され、ガザ地区の文化的抵抗のアイコン的存在となったリフアアト・アルアライールもまた、アブー・トーハととも

にイスラーム大学の空爆で英文学科の研究室を失った一人であるが、本書に寄せた「ガザは問う」において、「知識こそ、イスラエルの最大の敵である。啓蒙こそ、イスラエルが最も憎み、最も恐れる脅威である。だからこそイスラエルは、大学を爆撃するのだ。彼らが殺したいのは、開かれた心と、不正義と人種差別の下で生きることを拒否する決意自体なのだ」と喝破した（四四〜四五頁）。
しかしそのアルアライールは、来るべき本書の読者たちにこうも問いかけた。

この本のための文章を依頼されたときは、これによって変化がもたらされ、とくにアメリカの政策が改善されるだろうという話だった。でも本当のところ、何が変わるだろうか？　パレスチナ人の命に意味はあるのか？　本当に？／読者のみなさん、この本を読み進めるあなたは、その行動によって人の命を救い、歴史を変える可能性を持っている。あなたには何ができますか？　何をしますか？　この本に意味を持たせてくれますか？（四八頁）

言うまでもなくこの問いは、本書日本語訳を手に取る私たち読者にも向けられている。

移動制限というナクバ ── ガザ、過去を振りかえることこそが未来への道

1 Adel Manna, "The Palestinian Nakba and Its Continuous Repercussions," *Israel Studies* 18, no. 2 (2013): 86–99, https://doi.org/10.2979/israelstudies.18.2.86.

2 Nur Masalha, "Remembering the Palestinian Nakba: Commemoration, Oral History and Narratives of Memory," *Holy Land Studies* 7, no. 2 (November 1, 2008): 123–56, https://doi.org/10.3366/E147494750800019X.

3 "On Land Day 2019: No Return from the Right of Return," Just World Educational, March 31, 2019, https://justworldeducational.org/2019/03/on-land-day-2019-no-return-from-the-right-of-return/.

4 Ahmed Esmat Abdel Meguid, "Israeli Practices and Human Rights in Occupied Arab Territories," *International Lawyer* 7, no. 2 (1973): 279–88.

5 Amira Hass, "Israel's Closure Policy: An Ineffective Strategy of Containment and Repression," *Journal of Palestine Studies* 31, no. 3 (2002): 5–20, https://doi.org/10.1525/jps.2002.31.3.5.

6 Ella Awwad, "Perceiving the 'Other' in the al-Aqsa Intifada," *Palestine-Israel Journal of Politics, Economics, and Culture* 8, no. 2 (2001), 97–103.

7 Yousef M. Aljamal, "Traveling as a Palestinian," *Biography* 37, no. 2 (2014): 664–79, https://doi.org/10.1353/bio.2014.0030.

8 Yousef M. Aljamal, "Our Day Will Come (and Soon)," *Electronic Intifada*, April 19, 2012, https://electronicintifada.net/content/our-day-will-come-and-soon/11180.

9 Yousef M. Aljamal, "How Israel's Siege on Gaza Killed My Sister," *Electronic Intifada*, August 3, 2012, https://electronicintifada.net/content/how-israels-siege-gaza-killed-my-sister/11550.

10 Noga Kadman and Ran Yaron, *Rafah Crossing: Who Holds the Keys?* (Tel Aviv – Jaffa, Israel: Gisha – Legal Center for Freedom of Movement and Physicians for Human Rights – Israel, 2009).

11 Yousef M. Aljamal, "Too Many Tears Have Been Shed in Palestine; Let Us Laugh Again," *Electronic Intifada*, May 8, 2012, https://electronicintifada.net/content/too-many-tears-have-been-shed-palestine-let-us-laugh-again/11267.

12 Yousef M. Aljamal, "Palestinians Are Sentenced to Sadness," *Electronic Intifada*, August 31, 2014, https://electronicintifada.net/content/palestinians-are-sentenced-sadness/13822.

13 Yousef M. Aljamal, "Seeing Ramallah from Above: In Memory of Mourid Barghouti, Legendary Palestinian Poet and Novelist, *Politics Today* blog, February 16, 2021, https://politicstoday.org/seeing-ramallah-from-above-in-memory-of-mourid-barghouti-legendary-palestinian-poet-and-novelist/.

14 Ilana Feldman, "Refusing Invisibility: Documentation and Memorialization in Palestinian Refugee Claims," *Journal of Refugee Studies* 21, no. 4 (2008): 498–516, https://doi.org/10.1093/jrs/fen044.

15 Philippe Fargues and Sara Bonfanti, *When the Best Option Is a Leaky Boat: Why Migrants Risk Their Lives Crossing the Mediterranean and What Europe Is Doing about It*, Cadmus, European University Institute Research Repository, 2014, https://cadmus.eui.eu//handle/1814/33271.

16 Jehad Abusalim, "The Great March of Return: An Organizer's Perspective," *Journal of Palestine Studies* 47, no. 4 (2018): 90–100, https://doi.org/10.1525/jps.2018.47.4.90.

二〇五〇年のガザ ── 三つのシナリオ

1 United Nations, "Gaza Could Become Uninhabitable in Less Than Five Years due to Ongoing 'De-development' – UN Report," September 1, 2015, https://news.un.org/en/story/2015/09/507762-gaza-could-become-uninhabitable-less-five-years-due-ongoing-de-development-un.

瓦礫を押しのけて咲くバラ

1 "The Rose Shoulders Up" from *Things You May Find Hidden In My Ear* © 2022 by Mosab Abu Toha.

24 Al-Ghoul, "The Death of Cinema in Gaza."

25 Al-Ghoul, "The Death of Cinema in Gaza."

26 "Amer Cinema Sends Joy to Gaza People after 25 Years' Halt," Hafryat, December 15, 2019, https://hafryat.com/ar/blog/ سينما-عامر-تنقل-البهجة-لأهالي-غزة-بعد-توقف-ربع-قرن.

27 Al-Ghoul, "The Death of Cinema in Gaza."

28 Ahmed Fayadh, "Dignity of Gaza: 'A Film Festival' among the Rubble of Shujaeeya," Al Jazeera, May 13, 2015, https://www.aljazeera.net/news/cultureandart/2015/5/13/ كرامة-غزة-مهرجان-سينمائي-بين-ركام.

29 "Gaza Ministry of Culture Clarifies Matter of Re-opening Amer Cinema," *Al-Watan Voice*, November 30, 2019, https://www.alwatanvoice.com/arabic/news/2019/11/30/1295971.html.

30 "Gaza Cinema: A History That Narrates Tales," Palestinian News and Information Agency, August 23, 2016.

31 Nidal al-Mughrabi, "Gaza Film-makers Decry Hamas Censorship," Reuters, July 28, 2011, https://www.reuters.com/article/uk-palestinians-gaza-idUKTRE76R1LV20110728.

32 "Gaza Cinema: The History of the Story," Arab48, September 6, 2016, https://www.arab48.com/ ثقافة-وفنون/مقالات-ودراسات/2016/09/06/ سينما-غزة-تاريخ-الحكاية.

33 "Red Carpet Festival Opens Screening in One of Gaza's Streets," *Arabi21*, December 7, 2019, https://arabi21.com/story/1228171/ مهرجان-السجادة-الحمراء-يفتتح-عروضه-في-أحد-شوارع-غزة.

34 "Cinema Houses in Gaza," Al-Aan TV, YouTube, January 6, 2020, https://www.youtube.com/watch?v=RC-37RZ_Rdw.

35 Alaa Al-Helou, "Shadow Theater in Gaza, Attempts to Adapt to Difficulties," *New Arab*, November 20, 2020, https://www.alaraby.co.uk/entertainment_media/ مسرح-الظل-في-غزة-محاولات-التأقلم-مع-الصعوبات.

36 Rowaida Amer, "Theater and Cinema in Gaza: Big Works by Young Hands," Quds News, September 7, 2017, https://qudsn.net/post/126676.

37 Mustafa Habbush, "Gaza...the First Acting Academy to Extract Talent from the Quagmire of Marginalization," Anadolu Agency, January 8, 2019, https://www.aa.com.tr/ar/- التقارير/غزة-أول-أكاديمية-للتمثيل-تنتشل-المواهب-من-مستنقع-التهميش 1358626/-تقرير.

38 UNESCO, "Palestine: Community-Based Theatre Inspires the Youth in Gaza," February 10, 2020.

39 Mohammed Abu Sulaiman with Chris Niles, "How Girls Built a Library in the Gaza Strip," UNESCO, December 18, 2017, https://www.unicef.org/stories/how-girls-built-library-gaza-strip.

40 Donia Al Watan and Hani Abu Rizk, "Its Seats Are Frames And Its Shelves Are Vegetable Boxes: Recycled Objects to Create a Library in Gaza," *Al-Watan Voice*, March 26, 2017, https://www.alwatanvoice.com/arabic/news/2017/03/26/1032412.html.

41 Isra Saleh El-Namy, "Gaza Shares 'Ideas Worth Spreading' at TEDx Shujaiya," *Mondoweiss*, November 4, 2015, https://mondoweiss.net/2015/11/shares-spreading-shujaiya/.

42 Creede Newton, "Musings on Chess and Salt: Gaza's First Ever TEDx Talk," Al Jazeera, October 30, 2015, https://www.aljazeera.com/features/2015/10/30/musings-on-chess-and-salt-gazas-first-ever-tedx-talk.

43 Mohmmed Omer, "TEDx in Gaza: Palestinians Bring Personal Stories to the World Stage," Middle East Eye, November 9, 2015, https://www.middleeasteye.net/fr/node/48200.

44 Micah Danney, "Rising from the Ruins: A Theatre Persists in Gaza," *American Theatre*, March 11, 2019, https://www.americantheatre.org/2019/03/11/rising-from-the-ruins-a-theatre-persists-in-gaza/.

45 Mohammed al-Hajjar, "In Pictures: Gaza's 'Dreamers' Look out from the Rubble," Middle East Eye, May 2, 2019, https://www.middleeasteye.net/discover/pictures-gazas-dreamers-look-out-rubble.

46 Fady Hanona and Ashleigh Stewart, "Dreamers among The Rubble: Meet the Gaza Artist Who Created an Open-Air Gallery in a Bombed Building," *The National*, June 18, 2019, https://www.thenationalnews.com/arts-culture/art/dreamers-among-the-rubble-meet-the-gaza-artist-who-created-an-open-air-gallery-in-a-bombed-building-1.875747.

47 "Ali Al-Jabali: A Palestinian Artist Bringing Hope from under the Rubble," Palestinian Information Center, April 28, 2019. https://www.palinfo.com/news/2019/4/28/ علي-الجبالي-فنان-فلسطيني-يبعث-الامل-من-بين-الركام-بغزة.

48 Matt Brown, "Hamas Military Chief Assassinated in Gaza Strike," ABC News, November 14, 2012, https://www.abc.net.au/news/2012-11-15/hamas-chief-assassinated-in-gaza-strike/4372598.

49 United Nations Development Programme, *Development for Empowerment: The 2014 Palestinian Development Report*, April 2015.

五一日間続いたもやの中で

1 この章の要約版は Esther Farmer, Rosaline Petchesky, and Sarah Sills, eds., *A Land with a People: Palestinians and Jews Confront Zionism* (New York: Monthly Review Press, 2021) に掲載された。

admissions-by-over-50-in-trial/?sh=7f50538d792c.

27 Marthe De Ferrer, "Scientists Have Taught Spinach to Send Emails and It Could Warn Us about Climate Change," *Euronews Green*, March 18, 2021, https://www.euronews.com/green/2021/02/01/scientists-have-taught-spinach-to-send-emails-and-it-could-warn-us-about-climate-change.

28 European Commission, "Proposal for a Regulation of the European Parliament and of the Council Laying Down Harmonised Rules on Artificial Intelligence (Artificial Intelligence Act) and Amending Certain Union Legislative Acts," Brussels, April 21, 2021, https://eur-lex.europa.eu/legal-content/EN/TXT/HTML/?uri=CELEX:52021PC0206&from=EN.

輸出品はオレンジと短編小説 —— ガザの文化的闘い

1 同財団のウェブサイトによると、「A.M.カッタン財団（AMQF）は、とくに子どもたち、教師、若いアーティストに焦点を当て、文化・教育の分野で活動する独立した非営利の開発支援団体である」。詳しくはhttp://qattanfoundation.org/en/qattan/about/aboutを参照。

2 Arif al-Arif, *History of Gaza* (Jerusalem: Adwa al Salaf, 1943), 264.

3 "Palestinian Libraries," Palestinian News and Information Agency.

4 1996年に設立されたガザ市立図書館は、2万5000冊の蔵書を持つガザで2番目に大きな図書館である。"108 Libraries," Palestine Museum, June 2015.

5 "Unprecedented Initiative in Gaza to Improve Youth Writing and Rescue Libraries," *Al-Arab Newspaper*, December 7, 2018, https://alarab.co.uk/. مبادرة-غير-مسبوقة-في-غزة-لتطوير-كتابات-الشباب-وإنقاذ-المكتبات

6 "Gaza Municipality Library – Diana Tamari Library," Wikipedia, https://ar.wikipedia.org/wiki/ مكتبة_بلدية_غزة_العامة#٢._مكتبة_ديانا_تماري_صباغ.

7 "Sheikh Ahmad al-Yamani Cultural Center," Palestine Red Crescent – Gaza Strip, http://www.hilal.ps/Page/30020/%7_ مركز_الشيخ_أحمد_زكي_اليماني_الثقافي B_% 7 _المكتبة D.

8 "Mobile Library in Gaza Fosters Reading among Children," *TRT World*, April 21, 2017, https://www.trtworld.com/mea/mobile-library-in-gaza-fosters-reading-among-children-6479.

9 "60 Writers from Gaza Participate in Ramallah's Book Exhibit despite Occupation," *Palestine Today*, May 22, 2018, https://paltoday.ps/ar/post/323666/60- كاتبا-من-غزة-يشاركون-بمعرض-الكتاب-في-رام-الله-رغم-انف-الاحتلال.

10 "Will Gaza Libraries Dust Their Shelves?," Nawa Network, April 26, 2019, https://nawa.ps/ar/post/41750/ هلتنفضمكتباتغزةالغبارعنرفوفها.

11 "Will Gaza Libraries Dust Their Shelves?"

12 "After Years of Siege, Gaza Libraries Lack Books and Periodicals," *Arabi21*, March 19, 2015, https://arabi21.com/story /818075/- الحصار-تخلو-من-الكتب-والدورياتمكتبات-غزة-بعد-سنوات-من.

13 Erling Bergan, "Libraries in the West Bank and Gaza: Obstacles and Possibilities," paper presented at the 66th International Federation of Library Associations (IFLA) Council and General Conference, Jerusalem, August 2000, https://eric.ed.gov/?id=ED450734.

14 Atef Abu Saif, ed., *The Book of Gaza: A City in Short Fiction* (Manchester, UK: Comma Press, 2014).

15 Muhammad Basil Suleiman, "Journalism in the Gaza Strip, 1876–1994," State Information Service, Palestinian News and Information Agency, 2002.

16 "Palestinian Journalism during the Ottoman Era," Palestinian News and Information Agency, https://info.wafa.ps/ar_page.aspx?id=2470.

17 Suleiman, "Journalism in the Gaza Strip, 1876–1994."

18 "Periodicals in Palestine," Palestinian News and Information Agency.

19 Anjuman Rathman, "Gaza Musician: The Siege Has 'Made Us Strong through Difficult Experiences,'" *Middle East Monitor*, January 3, 2020, https://www.middleeastmonitor.com/20200103-gaza-musician-the-siege-has-made-us-strong-through-difficult-experiences/.

20 "'Gaza Loves Life': A Message from Sol Band to the World," *Al-Hurra*, November 27, 2019, https://www.alhurra.com/palestine/2019/11/27/ غزة-تحب-الحياة-رسالة-صول-باند-للعالم-والرد-بفتوى-داعشية.

21 "Sol Band, National Songs Go Popular despite Criticism," *New Arab*, November 24, 2019, https://www.alaraby.co.uk /%22 صول-باند%- 22 أغانٍ-وطنية-تنتصر-رغم-الانتقاد.

22 Ezz El-Din Abu Eisha, "After a Quarter of a Century, a Cinema Temporarily Sees the Light," *The Independent*, December 9, 2019, https://www.independentarabia.com/node/77561/ ةفاقث/امنيس/دعب-عبر-نرق-امنيس-رصبت-رونلا-يف-ةزغ-اتقؤم.

23 Asmaa al-Ghoul, "The Death of Cinema in Gaza," *Al-Monitor*, February 6, 2013, https://www.al-monitor.com/originals/2013/02/cinema-gaza-demise.html.

Countries," *Digital Economy Report*, 2019, https://unctad.org/system/files/official-document/der2019_en.pdf.

4 Privacy International, "The Global Surveillance Industry," July 2016, https://privacyinternational.org/sites/default/files/2017-12/global_surveillance_0.pdf.

5 Anna Ahronheim, "Israel's Operation against Hamas Was the World's First AI War," *Jerusalem Post*, May 27, 2021, https://www.jpost.com/arab-israeli-conflict/gaza-news/guardian-of-the-walls-the-first-ai-war-669371.

6 Greenwood, "A Peek into the Research Division at the Armed Forces."

7 INSSはイスラエルにあるテルアビブ大学付属の研究機関兼シンクタンクで、国家安全保障とサイバー戦争を専門としている。同機関のウェブサイトによると、INSSの使命は、「イスラエルの国家安全保障の課題に関する世論を形成し、イスラエル国内外の意思決定者、政府関係者、政策立案者に政策分析と提言を提供する、革新的で適切かつ質の高い研究」に従事することである。その使命の一環として、新しい考え方を奨励し、伝統的な体制分析の範囲拡大に尽力している。

8 Amnesty International, "Israel: Amnesty International Is Taking Part in Legal Action to Stop NSO Group's Monitoring of the Internet," press release, May 13, 2019.

9 "Israel Defense Industry Exports Under Scrutiny," UPI Defense News, July 19, 2013, https://www.upi.com/Defense-News/2013/07/19/Israeli-defense-industry-exports-under-scrutiny/11581374259134/.

10 Who Profits, "Signal Strength: Occupied the Telecommunications Sector and the Israeli Occupation," July 2018, https://whoprofits.org/wp-content/uploads/2018/09/SIGNAL-STRENGTH-OCCUPIED-THE-TELECOMMUNICATIONS-SECTOR-AND-THE-ISRAELI-OCCUPATION-1-1.pdf.

11 Ali Sibai, "Israeli Airstrikes Destroyed Internet Infrastructure in Gaza," SMEX, May 28, 2021, https://smex.org/israeli-airstrikes-destroyed-internet-infrastructure-in-gaza-report/.

12 Hannah Brown, "An Artificial Intelligence Company Backed by Microsoft Is Helping Israel Surveil Palestinians," *Vox*, October 31, 2019, https://www.vox.com/2019/10/31/20937638/israel-surveillance-network-covers-palestinian-territories.

13 Thomas Brewster, "Microsoft Slammed for Investing in Israeli Facial Recognition 'Spying on Palestinians,'" *Forbes*, August 1, 2019, https://www.forbes.com/sites/thomasbrewster/2019/08/01/microsoft-slammed-for-investing-in-israeli-facial-recognition-spying-on-palestinians/?sh=3a00ee916cec.

14 "Israel Is One of the Largest Exporters of 'Drones' in the World," *Aawsat*, September 8, 2019.

15 Human Rights Watch, *Precisely Wrong: Gaza Civilians Killed by Israeli Drone Launched Missiles*, June 2009, https://www.hrw.org/sites/default/files/reports/iopt0609webwcover_0.pdf.

16 Ezz El-Din Abu Eisha, "Military Robots to Protect the Border between Gaza and Israel," *Independent Arabia*, July 24, 2020, https://www.independentarabia.com/node/137641.

17 Sagi Cohen, "Exclusive: Microsoft Secretly Launched a New Chip Development Center in Israel," *Haaretz*, March 31, 2021, https://www.haaretz.com/israel-news/tech-news/exclusive-microsoft-secretly-launched-new-chip-center-in-israel-1.9671786?utm_source=mailchimp&utm_medium=content&utm_campaign=tech&utm_content=32975e1acb.

18 Sharon Pulwer and Elihay Vidal, "Facebook Complying with 95% of Israeli Requests to Remove Inciting Content, Minister Says," *Haaretz*, April 10, 2018, https://www.haaretz.com/israel-news/business/facebook-removes-inciting-content-at-israel-s-request-minister-says-1.5432959.

19 Amitai Ziv, "Google to Build Data Center in Israel for Its Cloud Services," *Haaretz*, April 3, 2021, https://www.haaretz.com/israel-news/tech-news/.premium.HIGHLIGHT-google-to-build-data-center-in-israel-for-its-cloud-services-1.9679196?utm_source=mailchimp.

20 Amitai Ziv, "Top Secret Israeli Cyberattack Firm, Revealed," *Haaretz*, January 4, 2019, https://www.haaretz.com/middle-east-news/.premium-top-secret-israeli-cyberattack-firm-revealed-1.6805950.

21 パレスチナ自治政府自身が治安維持活動の一環として、またレジスタンス諸派の一部が軍事・警備活動のために使用しているものも確かにあるが、これらに関しては詳しい情報がほとんどない。

22 Raja Abdulrahim, "AI Emerges as Crucial Toll for Groups Seeking Justice for Syria War Crimes," *Wall Street Journal*, February 13, 2021, https://www.wsj.com/articles/ai-emerges-as-crucial-tool-for-groups-seeking-justice-for-syria-war-crimes-11613228401.

23 Forensic Architecture, "'Black Friday': Carnage in Rafah," *Amnesty International*, July 29, 2015, https://blackfriday.amnesty.org/.

24 Abdulrahim, "AI Emerges as Crucial Toll for Groups Seeking Justice for Syria War Crimes."

25 パレスチナを可視化するプロジェクトである「パレスチナ・オープン・マップス」は、地図を使った探索と没入型ストーリー体験のためのプラットフォームである。https://palopenmaps.org/.

26 Simon Chandler, "Artificial Intelligence Platform Reduces Hospital Admissions by over 50% in Trial," *Forbes*, October 30, 2020, https://www.forbes.com/sites/simonchandler/2020/10/30/artificial-intelligence-platform-reduces-hospital-

40 Shelter Projects, "Gaza (Palestine), 2014–2016, Conflict," case study, http://shelterprojects.org/shelterprojects2015-2016/SP15-16_A28-Gaza-2014-2016.pdf.

41 Nabeel Hamdi, *The Placemaker's Guide to Building Community* (London: Earthscan, 2010); Rachel Kallus, "Citizenship in Action: Participatory Urban Visualization in Contested Urban Space," *Journal of Urban Design* 21, no. 5 (2013): 616–37, https://www.doi.org/10.1080/13574809.2016.1186490; Sarah C. White, "Depoliticising Development: The Uses and Abuses of Participation," *Development in Practice* 6, no. 1 (1996): 6–15. https://doi.org/10.1080/0961452961000157564.

42 Buchli, *An Anthropology of Architecture*; Hourigan, "Confronting Classifications"; Rapoport, *House Form and Culture*.

43 Howard Davis, "Architectural Education and Vernacular Building," in *Vernacular Architecture in the 21st Century: Theory Education and Practice*, ed. Lindsey Asquith and Marcel Vellinga (London: Intermediate Technology Publications, 2005).

44 White, "Depoliticising Development.

45 私が共同監督を務めてプロジェクトの各段階を記録した短編映画を製作した。この映画によって、私は日常生活を写し取り、とくにガザの一般的な家に見られる平凡な美しさを捉えたスケッチをさらに描くことになった。この映画（アラビア語、英語字幕付き）は、「参加型」建築の各段階を概説したもので、建築家と地域の人々が一緒に新たな「日常生活」の構築に携わる様子を映し出したものである。

ガザの暗闇に人々が灯す光

1 United Nations Office for the Coordination of Humanitarian Affairs in Occupied Palestinian Territory, *Electricity in the Gaza Strip*, https://www.ochaopt.org/page/gaza-strip-electricity-supply.

2 実際の文言については議論の余地があるものの、トーマス・エジソンがおおよそこのような発言をしたことは間違いない。Garson O'Toole, "We Will Make Electricity So Cheap That Only the Rich Will Burn Candles," *Quote Investigator*, April 10, 2012, https://quoteinvestigator.com/2012/04/10/rich-burn-candles/.

3 World Bank, "Access to Energy Is at the Heart of Development," April 18, 2018, https://www.worldbank.org/en/news/feature/2018/04/18/access-energy-sustainable-development-goal-7.

4 United Nations Department of Economic and Social Affairs, Sustainable Development, *Transforming Our World: The 2030 Agenda for Sustainable Development*, October 21, 2015, https://sdgs.un.org/2030agenda.

5 The Art Story Contributors, "Marcel Duchamp: Artist Overview and Analysis," November 21, 2011, TheArtStory.org, https://www.theartstory.org/artist/duchamp-marcel/.

6 Samir Hatu, "Cooking Oil as Alternative Fuel for Gaza Cars" (in Arabic), *Al-Dustur* (Amman), April 19, 2008, https://www.addustour.com/articles/346326.

7 Ahmad Shaldan, "Art in Gaza: Light at the End of the Tunnel," video (in Arabic), *Al-Mayadeen News*, March 12, 2020, https://www.youtube.com/watch?v=vPnRTcpmFyg.

8 Rami Almeghari, "Three Children Burn to Death as Candles Replace Lights in Besieged Gaza," *Electronic Intifada*, April 10, 2012, https://electronicintifada.net/content/three-children-burn-death-candles-replace-lights-besieged-gaza/11147.99

9 Dan Cohen, "Video: Gaza Family Mourns Children Who Burned to Death," *Mondoweiss*, May 23, 2016, https://mondoweiss.net/2016/05/family-mourns-children/.

10 "Three Children Burn to Death in Gaza Candle Fire," *Middle East Monitor*, September 2, 2020, https://www.middleeastmonitor.com/20200902-three-children-burn-to-death-in-gaza-candle-fire/.

11 *The Qur'an*, 24:34, *The Koran Interpreted*, trans. A.J. Arberry (London: Allen and Unwin, 1955), available at *The Qur'an: Online Translation and Commentary*, https://al-quran.info/#25:35.

12 Ghassan Kanafani, "Returning to Haifa," in *Palestine's Children: Returning to Haifa and Other Stories*, trans. Barbara Harlow and Karen E. Riley (Boulder, CO: Lynne Rienner, 2000), 186.〔ガッサーン・カナファーニー『ハイファに戻って／太陽の男たち』黒田寿郎・奴田原睦明訳、河出文庫、2017年〕

13 Muhammad Abu Namus, "With Modest Resources, Palestinian in Gaza Builds Racing Car from Scratch," video (in Arabic), *al-Ghad*, February 2, 2020, https://www.youtube.com/watch?v=2Ag5ub2Ofl4.

14 "Airless Tires: Palestinian Innovation Alleviates Suffering of People with Special Needs," video (in Arabic), *Sputnik Arabic*, March 30, 2021.

パレスチナ人の権利を取り戻し、生活の質を向上させるツールとしての人工知能（AI）

1 Hanan Greenwood, "A Peek into the Research Division at the Armed Forces: 'Our Researchers Have DNA from Hunters,'" *Israel Hayom*, November 15, 2020, https://www.israelhayom.co.il/article/819491.

2 Helga Tawil-Souri, "Digital Occupation: Gaza's High-Tech Enclosure," *Journal of Palestine Studies* 41, no. 2 (2012): 27–43, https://www.tandfonline.com/doi/abs/10.1525/jps.2012.XLI.2.27.

3 United Nations Conference on Trade and Development, "Value Creation and Capture: Implications for Developing

of Participation in Design and Implementation Works on User Satisfaction in Multi-Storey Housing Projects in Gaza, Palestine," *World Applied Sciences Journal* 22, no. 8 (2013): 1050–58.

14 Bernard Rudofsky, *Architecture without Architects* (New York: Doubleday, 1964); John Turner, *Housing by People, towards Autonomy in Building Environments* (London: Marion Boyars, 1976); Peter Ward, "Self-Help Housing Ideas and Practice in the Americas" in *Planning Ideas That Matter: Livability, Territoriality, Governance and Reflective Practice*, ed. Bishwapriya Sanyal, Lawrence J. Vale, and Christina D. Rosan (Cambridge, MA: MIT Press, 2021): 283–310.

15 Deborah Fausch, "Can Architecture Be Ordinary?," *MAS Context*, Fall 2014, http://www.mascontext.com/issues/23-ordinary-fall-14/can-architecture-be-ordinary/.

16 Neasa Hourigan, "Confronting Classifications – When and What Is Vernacular Architecture?," *Civil Engineering and Architecture* 3, no. 1 (2015): 22–30, https://www.doi.org/10.13189/cea.2015.030104.

17 Deborah Berke and Steven Harris, eds., *Architecture of the Everyday* (New York: Princeton Architectural Press, 1997), 8.

18 Salem Al Qudwa, "Architecture of the Everyday," *Open Gaza: Architectures of Hope*, ed. Michael Sorkin and Deen Sharp (Cairo: American University in Cairo Press, 2021).

19 Oxfam, "Vital Building in Gaza Could Take a Century," press release, February 26, 2015.

20 Applied Research Institute – Jerusalem (ARIJ), *Palestinian Agricultural Production and Marketing between Reality and Challenges*, March 2015, p. 6.

21 Eman Ismail, "Evaluation and Development Study of Housing Types Used in The Gaza Strip to Rebuild the Place Identity," *The 4th International Engineering Conference – Towards Engineering of 21st Century* (Islamic University of Gaza, Palestine, 2012).

22 Nabil Ibrahim El-Sawalhi and Hamed E. Abu Ajwa, "Mud Building Practices in Construction Projects in the Gaza Strip," *International Journal of Construction Management* 13, no. 2 (February 2014): 13–26, https://www.doi.org/10.1080/15623599.2013.10773209.

23 Hamed Abu Ajwa, *Mud Building Practices in Construction Projects in the Gaza Strip*, (master's thesis, Islamic University of Gaza, 2011): 152–54, https://library. iugaza.edu.ps/thesis/95920.pdf.

24 Rasha Abou Jalal, "Demand Rises for Traditional Gazan Bread," *Al-Monitor*, December 15, 2015, https://www.al-monitor.com/pulse/originals/2015/12/gaza-palestinian-traditional-bread.html#ixzz55U6Rn5jq.

25 Nikki Linsell, "Designing Like You Give a Damn – about What Exactly?Exploring the Ethics of 'Humanitarian' Architecture," in *Proceedings of the XXV World Congress of Architecture*, ed. Amira Osman, Gerhard Bruyns, and Clinton Aigbavboa (Durban: UIA, 2014); Tom Sanya, "Participatory Design: An Intersubjective Schema for Decision Making," *Archnet-IJAR, International Journal of Architectural Research* 10, no. 1 (April 2016): 62–74.

26 Anna Heringer,"HOMEmade – Family Houses in Bangladesh," studio work, 2008; Goren Marinovic and Jin Baek, "Lessons of Incremental Housing Two Chilean Case Studies: Elemental Lo Espejo and Las Higuera," *Architectural Research* 18, no. 4 (2016): 121–28.

27 Esther Charlesworth, *Architects without Frontiers: War, Reconstruction, and Design Responsibility* (Oxford: Elsevier, 2006), 13.

28 Jabareen and Carmon, "Community of Trust."

29 Aya Peri Bader, "A Model for Everyday Experience of the Built Environment: The Embodied Perception of Architecture," *Journal of Architecture* 20, no. 2 (2015): 244–67, https://www.doi.org/10.1080/13602365.2015.1026835.

30 Jabareen and Carmon, "Community of Trust," 451.

31 Alejandro Aravena and Andres Iacobelli, *Elemental: Incremental Housing and Participatory Design Manual* (Ostfildern, Germany: Hatje Cantz, 2013).

32 Amos Rapoport, *House Form and Culture* (Englewood Cliffs, NJ: Prentice-Hall, 1969).

33 Heringer, "HOMEmade – Family Houses in Bangladesh."

34 筆者によるアッ＝ショウカ市長のインタビュー（2012年1月21日）。

35 Jennifer Duyne Barenstein, "Housing Reconstruction in Post-earthquake Gujarat, a Comparative Analysis," Humanitarian Policy Network Paper 54 (Oversee Development Institute, London, 2006), http://repository.supsi.ch/4766/; Ward, "Self-Help Housing Ideas and Practice in the Americas."

36 Rapoport, *House Form and Culture*; Henri Lefebvre, *The Production of Space*, trans. Donald Nicholson-Smith (Oxford: Wiley-Blackwell Publishing, 1991); Edward Casey, *The Fate of Place: A Philosophical History* (Berkeley: University of California Press, 1997).

37 Berke and Harris, eds., *Architecture of the Everyday;* Hourigan, "Confronting Classifications"; Victor Buchli, *An Anthropology of Architecture* (London: Bloomsbury Academic, 2013).

38 Buchli, *An Anthropology of Architecture*; Hourigan, "Confronting Classifications"; Rapoport, *House Form and Culture*.

39 Rapoport, *House Form and Culture*.

58 Swedenburg, "The Palestinian Peasant," 22.
59 George Kurzom, *Towards Alternative Self-Reliant Agricultural Development*, MAAN Development Center, 2001, p. 10.
60 Oxfam in the Occupied Palestinian Territory and Israel, "Paralyzed" (documentary film), https://www.facebook.com/OxfamOPTI/videos/612745689599051.
61 Kurzom, *Towards Alternative Self-Reliant Agricultural Development*, 11–12.
62 Mohamed A. Shatali, "Strawberry Cultivation and Its Impact on the Palestinian Agriculture Sector: Empirical Study of Strawberry Farming in Gaza Strip" (master's thesis, Islamic University of Gaza, 2015).
63 "A Strawberry's Journey," Gisha, October 10, 2017, https://gisha.org/en-blog/2017/10/10/a-strawberrys-journey/.
64 Susan Power, *Israel's Deadly Catch: Special Report for United Nations Business and Human Rights Forum 2015 on the Persecution of Fishermen in the Occupied Palestinian Territory* (Ramallah: Al-Haq, 2015).
65 Gisha, "Closing In: Life and Death in Gaza's Access Restricted Areas," https://features.gisha.org/closing-in/.
66 PalTrade, "The Agricultural Sector in Gaza Strip: Obstacles to Development," fact sheet, 2017, p. 4.
67 Braverman, "'The Tree Is the Enemy Soldier,'" 463.
68 Abdel Fattah Nazmi Abd Rabu and Kamel S. Abu Daher, "The Environmental Tragedy for Wadi Gaza after 60 Years since Al Nakba," conference paper, Proceedings of the Fourth Conference of Arts Faculty, Islamic University of Gaza, May 2009, p. 938, researchgate.net/publication/263084792_Environmental_ Tragedy_of_Wadi_Gaza.
69 MedWetCoast, *Management Plan: Wadi Gaza. Project for the Conservation of Wetland and Coastal Ecosystems in the Mediterranean Region*, 2003.
70 MedWetCoast, *Management Plan*, 23; Abd Rabu and Abu Daher, "The Environmental Tragedy for Wadi Gaza," 941.
71 Hilal et al., *Palestinian Youth*.
72 2021年1月12日、ガザ地区内務省によるプレスリリース。https://moi.gov.ps/Home/Post/131917.
73 Kurzom, *Towards Alternative Self-Reliant Agricultural Development*, 9.

ガザ地区の戦争被害を受けたコミュニティにとって実験的なデザインが持つ倫理的意義

1 ガザでは、国際的な人道支援組織が、NGOが主催するプロジェクトに従事する見返りとして、援助を必要とするガザ住民に現金を支払っている。仕事はイスラエル軍の攻撃による被害の修復や、その他の日雇い労働などが多い。受給者は、パレスチナのいかなる政治グループとも関係がないことを確認する審査を受けなければならない。このアプローチによって、包囲のために持続可能な開発が不可能になっている場所でも、人道支援機関による援助提供が可能になる。しかしこれだけでは長期的なニーズを満たすことはできない。つまりこれによってパレスチナ人は、自らを窮地に追い込む状況に対して何の対策も講じることなく、生き延びるために下働きを続けざるを得なくなるからだ。
2 Palestinian Central Bureau of Statistics (PCBS), "On the Occasion of the International Population Day," November 7, 2018.
3 Yael Allweil, "Plantation: Modern-Vernacular Housing and Settlement in Otto-man Palestine, 1858–1918," *ABE Journal* 9–10 (2016), https://doi.org/10.4000/abe.3259.
4 Glenn E. Robinson, "Palestinian Tribes, Clans, and Notable Families," *Strategic Insights* (2008): 4.
5 Ali Qleibo, "The Semiology of the Palestinian Face: The Dichotomy of Private versus Public Space," *This Week in Palestine*, October 27, 2011.
6 Christopher Harker, "Geopolitics and Family in Palestine," *Geoforum* 42, no. 3 (2011): 306–15.
7 PCBS, "On the Occasion of the International Population Day," 2018.
8 United Nations Office for the Coordination of Humanitarian Affairs (OCHA), "The Gaza Strip: The Humanitarian Impact of the Blockade," July 2, 2015, https://www.ochaopt.org/content/gaza-strip-humanitarian-impact-blockade-july-2015.
9 Bree Akesson, "Castle and Cage: Meanings of Home for Palestinian Children and Families," *Global Social Welfare* 1, no. 2 (March 2014): 81–95, https://doi.org/10.1007/s40609-014-0004-y.
10 OCHA, "The Gaza Strip," 2015; Norwegian Refugee Council (NRC), "Israel Tightens Gaza Blockade, Civilians Bear the Brunt," Gaza Briefing Paper, July 2018, https://www.nrc.no/globalassets/pdf/reports/palestine/gaza-briefing_03082018.pdf.
11 Harker, "Geopolitics and Family in Palestine," 2011.
12 Omar S. Asfour, "The Role of Land Planning Policies in Supporting Housing Affordability: The Case of the Gaza Strip," *Land Use Policy* 62 (2017): 40, https://doi.org/10.1016/j.landusepol.2016.12.018.
13 Asfour, "The Role of Land Planning"; Emad S. Mushtaha and Takahiro Noguchi, "Evaluation and Development of Housing Design: Analytical Study on Detached Houses' Plan of Gaza City," *Journal of Architecture and Planning (Transactions of AIJ)* 71, no. 605 (July 2006): 23–30; Yosef Jabareen and Naomi Carmon, "Community of Trust: A Socio-cultural Approach for Community Planning and the Case of Gaza," *Habitat International* 34, no. 4 (October 2010): 446–53, https://doi.org/10.1016/j.habitatint.2009.12.005; Suheir Ammar, Kausar Ali, and Nor'Aini Yusof, "The Effect

Publication, 1991), 11.

17. Haydar Anan, phone interview, February 3, 2021.
18. Hussein Abu Al-Namel, *Gaza Strip, 1948–1967: Economic, Political, Sociological and Military Development* (Beirut: Palestine Research Center, 1979), 34.
19. El Dabbagh, *Palestine, Our Homeland*, 16.
20. ドゥナムはオスマン・トルコの土地を測る単位である。1ドゥナムはおよそ4分の1エーカー（おおよそ1000平方メートル）に相当する。
21. Sayigh, *Palestinians*, 18.
22. 1969年、イスラエルのレヴィ・エシュコル首相は、「砂漠に花を咲かせたのはシオニストだ」と述べた。Alan George, "'Making the Desert Bloom': A Myth Examined," *Journal of Palestine Studies* 8. no. 2 (1979): 88.
23. Ghassan Kanafani, *The 1936–1939 Revolt in Palestine* (New York: Committee for Democratic Palestine, 1972), 20.
24. Irus Braverman, "'The Tree Is the Enemy Soldier': A Sociolegal Making of War Landscapes in the Occupied West Bank," *Law & Society Review* 42, no. 3 (2008): 449–82, http://www.jstor.org/stable/29734134.
25. Abd al-Wahhab al-Kayyali, "Palestinian Arab Reactions to Zionism and the British Mandate 1917–1939" (PhD diss., University of London, 1970).
26. Ted Swedenburg, "The Role of the Palestinian Peasantry in the Great Revolt (1936–39)," in Edmund Burke III and Ira Lapidus, eds., *Islam, Politics, and Social Movements* (Berkeley: University of California Press, 1988), 178.
27. Swedenburg, "The Role of the Palestinian Peasantry," 182.
28. Swedenburg, "The Role of the Palestinian Peasantry," 186.
29. Kanafani, *The 1936–1939 Revolt*, 21; Swedenburg, "The Role of the Palestinian Peasantry," 188.
30. Kanafani, *The 1936–1939 Revolt*, 21.
31. Kanafani, *The 1936–1939 Revolt*, 22–23.
32. Swedenburg, "The Role of the Palestinian Peasantry," 193.
33. Kanafani, *The 1936–1939 Revolt*, 42.
34. Kanafani, *The 1936–1939 Revolt*, 40–50.
35. Kanafani, *The 1936–1939 Revolt*, 41.
36. Swedenburg, "The Role of the Palestinian Peasantry," 192.
37. Swedenburg, "The Role of the Palestinian Peasantry," 196.
38. Ahmad Al-Maqdama, "Oral Memories of Bayt Daras Village," documentation of first generation refugees' experiences, *Palestine Remembered*, 2009, https://www.palestineremembered.com/Gaza/Bayt-Daras/ar/Story16962.html.
39. Awad Bakr, "Oral Memories of Burayr Village," documentation of first generation refugees' experiences, *Palestinian Remembered*, 2007, https://www.palestineremembered.com/Gaza/Burayr/ar/Story2585.html.
40. Khalil Al Absi, "Oral Memories of Jusayr Village," documentation of first generation refugees' experiences, *Palestinian Remembered*, 2011, https://www.palestineremembered.com/Gaza/Jusayr/ar/Story1196.html.
41. Ahmad Al Arori, "Gaza and Its Qada in the Face of the Zionist Project: A Summary of 70 Years," 2018.
42. Mazen Qumsiyeh, "Nature and Resistance in Palestine," Active Arab Voices platform, 2017, https://www.palestinenature.org/research/qumsiyehpmnhresistance-rm.pdf.
43. El Dabbagh, *Palestine, Our Homeland*, 17.
44. Al-Namel, *Gaza Strip*, 37.
45. ARIJ, *Status of the Environment*, 151.
46. Sayigh, *Palestinians*, 18.
47. Ted Swedenburg, "The Palestinian Peasant as National Signifier," *Anthropological Quarterly* 63, no. 1 (1990): 18–19.
48. "Khazaaen Electronic Archive," memory of Land Day March 30, 1976, https://www.khazaaen.org/ar/node/2298 .
49. Swedenburg, "The Palestinian Peasant," 24.
50. Swedenburg, "The Palestinian Peasant," 21.
51. Al-Namel, *Gaza Strip*, 39.
52. Al-Namel, *Gaza Strip*, 252.
53. Al-Namel, *Gaza Strip*, 300.
54. Al-Namel, *Gaza Strip*, 253.
55. "Oldest Centenarian in the World from Gaza Telling Palestine History," *Deutsche Welle*, January 1, 2014, https://cutt.ly/1ld0rTF.
56. Buheiry, "The Agricultural Exports of Southern Palestine."
57. Abdelfattah Abu-Shokor, "Review of Labour and Employment Trends in the West Bank and Gaza Strip," UNCTAD, 1995, p. 55; Palestinian Central Bureau of Statistics, *Palestinian Labor Force Survey: 2019 Annual Report*, 75.

41 Mahmoud Darwish, "Silence for Gaza," trans. Sinan Antoon, *Mondoweiss*, November 24, 2012, https://mondoweiss.net/2012/11/mahmoud-darwish-silence-for-gaza/.

42 Jean-Pierre Filiu, "The Twelve Wars on Gaza," *Journal of Palestine Studies* 44, no. 1 (2014): 56; Darryl Li, "The Gaza Strip as Laboratory: Notes in the Wake of Disengagement," *Journal of Palestine Studies* 35, no. 2 (2006): 38–55.

43 Li, "The Gaza Strip as Laboratory," 38; Edward W. Said, "Invention, Memory, and Place," *Critical Inquiry* 26 (2000): 175–92.

44 Mahmoud Darwish, "Silence for Gaza."

45 Ali Abunimah, "Israeli Election Ad Boasts Gaza Bombed Back to 'Stone Ages,'" *Electronic Intifada*, January 21, 2019, https://electronicintifada.net/blogs/ali-abunimah/israeli-election-ad-boasts-gaza-bombed-back-stone-ages.

46 Nadia Yaqub, *Palestinian Cinema in the Days of Revolution* (Austin: University of Texas Press, 2018), 36.

47 Kanafani, *The 1936–39 Revolt in Palestine*, 66.

48 Yaqub, *Palestinian Cinema in the Days of Revolution*.

49 このような脅威は、今もパレスチナの映画製作者を苦しめ続けている。映画監督ヤーセル・ムルタジャとフォト・ジャーナリストのアフマド・アブー・フセインは、帰還の大行進デモを撮影していたところを狙撃された。さらに、イスラエルのパレスチナ人市民である有名な俳優兼監督のムハンマド・バクリーは、イスラエル軍によるジェニン難民キャンプの10日間にわたる包囲と砲撃を生き延びた人々の証言を記録した『ジェニン、ジェニン』(2002年)をめぐり、「名誉毀損」の罪で起訴された。

50 Said, *Orientalism*.〔エドワード・W・サイード『オリエンタリズム』〕

51 Said, "Invention, Memory, and Place."

52 Amahl A. Bishara, *Back Stories: U.S. News Production and Palestinian Politics* (Stanford, CA: Stanford University Press, 2013), 35–36.

53 Salman Abu Sitta, *Atlas of Palestine, 1917–1966* (London: Palestine Land Society, 2010), 147.

54 Abu Sitta, *Atlas of Palestine*, 154.

55 Abu Sitta, *Atlas of Palestine*, 154.

56 Rosemary Sayigh, *Too Many Enemies: The Palestinian Experience in Lebanon* (London: Zed Books, 1994), 5.

失われたアイデンティティ —— 農民と自然の物語

1 Amandine Junot, Yvan Paquet, and Fabien Fenouillet, "Place Attachment Influence on Human Well-Being and General Pro-Environmental Behaviors." *Journal of Theoretical Social Psychology* 2, no. 2 (2018): 49–57.

2 Mazim Qumsieh and Zuhair Amr, *Environmental Conservation and Protected Areas in Palestine: Challenges and Opportunities*, report submitted to the Hanns Seidel Foundation, Mahmiyat.ps, 2017, 67.

3 歴史家サーリム・アルムバイドがオリーブ産業とパレスチナ文化遺産との関連について話したテレビインタビュー(2020年10月12日)。https://www.facebook.com/141673089260403/videos/2686841174888790

4 "The Three Sisters: A Traditional Aboriginal Story and Activity about Corn, Beans, and Squash, Adapted from the City of Toronto Children's Garden Program," Evergreen, Heritage Plants Activities.

5 Hamza Aqrabawi, "Treachery February: The Month of Rain and Seasons," *Al Quds*, https://cutt.ly/3loOxgT.

6 このことわざとそれに関連する他のことわざは、このサイトで紹介されている。https://turathna.palestinenature.org/proverbs.

7 同上。

8 同上。

9 Courtney E. Quinn and Angela C. Halfacre, "Place Matters: An Investigation of Farmers' Attachment to Their Land," *Human Ecology Review* 20, no. 2 (2014): 117–32, http://www.jstor.org/stable/24707629.

10 Jamil Hilal et al., *Palestinian Youth: Studies on Identity, Space and Community Participation*, Centre for Development Studies, Birzeit University, and American Friends Service Committee, 2016.

11 Applied Research Institute – Jerusalem (ARIJ), *Status of the Environment in the State of Palestine*, 2015, p. 13; Qumsieh and Amr, *Environmental Conservation*, 1.

12 Marwan R. Buheiry, "The Agricultural Exports of Southern Palestine, 1885–1914," *Journal of Palestine Studies* 10, no. 4 (1981): 61–81, https://doi. org/10.1525/jps.1981.10.4.00p0325k.

13 Buheiry, "The Agricultural Exports of Southern Palestine," 75.

14 Caila McHugh, Summer Shaheen, and Mazin Qumsiyeh, "Agriculture Connected to Ecosystems and Sustainability: A Palestine World Heritage Site as a Case Study," Palestine Institute for Biodiversity and Sustainability, Bethlehem University, https://www.palestinenature.org/research/.

15 Rosemary Sayigh, *The Palestinians: From Peasants to Revolutionaries* (London: Zed Books, 1988), 35.

16 Mustafa Murad El Dabbagh, *Palestine, Our Homeland: First Series, Part Two: Al Dyar Al Gazia* (Kufr Qari': Dar El-Huda

10 バントゥースタンとは、南アフリカ共和国のアパルトヘイト政権が、先住民であり多数派を占める黒人のために、国土のわずか11%に設けた居住地のことである。

11 B'Tselem – The Israeli Information Center for Human Rights in the Occupied Territories, "Reality Check: Almost Fifty Years of Occupation," June 2016, https://www.btselem.org/download/201606_reality_check_eng.pdf.

12 Ilan Pappé, Frank Barat, and Noam Chomsky, *Gaza in Crisis: Reflections on the US-Israeli War against the Palestinians* (Chicago: Haymarket Books, 2013), 192.

13 Anne Irfan, "Understanding UNRWA: What the Trump Cuts Tell Us," *Middle East in London* 15, no. 3 (April 2019): 7–8.

14 Edward W. Said, *Orientalism* (New York: Pantheon Books, 1978).〔エドワード・W・サイード『オリエンタリズム 上・下』板垣雄三・杉田英明監訳、今沢紀子訳、平凡社ライブラリー、1993年〕

15 Elias Sanbar, "The Invention of the Holy Land," in *A History of Jewish-Muslim Relations: From the Origins to the Present Day*, ed. Abdelwahab Meddeb and Benjamin Stora (Princeton, NJ: Princeton University Press, 2013), 292–96.

16 Taylor Downing, *Palestine on Film* (London: Council for the Advancement of Arab–British Understanding, 1979).

17 Sanbar, "The Invention of the Holy Land," 295.

18 Said, *Orientalism*, 13.〔エドワード・W・サイード『オリエンタリズム』〕

19 Alexander Scholch, "Britain in Palestine, 1838–1882: The Roots of the Balfour Policy," *Journal of Palestine Studies* 22, no. 1 (1992): 39–56. ショルヒによれば、「バルフォアが1919年に、シオニズムは『この古い土地に現在住んでいる70万人のアラブ人の欲望や偏見よりもはるかに重要なものである』という確信を表明したとき、それは間違いなく大半のイギリス国民の本心を表現したのであった」(48)。

20 Lyndall Herman, "'Recreating' Gaza: International Organizations and Identity Construction in Gaza" (PhD dissertation, University of Arizona, 2017).

21 Ilana Feldman, "The Quaker Way: Ethical Labor and Humanitarian Relief," *American Ethnologist* 34, no. 4 (2007): 689–705, https://doi.org/10.1525/ae.2007.34.4.689.

22 Benny Morris cited in Nur Masalha, *A Land without a People: Israel, Transfer and the Palestinians 1949–1996* (London: Faber and Faber, 1997), 55.

23 G. Daniel Cohen, "Elusive Neutrality: Christian Humanitarianism and the Question of Palestine, 1948–1967," *Humanity: An International Journal of Human Rights, Humanitarianism, and Development* 5, no. 2 (2014): 197, https://doi.org/10.1353/hum.2014.0016.

24 Simon A. Waldman, "UNRWA's First Years, 1949–1951: The Anatomy of Failed Expectations," *Diplomacy & Statecraft* 25, no. 4 (October 2014): 630–45, https://doi.org/10.1080/09592296.2014.967129.

25 Cohen, "Elusive Neutrality," 185.

26 Cohen, "Elusive Neutrality," 186.

27 Clarence E. Pickett, "Friends Feed Exiled Arabs," *Philadelphia Inquirer*, March 20, 1949, American Friends Service Committee Archives, https://www.afsc.org/document/gaza-op-ed-philadelphia-inquirer-1949.

28 Dr. Mohamed A. Abbasy, "Permanent Solution of the Refugee Problem in the Gaza Area," memorandum, March 6, 1949, American Friends Service Committee Archives.

29 Cohen, "Elusive Neutrality." 195.

30 Abbasy, "Permanent Solution."

31 Quoted in Salman Abu Sitta, *Mapping My Return: A Palestinian Memoir* (Cairo: The American University in Cairo Press, 2016), 97–99.

32 Asaf Romirowsky and Alexander H. Joffe, *Religion, Politics, and the Origins of Palestine Refugee Relief* (New York: Palgrave Macmillan, 2013), 86.

33 Anne Irfan, "Internationalising Palestine: UNRWA and Palestinian Nationalism in the Refugee Camps, 1967–82" (PhD dissertation, London School of Economics and Political Science, 2018), 78.

34 Jabra I. Jabra, "The Palestinian Exile as Writer," *Journal of Palestine Studies* 8, no. 2 (January 1979): 77–87, https://doi.org/10.2307/2536510.

35 Jabra, "The Palestinian Exile as Writer," 77–87.

36 Jabra, "The Palestinian Exile as Writer," 87.

37 Ghassan Kanafani, *Palestinian Resistance Literature under Occupation, 1948–1968* (Washington, DC: Institute for Palestine Studies, 2012).

38 Edward W. Said, *The Question of Palestine* (New York: Vintage, 1992), 179.〔エドワード・W・サイード『パレスチナ問題』杉田英明訳、みすず書房、2004年〕

39 Ghassan Kanafani, *The 1936–39 Revolt in Palestine* (London: Committee for Democratic Palestine, 1972), 61–64.

40 Kanafani, *The 1936–39 Revolt*, 61–64.

註

序 章

1 Helga Tawil-Souri and Dina Matar, eds., *Gaza as Metaphor* (London: Hurst Publishers, 2016), 87–88.

2 Tawil-Souri and Matar, *Gaza as Metaphor*, 90–91.

3 二国家という概念は、パレスチナの政治体制が分断される原因であると同時に、その結果として生まれたものでもある。パレスチナ解放機構（PLO）の指導部は、自分たちがパレスチナ人を代表しているのだと主張しながら、パレスチナ人の同意なしに、二国家という概念を中心とする和平プロセスに参入した。その結果PLOは、パレスチナ人民の願いと要求を民主的に代表することを正統性の基盤とする組織ではなくなってしまった。むしろ、後にパレスチナ自治政府を率いることになるPLOのエリートたちは、パレスチナ人民の望みを真摯に代弁するのではなく、国際的に押しつけられた政治プロセスに従うというところに、その正統性を見出すようになる。

4 Youssef Courbage, Bassam Abu Hamad, and Adel Zagha, *Palestine 2030 – Demographic Change: Opportunities for Development*, United Nations Population Fund, 2016, https://palestine.unfpa.org/en/publications/palestine-2030-demographic-change-opportunities-development.

なぜ私たちは今もスマホを握りしめて録画し続けるのか

1 Hagar Shezaf, "Burying the Nakba: How Israel Systematically Hides Evidence of 1948 Expulsion of Arabs," *Haaretz*, July 5, 2019, https://www.haaretz.com/israel-news/.premium.MAGAZINE-how-israel-systematically-hides-evidence-of-1948-expulsion-of-arabs-1.7435103?fbclid=IwAR0WvrYUoy-DRE3A7RYK_32SbjK7Ox_OIa9RXoaCTr06-P3KaLn6fVHfnyM.

永遠に続く一時性という悪循環を打ち砕くこと

1 Ilan Pappé, *The Ethnic Cleansing of Palestine* (Oxford: Oneworld, 2006), 7.〔イラン・パペ『パレスチナの民族浄化――イスラエル建国の暴力』田浪亜央江・早尾貴紀訳、法政大学出版局、2017年〕

2 チャーリー・ヘイリーはこう述べている。「難民キャンプは一時性と恒久性の間に存在する。それは当初から、限られた、時には不確定な期間を持つものとして理解されている（…）このような時として永続性のない契約にもかかわらず、難民キャンプは存在し続ける」。Hailey, *Camps: A Guide to 21st-Century Space* (Cambridge, MA: MIT Press, 2009), 4. ブラッド・エヴァンスは、永続的な一時性について次のように説明している。「その言葉が持つよりあからさまな政治的意味合いにもかかわらず、過去20年間、国際機関や政府は、もはや永住地となった場所に住む人々をそこに留めておく手段として、『難民』という言葉を積極的に使ってきた。そこは、ジグムント・バウマンの言う『永続的な一時性』の空間なのである」。Evans, "Dead in the Waters," in *Life Adrift: Climate Change, Migration, Critique*, ed. Andrew Baldwin and Giovanni Bettini (London: Rowman & Littlefield International, 2017), 71.

3 この寄稿は、ルーアイ・オデフをはじめとする、家族、友人、同志たちから多くのインスピレーションを得ている。彼らの支援、闘い、不滅の抵抗と希望こそが、私たちの指針である。

4 Addameer Prisoner Support, Human Rights Association, and Al-Haq, "Between a Rock and a Hard Place: The Fate of Palestinian Political Prisoners," joint press release, Ramallah, October 17, 2011, https://www.addameer.org/index.php/news/between-rock-and-hard-place-fate-palestinian-political-prisoners; United Nations, "Fourth Geneva Convention Relative to the Protection of Civilian Persons in Time of War," 1949, https://www.un.org/en/genocideprevention/documents/atrocity-crimes/Doc.33_GC-IV-EN.pdf.〔戦時における文民の保護に関する1949年8月12日のジュネーブ条約第4条約 https://www.mofa.go.jp/mofaj/gaiko/treaty/htmls/B-S38-P1-259-237.html〕

5 Shahd Abusalama, "How My Father Survived a Hunger Strike in Israel," Al Jazeera, May 30, 2017, https://www.aljazeera.com/features/2017/5/30/how-my-father-survived-a-hunger-strike-in-israel; Shahd Abusalama, "My Father's 13 Years as a Palestinian Political Prisoner," *Red Pepper*, June 18, 2020, https://www. redpepper.org.uk/13-years-as-a-palestinian-political-prisoner/.

6 Amnon Kapeliouk, "The Closed World of the Palestinian Prisoner," *Journal of Palestine Studies* 10, no. 1 (1980): 155–157.

7 Kapeliouk, "The Closed World of the Palestinian Prisoner."

8 Edward Said, "The Morning After," *London Review of Books*, October 21, 1993.

9 Eqbal Ahmad, "The Palestinian-Israeli Conflict: Colonization in the Era of Decolonization," in *The Selected Writings of Eqbal Ahmad*, ed. Carollee Bengelsoorf, Margaret Cerullo, and Yogesh Chandrani (New York: Columbia University Press, 2006), 296.

リファアト・アルアライール（Refaat Alareer）は、ガザ・イスラーム大学で世界文学、比較文学、フィクションおよびノンフィクションのクリエイティブ・ライティングを教えていた。*Gaza Unsilenced*（Just World Books, 2015）の共同編集者であり、『物語ることの反撃 —— 21世紀パレスチナ短篇集』（藤井光訳、河出書房新社、2024予定）の編者および寄稿者でもある。

バスマン・アッディラウィー（Basman Aldirawi, バスマン・デラウィとしても文章を発表している）は、理学療法士で、2010年にガザのアル＝アズハル大学を卒業。音楽、映画、特別な障害を持つ人々に関心を持ち、オンライン・プラットフォーム「We Are Not Numbers」に数多くの物語を寄稿している。

ユーセフ・M・アルジャマール（Yousef M. Aljamal）は作家、ジャーナリスト、翻訳家である。*Prisoners Diaries, Palestinian Voices from the Israeli Gulag* (2013、共同翻訳)、*Dreaming of Freedom, Palestinian Child Prisoners Speak* (2016、翻訳)、*A Shared Struggle, Stories of Palestinian and Irish Hunger Striker* (2021、翻訳／共著) など多数の本を出版している。サカルヤ大学中東研究所（トルコ）の博士課程に在籍。

サーレム・アル＝クドゥワ（Salem Al Qudwa）は受賞歴のある建築家で大学講師。前向きな社会変革をもたらす日常の建築を探求している。ハーバード大学神学大学院で紛争と平和学の特別研究員を務め、*Open Gaza: Architectures of Hope* (American University in Cairo Press, 2021) にも寄稿している。

イスラア・ムハンマド・ジャマール（Israa Mohammed Jamal）は英文学部卒で、5人の子どもの母親。彼女はガザでの生活について執筆しており、ニュースに出てくる数字では伝わらない人間の物語を伝えるパレスチナの若者向けのオンライン・プラットフォーム「We Are Not Numbers」（2015年設立）にも寄稿している。

ヌール・ナイーム（Nour Naim）は、人工知能（AI）の倫理、社会に役立つAI、アルゴリズムに潜む偏見、コンピュータ・ビジョン、機械学習、自然言語処理の研究者。イスタンブール・アイディン大学の管理・人工知能学部（トルコ）で博士号を取得。

スハイル・ターハー（Suhail Taha）は、ラーマッラー在住の研究者で、パリ政治学院で人類学の博士課程に在籍。学術誌や文芸誌など複数の出版物に寄稿している。

サラ・ロイ（Sara Roy）はハーバード大学中東研究センター上級研究員。著名な政治経済学者であり、『なぜガザなのか――パレスチナの分断、孤立化、反開発』（岡真理・小田切拓・早尾貴紀編訳、青土社、2024）、『ホロコーストからガザへ――パレスチナの政治経済学』（同上）など、ガザに関する多数の著作がある。

スティーブ・タマーリー（Steve Tamari）は南イリノイ大学エドワーズビル校で中東・イスラーム史を教え、オスマン帝国時代のシリアの歴史を専門としている。

寄稿者一覧

アスマア・アブー・メジェド（Asmaa Abu Mezied）は、経済開発と多様性受容の専門家として、農業分野におけるジェンダー、開発、気候変動の問題に取り組んでいる。彼女の研究テーマは、ケアエコノミー、経済部門における女性の組織化、民間部門の社会的説明責任、パレスチナの政治、農業、環境のアイデンティティの相互作用などである。

シャハド・アブーサラーマ（Shahd Abusalama）は、パレスチナ人アーティストで、ブログ「Palestine from My Eyes」の著者。学術誌や文芸誌など複数の出版物に文章を提供している。現在、シェフィールド・ハラム大学の博士課程に在籍し、パレスチナ映画について研究している。

ドルガム・アブーサリーム（Dorgham Abusalim）はコミュニケーションとメディアの専門家で、ジャーナリズム、国際問題、コミュニケーションの分野で活躍している。スイス・ジュネーブの国際開発研究大学院で国際問題修士課程を修了。

モスアブ・アブー・トーハ（Mosab Abu Toha）は詩人、エッセイスト、短編作家であり、ガザのエドワード・サイード図書館の創設者でもある。2019年から2020年にかけて、ハーバード大学の客員詩人兼司書として滞在。主な著書に *Things You May Find Hidden in My Ear: Poems from Gaza* (City Lights Books, 2022) などがある 。

監修者・編集委員・寄稿者紹介

＊略歴は2022年に原著が刊行された当時のものである。

監修者

ジハード・アブーサリーム（Jehad Abusalim）は、ニューヨーク大学の歴史学とヘブライ・ユダヤ研究の合同プログラムで博士号を取得中の学者、作家、講演家。2018年よりAFSCに勤務。*Gaza as Metaphor* (Hurst Publishers, 2016)や*Palestine: A Socialist Introduction* (Haymarket Books, 2020)などのアンソロジーにも寄稿している。

ジェニファー・ビング（Jennifer Bing）は、1989年からAFSCに勤務し、パレスチナと中東に関する講演ツアー、会議、ワークショップ、アドボカシー・キャンペーン、教育プログラムなど数百のプログラムを企画し、さまざまな分野でAFSCに貢献してきた。

マイケル・メリーマン＝ロッツェ（Michael Merryman-Lotze）は、2010年よりAFSCに勤務し、米国におけるイスラエルとパレスチナに関する支援活動と政策の調整を行っている。専門分野は人権と紛争解決で、パレスチナ、ヨルダン、レバノン、イエメン、イラクおよび中東全域でのプログラムに携わる。

編集委員

タレック・バコーニ（Tareq Baconi）は、作家、メディアコメンテーター、アル＝シャバカ：パレスチナ政策ネットワーク理事長。著書に*Hamas Contained: The Rise and Pacification of Palestinian Resistance* (Stanford University Press, 2018) がある。

アン・レッシュ（Ann Lesch）はカイロ・アメリカン大学で学部長を務め、ペンシルベニア州のヴィラノバ大学で政治学を教えたほか、北米中東研究協会の会長も務めていた。1974年から77年まで、エルサレムにあるAFSCの準中東代表を務め、ヨルダン川西岸地区とガザ地区の政治について幅広く文章を発表している。

［訳者紹介］

斎藤ラミスまや（さいとうらみす まや）

1975年生まれ、ニューヨーク大学英米文学科卒。訳書にC.ダグラス・ラミス『日本は、本当に平和憲法を捨てるのですか？』（平凡社）がある。所属していた音楽グループの解散後、アメリカによるアフガニスタンおよびイラクに対する戦争に反対する平和運動に参加。数万人規模になったデモ（ピースパレード）広報のためにウェブサイトを運営、宣伝のため山手線内で広報活動を行って私服警察と追いかけっこをしたり、平和運動のフリーペーパー『シナプス』を発行したり、『9をまく』（大月書店）の製作活動にもかかわる。その後TV局各社で翻訳業をしながら現在は水彩画のチャンネルも運営している。2023年10月7日以降、X（旧Twitter）でガザからの声や関連投稿を翻訳する活動を開始。XのURLとQRコードはこちら。

https://x.com/kirikousaito

［解説者紹介］

早尾貴紀（はやお たかのり）

1973年生まれ、東京経済大学教員。パレスチナ／イスラエル研究、社会思想史研究。ヘブライ大学客員研究員として2002-04年(第二次インティファーダ期)に東エルサレム在住、その間に西岸地区、ガザ地区、イスラエル国内でフィールドワーク。著書に『パレスチナ／イスラエル論』（有志舎）、『ユダヤとイスラエルのあいだ —— 民族／国民のアポリア』（青土社）など、共著に『残余の声を聴く —— 沖縄・韓国・パレスチナ』（明石書店）など、訳書にジョー・サッコ『ガザ　欄外の声を求めて』（Type Slowly）、イラン・パペ『パレスチナの民族浄化 —— イスラエル建国の暴力』（田浪亜央江との共訳、法政大学出版局）、サラ・ロイ『ホロコーストからガザへ —— パレスチナの政治経済学』『なぜガザなのか —— パレスチナの分断、孤立化、反開発』(ともに岡真理、小田切拓との共訳、青土社)などがある。

ガザの光——炎の中から届く声

2025年1月1日　初版第1刷発行
2025年3月1日　初版第2刷発行

著 ——— リフアト・アルアライール
アスマア・アブー・メジェド
シャハド・アブーサラーマ
バスマン・アッディラウィー
サーレム・アル＝クドゥワ
スハイル・ターハー
ヌール・ナイーム
モスアブ・アブー・トーハ
ドルガム・アブーサリーム
ユーセフ・M・アルジャマール
イスラア・ムハンマド・ジャマール
監　修 ——— ジハード・アブーサリーム
ジェニファー・ビング
マイケル・メリーマン＝ロッツェ
翻　訳 ——— 斎藤ラミス まや
解　説 ——— 早尾 貴紀
発行者 ——— 大江 道雅
発行所 ——— 株式会社 明石書店
101-0021 東京都千代田区外神田 6-9-5
電話 03-5818-1171
FAX 03-5818-1174
振替 00100-7-24505
https://www.akashi.co.jp
装　丁 ——— 間村 俊一
印刷／製本 — モリモト印刷株式会社

ISBN 978-4-7503-5854-3
（定価はカバーに表示してあります）